KB240053

DONGSUH MYSTERY BOOKS 17

LE TÊTE D'UN HOMME

사나이의 목

조르즈 시므농/민희식 옮김

동서문화사

옮긴이 민희식 (閔憙植)

경기고 졸업 서울대 졸업 프랑스 스트라스부르대문학박사 성균관대 부교수 이화여대 외국어교육과 교수 계명대·외국어대학프랑스과 교수 한양대 불문과 교수 한양대도서관장 저서 《프랑스문학사》《법화경과 신약성서》《불교와 서구사상》《토마스복음서와 불교》《어린왕자의 심층분석》 역서 《현대불문학사》 프로벨 《보봐리부인》 지드 《좁은문》 뒤마피스 《춘희》《한국시집 (불역)》 박경리 《토지 (불역)》 한말숙 《아름다운 연가 (불역)》《김춘수시집 (불역)》 허근욱 《내가 설 땅은 어디냐 (불역)》《불문학사예술론》《성서의 뿌리》《행복에 이르는 길》 프랑스문화공로훈장, 펜번역문학상 수상

DONGSUH MYSTERY BOOKS 17

사나이의 목

조르즈 시므농 지음/민희식 옮김

초판 발행/1977년 12월 1일

중판 발행/2003년 1월 1일

발행인 고정일/발행처 동서문화사

창업 1956. 12. 12. 등록 16-345 (윤)

서울강남구신사동 540-22 ☎ 546-0331~6 (FAX) 545-0331

www.epascal.co.kr

＊

편찬·필름·제작 일체 「동판」 자본으로 이루어짐에 따라 출판권 소유권자 「동판」에서 제조출판판매 세무일체를 전담합니다.

사업자등록번호 211-90-02201

ISBN 89-497-0098-0 04840

ISBN 89-497-0081-6 (세트)

사나이의 목

차례

등장인물

윌리엄 클로스비 살해된 헨더슨 부인의 조카로 그녀의 유산상속자

엘렌 클로스비 윌리엄의 아내

에도나 라이히베르크 클로스비 부부의 친구

조제프 울턴 꽃집 배달부. 헨더슨 부인과 그 하녀를 죽인 죄로 사형선고를 받음

장 라데크 체코슬로바키아 인으로 의학생

보브 까페 '쿠포르'의 바텐더

코멜리오 예심판사

뒤프르 사법경찰의 형사

뤼커 경사

메르스 감식과 직원으로 필적 감정 전문

메글레 사법경찰의 경감

사형수 감방 11호실

어디에선가 종이 2시를 알린다. 죄수는 침대 위에서 손가락 마디가 울퉁불퉁한 커다란 두 손으로 구부려 세운 무릎을 안고, 무엇인가 마음을 정하지 못한 듯이 1분쯤 꼼짝도 하지 않고 있었다. 그러다가 갑자기 한숨을 내쉬고 팔다리를 펴면서 독방 가운데에 일어섰다. 머리가 굉장히 크며 팔만 기다랗고 가슴이 움푹한, 커다란 몸집의 볼품없는 사나이였다.

멍청히 있는 그의 얼굴에는 아무런 표정도 없으며, 굳이 말한다면 허탈한 인간의 무관심이라고 할 수밖에 없는 것이 엿보일 뿐이었다. 간수가 들여다보는 창구멍에 다가서기 전에, 그는 한쪽 벽을 향하여 주먹을 내밀었다. 그 벽을 사이에 두고 옆에도 완전히 똑같은 모양의 독방이 있었다. 라 상떼 감옥의 사형수 감방이다. 거기에는 한 사형수가 다른 네 독방의 죄수와 마찬가지로, 특사를 기다리든가 아니면 밤중에 말없이 그를 흔들어 깨우는 무시무시한 사형 집행관들을 기다리든가 하고 있었다.

닷새 전부터 옆방의 죄수는 끊임없이 신음하고 있었다. 어떤 때는 단조롭고 무거웠으며, 또 어떤 때는 반항의 고함 소리를 지르고 눈물을 흘리면서 울부짖는 것이었다. 11호실 죄수는 옆방의 사나이를 본 일이 없었으며, 그에 대해서는 아무것도 알지 못했다. 겨우 그 목소리로 미루어 아주 젊은 사나이라고 판단할 정도였다. 옆방의 신음 소리는 이제 지칠 대로 지쳐서 다만 기계적으로 되풀이될 뿐이었다. 그런데 이 사나이와는 반대로 지금 일어선 11호실 죄수는, 눈에 증오의 빛을 띠고 울퉁불퉁하게 손가락 마디가 진 주먹에 힘을 주고 있었다. 복도에서도, 감옥 안에서도, 가운뎃뜰에서도, 성채(城砦)같은 라 상떼 감옥 어디에서도, 또한 감옥 주위의 거리에서도, 빠리의 시가지에서도, 소리라고는 하나도 들리지 않았다. 들리는 것은 오로지 10호실 죄수의 신음 소리뿐이다.

11호 감방의 죄수는 경련하듯 손가락을 쭉 펴며 문을 움켜잡으려고 했으나, 두 번이나 떨기만 했다. 독방에는 불이 켜져 있었다. 이것은 사형수 감방의 규칙이었다. 규칙에 의하면 한 간수가 늘 복도에서 시간마다 창구멍을 열고서 5명의 사형수 방을 감시하게 되어 있었다. 11호실 죄수의 두 손은 문의 손잡이에 닿았으나, 그 손놀림이 불안에 떨고 있었기 때문인지 엄숙하게조차 보였다. 문은 열렸다. 그러나 아무도 없었다. 간수의 의자가 비어 있는 채로 복도에 있었다. 11호 감방의 죄수는 빠른 걸음으로 걷기 시작했지만, 조금 어찔어찔하여 허리를 구부리고 나아갔다. 얼굴은 윤기가 없고 파리했다. 눈동자는 녹색이었으나 눈꺼풀은 붉은 빛을 띠고 있었다. 세 번을 되돌아왔다. 길을 잘못 들어 잠겨 있는 문에 부딪쳤기 때문이다.

복도 안쪽에서 그는 사람 목소리를 들었다. 몇 사람의 간수가 대기실에서 담배를 피우며 소리 높여 이야기를 하고 있었다. 가까스로 가운데뜰로 나왔다. 외등이 어둠 속 여기저기를 밝게 비치고 있었다. 백 미터쯤 앞쪽의 정문이 있는 곳에서 경비 하나가 구두 끝으로 땅바닥을 차면서 있었다. 다른 쪽 창문 하나에 불이 켜져 있고, 한 사나이가 파이프를 입에 물고 책상 가득 펼쳐놓은 서류를 들여다보고 있는 것이 보였다. 11호 감방 죄수는 밥그릇 밑바닥에 붙어 있었던 사흘 전의 편지를 다시 한 번 읽고 싶었다. 그러나 보내 준 사람의 지시에 따라 그 편지를 씹어 삼켜 버렸다. 1시간 전까지는 그 편지의 문구를 외고 있었으나, 지금은 정확하게 생각해 낼 수 없는 곳이 몇 줄이나 있었다.

10월 15일 오전 2시, 당신 방의 자물쇠는 열려 있소. 간수는 다른 곳에서 일을 하고 있소. 만일 당신이 아래와 같은 순서의 길을 지나면⋯⋯.

그는 화끈 달아오른 손을 이마에 대었다. 그리고는 호(弧)를 그리는 외등 불빛을 불안한 듯이 바라보고 있었다. 그때 발소리를 듣고 하마터면 소리를 지를 뻔했다. 그러나 발소리는 담 너머 거리에서 들려 온 것이었다. 바깥 세상의 사람들이 길바닥에 깔린 돌 위로 구두 소리를 울리면서 이야기를 주고받으며 걸어가고 있었다.

"그런 것에 입장료를 5프랑이나 받다니! 정말 놀랐어요."
여자의 목소리였다.
"할 수 없지. 그렇게 하는 데에도 경비가 꽤 들 테니까 말이야."
남자의 목소리가 대답하고 있었다.
죄수는 손으로 담장을 더듬어 나아가고 있었다. 돌부리에 걸려 흠칫 멈추어서서는 당황하여 귀를 기울이면서 새파랗게 질린 얼굴로 기다란 두 팔을 뻗어 어둠 속을 휘저었다. 그것은 참으로 기묘한 몰골이었다. 다른 곳에서였다면 술주정꾼으로 보였을 것이다.
죄수로부터 50미터도 떨어지지 않은 어둠 속에 몇 사람이 서 있었다. '회계'라고 쓴 문 가까이의 벽이 움푹 들어간 곳이었다. 메글레 경감의 뒤에 거무스름한 벽돌벽이 있었지만, 그는 조금도 기댈 마음이 나지 않았다. 외투 호주머니에 두 손을 찔러넣은 채 단단히 발을 딛고 서서 꼼짝도 하지 않았다. 마치 생명이 없는 덩어리와도 같은 느낌이었다. 규칙적인 간격을 두고 그의 파이프에서 지글거리는 소리가 났다. 눈에는 불안을 감출 수 없는 표정이 나타나 있었다. 그는 아까부터 가만히 있지 못하는 코멜리오 예심 판사의 어깨에 두 번이나 가볍게 손을 얹어 주지 않으면 안 되었다. 코멜리오 예심 판사는 사교계의 파티에서 연미복을 입은 채 오전 1시쯤 와 있었다. 위로 뻗쳐올라간 훌륭한 콧수염은 깨끗이 손질되어 있었고, 얼굴은 여느 때보다 윤기가 흐르고 있었다. 두사람 옆에 라 상떼 감옥소장인 가쉬에 씨가 서 있었다. 찌푸린 얼굴로 양복의 옷깃을 세우고 있었다. 지금 일어나고 있는 일에는 흥미가 없는 듯한 표정이었다. 날씨는 몹시 추웠다. 간수는 정문 가까이에서 발 끝으로 땅바닥을 차며 추위를 이겨내고 있었다. 내쉰 숨이 바깥 공기에 닿자 희고 긴 꼬리를 만들었다. 죄수는 밝은 곳을 피해 있었으므로 그 모습은 보이지 않았다. 그러나 아무리 소리를 내지 않으려고 주의해도 왔다갔다하는 소리가 들렸으므로 그의 동작을 모두 알 수 있었던 것이다. 10분이 지났다. 코멜리오 예심 판사는 메글레 옆으로 와서 말을 걸려고 입을 열었다. 그러나 메글레 경감이 예심 판사의 어깨를 세게 눌렀으므로 그는 이야기하기를 단념하고 숨을 깊이 내쉬며 주머니에서 습관적으로 담배를 한 대 꺼냈는데, 이것도 빼앗기고 말았다. 세 사람 모두 상황을 잘 알고 있었다. 11호실 죄수는 달아날 길이 눈에 띄지 않으므로 순시하는 사람에게 부딪칠 위험이 시시각각 닥쳐오고 있었다. 더욱이 세 사람도 어떻게 할 도리가 없었다. 어느 곳까지만 가면 담 옆에 갈아입을 옷 보퉁이가 놓여 있고, 매듭이 달린 밧줄이 늘어뜨려져 있다. 그러나 죄수를 거기까지 데려다 줄 수는 없었다. 이따금 차가 바깥 거리를 지나갔다. 사람들도 이야기를 하면서 지나갔다. 그 목소리는 감옥의 가운데뜰에 특히 잘 울렸다. 세 사나이는 그저 서로 눈길만 주고받을 수밖에 없었다. 감옥소장의 눈초리는 격렬하고 비꼬는 듯 잔인한 빛을 띠고 있었다. 코멜리오 예심 판사는 신경이 초조해지면서 갈수록 불안이 더해갔다. 메글레 한 사람만이 강한 의지로 침착하게 마음을 가라앉히고 자신감을 갖고 있는 듯한 모습이었다. 그러나 만일 이것이 한낮이었다면 이마에 땀이 번들거리는 게 보였을 것이다. 2시 반 종이 울렸다. 죄수는 물결치는 대로 표류하는 듯한 움직임을 되풀이하고 있었다. 순간, 망을 보고 있던 세 사람은 똑같은 충격을 받았다. 한숨 소리는 들리지 않았다. 그러나 죄수의 움직임은 알 수 있었다. 마침내 죄수가 갈아입을 옷보퉁이에 이르러 밧줄을 발견하고 몹시 허둥대고 있는 모습이 상상되었다. 순시하는 사람의 발소리가 스쳐가는 시간의 흐름에 리듬을 주고 있다. 머뭇거리는 나직한 목소리로 예심 판사는 말했다.

"당신이 확신하고 있는 일은……?"

메글레가 쏘아보았으므로 예심 판사는 입을 다물었다. 그때 밧줄이 움직였다. 담벼락에 검은 그림자가 한결 뚜렷하게 떠올랐다. 11호 감방 죄수였다. 손목에 힘을 주며 필사적으로 오르고 있다. 꽤 오래 걸렸다. 생각했던 것보다 열 갑절, 스무 갑절이나 오래 걸렸다. 가까스로 꼭대기에 다다랐을 때 죄수는 탈옥을 단념한 것처럼 보였다. 그는 그대로 움직이지 않았던 것이다. 죄수가 꼭대기에 배를 깔고 납작하게 엎드려 있는 모습이 꼭두각시 놀음의 그림자처럼 보였다. 현기증이 나서일까? 거리로 내려가는 것을 겁내고 있는 것일까? 지나가는 사람이 있는 걸까? 아니면 거리 한구석에 아베크라도 웅크리고 있어서 내려가지 못하는 것일까? 코멜리오 예심 판사는 답답하다는 듯 손가락을 딱딱 소리내어 꺾었다. 나지막한 목소리로 감옥소장이 말했다.

"이제 나는 없어도 되겠지요."

밧줄이 마침내 끌어올려졌다. 그리하여 담 반대쪽으로 내려졌다. 죄수의 모습이 보이지 않게 되었다.

"경감님, 당신을 믿고 있지 않다면 이런 모험에 끌려들지 않았습니다. 잘 기억해 두시오, 나는 지금도 울턴이 범인이라고 믿고 있습니다. 이 일로 저 사나이를 놓쳐 버리고 만다면……"

"내일 뵐 수 있겠습니까?"

메글레는 그것만 물었다.

"10시부터 사무실에 있습니다."

두 사람은 말없이 악수했다. 감옥소장은 마지못해 손을 내밀고 투덜거리면서 가 버렸다. 메글레는 그대로 잠시 벽 옆에 서 있었다. 그리고 쏜살같이 뛰어가는 발소리를 듣고 나서야 겨우 문 쪽으로 향했다. 경비에게 손을 들어 인사하고 문을 나와 인기척이 없는 거리를 바라보았다. 그리고는 자끄 드랑 거리의 모퉁이를 돌았다.

"갔나?"

담에 몸을 탁 붙이고 있던 사람 그림자를 향해 메글레는 물었다.

"이제 돌아가도 좋아."

메글레는 형사와 건성으로 악수를 한 다음 파이프에 불을 붙이면서 머리를 숙이고 무거운 발걸음으로 돌아갔다.

메글레가 경찰청으로 들어가는 입구의 문을 연 것은 오전 4시였다. 한숨을 내쉬면서 외투를 벗고, 서류 사이에 그대로 남아 있던 반 컵쯤 되는 미지근한 맥주를 마셨다. 그리고 안락의자에 털썩 주저앉았다. 그의 앞에는 부풀어오른 마닐라 종이로 만든 서류 봉투가 있었다. 겉에는 멋들어진 론도 체의 글씨로 '울턴 사건'이라고 씌어져 있었다. 사법경찰의 서기 글씨이다.

　3시간을 기다렸다. 갓 없는 전구가 담배 연기로 싸여 있었다. 공기가 조금만 움직여도 연기의 구름은 이리저리 나부꼈다. 메글레는 이따금 일어나 난로의 불을 돋구고 다시 의자에 걸터앉고는 했다. 그럴 때마다 처음에는 윗도리를, 다음엔 칼라를, 그리고 마침내는 조끼까지도 벗어 버렸다. 전화는 손이 닿는 곳에 있었다. 6시쯤, 수화기를 들고 바깥으로 연결하는 일을 잊고 있지나 않는지 확인했다. 노란 서류철이 펼쳐져 있었다. 보고서, 신문 스크랩, 조사서, 사진이 책상 위에 흩어져 있었다. 메글레는 그것들을 손에 잡지 않고 바라만 보고 있었다. 때때로 서류를 집어 들었으나 그것은 읽기 위해서가 아니라 자기의 생각을 정리하기 위해서였다. 그 가운데 2단으로 된 충격적인 신문기사의 제목이 눈에 띄었다.

　헨더슨 부인과 하녀를 살해한 조제프 울턴, 오늘 아침 사형을 선고 받다.

　메글레는 끊임없이 파이프 담배를 피우고 불안을 지그시 참으며 수화기를 응시하고 있었는데, 전화는 끈질기게 침묵을 지키고 있었다. 6시 10분, 벨이 울렸다. 그러나 잘못 걸려 온 전화였다. 앉은 채로 그는 여러 가지 서류의 글씨를 읽을 수가 있었지만, 사실 이미 모조리 외고 있었다.

　조제프 장 마리 울턴, 무랑에서 태어났으며, 27살, 셰브르 거리의 꽃가게 제라르디에의 배달부.

울턴의 사진이 있었다. 1년 전, 누일리의 길거리 사진사에게서 찍은 것이었다. 팔이 남달리 크고 세모진 머리에 윤기없는 얼굴빛을 한 몸집 큰 사나이, 옷차림은 유치하게 멋을 부린 것 같은 느낌이다.

상 끌르의 참극
대부호 미국 부인, 하녀와 함께 살해되다 !

사건은 7월에 일어났다. 메글레는 감식과에서 찍은 음산하고 참혹한 사진을 제쳐 놓았다. 여러 각도에서 찍은 피투성이가 된 두 시체의 사진, 얼굴은 찌그러지고 피가 번진 잠옷은 흐트러지고 찢겨져 있었다.

사법경찰의 메글레 경감, 상 끌르의 참극 사건을 해결. 범인이 체포되다.

메글레는 펼쳐져 있는 서류들을 뒤적여 아까의 신문 스크랩을 다시 찾아 냈다. 10일 전의 기사이다.

헨더슨 부인과 하녀를 살해한 조제프 울턴, 오늘 아침 사형을 선고받다.

경시청 마당에서 죄수 호송차가 밤의 일제단속에 걸려든 수확물을 토해 내고 있었다. 거의 대부분 여자였다. 복도에 발소리가 들리기 시작하고 세느 강에 자욱하게 끼었던 안개가 걷혀 가고 있었다. 전화 벨이 울렸다.
"여보시오, 뒤프르인가 ? "

"네, 뒤프르입니다."

"그래, 어떻게 되었나?"

"별다른 이상은 없습니다. 왜냐하면……아무튼 제가 그리로 가겠습니다. 지금으로선 장뷔에 만으로 충분합니다."

"그는 어디에 있지?"

"시탄게트에 있습니다."

"뭐, 뭐라고? 시……뭐라고……?"

"술집입니다. 이시 레 물리노 가까이에 있는…… 택시를 잡아타고 보고하러 가겠습니다."

메글레는 방 안을 서성거렸다. 사무실 급사를 레스토랑 드륄느에 보내 커피와 크로와상을 주문하게 했다.

메글레가 식사를 시작하려는데 뒤프르 형사가 예의 그 의미심장한 표정을 지으며 들어왔다. 몸집은 작으나 빳빳하게 풀을 먹인 높은 칼라를 달고 잿빛 양복을 단정히 입고 있었다.

"그래, 시탄게트란 무엇이지?"

메글레는 더듬거리듯이 물었다.

"자아, 앉게."

"뱃사람 상대의 술집입니다. 브르넬과 이시 레 물리노의 중간지점으로 세느 강 기슭에 있습니다."

"그는 다른 곳에 들르지 않고 곧장 그 곳으로 갔나?"

"그렇지 않습니다. 장뷔에도 저도 그 녀석을 놓치지 않은 게 참으로 기적입니다."

"아침 식사는?"

"시탄게트에서 했습니다."

"그럼, 그 뒤를 말해 주게."

"그 녀석이 도망친 장면은 보셨겠지요? 다시 한 번 붙잡히면 그야말로 끝장인 듯이 뛰어서 달아나기 시작했습니다. 벨폴의 사자상(獅子像)에 이르자 겨우 마음이 놓였는지 어쩔 줄 모르는 태도로 사자상을 바라보고 있었습니다."

"뒤따르는 줄 알아차리고 있던가?"

"틀림없이 몰랐을 거라고 생각합니다. 한 번도 뒤돌아보지 않았습니다."

"그래. 그러고 나서?"

"마치 장님이거나 빠리 거리를 전혀 모르는 사람 같았습니다. 이름은 잊어 버렸지만, 왜 그 몽빠르나스 묘지를 가로지르는 길로 들어섰지요. 사람 그림자 하나 없었습니다. 으스스하고 매우 기분나쁜 곳이었지요. 물론 녀석은 자기가 어디에 있는지 몰랐던 모양입니다. 철책 너머로 무덤이 있는 것을 깨닫더니 다시 뛰기 시작했습니다."

"그래서?"

메글레는 빵을 베어물고 있었는데 아까보다 훨씬 침착해진 것 같았다.

"그리고 나서 몽빠르나스 거리로 나갔습니다. 큰 찻집은 문을 닫았지만, 나이트클럽이 몇 군데 아직도 영업을 하고 있었습니다. 안에서 재즈가 들려 오는 한 집 앞에서 그 녀석이 발걸음을 멈춘 일이 있었습니다. 몸집이 작은 꽃파는 여자가 꽃바구니를 들고 다가 오자 걷기 시작했습니다."

"어느 쪽으로?"

"어느 쪽이라고도 할 수 없습니다. 라스빠이유 거리를 걸어가 골목을 지나서 다시 되돌아 나와 몽빠르나스 정거장 앞으로 나섰습니다."

"어떤 모습을 하고 있었나?"

"별 것 없습니다. 예심 때나 중죄 재판소에 있을 때와 같았습니다. 몹시 파리하고······겁먹은 눈초리에 멍청한······ 아무래도 잘 표현할 수 없지만, 아무튼 30분 뒤에는 중앙시장에 와 있었습니다. "

"그래, 누군가 그에게 말을 걸지 않던가 ? "

"네, 아무도. "

"우편함에 편지를 넣지 않던가 ? "

"확실히 넣지 않았다고 생각합니다. 장뷔에가 한쪽 보도를 걷고, 전 건너편에서 걷고 있었습니다. 우리들은 그 녀석의 동작을 하나도 빠뜨리지 않고 보았습니다. 참, 그렇지 ! 그 녀석은 생고기 소시지 삶은 것과 포테이토 프라이를 팔고 있는 푸줏간 앞에 멈추어서서 머뭇거렸으나 다시 걷기 시작했습니다. 아마도 제복을 입은 경찰관을 보았기 때문이겠지요. "

"번지를 찾고 있는 듯한 기색은 없었나 ? "

"전혀 없었습니다. 그보다는 오히려 정처없이 비틀거리고 있는 술주정꾼 같았습니다. 콩코르드의 세느 공원에 이르자 거기서 세느 강을 끼고 가려고 마음먹은 모양입니다. 도중에 두서너 번 주저앉았습니다. "

"어디에 ? "

"한 번은 돌 난간에, 한 번은 벤치였습니다. 분명히 말할 수 없지만 그때 울고 있었던 게 아닌가 여겨집니다. 아무튼 머리를 두 손으로 감싸고 있었으니까요. "

"벤치에는 아무도 없었나 ? "

"아무도 없었습니다. 그리고 또 걷기 시작했습니다. 그리하여 물리노까지 갔지요. 이따금 멈춰서서는 강물을 바라보더군요. 견인선이 다니기 시작하고 공장으로 가는 노동자들이 거리에 밀어닥치듯 모여들었습니다. 그런데도 녀석은 이제부터 무언가 하려는 생각 같은 건 전혀 하지 않는 사람처럼 끊임없이 비틀비틀 걸어갔습니다."

"그것뿐인가?"

"대강 그런 셈이지요. 아! 그리고 나서는 미라보 다리 있는 데서 주머니에 문득 두 손을 찔러넣더니 무언가를 꺼냈습니다."

"10프랑짜리 지폐였겠지."

"아마 그런 것 같습니다. 장뷔에와 저도 그렇게 생각했습니다. 그리고 그는 주위를 두리번거리며 무엇인가 찾고 있었습니다. 아마 술집이었겠지요. 그러나 오른쪽 강기슭에는 문을 연 술집이 없었습니다. 그는 다리를 건넜습니다. 조그만 바가 있었는데, 안으로 들어가니 운전수들로 가득했습니다. 거기서 그는 커피와 럼주를 한 잔씩 마셨습니다."

"시탄게트란 그 곳인가?"

"아니, 아직 아닙니다. 장뷔에도 나도 그만 다리가 뻣뻣해졌습니다. 하지만 우리들은 한 잔 들이켜 몸을 녹일 수도 없었지요. 그가 다시 술집에서 나왔기 때문입니다. 이리 구부러지고 저리 구부러들며 걸어갔습니다. 장뷔에가 걸어서 지나간 거리의 이름을 모두 적어 두었으니까 나중에 자세히 보고드릴 겁니다. 마지막으로 다시 공장 부근인 강기슭으로 되돌아왔습니다. 거기는 사람 왕래가 없는 곳입니다. 낡은 자재들이 두 군데 산더미처럼 쌓여 있고, 근방은 시골처럼 풀밭이며 잡목숲으로 이루어져 있었습니다. 기중기 옆에 작은 범선이 매어져 있습니다. 20척쯤 될 겁니다.

시탄게트는 싸구려 하숙집인데, 전혀 뜻밖의 장소에 있었습니다. 아주 조그마한 술집이 붙어 있고 식사도 할 수 있었습니다. 오른쪽에는 오두막 같은 건물이 있고, 거기에는 자동 피아노가 놓여 있더군요. '토요일 일요일 댄스 파티'라고 씌여진 간판이 눈에 띄었습니다. 녀석은 거기서 또 커피와 럼주를 마셨습니다. 한참 기다리게

한 다음 소시지가 나왔습니다. 그는 술집 주인에게 말을 걸더니 15
분쯤 있다가 주인과 함께 2층으로 모습을 감추었습니다.

주인이 내려왔을 때 나는 그 술집 안으로 들어갔습니다. 그리고
대뜸 그가 방을 빌렸느냐고 물었습니다. 그러자 주인이 되묻지 않
겠습니까.

"왜 그러십니까? 규칙위반도 아닌데."

그는 아마도 경찰과의 다툼에는 아주 익숙해 있던 모양이지요. 어
물거리고 있으면 헛일이었습니다. 한번 협박을 해줘야겠다고 생각했
습니다. 그래서 그 손님에게 한 마디라도 이야기하면 영업정지를 시
키겠다고 호통을 쳤지요. 주인은 녀석과 아는 사이는 아닌 것 같았습
니다. 이것은 확실하다고 생각합니다. 그 술집의 단골은 뱃사람이거
나 또는 정오 사이렌을 신호삼아 식전주를 마시러 오는 근처 공장의
노동자들입니다. 울턴은 방에 들어가더니 구두도 벗지 않고 침대에
몸을 던졌다고 합디다. 주인이 잔소리를 하자 구두를 바닥에 벗어던
지고 곧 잠들어 버렸다더군요."

"장뷔에는 아직 그 곳에 있나?"

메글레는 물었다.

"네, 있고말고요. 전화도 통합니다. 시탄게트에는 전화가 있더군
요. 뱃사람들이 때때로 배 주인과 연락할 일이 있기 때문인 것 같
습니다."

메글레 경감은 수화기를 들었다. 조금 뒤 장뷔에가 나왔다.

"여보세요, 녀석은 어떻게 되었나?"

"자고 있습니다."

"무언가 수상한 점은 없나? 특히 주의할 만한……"

"없습니다. 평온 무사합니다. 녀석의 코고는 소리가 계단까지 들려
오고 있습니다."

메글레는 수화기를 내려놓고 몸집이 작은 뒤프르를 머리 꼭대기서부터 발 끝까지 훑어 보았다.

"도망갈 수는 없을 테지?"

하고 메글레는 물었다. 뒤프르는 불평을 하려고 했다. 그러나 메글레는 그의 어깨에 손을 얹고 한층 무거운 목소리로 말을 이었다.

"여보게, 자네가 온 힘을 기울이고 있다는 건 잘 알고 있네. 그러나 나는 이 일에 내 직위를 걸고 있어. 직위뿐 아니라 그밖에도 많은 것들을 말일세. 더구나 녀석이 내 얼굴을 알고 있기 때문에 직접 나설 수도 없어."

"경감님, 맹세합니다."

"맹세 같은 건 하지 말게! 제발!"

메글레는 꺼내놓았던 여러 가지 서류를 황급히 마닐라 종이 봉투 속에 넣고 서랍 안으로 밀어넣었다.

"특별히 말해 두지만, 지원이 필요하다면 사양 말고 말해 주게."

조제프 울턴의 사진이 사무용 책상 위에 남아 있었다. 삐죽 내민 귀에 핏기없는 커다란 입술, 광대뼈가 두드러진 울턴의 얼굴을 메글레는 지그시 바라보았다. 전에 세 사람의 법의학자가 울턴을 감정한 일이 있는데, 그 가운데 두 사람은 다음과 같이 판단했다.

지능은 보통 정도, 충분한 책임능력 있음.

변호사가 지명한 세 번째 의사는 조심스럽게 다음과 같이 진단했다.

격세유전(隔世遺傳)의 염려가 있음. 책임능력은 조금 불충분.

메글레 또한 조제프 울턴을 체포했으면서도 경시총감과 초심 재판소 검사와 예심 판사에게 다음과 같이 단언했다.

"그는 미치광이거나, 그렇지 않으면 범인이 아니오."

메글레는 그것을 증명하겠다고 약속했다. 뒤프르 형사가 껑충껑충 뛰는 듯한 발걸음으로 멀어져 가는 소리가 복도에서 들려 왔다.

잠자는 사나이

메글레가 마음을 놓지 못하고 있는 코멜리오 예심 판사와 만나 간단히 용건을 끝내고 오테에유에 닿은 것은 2시였다. 하늘은 잔뜩 찌푸렸으며 길가의 돌은 젖어서 윤기가 없었다. 구름은 지붕에 닿을 듯이 낮게 드리워져 있었다. 메글레가 걷고 있는 강변에는 호화로운 주택이 늘어서 있었는데, 그 건너편 강가는 마치 변두리 같은 느낌이었다. 공장이며 빈터가 보이고 자재가 산더미처럼 쌓여 있는 하역장도 보였다. 이 두 풍경 사이를 은회색의 세느 강은 흐르고, 견인선이 오르락 내리락 물결을 일으키고 있었다.

좀 떨어지긴 했지만 '시탄게트'를 알아볼 수가 있었다. 왜냐하면 빈터 한가운데 동그마니 한 채만 서 있었기 때문이었다. 그 빈터에는 여러 가지 것들이 흩어져 있었다. 벽돌 무더기며 자동차의 버려진 몸체, 펠트지(felt紙), 철도의 레일까지 뒹굴고 있었다. 칙칙하게 붉은 칠을 한 2층 건물에는 앞쪽 테라스에 테이블 3개가 놓여져 있었다. 으레 있기 마련인 햇볕을 가리는 차양에는 '술, 가벼운 식사'라고 씌여 있었다. 술집 안에는 인부들의 보습이 보였다. 아마도 조금 전까지 시멘트 부대를 져나른 듯 발 끝에서 머리 끝까지 흰 가루를 뒤집어쓰고 있었다. 인부들은 술집을 나서며 문가에서 파란 에이프런을 두른 사나이와 악수를 했다. 그가 술집 주인인 모양이다. 인부들은 강가에 매여 있는 커다란 거룻배 쪽으로 천천히 걸어갔다.

메글레는 초췌한 얼굴을 하고 있었다. 눈빛도 흐렸다. 그러나 그것은 잠을 못자고 하룻밤을 밝혔기 때문만은 아니었다. 하나의 목표물을 맹렬히 뒤쫓다가 마침내 자기의 손이 미치는 곳까지 들어오면, 언제나 이렇게 한시름 놓으며 기운이 없어지는 게 그의 버릇이었다. 그는 몽롱한 불쾌감을 느끼고 있었지만 그것을 털어 버리려 하지 않았다. 메글레는 시탄게트 바로 맞은편에 호텔이 있는 것을 보고 그곳 프런트로 들어갔다.

"강가로 면한 방이 필요한데."

"한 달 동안입니까?"

그는 어깨를 으쓱했다. 지금 그의 비위에 거슬리는 말을 한 것은 잘못이었다.

"있고 싶을 동안만이야. 나는 사법경찰일세."

"빈 방이 없습니다."

"좋아, 숙박부를 보여 주게."

"사실은……잠깐만 기다려 주십시오. 담당 급사에게 전화하여 확인해 보겠습니다. 호실이……"

"바보 자식."

메글레는 입 안으로 중얼거렸다. 방은 물론 빌 수 있었다. 호화로운 호텔이다. 급사가 물었다.

"짐은 어디 있습니까? 가져다 드리겠습니다!"

"짐은 없어. 쌍안경을 가져다 주게."

"글쎄요……. 있는지 어떤지."

"아무튼 쌍안경을 가져와. 어디에서든 좋으니 찾아와."

그는 한숨을 쉬면서 외투를 벗었다. 그리고는 창문을 열고 파이프에 담배를 담았다. 5분도 지나지 않아 자개로 장식된 쌍안경이 준비되었다.

"이 호텔 지배인 부인의 쌍안경입니다. 아무쪼록 잘 사용하시라는 ......"

"좋아. 그럼, 나가 주게."

그는 이미 시탄게트의 바깥쪽은 구석구석까지 알고 있었다. 2층에는 열려진 창문이 있다. 침대는 어지럽혀진 채로인데, 크고 빨간 이불이 옆으로 늘어뜨려지고 알록달록한 슬리퍼가 양털 가죽 위에 벗어 던져져 있었다.

"주인 방이로군."

옆의 창문은 닫혀 있었다. 세 번째 창문이 열려 있고, 그 안에서 속옷 바람의 뚱뚱한 여자가 머리를 빗고 있었다.

"주인 여자로군. 아니면 하녀일까."

아래층에서는 주인이 테이블을 닦고 있었다. 테이블 하나에 뒤프르 형사가 붉은 포도주가 든 반 리터짜리 병을 앞에 놓고 앉아 있었다. 주인과 뒤프르가 이야기를 하고 있다는 것은 두 사람의 모습으로 알 수 있었다. 훨씬 저 편에는 바닥에 돌이 깔린 강기슭에 서서 갈색 머리의 젊은이가 레인코우트에 잿빛 모자를 쓰고 시멘트 배의 하역을 감독하고 있는 것처럼 보였다. 장뷔에 형사였다. 그는 사법경찰 가운데서 가장 나이가 어렸다.

메글레의 방에는 침대 머리맡에 전화가 있었다. 그는 수화기를 들었다.

"여보시오, 프런트."

"무슨 일이십니까?"

"건너편의 '시탄게트'라는 술집을 대주게."

"알겠습니다."

딱딱한 목소리가 들렸다. 꽤 시간이 걸렸다. 창문으로 보고 있으니 주인이 행주를 놓고 문쪽으로 가는 것이 보였다. 그러자 메글레의 방 전화 벨이 울렸다.

"신청하신 전화가 나왔습니다."

"여보시오, 거기 시탄게트입니까. 거기 있는 손님을 좀 바꾸어 주시오. 그렇소……틀림없소. 지금 거기에는 손님이 하나밖에 없을 테니까."

창문에서 바라보고 있노라니 술집 주인이 허둥지둥 뒤프르에게 이야기했다. 그리고 뒤프르가 전화실로 들어갔다.

"자네인가."

"경감님이십니까."

"나는 바로 건너편에 있네. 자네가 있는 곳에서 보이는 호텔이지. 녀석은 어떻게 하고 있나?"

"자고 있습니다."

"아까 그가 있는 방문에 귀를 대어 보았더니 코고는 소리가 들렸습니다. 문을 조금 열어 보았는데 확실히 그 녀석이 있었습니다. 침대 위에 몸을 잔뜩 움츠리고 잠들어 있더군요. 옷도 입은 채로입니다."

"술집 주인이 설마 그에게 알리지 않았을 테지?"

"염려없습니다. 주인은 경찰을 몹시 두려워하고 있어요. 전에 혼이 난 일이 있다고 합니다. 영업 허가를 빼앗겠다고 으름장을 놓았더니 군소리 없이 내 말에 따르고 있습니다."

"출입구는 몇 개나 있나?"

"둘입니다. 앞으로 난 문과 뜰로 나가는 문입니다. 뒷문은 장뷔에 가 지키고 있습니다."

"달리 아무도 2층에 올라가지는 않았나?"

"아무도 올라가지 않았습니다. 더욱이 내 옆을 지나지 않고는 2층으로 갈 수 없습니다. 왜냐하면 계단이 술집 안의 스탠드 뒤에 붙어 있기 때문입니다."

"좋아…… 거기서 식사를 하도록 하게! 다시 곧 전화를 걸지. 되도록 페인트 직공처럼 행동하는 게 좋을 거야."

메글레는 수화기를 내려놓고 활짝 열린 창가로 안락의자를 끌고 갔다. 날씨가 추워 걸어 두었던 외투를 다시 입었다.

"끝나셨습니까?"

호텔 교환수가 물었다.

"음, 끝났어. 이번에는 맥주야. 그리고 파이프 담배도……"

"파이프 담배는 준비된 게 없습니다만……"

"제기랄! 그럼, 사러 보내면 될 게 아니야."

오후 3시가 되었는데도 메글레는 같은 장소에서 움직이지 않았다. 무릎 위에 쌍안경을 놓고 손에는 빈 컵이 들려 있었다. 창문은 열려 있었으나 파이프 담배의 강한 냄새가 온 방에 자욱했다. 아침 신문이 바닥에 떨어진 채로 있었는데, 어느 것에나 다음과 같은 경찰의 공식 발표 기사가 실려 있었다.

사형수, 라 상떼 감옥에서 탈주.

메글레는 어깨를 옴츠리며 다리를 포개거나 내려놓기를 반복했다.

3시 반, 시탄게트에서 전화가 왔다.

"무슨 일이 생겼나?"

메글레는 물었다.

"아니오, 그 사나이는 계속 잠자고 있습니다."

"그럼, 무슨 용건인가?"

"경찰청에서 연락이 와 경감님이 어디 계신지 묻고 있습니다. 예심 판사님이 경감님께 급히 볼일이 있는가 봅니다."

메글레는 어깨를 펴며 단호한 말투로 전화를 끊었다. 그리고 교환수를 불렀다.

"검찰청을 부탁하오, 급히."

메글레는 코멜리오 예심 판사가 무슨 말을 하려는지 잘 알고 있었다.

"여보세요? 경감님이시군. 원참! 당신이 있는 곳을 아무도 모르더군요. 본청에서 가까스로 당신이 시탄게트에 형사를 잠복시키고 있다는 것을 알아 내었소. 조금 전에 그곳으로 전화 걸었지요."

"어떤 용건이십니까?"

"우선 그 쪽은 어떻소? 무언가 별다른 일은?"

"전혀 없습니다. 그는 자고 있습니다."

"확실하지요? 틀림 없겠지요?"

"좀 과장되게 말한다면, 저는 지금 녀석이 잠자고 있는 광경을 보고 있는 거나 다름 없습니다."

"나는 후회하기 시작하고 있소."

"제 의견을 받아들인 일 말입니까? 하지만 알고 계시다시피 법무부 장관도 동의하신 일이잖습니까."

"잠깐만. 아침 신문이 당신네들의 공식 발표를 싣고 있는 것을 보았소?"

"네, 보았습니다."

"낮 신문은? 읽지 않았다고? 〈경적(警笛)〉을 찾아 읽어 보시오.

어차피 공갈 기사이긴 하지만. 아니, 그것은 알고 있소. 하지만 어쨌든…… 글쎄, 끊지 말고 들어 주시오. 여보세요……듣고 있소? 읽겠소. 〈경적〉의 가십 난인데, '국가이성(國家理性)'이라는 표제요, 들리오, 메글레? 다음과 같이 씌어져 있소."

오늘 아침의 각 신문은 경찰의 반공식적인 발표로, 사형수 조제프 울턴이 까닭을 알 수 없는 상황 아래 탈주했음을 보도하고 있다. 울턴은 세느의 중죄 재판소에서 사형이 선고되어 라 상떼 감옥의 사형수 감방에 갇혀 있던 자이다. 위와 같은 사정은 세상의 일반 사람들에게 있어서는 반드시 불가해한 것만은 아님을 덧붙여 둔다. 조제프 울턴은 탈주한 것이 아니라, 탈주를 하지 않을 수 없었던 것이다. 탈주는 사형 집행 예정 직전에 감행되었다.
라 상떼 감옥에서 오늘 새벽에 일어난 바람직하지 못한 희극의 상세한 내용을 보도하기는 난처하지만, 경찰 당국이 몇몇 사법 관계 사람과 짜고서 탈주를 지휘하였음은 확실한 일이라고 생각한다. 조제프 울턴은 그것을 알고 있는 것일까? 이상과 같이 해석하지 않고는 범죄 기록상 그 예를 찾아볼 수 없는 이 사건을 해명할 근거란 찾기 어렵다.

메글레는 꼼짝하지 않고 끝까지 듣고 있었다. 전화의 저편에서 예심 판사의 목소리가 조금 부드러워졌다.
"이에 대한 당신 의견은?"
"제가 옳았다는 것을 증명하고 있다고 생각합니다. 〈경적〉은 그것을 혼자서 꿰뚫어보지는 않았겠지요. 그렇다고 이 비밀을 알고 있는 관계자 가운데 누군가가 누설한 것도 아닙니다. 누설한 것은……
……"

"그것은?"

"오늘 밤 말씀드리겠습니다. 코멜리오 씨, 모든 일이 순조롭습니다."

"정말이오? 그러나 만일 각 신문에서 이 정보를 받아들였을 경우에는……?"

"그것은 스캔들 중 됩니다."

"그것도 각오하고 있단 말인가."

"사람의 목숨과 스캔들의 어느 쪽이 소중하지요?"

5분 뒤, 메글레는 경찰청으로 전화를 하고 있었다.

"뤼커 경사인가? 미안하지만 몽마르뜨로 거리의 〈경적〉 편집국까지 가 주지 않겠나? 편집장을 직접 만나게, 조금 겁을 주도록 해. 라 상떼 감옥의 탈옥 사건에 대한 정보를 어디서 얻어들었는지 알아 내야만 하기 때문일세. 지금 곧 말이야. 편집장은 틀림없이 편지나 속달로 받았을 걸세. 그 편지를 찾아 내어 주게. 그리고 여기로 가져다 주었으면 좋겠는데…… 알겠나?"

"끝나셨습니까?"

교환수가 물었다.

"아직. 시탄게트를 부탁하네."

이윽고 뒤프르 형사가 전화를 받으며 아까와 똑같은 보고를 되풀이했다.

"녀석은 자고 있습니다. 조금 전에 15분쯤 문에 귀를 대고 들어 보았는데 꿈을 꾸고 있나 봅니다. '어머니' 하고 중얼거리는 소리가 들렸습니다."

메글레는 시탄게트 2층의 닫혀진 창문에 쌍안경을 대고만 있어도 그의 머리맡에 있는 것처럼 똑똑히 잠자고 있는 모습을 상상할 수 있었다.

메글레가 울턴과 처음 만난 것은 7월 어느 날의 일이었다. 상 끌르의 참극이 일어난 48시간도 지나지 않은 때였다. 그날 메글레는 그의 어깨에 손을 얹고 나직한 목소리로 말했다.

"시끄럽게 굴면 안 돼. 내 뒤를 따라와."

그것은 무슈 라 프랑스 거리에 있는 보잘 것 없는 가구가 딸린 아파트에서의 일로, 조제프 울턴은 그 7층의 방을 얻어 살고 있었다.

"건실하고, 일 잘하는 얌전한 젊은이에요. 이따금 좀 이상한 데가 있기는 했습니다만……"

라고 아파트 여주인은 말하였다.

"손님이 찾아오는 일은 없었나요?"

"아무도 찾아오지 않았어요. 그리고 12시 지나서 돌아오는 일도 전혀 없었답니다."

"요즈음은 어떠했습니까?"

"두서너번 여느 때보다 늦게 돌아오긴 했지요. 한 번……수요일의 일인데요. 새벽 4시 조금 안되서 돌아와서 문을 열어 달라고 하더군요."

문제의 수요일이 상 끌르의 범행이 일어난 날이었다. 게다가 법의 학자는 두 부인의 사망 시각을 오전 2시쯤이라고 단정했다. 뿐만 아니라 울턴이 범행을 저질렀다는 명백한 증거가 드러나 있었던 것이었다. 하긴 그 대부분을 찾아 낸 것은 메글레 자신이긴 했지만.

그 별장은 〈빠삐용 블루〉에서 약 1킬로미터 떨어진 곳에 있고, 상 제르망 거리에 면하고 있었다. 그런데 울턴은 밤중에 혼자 이 가게에 들어와서 글로그를 연거푸 네 잔이나 들이켰다고 한다. 계산을 할 때, 빠리——상 끌르 사이를 오가는 3등 차표를 주머니에서 떨어뜨리고 말았다.

헨더슨 부인은 미국의 몇몇 재벌과 혈연 관계가 있는 외교관의 미망인으로, 남편이 세상을 떠난 뒤 1층 방에는 사람이 전혀 살지 않는 그 별장에서 혼자 살고 있었다. 하녀는 하나밖에 두고 있지 않았다. 그나마 시중을 들게 하기 위해서라기보다 말벗이라고 할 수 있는 엘리즈 샤토리에라는 프랑스 사람이었는데, 영국에서 어린 시절을 지내고 훌륭한 교육을 받은 사람이었다. 일주일에 두 번, 상 끌르의 정원사가 찾아와서 별장 둘레의 작은 정원을 손질해 주고 있었다. 찾아오는 사람은 거의 없었다. 다만 노부인의 친조카인 윌리엄 클로스비 부부가 이따금 찾아왔다. 그런데 7월의 그날 밤——즉 7일 밤——도빌로 가는 큰길에는 여느 때와 마찬가지로 몇 대의 자동차가 달리고 있었다. 새벽 1시 빠삐용 블루 레스토랑이며 댄스홀은 이미 문을 닫았다. 나중에 자동차 운전수가 다음과 같은 증언을 했다. 2시 반쯤 별장 2층에 불빛이 보이고 사람 그림자가 몇 개인가 괴상한 움직임을 보이고 있었다고.

6시에 정원사가 왔다. 그날은 마침 찾아오기로 약속된 날이었기 때문이다. 그는 언제나 쇠창살이 달린 커다란 문을 열고 드나들었으며, 8시가 되면 늘 엘리즈 샤토리에가 부르러 와서 아침 식사를 차려 주는 것이 습관이었다. 그런데 그 날은 8시가 되어도 아무런 기척이 없었다. 9시가 되었는데도 별장의 문은 닫혀 있는 채로였다. 불안해진 정원사는 문을 두드려 보았으나 아무런 대답도 없었으므로 가장 가까운 네거리에 있는 순경에게 알리러 갔다. 그리하여 이윽고 참극이 발견되었던 것이다. 헨더슨 부인 방에는 부인의 시체가 양탄자 위에 비스듬히 쓰러져 있고, 잠옷은 피투성이가 된 채 가슴 부분이 10군데쯤 단도로 찔려 있었다. 엘리즈 샤토리에도 옆방에서 똑같은 모습으로 죽어 있었다. 그녀가 바로 옆방에서 잠자고 있었던 것은 밤중에 병이 날까봐 무서워서 부인이 부탁했기 때문이었다.

잔학한 흉악범이 살해한 두 여인. 범행 흔적은 곳곳에 남아 있었다. 발자국도 있고 피묻은 손가락 자국도 커튼에 남아 있었다. 경찰청의 검증이 있었고, 감식 전문가가 와서 여러 가지 분석이며 해부와 같은 여느 때와 다를 바 없는 수속이 이루어졌다. 경찰의 수사는 메글레 경감이 지휘를 맡았다. 울턴을 찾아 내는 데는 이틀도 걸리지 않았다. 발자국은 아주 뚜렷했다. 별장의 복도에는 양탄자가 없고 바닥에 초가 칠해져 있었는데, 거기서 사진을 몇 장 찍음으로써 뚜렷한 발자국을 얻을 수 있었다. 그리하여 새 고무창을 단 구두가 문제로 등장했다. 고무창에는 잘 미끄러지지 않도록 특별히 몇 개나 줄무늬가 새겨져 있었는데, 가운데에서 제조회사의 이름과 크기의 번호를 읽어 낼 수가 있었다. 몇 시간 뒤 메글레는 라스빠이유 큰길에 있는 구두가게에 들어가 똑같은 모양에 같은 크기——44사이즈——의 구두가 요 2주일 동안 한 켤레밖에 팔리지 않았음을 알아 냈다.

"삼륜차를 타고 온 배달부였지요. 흔히 거리에서 볼 수 있는 배달부 말이에요."

그리고 몇 시간 있다가 메글레 경감은 셰브르 거리에서 꽃집을 하고 있는 제라르디에를 찾아가 문제의 구두를 배달부 조제프 울턴이 신고 있음을 발견했다. 지문 조회를 하는 일만이 남아 있었는데, 그것은 빠리 재판소의 감식과에서 하게 되었다. 감정사가 기구를 손에 들고 들여다보았다. 결론은 곧 내려졌다.

"이 사나이입니다."

"왜 죽였지?"

"저는 죽이지 않았습니다."

"헨더슨 부인의 주소를 누가 너에게 가르쳐 주었나?"

"저는 죽이지 않았습니다."

"무엇하러 새벽 2시에 그 별장에 갔지?"

"저는 모릅니다."

"상 끌르에서 어떻게 돌아왔나?"

"상 끌르에서 돌아온 것이 아닙니다."

그 사나이는 울퉁불퉁 살이 찐 파리한 얼굴을 하고, 며칠 동안 잠이라고는 자지 못한 사람처럼 눈자위가 벌겠다. 무슈 프랑스 거리에 있는 그의 방에서 피묻은 손수건이 나왔다. 화학 기사는 그것이 사람의 피라고 증언했으며 또 헨더슨 부인의 혈액 속에서 발견된 세균이 거기서도 검출되었다.

"저는 죽이지 않았습니다."

"변호사는 누구로 하겠나?"

"변호사는 필요없습니다."

졸리 씨가 관선 변호사로 지명되었다. 이제 겨우 30살로 헛일이라고 여기면서도 여기저기 뛰어다니며 애를 썼다. 정신과 의사는 7일 동안 울턴을 관찰하여 다음과 같은 진단을 내렸다.

'이상없음. 신경의 심한 동요 때문에 지금은 쇠약해져 있지만, 자기의 행위에 대한 책임 능력은 충분함.'

때마침 휴가 중이었다. 메글레는 다른 사건의 수사 때문에 도빌에 가 있었다. 예심 판사 코멜리오는 이 사건을 확실한 유죄로 생각하고, 검사국도 유죄로 결정했다. 그러나 울턴은 아무튼 아무것도 훔치지 않았으며, 또 헨더슨 부인과 하녀의 죽음에 대해서도 뚜렷한 이해관계를 갖고 있지 않았다.

메글레는 울턴의 경력을 되도록 먼 옛날까지 거슬러 올라가 조사했으므로, 육체적인 면에서나 정신적인 면에서나 모든 연대에 걸쳐 그를 알고 있었다. 울턴은 무랑에서 태어났다. 그때 아버지는 호텔 세느의 급사로 있었고, 어머니는 세탁부였다. 3년 뒤 그의 부모는 주(州)의 중앙 형무소 가까이에 있는 술집을 사들였는데 장사가 잘 되지 않아, 세느 에 마른의 낭디에서 다시 여관을 시작했다. 울턴이 7

살 되던 해 누이동생 오데뜨가 태어났다. 메글레는 울턴의 사진을 손에 넣었다. 세일러복을 입은 울턴이 곰 털가죽 앞에 웅크리고 앉아 있는 초상화였다. 털가죽 위에는 통통한 손발을 버둥거리며 갓난아기가 뒹굴고 있었다. 13살 무렵부터 울턴은 말 시중을 들거나 아버지를 도와 손님을 접대하기도 하였다. 17살이 되자 가멘블로의 호화로운 호텔 급사가 되었다. 21살 때 병역을 마치고 빠리로 나와 무슈 프랑스 거리에 자리를 잡고 제라르디에의 꽃집 배달부가 되었던 것이다.

"그 사람은 굉장한 독서가였지요."
라고 제라르디에는 말했다.

"영화 구경 가는 일이 오직 하나의 즐거움이었습니다."
하고 아파트의 여주인은 증언했다. 그러나 울턴과 상 끌르 별장을 잇는 관계는 아무것도 발견되지 않았다.

"이제까지 상 끌르에 갔던 일이 있었나?"

"아니오, 없습니다."

"일요일에는 무엇을 하고 있었지?"

"책을 읽고 있었습니다."

헨더슨 부인은 울턴이 일하고 있던 꽃집의 단골 손님이 아니었다. 일부러 특별히 이 부인의 별장을 골라서 숨어 들어가 강도질을 할 까닭은 없었다. 더구나 도둑맞은 것은 아무것도 없었던 것이다.

"왜 말하지 않지?"

"할 말이 있어야지요."

메글레는 국제 사기단을 뒤쫓아 도빌에서 한 달 동안 활약했다.

9월에 메글레는 라 상떼 감옥의 독방으로 울턴을 찾아갔다. 그는 완전히 얼빠진 인간이 되어 있었다.

"나는 아무것도 모릅니다! 나는 살인 같은 건 하지 않았습니다."

"그러나 자네는 상 끌르에 있었잖나!"

"날 좀 가만 놔 두세요!"

검사는 흔히 있을 수 있는 일로 판단하였다. 그리하여 울턴은 10월 1일, 중죄 재판소의 휴가가 끝나고 나서 첫 재판에 회부되었다. 죨리 변호사로서는 방법이 단 하나밖에 없었다. 그것은 울턴의 정신 상태를 다시 감정해 주도록 요구하는 일이었다. 변호사가 의뢰한 의사는 다음과 같이 감정했다.

책임 능력 불충분……

이에 대해서 검사측은 다음과 같이 반문했다.

"울턴은 흉악범이다. 그가 물건을 훔치지 않은 까닭은 주위의 상황으로 보아 훔칠 수가 없었기 때문이었다. 단도의 상처는 몸의 앞뒤로 18군데나 되며……"

피해자의 사진이 모두들에게 돌려졌다. 배심원들은 구역질이 나서 그 사진을 얼른 되돌려 주었다.

"모든 점에 대하여 유죄라고 인정됨."

사형이었다.

이튿날 조제프 울턴을 다른 4명의 사형수와 더불어 사형수 감방으로 옮겨졌다.

"무언가 하고 싶은 말은 없나?"

메글레는 어딘가 불만스러운 마음으로 찾아와서 울턴에게 물었다.

"아무것도 없습니다."

"사형이 되는 거야. 알고 있겠지?"

울턴은 울음을 터뜨릴 따름이었다. 언제나와 같은 파리한 얼굴로 눈만 빨개져 있었다.

"공범자는 누구지?"

"없습니다. "

메글레는 이미 직무상 이 사건을 다룰 권리를 잃고 있었지만 날마다 찾아왔다. 여위어 있긴 했으나 울턴은 언제나 침착하고 조용했다. 공포에 사로잡히는 일도 없었고 눈동자에는 비꼬는 빛마저 떠올리고 있었다. ……그러나 그것도 바로 옆 독방에서 발소리가 들리고 이어서 날카로운 울부짖음 소리가 들려 왔던 어느 아침까지였다. 부모를 죽인 9호실의 죄수가 처형되기 위해 끌려나갔던 것이다. 이튿날 울턴은 11호 감방으로 옮겨졌다. 그는 훌쩍훌쩍 울었다. 그러나 지껄이지는 않았다. 벽 쪽으로 얼굴을 돌린 채 작은 침대에 몸을 눕히고 이빨을 마주치며 덜덜 떨고 있었다.

메글레는 문득 어떤 생각이 떠올랐다. 그 생각이 오랫동안 머리에서 떠나지 않았다.

"이 사나이는 미치광이거나 아니면 죄를 지은 사람이 아닙니다. "

메글레는 코멜리오 예심 판사한테 가서 딱 잘라 말했다.

"그런 일은 있을 수 없소, 게다가 증거가 있지 않소 ? "

메글레는 키가 1미터 80센티에 빠리 중앙 시장의 인부처럼 힘이 세고 살이 쪘다. 그는 자기 생각을 고집했다.

"상 끌르에서 빠리까지 어떻게 돌아왔는지, 거기에 대한 증거가 나타나 있지 않습니다. 울턴은 기차를 타지 않았습니다. 이것에는 증거가 있습니다. 전차도 타지 않았고 걸어서 온 것도 아닙니다. "

메글레는 놀림을 받았다.

"그럼, 실험해 보지 않겠습니까 ? "

"검사국에 물어 보지 않으면 안 되오. "

그 뒤 메글레는 참을성있게 천천히 그것을 해치웠다. 울턴에게 탈주 계획을 알리는 편지도 직접 썼다.

"만일 그 녀석에게 공범자가 있다면, 그들이 이 편지를 보냈다고 생각하겠지요. 공범이 없다면 함정이라 생각하고서 믿지 않을 겁니다. 그 녀석은 제가 맡겠습니다. 어떠한 경우라도 그 녀석을 놓치는 일은 없을 겁니다."

메글레 경감의 얼굴은 무겁고 조용하게 가라앉아 엄숙한 표정을 짓고 있었다. 허락을 받기까지 사흘이 걸렸다. 줄곧 메글레는 재판의 오류나 그에 따른 세상의 비난을 들먹거렸다.

"하지만 그 사나이를 체포한 것은 당신이오!"

"그것은 경찰의 직무로서 물적 증거에 따라 논리적으로 결론을 내리지 않으면 안 되었기 때문입니다."

"그렇다면 당신 개인으로서는 어떻게 생각하는 거요?"

"심리적 증거도 필요합니다."

"그래서?"

"그는 미치광이거나, 아니면 죄를 짓지 않았습니다."

"왜 그 사나이는 자백하지 않을까?"

"제가 계획한 실험을 해보면 알 수가 있을 것입니다."

그 실험을 위해 몇 번이나 전화가 오갔고, 몇 번이나 협의가 이루어졌다.

"경감님, 당신 일생을 걸고 하는 일이오! 잘 생각해 보시오!"

"이미 충분히 생각했습니다."

편지는 울턴에게 전달되었다. 그는 그 편지를 아무에게도 보이지 않았다. 그리고 3일 동안 여느 때보다 허겁지겁 음식을 먹었다.

"역시 녀석은 놀라지 않았습니다."

메글레는 확인했다.

"생각대로 그 녀석은 그런 쪽지가 오기를 기다리고 있었던 겁니다. 공범자가 있는 거요. 그들이 달아나게 해준다고 약속했던 것입니다."

"만일 그 녀석이 지금은 멍청이 같은 짓을 하고 있지만 형무소 밖에 나가자마자 당신 손에서 달아나 버리기라도 한다면, 당신 인생은 그야말로 끝장이오."

"하지만 녀석의 목도 역시 걸려 있지요."

메글레는 그때 호텔 방 창가에서 가죽을 씌운 안락의자에 걸터앉아 꼼짝 않고 있었다. 이따금 쌍안경을 들고 시탄게트 쪽을 바라보았다. 거기에는 하역 인부와 뱃사람들이 술을 마시러 와 있었다. 장밖에 형사는 강기슭에 있었다. 애써 태연한 척했으나 기다림에 지쳐 보였다. 뒤프르는 조그만 소시지와 감자로 만든 매시(mash)를 먹고 난 뒤 칼바도스를 마시고 있었다. 이런 자질구레한 일까지 메글레는 손에 잡힐 듯 잘 보였다. 울턴이 잠든 창문은 아직도 닫혀 있었다.

"시탄게트를 대주게."

"지금 이 쪽의 외선이 통화 중입니다."

"그런 것은 아무래도 좋아! 그 전화를 끊도록 해!"

곧이어 시탄게트가 나왔다.

"뒤프르, 자네인가?"

형사의 대답은 간단했다.

"그 사나이는 계속 자고 있습니다."

누군가 문을 두드렸다. 뤼커 경사였다. 그는 느닷없이 콜록거렸다. 파이프의 연기가 자욱하니 방 안에 가득했기 때문이었다.

찢겨진 신문지

무엇인가 색다른 일이 생긴 것일까. 뤼커는 메글레 경감과 악수하고 나서, 우선 침대가에 걸터앉았다.

"하찮은 일인데…… 그리 대단한 일은 아닙니다만……〈경적〉의 편집장이 마침내 편지를 저에게 건네 주었지요, 라 상떼 감옥의 탈출 사건에 관해 써 보낸 편지 말입니다. 그는 오늘 아침 10시쯤 그 편지를 받았다고 하더군요."

"보여 주게!"

뤼커 경사는 파란 잉크로 가득 글이 씌어진 지저분한 종이를 메글레에게 건네 주었다. 그대로 인쇄에 돌렸던 것이다. 거기에는 인쇄상의 편집과 기사를 짠 사람의 이름도 머리글자로 들어가 있었다.

"편지지 위쪽을 잘라 내었군. 물론 편지지를 인쇄한 공장의 이름을 감추기 위해서일테지만……"

하고 메글레는 지적했다.

"그렇습니다! 저도 곧 그것을 깨달았지요. 그리고 아마도 다방에서 쓴 편지 같아서 물스를 만나 보았습니다. 그는 빠리 시내의 다

방 편지지는 보기만 해도 어디 것인지 거의 모두 안다고 말해 왔으니까요."

"그래, 알아 냈나?"

"10분도 걸리지 않았습니다. 그 편지지는 몽빠르나스에 있는 쿠포르의 것이었지요. 하루에 손님이 천 명은 넉넉히 된답니다. 게다가 무엇인가 쓸 종이를 달라고 하는 사람이 50명도 넘는다더군요."

"그럼, 물스는 그 필적에 관해 뭐라고 말하던가?"

"아직 아무 말도 안 했습니다. 이제부터 그 편지를 물스에게 건네주겠습니다. 그러면 정식으로 감정을 하겠지요. 먼저 쿠포르에 다시 한번 가는 편이 좋다면……"

메글레는 시탄게트에서 눈을 떼지 않았다. 가장 가까운 곳에 있는 공장의 문이 열리고 많은 노동자들이 우르르 쏟아져나오는 참이었다. 대부분 자전거를 타고 있었다. 그 사람들이 해질 무렵의 잿빛 어스름 속에서 뚜렷하게 떠오르는 검은 그림자가 되어 멀어져 가는 것이 보였다. 시탄게트의 1층에는 전등이 단 하나밖에 켜 있지 않았다. 그러나 메글레 경감은 왔다갔다하는 손님들이 움직임을 놓치는 일이 없었다. 양철을 씌운 스탠드 앞에는 대여섯 명의 손님이 있고, 그 가운데 몇 사람은 의심스러운 눈초리로 뒤프르를 바라보고 있었다.

"저기 저 사람은 무엇을 하고 있는 겁니까?"

하고 뤼커가 물었다. 멀찌막이 떨어져 있는 동료의 모습을 발견했기 때문이었다.

"아니, 저건 장쀠에 아냐! 저 사나이는 조금 떨어진 곳에서 강의 흐름을 굽어보고 있군!"

메글레는 이미 듣고 있지 않았다. 그가 있는 곳에서 스탠드 뒤쪽으로 나선계단 입구가 보이고 사람의 발이 나타났다. 그 발은 순간 멈춘 채 움직이지 않았다. 그리고 온 몸의 윤곽이 나타나더니 그 그림자는 손님 쪽으로 다가갔다. 그때 울턴의 파리한 얼굴이 불빛에 드러났다. 메글레는 테이블 위에 있는 방금 배달된 저녁 신문으로 눈을 돌렸다.

"이봐, 뤼커. 신문에 〈경적〉의 기사가 실려 있나?"

"아직 보지 않았습니다. 경찰에 대한 분풀이로는 안성마춤이기 때문에 틀림없이 실을 거라고 생각됩니다만……"

메글레는 수화기를 집어들었다.

"여보시오, 시탄게트를 부탁합니다. 빨리, 지급으로."

오늘 아침 이래 처음으로 메글레는 열띤 목소리를 냈다. 세느 강 건너편에서는 술집 주인이 울턴에게 말을 걸고 있었다. 아마 무엇을 마시겠냐고 묻고 있는 것일 게다. 라 상떼 감옥의 탈옥수에게 있어 가장 마음쓰이는 일은, 자기의 손이 닿는 곳에 있는 신문에 눈을 보내는 일일 것이다.

"여보세요, 여보세요……네, 그렇습니다."

맞은편의 시탄게트에서는 뒤프르가 일어나 전화실로 들어갔다.

"주의해 주게, 뒤프르! 신문이 있어, 테이블 위에. 그가 읽어서는 안돼! 무슨 일이 있어도……"

"어떻게 하면 좋을까요?"

"서둘러 주게, 그 녀석은 지금 막 앉은 참일세. 바로 눈 앞에 신문이 있어."

메글레는 조바심을 내며 일어섰다. 울턴이 그 기사를 읽는다면, 모처럼 애써서 허락을 받은 실험이 물거품이 되고 마는 것이다. 울턴은 벽 쪽 의자에 털썩 주저앉았더니 테이블 위에 두 팔꿈치를 짚고서 양손으로 머리를 감싸 안았다. 술집 주인이 나타나 그 앞에 술을 한 잔 놓았다. 뒤프르는 테이블로 다가가 신문을 집으려 하고 있었다.

뤼커는 그 동안의 자세한 사정은 몰랐지만 대충 짐작이 갔으므로 그도 역시 창문에 몸을 내밀고 있었다. 순간 술집의 광경은 견인선이 지나갔으므로 보이지 않게 되었다. 배는 흰색 초록색 빨간색 등불을 달고 미친 듯이 경적을 울리기 시작했다.

"좋아, 좋아!"

뒤프르 형사가 제자리로 돌아간 것을 보고 메글레는 중얼거렸다.

울턴은 내키지 않는 태도로 일간 신문을 펼치고 있었다. 그에 관한 기사는 제1면에 있는 것일까. 그것을 읽으려는 것일까. 이번에도 뒤프르는 그 위험을 막을 만한 재치를 발휘할까. 이건 좀 쓸데없는 이야기지만, 뒤프르 형사는 행동에 옮기기 전에 상관 메글레가 있는 세느 강 쪽 창문을 흘깃 보고 싶다고 생각했다. 공장 노동자며 거친 하역 인부들이 무리를 지어 있는 이 술집에서 화려하고 말쑥한 차림을 한 뒤프르는 전혀 색다른 인간으로 보였다. 하지만 그는 울턴에게 다가가서 신문에 손을 뻗쳤다. "실례지만 이것은 저의 신문입니다"라고 말했던 모양이다. 스탠드에 있던 손님들이 모두 돌아보았다. 울턴은 놀란 눈초리로 뒤프르를 올려다보았다. 뒤프르는 고집스럽게 주장하며 신문을 움켜쥐려고 몸을 구부렸다. 뤼커는 메글레 옆에서 중얼거렸다.

"좋아, 좋아."

그것으로 됐다!

하지만 그곳의 상황이 확 바뀌고 말았다. 울턴은 이제부터 어떻게 해야 좋을지 생각이 정해지지 않은 것처럼 천천히 일어섰다. 그의 왼손은 신문의 가장자리를 움켜잡고 있었다. 형사도 놓으려 하지 않았다. 갑자기 울턴은 비어 있는 오른손으로 옆 테이블의 사이펀 병을 움켜쥐었다. 두꺼운 유리병이 형사의 머리를 내리쳤다. 장베는 50미터쯤 떨어진 강가에 있었지만 아무것도 듣지 못했다. 뒤프르는 비틀거리더니 스탠드에 부딪쳤다. 스탠드 위의 컵이 두 개 깨졌다. 술집에 있던 세 사나이가 울턴 쪽으로 뛰어나갔다. 다른 두 사람은 뒤 프르 형사의 팔을 잡았다. 아주 시끄러운 소동이 벌어진 게 틀림없 다. 왜냐하면 장 뷔에가 물 위의 놀빛을 바라보는 것을 그만두고 시 탄게트 쪽으로 걷기 시작하더니, 몇 걸음 가지 않아 급히 달리기 시 작했기 때문이었다.

"서둘러 주게! 자동차로 달려가……"

메글레가 뤼커에게 명령했다. 뤼커는 마음이 내키지 않았다. 지금 쫓아가기엔 너무 늦었다고 생각됐기 때문이었다. 현장 가까이 있었던 장뷔에마저 손쓸 사이가 없었지 않은가…… 그러나 그는 시키는 대 로 달려갔다.

울턴은 날뛰며 무어라고 외치고 있었다. 뒤르프가 경찰의 끄나풀이 라고 말하면서 욕설이라도 퍼붓고 있는 것일까. 어쨌든 불과 한순간 이었지만, 그는 행동이 자유로와지자 그 틈에 아직 움켜잡고 있던 사 이편 병으로 전등을 때려부수었다.

메글레는 두 손으로 창문의 난간을 움켜잡은 채 서 있었다. 그의 눈 아래 강가에서 택시가 달려가기 시작했다. 시탄게트에서 불이 반 짝 타올랐으나 금방 꺼졌다. 메글레는 멀리서 바라보고 있었는데, 분 명히 권총이 한 발 쏘아진 것 같았다.

그 몇 분 동안이 한없이 긴 것처럼 생각되었다. 택시는 다리를 다 지나 세느 강 건너편 기슭을 따라 나아갔다. 찻바퀴로 파인 자국투성 이의 길을 지나 가까스로 달려가고 있었다. 몹시 느렸다. 시탄게트까 지 2백 미터 전쯤 되는 곳에서 뤼커는 차에서 내려 뛰기 시작했다. 총소리를 들었기 때문이다. 날카로운 호루라기 소리가 들렸다. 뤼커 가 장뷔에에게 응원을 청한 것이다. 거기에는 더럽혀진 창유리에 '도 시락 지참 환영'——'도'와 '환' 두 글자가 지워져 있다——이라는 글씨가 에나멜로 씌어 있었다. 창유리의 저 편에 초가 한 자루 켜져 있어 쓰러진 하나의 몸 위에 허리를 구부리고 있는 몇 사람의 그림자를 비쳐 주고 있었다. 메글레가 있는 곳에서는 그 광경이 어렴풋하게 밖에 보이지 않았다. 너무도 거리가 멀고 더구나 어두웠기 때문에 메글레는 거기에 있는 사람 그림자를 알아볼 수가 없었다. 창문에서 움직이지 않은 채 메글레는 쉰 목소리로 전화를 걸었다.

"여보세요! 구르넬 경찰서입니까? 곧 차로 몇 사람 보내 주십시오. 시탄게트 주위로 말입니다……그가 달아나려고 하면 체포해 주십시오. 키가 크고 머리가 큰 파리한 얼굴의 사나이입니다. 그리고 의사를 불러 주십시오."

뤼커는 현장에 이르렀다. 그가 타고 온 택시가 술집 정면 유리 문앞에 옆으로 대어져 있으므로, 메글레가 있는 곳에서는 방의 한쪽이 가리워져 보이지 않았다. 술집 주인은 의자 위에 올라가 새 전구를 끼웠다. 눈부신 불빛이 다시 방에 넘쳐흘렀다.

전화 벨이 울렸다.

"여보세요……메글레 경감이오? 나 예심 판사 코멜리오인데, 지금 집에서 손님과 함께 저녁 식사를 하고 있소. 하지만 염려스러워서……빨리 안심하고 싶어서 전화했소."

메글레는 아무 말도 하지 않았다.

"여보세요…… 전화를 끊지 말아 주오. 듣고 있소?"

"듣고 있습니다."

"어떻소? 전화가 잘 안 들리는데…… 저녁 신문을 읽어 보았소? 모든 신문이 〈경적〉의 특종기사를 아주 큰 활자로 싣고 있더군. 아무리 생각해도 역시 이것은……"

이때 장뷔에가 시탄게트에서 나왔다. 그리고 오른쪽을 향하여 어둠 속 빈터로 급히 사라져 버렸다.

"그 일 말고는 모든 게 순조롭게 되어 가오?"

"네, 다 잘되고 있습니다."

그는 수화기를 제자리에 돌려 놓으면서 소리치듯이 말했다. 땀에 흠뻑 젖어 있었다. 그의 파이프가 바닥에 떨어져서 새빨간 담뱃불이 양탄자를 그을리기 시작했다.

"여보세요, 시탄게트를 부탁하네."

"지금 그 곳으로 전화가 연결되어 있습니다."

"좋아, 빨리 시탄게트를 대줘. 알았지?"

메글레는 시탄게트에서 사람 그림자가 움직이고 있는 것을 보고, 전화 벨이 울리고 있구나 생각했다. 술집 주인이 전화기 쪽으로 가려고 했다. 그러나 뤼커가 그를 앞질러 수화기를 잡았다.

"여보세요, 네……경감님이십니까?"

"아, 날세."

메글레는 지친 목소리로 말했다.

"아니, 뭐라고? 달아났어!"

"네, 그렇습니다!"

"뒤프르는……?"

"대단한 일은 없으리라고 생각됩니다. 머리의 피부가 벗겨졌지만 정신은 잃지 않았으니까요."

"구르넬 경찰서에서 곧 갈 걸세."

"그런 친구들은 아무 쓸모도 없습니다. 이 근처는 알고 계실 테지만, 조선소의 선대(船臺)라든가 재료 무더기라든가 공장의 구내며 이시 레 물리노의 오솔길 등이 있는 장소이니까요."

"총을 쏘았나?"

"소리는 한번 났는데……누가 쏘았는지는 모르겠습니다. 여기에 있던 녀석들은 모두들 멍해져서 얌전히 있습니다. 무슨 일이 있어났는지조차 모르는 모양입니다."

자동차가 한 대 강기슭의 모퉁이를 돌더니 거기에다 경찰관 두 사람을 내려놓았다. 그리고 1백미터쯤 간 곳에서 다시 두 사람을 내려놓았다. 그런 다음 4명의 경찰관이 시탄게트 앞에서 차를 멈췄다. 그 가운데 한 사람은 여느 때와 마찬가지로 뒷문을 감시하기 위해 건물 뒤로 돌아갔다.

"이제 무엇을 하지요?"

잠시 침묵을 지킨 다음 뤼커가 물었다.

"아니, 아무것도 안 해도 좋아. 혹시 또 모르니까 추적(追跡)하도록 손 좀 써주게, 나도 곧 갈 테니까."

"의사를 부르셨습니까?"

"불렀네."

전화 교환원 여자가 호텔의 계산을 맡고 있었다. 그녀는 자기 앞에 커다란 사람 그림자가 보였으므로 그만 겁을 먹었다. 메글레는 아주 침착했다. 얼굴이 몹시 굳어져 있어 살집을 가진 인간이라고는 여겨지지 않았다.

"얼마나 되나?"

"떠나십니까?"

"계산은?"

"지배인에게 물어 보지 않으면 안 돼요, 전화를 몇 번 거셨습니까? 잠깐 기다려 주세요."

그녀가 일어서자 경감은 그 가슴팍을 움켜잡고 억지로 도로 앉힌 뒤, 백 프랑짜리를 프런트 위에 놓았다.

"이거면 되겠나?"

"된다고 생각합니다. 네…… 하지만……"

그는 한숨을 쉬고 나갔다. 길을 따라 천천히 걸었다. 전혀 발걸음을 서두르지 않고 다리를 건넜다. 메글레는 파이프를 꺼내려고 주머니를 뒤져 보았지만, 잡히지 않았다. 좋지 않은 징조로 여겨졌다. 그의 입가에 씁쓰레한 엷은 웃음이 떠올랐다. 시탄게트의 주위에는 몇몇 뱃사람들이 모여 있었으나, 지나가다 그저 호기심으로 걸음을 멈춘 데 지나지 않았다. 바로 이 장소에서 지난 주에는 아랍 사람끼리 서로 살상한 사건이 있었고, 한 달 전에는 여자의 두 다리와 몸통이 든 자루가 낚싯대에 딸려온 일도 있었다.

세느 강 건너편 기슭에는 오테에유에 호화로운 건물이 공간을 칸막이하듯 솟아 있었다. 몇 개의 차량이 이어진 지하철 전동차가 지날 때마다 다리가 흔들렸다. 이슬비가 소리없이 내리고 있다. 제복을 입은 경찰관들이 회중전등의 어슴푸레한 둥근 빛으로 주위를 비추면서 왔다갔다했다.

뤼커만 술집에 서 있었다. 난투 장소에 있었거나 참가한 손님들이 벽 둘레에 죽 앉아 있었다. 뤼커 경사는 차례차례 손님들 앞으로 가서 신분증명서를 조사했다. 모두들 불쾌한 눈초리로 그를 쏘아보고 있다. 뒤프르는 이미 경찰차로 옮겨져 있었다. 되도록 조용히 차는 움직이기 시작했다. 메글레는 잠자코 있었다. 외투 주머니에 두 손을 찔러넣은 채 몹시 활기없는 눈초리로 천천히 주위를 둘러보았다. 술집 주인은 그에게 무엇인가 설명하려 했다.

“경감님, 이 일은 틀림없는데 말입쇼. 그때……”

메글레는 가만히 있으라고 눈짓했다. 그리고 나서 한 아랍인에게 다가가 머리에서 발 끝까지 훑어보았다. 그러자 그의 얼굴이 흙빛으로 바뀌었다.

“지금 일거리를 가지고 있나?”

“네, 시토로엔에서…… 저는……”

"체재금지(滯在禁止)는 아직 얼마쯤 남아 있지?"

그러면서 메글레는 경찰관에게 눈짓했다. '연행하라'는 신호였다.

"경감님!"

하고 외국 노동자인 모로코 사람이 외쳤지만 이미 입구 쪽으로 떠밀려 나갔다.

"까닭을 이야기하겠습니다. 저는 아무 짓도 하지 않았습니다."

메글레는 이미 귀를 기울이지 않았다. 한 사람의 폴란드 인이 정식 신분증명서를 가지고 있지 않았다.

"연행해!"

이것으로 모두 끝났던 것이다! 뒤프르의 권총과 빈 탄피가 하나 바닥에서 발견되었다. 사이펀 병의 유리조각과 전구의 파편도 있었다. 신문지는 잡아 찢겨져 있고 거기에는 핏방울이 두어 군데 묻어 있었다.

"이 사람들을 어떻게 할까요?"

하고 신분증명서를 조사하고 나자 뤼커가 물었다.

"내보내!"

장뷔에가 돌아온 것은 그로부터 15분이나 지난 뒤였다. 장뷔에가 들어섰을 때 메글레는 뤼커 경사와 함께 술집 한구석에 앉아 있었다. 장뷔에는 흙투성이가 되어 있고 레인코우트에는 검은 얼룩점이 몇 군데나 묻어 있었다. 그는 아무것도 말할 필요가 없었다. 다만 묵묵히 두 사람 옆에 앉았다. 메글레는 전혀 다른 일을 생각하고 있는 모양이었다. 술집 주인이 옴츠리고 얌전히 서 있는 스탠드 쪽을 멍하니 바라보며, 또렷한 말투로 일렀다.

"럼주를 주게."

다시 한 번 그는 주머니에 손을 넣어 파이프를 찾았다.

"담배 한 대 주겠나?"

그는 장뷔에를 향하여 한숨 섞인 목소리로 말했다. 그리고 장뷔에도 무엇인가 말을 걸고 싶은 눈치였다. 그러나 그는 조금 멈칫했다. 경감의 어깨가 축 처져 있었기 때문이다. 그래서 그는 겨우 숨만 거칠게 몰아쉬었을 뿐 고개를 돌리고 말았다.

코멜리오 예심 판사는 상 드 마르스의 자기 집에서 20명쯤의 손님을 청하여 만찬회를 베풀고 있었다. 연회가 끝나면 친한 사람끼리 작은 무도회를 열 예정이었다.

뒤프르 형사는 구르넬에 있는 어떤 의사의 강철 수술대 위에 기다랗게 누워 있었다. 의사는 흰 가운을 걸치고 기구의 소독을 지켜보고 있었다.

"상처자국은 나중까지 눈에 띄게 남을까요?"

뒤프르 형사는 물었지만 반듯하게 눕혀져 있었으므로 천장밖에 보이지 않았다.

"아니, 대단한 건 아니오, 몇 군데 꿰맬 뿐입니다."

"그럼, 머리털은 또 나겠지요? 정말 그렇습니까?"

의사는 번쩍거리는 핀셋을 손에 들고 조수에게 눈짓하여 환자를 꽉 누르게 했다. 뒤프르는 고통의 부르짖음을 꾹 참았다.

수사본부

메글레는 꼼짝도 하지 않았다. 또한 항의 비슷한 몸짓이나 짜증스러운 태도는 조금도 겉으로 나타내지 않았다. 얼굴은 초췌하였으나 순순하게 경의를 표하는 태도로 얌전히 끝까지 듣고 있었다. 다만 코멜리오 예심 판사의 말이나 태도가 조금 더 엄숙해지고 격렬해지는 순간에는 그의 목젖이 별안간 꿈틀 움직이는 것 같았다. 마른 몸집의 코멜리오 예심 판사는 사뭇 신경질적으로 초조해 하며 방 안을 서성거리면서 지껄이고 있었다. 목소리가 몹시 높았으므로 복도에서 기다리고 있는 피고인들의 귀에도 띄엄띄엄 한 마디씩 들렸다. 때때로 그는 무엇인가 움켜잡고 잠시 만지작거리다가 갑자기 그것을 거칠게 본래 있던 사무책상 위로 되돌려놓고는 했다. 서기는 난처해서 옆을 보고 있었고 메글레는 선 채로 예심 판사의 말이 끝나기를 기다렸다. 그는 예심 판사의 키보다 목 하나는 더 컸으므로 내려다보는 듯한 모습이었다. 코멜리오는 일단 비난 섞인 듯한 말을 하고 나더니, 잠깐 상대의 얼굴빛을 살피고는 별안간 고개를 돌리고 말았다. 어쨌든 메글레의 나이도 44살, 더구나 20년 동안이나 온갖 종류의 미묘한 경찰 관계 사건에 몰두해 온 사람이었다. 무엇보다도 그는 사나이 중의 사나이였다.

"그런데 당신은 왜 아무 말도 하지 않소?"

"조금 전에 상관들에게도 말씀드렸습니다만, 만일 범인을 제대로 붙잡지 못한다면 10일 뒤에 사표를 내겠습니다."

"그러니까 조제프 울턴을 붙잡지 못했기 때문이란 말이오?"

"범인을 붙잡지 못했기 때문입니다."

그 말을 듣자 판사는 몹시 놀라며 펄쩍 뛰었다.

"그럼 당신은 아직도 범인이 따로 있다고 믿고 있소?"

메글레는 아무 말도 하지 않았다. 그러자 예심 판사는 손가락을 딱 딱 울려 가면서 급히 말했다.

"이 일은 이제 이쯤 해 두지. 그게 좋지 않겠소? 그렇지 않으면 나중에는 내가 정말 화를 내고 말 테니까. 새로운 정보가 들어오거 든 전화해 주시오."

메글레 경감은 인사를 하고 늘 지나다녔던 복도로 사라졌다. 그러 나 거리로 나가지 않고 검사국 건물의 맨 안쪽에 있는 방으로 들어가 경찰 과학실험실의 문을 밀었다. 갑자기 메글레가 눈 앞에 나타나자, 그 방에 있던 감정 기사 가운데 한 사람이 그의 힘없는 모습에 몹시 놀라며 손을 내밀고 물었다.

"어디 편찮으십니까?"

"아니, 고맙네. 기운이 넘치는걸."

메글레는 특별히 무엇을 보려는 듯한 태도는 아니었다. 커다란 검 정 외투를 입고 그 주머니에 두 손을 찔러넣고 있었다. 마치 먼 여행 에서 돌아와 낯익은 장소를 새로운 눈으로 다시 한 번 둘러보고 있는 사람 같았다. 그러한 태도로 어제 강도가 들었던 집의 증거 사진을 집어 보거나, 동료 한 사람이 부탁했던 카드를 읽고 있었다. 방 한구석에서 수염이 듬성듬성 나고 몸집이 호리호리한 젊은 사나이가 도수 높은 근시 안경을 쓰고 몹시 놀란 얼굴로 메글레의 행동을 곁눈질하고 있었다. 그의 책상 위에는 여러 종류의 크고 작은 확대경이며 글자를 지우는 나이프며 핀셋이며 잉크병이며 실험 약병이 있었고, 강렬한 전등 불빛이 비쳐지는 유리조각도 있었다. 그는 물스였다. 종이나 잉크나 필적의 감정을 전문으로 하고 있는 사람이었다. 그도 메글레가 자기를 만나러 왔다는 것쯤은 알고 있었다. 그러나 메글레는 물스를 거들떠보지도 않고 그다지 별볼일도 없는 것처럼 방 안을 왔다 갔다하고 있었다. 마침내 메글레는 주머니에서 파이프를 꺼내 불을 붙이고는 엉뚱한 목소리로 말했다.

"자아, 일을 시작해야지!"

메글레가 누구의 방에서 이리로 왔는지 알고 있는 물스는 그의 그 말을 곧 이해할 수 있었으나, 조금도 눈치채지 못한 척하고 있었다. 메글레는 외투를 벗고 크게 하품을 했다. 여느 때의 그로 돌아가려고 애쓰고 있는 것처럼 얼굴의 근육을 꿈틀대고 있었다. 의자 등받이를 움켜잡고 젊은 사나이의 근처까지 끌고 가서 그 위에 거꾸로 말을 타듯이 걸터앉았다. 그리고는 친근감어린 말투로 말했다.

"물스, 어떤가?"

그것으로 벌써 일은 끝났다. 짊어지고 있던 무거운 짐을 벗어 놓은 것이다.

"어떻던가, 결과는?"

"어젯밤 편지를 조사해 보았습니다만 유감스럽게도 많은 사람들의 손이 닿아 있었습니다. 그러니 이제 와서 지문같은 건 찾아보아도 헛일이었지요."

"그다지 찾을 생각도 없지만 말일세."

"오늘 아침 일찍 쿠포르에 가서 잉크병을 모두 조사했습니다. 그

가게를 알고 계십니까? 몇 개의 방으로 나뉘어져 있는데, 들어가면 우선 비어홀이지요. 식사 시간에는 그곳의 일부가 레스토랑이 됩니다. 그리고 2층에 홀이 또 있고 테라스 끝에 아메리카 풍의 작은 바가 왼쪽에 있는데, 거기에 단골 손님들이 곧잘 모입니다."

"알고 있네."

"이 편지를 쓰는 데 사용한 것은 그 바의 잉크입니다. 글씨체는 왼손으로 씌어져 있지만 왼손잡이가 쓴 것이 아니라, 왼손으로 쓰면 어떠한 사람의 글씨체라도 모두 비슷해진다는 걸 알고 있는 사람이 쓴 것입니다."

〈경적〉지에 투서된 편지는 물스 앞의 유리판 위에 아직 그대로 얹혀 있었다.

"이 점만은 확실합니다. 보낸 사람이 지식인이라는 점, 그리고 몇 나라 말을 자유롭게 읽고 쓸 수 있는 사람이라는 것도 단언할 수 있습니다. 지금 필상(筆相)에 대해서 말씀드릴까 하는데…… 네, 엄정한 과학의 영역에서 본 것입니다."

"아무튼 좋아, 들어 보겠네."

"그럼…… 결국 이러한 이야기입니다. 저의 판단에 그다지 큰 잘못이 없다면 우리들이 부딪치고 있는 인물은 그리 흔히 볼 수 있는 인물이 아니라고 생각됩니다. 우선 지능은 보통 이상으로 뛰어납니다. 그리고 무엇보다도 가장 까다로운 것은 의지가 강한 듯 싶으면서도 한편은 아주 약한 데가 있고, 냉정한가 하면 감동하기 쉬운 데가 있다는 점입니다. 필적은 남자의 것입니다. 또한 이 글씨체에서 똑똑히 헤아려 볼 수 있는 것은, 이것을 쓴 인물이 여성적인 성격을 지녔다는 점이지요."

그것은 물스의 전문 영역이었다. 그는 기쁨으로 불그레하게 얼굴을 물들이고 있다. 메글레가 자기도 모르게 미소를 짓자 젊은이는 몹시

당황해서

"지금 말씀드린 일은 모두가 꼭 확실하다는 이야기는 아닙니다. 이 점은 저도 잘 알고 있지요. 예심 판사님이었다면 제가 하는 말을 끝까지 들어 주시지 않았으리라고 생각됩니다. 하지만 경감님, 저는 단언하지만 이 편지를 쓴 사나이는 아마 무슨 무서운 병에 걸려 있을 겁니다. 더구나 자신도 그 사실을 알고 있어요. 오른손의 필적이었다면 좀더 여러 가지를 말씀드릴 수가 있었을 텐데……. 아 참! 변변찮은 일이지만 한 가지 빠뜨린 게 있습니다. 종이에 얼룩점이 몇 개 묻어 있었는데, 이것은 아마 인쇄소에서 묻은 것이라고 생각됩니다. 그런 것은 어쨌든 그 얼룩점의 하나는 크림을 탄 커피의 얼룩입니다. 마지막으로 또 한 가지 말씀드린다면, 그 편지의 윗부분을 잘라 내기 위해 칼을 쓰지 않고 스푼 같은 둥근 것을 썼다는 것입니다."

"그러니까 자네의 말은 어제 아침 쿠포르에서 크림을 탄 커피를 마신, 몇 나라 말을 유창하게 할 수 있는 손님, 그 사람이 썼다는 것이겠군."

메글레는 일어서서 손을 내밀며 중얼거렸다.

"고맙네. 그 편지를 나에게 돌려 주지 않겠나?"

그는 나직한 목소리로 모두에게 인사하고 그대로 나갔다. 문이 닫히자 그 방의 친구들 가운데 하나가 감탄한 목소리로 말했다.

"어쨌든 굉장해. 그렇듯 단단히 당하고서도……"

그러나 메글레의 숭배자로 알려진 물스가 그 사나이를 노려보자 상대는 입을 다문 채 하던 분석을 계속했다.

빠리는 10월이면 흔히 볼 수 있는 음울한 날씨여서 짜증스러웠다. 더러워질대로 더러워진 천정과 같은 구름 사이에서 눈부신 햇살이 비쳤다. 길가에는 어젯밤 내린 비의 자취가 남아 있었다. 길 가는 사람들은 아직 겨울 추위에 익숙해져 있지 않은 탓인지 짜증스러운 듯한 얼굴빛이었다.

경찰청에서는 밤새도록 수배서가 몇 통이나 타이핑되었다. 전령에 의해 시내 각 경찰서에 전해졌다. 전국의 모든 헌병대며 세관이며 역내 경찰서에도 전보로 전해졌다. 그 결과 붐비는 사람들 속에 서 있는 모든 경찰관들은 제복을 입은 시경찰관은 물론 교통계, 사교계 담당, 호텔 담당, 풍기 담당 할 것 없이 모두 그 인상서를 염두에 두고 한 인간을 찾아 내고자 사람들의 얼굴을 하나하나 말끄러미 들여다보는 것이었다. 빠리 시내 어디나 모두 이런 식이었다. 교외에서도 마찬가지였다. 길거리 여기저기에 서 있는 헌병은 떠돌이 건달들에게 닥치는 대로 신분증명서를 내놓게 하여 조사하고 있었다. 기차를 타면 그 안에서도 여느 때와는 달리 국경 가까이에서 자세한 조사가 있었으므로 승객들은 몹시 놀라고 있었다. 세느의 중죄 재판소에서 사형을 선고받고 라 상떼 감옥을 탈주했을 뿐 아니라 시탄게트에서 뒤프르 형사를 때려 눕히고 난 뒤 모습을 감춘 조제프 울턴의 수사가 계속되고 있었기 때문이었다.

"그는 탈주할 때 약 22프랑을 갖고 있을 뿐이었다."
라고 메글레가 작성한 조서에는 씌어 있다.

한편 메글레는 혼자서 빠리 재판소를 나와 올페브르 강가의 자기 사무실에는 들르지도 않고 그대로 바스티유 감옥으로 가는 버스를 탔다. 슈망 베르 거리에 있는 어느 아파트의 4층 방을 찾아가 벨을 눌렀다. 옥도정기와 닭고기 삶는 냄새가 물씬 코를 찔렀다. 아직 화장도 하지 않은 여자가 나와서 말했다.

"어머나, 메글레 씨! 남편이 정말 기뻐할 거예요. 하지만 이렇게 일부러……"

안으로 들어가자 뒤프르 형사는 자기 방에서 슬픈 듯 걱정스러운 얼굴로 드러누워 있었다.

"좀 어떤가?"

"그게 아무래도…… 상처 자국에는 이제 머리털이 나지 않을 모양입니다. 그렇게 되면 가발을 써야만 할 텐데……"

아까 실험실에 있을 때와 마찬가지로 메글레는 이 방 안에 몸둘 곳이 없는 듯한 느낌으로 서성거리고 있었다. 그러나 잠시 있다가 그는 중얼거렸다.

"나를 원망하나……?"

아직 젊고 아름다운 뒤프르의 아내가 문지방에 서 있었다.

"이 사람이 경감님을 원망하느냐고요……? 오늘 아침부터 벌써 몇 번이나 되었어요. 어떻게 하면 경감님이 이 중대 사건을 뚫고 나갈 수 있을지 걱정이라고요. 내내 그 말만 하고 있었지요. 우체국에 가서 전화를 걸어 보라고 자꾸 말하고 있었어요."

"자아, 그럼 또……"

하고 메글레는 말했다.

"틀림없이 나을 걸세."

메글레는 거기서 5백 미터쯤 떨어진 리샤르 르노와아르 거리의 자기 집에는 돌아가지 않았다. 그는 걸었다. 걷고 싶었다. 무관심하게 옆을 지나쳐가는 군중 속에서 자신을, 스스로를 확인하고 싶었던 것이다. 그렇게 빨리 시내를 걸어가고 있으려니까, 장난하다 들켰을 때의 초등학생 같았던 그날 아침부터의 애매한 표정은 차츰 머릿속에서 사라져 갔다. 그의 얼굴은 엄숙해져 있었다. 그리고 모든 일이 잘 되어 가고 있을 때처럼 줄담배를 피웠다. 조제프 울턴을 다시 붙잡는 것은 메글레에게 있어 거의 관심이 없는 일이었다. 이 사실을 코멜리오가 눈치챘다면 몹시 놀라기도 하겠지만, 아마 화를 냈을 것이다.

메글레에게는 그런 일은 둘째 문제에 지나지 않았다. 그 사형수는 몇 백만 사람들 속에 섞여 어딘가에 있을 것이다. 더구나 그 사나이를 필요로 할 때가 오면 금방 붙잡을 수 있다는 확신이 있었다. 그러나 당장 눈앞의 관심은 그런 일이 아니었다. 그는 쿠포르에서 씌어진 편지에 대해 생각하고 있었다. 또한 처음 수사에서 깜박 빠뜨리고 넘어간 화가 치미는 의문점을 생각하고 있었다. 그러나 7월 그무렵에는 모두들 울턴의 유죄를 확신하고 있었고, 사건의 심리도 바로 판사의 손으로 넘어가고 말아 경찰로서는 결국 손을 떼고 말았던 것이다.

범행은 오전 2시 반쯤 상 끌르에서 벌어졌다. 울턴은 4시가 되기 전에 무슈 르 프랑스 거리로 돌아와 있었다. 기차나 전차도 타지 않았고 그밖의 공공 교통 기관도 전혀 이용하지 않았다. 여느 때 그가 모는 삼륜차는 셰브르 거리의 주인집 가게에 있었다. 더구나 걸어서 돌아왔다는 이야기는 전혀 있을 수 없었다. 만약 걸어서 왔다고 하면 끊임없이 뛰지 않으면 안 되었을 것이다.

몽빠르나스의 네거리는 활기에 넘쳐 있었다. 정오에서 30분 지났다. 라스빠이유 큰길 근처에 늘어선 네 개의 큰 찻집 테라스에는 가을의 차가운 날씨에도 불구하고 손님이 가득했는데, 그 가운데 8할은 외국 사람이었다. 메글레는 쿠포르까지 걸어가서 아메리카 풍의 바 입구를 발견하자 그리로 들어갔다. 테이블이 다섯 개 있었으나 모두 손님들이 앉아 있었다. 대부분의 손님은 바의 높은 의자에 앉아 있거나 스탠드를 끼고 서 있었다. 누군가 '맨해턴 한 잔' 하고 주문하는 소리가 들렸다. 그래서 메글레도 그만 얼결에 "나도 그걸로" 하고 주문해 버렸다.

그도 비어홀과 맥주잔을 즐기는 그 또래의 나이이다. 바텐더가 올리브가 담긴 쟁반을 내밀었지만 그는 손을 대려고 하지 않았다.

"먼저 실례하겠어요."

갈색이라기보다는 노랑머리에 가까운 귀여운 스웨덴 여자가 올리
브 쟁반에 손을 내밀며 말했다. 시끄럽고 굉장한 혼잡이었다. 그곳
안쪽 빈지문이 쉴새없이 여닫히고 있었다. 한편 주방의 작은 구멍으
로는 올리브며 칩스며 샌드위치며 따뜻한 음료가 밖으로 나왔다. 접
시며 컵이 부딪쳐 쨍그렁거리는 소리 속에서 4명의 급사가 입을 모아
무언가 외쳐 댔고, 손님들은 손님들대로 여러 나라 말로 소리 높여
이야기를 주고받고 있었다. 손님도 바텐더도 급사도 방의 장식도 모
두가 한데 잘 어울려 하나가 되어 있는 듯한 인상을 풍겼다. 손님들
은 친근한 태도로 무릎을 맞대다시피하고 느긋하게 앉아 있었다. 직
업 여성이든, 명랑한 친구와 함께 리무진 자동차에서 내린 실업가든,
에스토니아의 서투른 화가든 모두 주인을 '보브'라고 부르고 있다. 서
로 소개없이도 친구처럼 말을 주고받았다. 한 독일 사람이 미국 사람
과 영어로 이야기하고 있는 한쪽에서 또 노르웨이 사람이 스페인 사
람에게 자기가 하는 말을 이해시키려고 적어도 세 나라 말을 뒤섞어
가며 이야기하고 있었다.

　그런 모두가 알고 있어 인사하는 두 여자가 있었다. 메글레는 그
중 한 여자의 얼굴을 생각해 냈다. 뚱뚱하고 나이가 들었으며 털가죽
외투를 입고 있는 그 여자는 일찍이 로켓 거리의 일제단속에서 붙잡
힌 창녀로, 메글레는 그녀를 상 라자르에 보내도록 명령한 일이 있었
기 때문이다. 그녀의 목소리는 쉬어 있었고 게다가 지친 눈초리를 하
고 있었다. 손님들은 지나가는 길에 테이블 뒤에 묵직하니 자리잡고
있는 그녀와 악수를 나누었다. 그 여자는 마치 이 곳의 왁자지껄한
공기를 자기 혼자 몸으로 나타내고 있는 것만 같았다.

　"무엇을 좀 쓸 종이가 없습니까?"

　메글레는 바텐더에게 말을 걸었다.

　"식사 전의 술을 드시는 시간에는 준비를 하지 않고 있는데요, 비

어홀 쪽으로 가시면 됩니다만……"

소란스러운 몇몇 그룹 사이에 외톨이인 사람이 몇 있었다. 그 광경은 어쩌면 이 장소에서 그림으로 그려도 좋을 듯한 가장 특징있는 것이었다. 한쪽에서는 몇 사람이 소리 높여 말을 주고 받거나 돌아다니거나 줄곧 술을 주문하여 모두에게 돌리거나 색다르고 호화로운 것들을 자랑하기도 했다. 또 다른 곳에서는 이와 같은 화려한 많은 사람들 무리에 같이 섞이는 것만을 목적으로 세계 곳곳에서 찾아왔다고 생각되는 사람들이 여기저기에 있었다. 이를테면 아마도 22살이 되지 않은 듯싶은 젊은 여자가 바느질이 훌륭한 검고 작은 슈우트를 기분좋은 듯이 입고 있었는데, 몇 번이나 다림질한 것임에 틀림없었다. 그녀는 피로하고 조마조마한 것 같은 기묘한 얼굴 표정이었다. 그리고 그 옆에는 크로키 화첩이 놓여 있었다. 그녀는 10프랑의 돈을 내고 식전주를 마시고 있는 사람들 한가운데서 우유를 한 잔 마시며 크로와쌍을 하나 먹을 뿐이었다. 1시였다. 그것으로 그녀는 점심 식사를 때우고 있었다. 먹으면서 손님용으로 비치된 러시아어 신문을 보고 있었다. 그녀는 아무것도 듣지도 보지도 않고 있었다. 천천히 크로와쌍을 먹으면서 때때로 밀크를 한 모금 마실 뿐이었다. 자기와 같은 테이블에서 넉 잔째 칵테일을 마시고 있는 그룹 따위에는 전혀 신경도 쓰지 않는 모양이었다.

그 여자 못지않게 눈길을 끄는 사나이가 있었다. 그는 그 머리털만으로도 틀림없이 사람들의 눈길을 끌 것이다. 곱슬곱슬한 붉은 머리털이 유난히 길었기 때문이었다. 오래 입어서 반짝반짝 윤이 나는 때묻은 검은 양복차림인 그는, 넥타이도 매지 않았을 뿐 아니라 파란 와이셔츠 깃을 밖으로 드러나게 입고 있었다. 그는 바의 가장 구석에 자리잡고 앉아 이 술집의 오랜 단골인 것처럼 느긋한 태도였다. 그리고 요구르트를 한 숟갈 한 숟갈씩 떠서 먹고 있었다. 그는 지금 5프랑의 돈이나 가지고 있을까? 어디서 왔을까? 이제부터 어디로 갈까? 아마 틀림없이 하루 단 한 번의 식사일 이 요구르트 값을 치룰 몇 수우의 돈은 어떻게 하여 손에 넣고 있는 것일까? 그 또한 좀전의 러시아 여자처럼 감정이 격렬한 목소리를 내고 있었으며 눈꺼풀이 푹 꺼져 있었다. 그리고 표정에는 몹시 사람을 깔보는 듯한 교만한 데가 있었다. 그에게 악수를 청하러 오는 사람도 없었고 말을 거는 사람도 없었다.

회전문이 열리고 한 쌍의 남녀가 불쑥 들어왔다. 메글레는 그들의 모습이 거울에 비친 것을 보고 클로스비 부부임을 알았다. 부부는 적게 잡아도 25만 프랑은 되는 미국제 자동차에서 내린 참이었다. 그 차가 길가에 세워져 있는 게 보였다. 차체가 모두 니켈 제였으므로 더욱 사람들 눈에 띄었다. 윌리엄 클로스비는 옆으로 비켜 주는 손님들 사이를 지나 마호가니 스탠드 너머로 손을 내밀어 바텐더의 손가락을 움켜잡고 말했다.

"잘 있었나, 보브?"

클로스비 부인은 급히 몸집 작은 그 스웨덴 여자 쪽으로 가서 그녀와 키스하고 영어로 유창하게 이야기하기 시작했다. 이 부부는 주문도 할 필요가 없었다. 말하지 않아도 보브가 클로스비에게 소다수를 탄 위스키를 내밀고 젊은 부인에게 줄 로우즈를 만들면서 그 남편에게 물었다.

"벌써 비아리츠에서 돌아오셨소?"

"거기에는 사흘 있었을 뿐이라네. 비가 여기보다도 심해서 말일세."

클로스비는 메글레가 있는 것을 깨닫고 눈짓으로 목례를 보내 왔다. 그는 우아한 태도를 지닌 키가 큰 30대 사나이로 갈색 머리이다. 이 시각에 바에 모여 있는 사람들 가운데 가장 불쾌감을 주지 않는 고상한 취미의 사나이였다. 그는 가볍게 악수를 하고서는 "무엇을 마시겠습니까?" 하고 물었다. 그는 부자였다. 손수 몰고다니는 스포츠 카가 있어 마음내키는 대로 니이스에 가든가 비아리츠에 가든가 도빌에 가든가 베를린에 가든가 하고 있었다. 그는 몇 해 전부터 조르쥬 5세 거리의 훌륭한 저택에서 살고 있었다. 살해된 숙모에게서 상 끌르의 별장은 빼놓고 천 5백만인가 2천만 프랑의 재산을 물려받았던 것이다.

클로스비 부인은 작달막한 키에 성질이 급한 여자였다. 얼굴을 보지 않고도 그녀라고 알 수 있을 카랑카랑한 목소리로, 흉내내지 못할 악센트를 넣어 프랑스 어와 영어를 섞어 가면서 쉴새없이 떠들어 대고 있었다.

그 부부의 자리와 메글레 사이에는 손님이 몇 사람 있었다. 메글레도 알고 있는 국회의원이 들어와 클로스비의 손을 다정하게 잡았다.

"함께 식사를 하지 않겠습니까?"

"오늘은 안 되겠는데요. 사실은 다른 곳에서 초대를 받았거든요."

"내일은 어떻습니까?"

"좋습니다, 여기서 뵙지요."

"바라시느 씨, 전화입니다!"

하고 급사가 부르러 왔다. 그러자 누군가가 일어서서 전화실 쪽으로 갔다.

"로우즈를 두 개, 두 개야!"

접시 소리가 났다. 소란이 심해져 갔다.

"달러를 바꾸어 주지 않겠나?"

"신문에서 외환 시세를 봐 주게."

"쉬지가 이 곳에 와 있을까?"

"그녀는 방금 나갔습니다. 막심에서 식사를 하고 계시지 않을까요?"

메글레는 뇌수종을 앓은 듯 머리가 크고 팔이 긴 그 사나이를 생각하고 있었다. 그는 주머니에 20프랑 남짓한 돈밖에 가지지 않고 빠리의 대해 속으로 뛰어들었다. 그러자마자 프랑스의 경찰 전체가 그를 뒤쫓는 데 온 힘을 기울이고 있는 것이다. 메글레는 라 상떼 감옥의 컴컴한 담을 타고 조금씩 올라가던 그 파리한 얼굴을 생각해 내고 있었다. 그 다음으로는 뒤프로에게서 몇 번인가 걸려 온 전화에 대해서도 생각했다.

"그 사나이는 자고 있습니다."

그 사나이는 꼬박 하루를 자고 있었던 것이다.

지금 그는 어디 있을까. 그리고 무엇 때문에? 그렇지, 무엇 때문에 그 사나이는 헨더슨 부인을 죽였을까……? 그녀를 알고 있었던 것도 아니고 무엇 하나 훔치지도 않았으면서.

"여기서 가끔 식전주를 마십니까?"

그렇게 말한 것은 윌리엄 클로스비였다. 그는 메글레에게 가까이 다가오더니 담뱃갑을 내밀었다.

"고맙습니다만, 저는 파이프밖에 피우지 않아서……"

"그럼, 무얼 좀 마시지 않겠습니까. 위스키는 어떻습니까?"

"아직 남았소. 보시다시피."

클로스비는 기분이 상한 모양이었다.

"영어나 러시아어나 독일어를 아시나 보지요?"

"프랑스 말밖에 모릅니다. 그것뿐입니다."

"그렇다면 쿠포르는 당신에게 있어 아마도 바벨 탑 같겠군요. 전에는 이 곳에서 뵌 일이 없었던 것 같은데……? 그런데 소문은 정말입니까?"

"무슨 소문인데요?"

"그 살인범에 대해서⋯⋯. 알고 계시겠지요?"

"뭐, 그리 걱정할 만한 일은 아니오."

순간 클로스비는 말끄러미 메글레를 바라보았다.

"자아! 우리와 한잔 들도록 하십시다. 우리 집사람도 기뻐할 겁니다. 당신에게 에도나 라이 히베르크 양을 소개해 드리지요. 이분은 스톡홀롬의 제지업자 따님이십니다. 지난해 샤모니에서 열렸던 스케이트 대회의 선수권을 가졌지요. 에도나 양, 이분은 메글레 경감님이십니다."

검은 옷을 입은 러시아 여자는 여전히 신문을 탐독하고, 붉은 머리의 사나이는 질그릇 항아리를 앞에 둔 채 눈을 반쯤 감고서 몽상에 잠겨 있었다. 그 항아리에 들어 있던 요구르트는 마지막 한 방울까지 깨끗하게 바닥이 나 있었다.

에도나는 내키지 않는 태도로 말했다.

"처음 뵙겠어요⋯⋯"

그녀는 메글레의 손을 꼬옥 잡았으나, 그러면서도 클로스비 부인과 영어로 이야기를 계속했다. 그러자 윌리엄은 변명을 하며 말했다.

"잠깐 실례하겠습니다, 전화가 걸려 왔기 때문에⋯⋯. 보브, 위스키 둘. 그럼, 실례합니다."

밖에서는 니켈 제 자동차가 엷은 잿빛 광선 속에서 번쩍이고 있었다. 초라한 사람 그림자가 그 주위를 돌아 쿠포르로 발을 질질 끌며 다가왔다. 그리고 바의 회전문 앞까지 오더니 걸음을 멈추었다. 그 사나이는 핏발 선 눈초리로 바 안을 엿보고 있었는데, 급사는 재빨리 이 초라한 사나이를 쫓기 위해 걸어갔다. 빠리는 물론 그밖의 다른 모든 곳에서도 경찰은 쉴새없이 라 상떼 감옥의 탈옥수를 찾고 있었다. 그러나 범인은 바로 여기에 있었던 것이다. 메글레 경감의 목소리가 닿는 곳에.

캐비아를 즐기는 남자

메글레는 꼼짝도 하지 않았다. 몸서리치지도 않았다. 그의 바로 옆에서 클로스비 부인과 젊은 스웨덴 아가씨가 칵테일을 마시며 영어로 이야기하고 있었다. 이 바 안은 비좁았으므로 메글레 경감과 이 스웨덴 아가씨는 매우 가까이 다가앉아 있었다. 그래서 그녀가 몸을 움직일 때마다 나긋한 그녀의 몸이 가볍게 메글레에게 닿는 것이었다. 이럭저럭 알아들은 것으로 생각해 보건대, 화제에 올라 있는 것은 리츠에서 이 아가씨에게 윙크를 하여 코카인을 전한 조제프인가 하는 사나이의 이야기인 듯싶었다. 그녀들은 둘 다 줄곧 웃음 소리를 내고 있었다. 윌리엄 클로스비는 전화실에서 돌아오더니 메글레를 보고 또 되풀이했다.

"실례했습니다. 저 자동차에 관한 전화였지요. 저것은 팔아치우고 다른 걸 살까 생각하고 있거든요."

윌리엄은 양쪽 컵에 소다 수를 섞었다.

"당신의 건강을 축복하며……"

밖에서는 사형수의 기묘한 모습이 테라스 언저리를 떠돌고 있었다.

아마도 시탄게트에서 도망칠 때 모자를 잃어버렸는지, 조제프 울턴은 아무것도 쓰고 있지 않았다. 감옥에 있었으므로 머리털은 거의 박박 깎이고, 그 때문에 커다란 귀가 유난히 커 보였다. 구두는 이미 색깔도 모양도 알아볼 수 없을 만큼 낡았다. 어디에서 잤길래 저렇게 너덜너덜해지고 먼지와 진흙으로 범벅이 된 옷을 입고 있는 것일까. 만일 지나다니는 사람들에게 동냥이라도 한다면, 저런 장소에 있는 것도 누구에게나 곧 납득이 될 것이 틀림없었다. 왜냐하면 그는 패잔병처럼 초라한 몰골을 하고 있었으니까. 하지만 그는 동냥을 하고 있지도 않았고 구두끈이나 연필을 팔고 있는 것도 아니었다. 군중의 흐름에 따라 그는 왔다갔다하고 있었다. 때때로 몇 미터 떨어졌다가는 다시 세찬 흐름을 거슬러올라오는 듯한 모습으로 되돌아오고는 했다. 볼에는 갈색 수염이 더부룩하게 자라 있다. 그래서 한층더 여위어 보였다. 특히 그 불안스러운 눈을 보자 으스스한 느낌이 들었다. 그는 바에서 눈을 떼지 않고 뿌연 유리 너머로 쉴새없이 안을 엿보려 하고 있었다. 또다시 그는 바의 입구까지 다가왔다. 문을 밀고 들어오려나 보다 하고 메글레가 생각했을 정도였다.

그를 본 메글레 경감은 초조해져서 담배를 피워 물었다. 신경은 극도로 긴장되고 이마는 땀으로 촉촉이 젖어 있었다. 감각이 너무 민감해져 있는 느낌이었다. 이상한 한순간이었다. 불과 조금 전에는 메글레가 패배자인 것처럼 보였으며, 어떻게 이 사건을 뚫고 나가야만 좋을지 몰랐기 때문이었다. 사건은 그에게서 멀리 달아나 버려 그 실마리를 다시 잡을 수 있으리라고는 생각되지 않았던 것이다. 그는 천천히 위스키를 마셨다. 그동안 클로스비는 예의상 반쯤 메글레 쪽을 보면서 아내와 에도나의 대화에 끼어들고 있었다. 메글레는 하나도 놓치지 않으려고 주의하고 있었던 것도 아니고 확인하려 했던 것도 아니었지만, 이상하게도 이와 같은 복잡한 광경 속에 일어나고 있는 일들을 무엇 하나 놓치지 않았다. 많은 사람들이 그의 둘레를 돌아다니고 있었다. 여러 가지 소리들이 나고 있었으므로, 그것들이 서로 한데 얽혀 먼 바다의 포효와 같은 알아듣기 힘든 복잡한 소음으로 바뀌어 있었다. 여러 가지 목소리, 갖은 몸짓, 온갖 모습들이 있었다. 요구르트 항아리를 앞에 놓고 테이블 앞에 앉아 있는 사나이. 무엇에 끌어당겨지기라도 하듯 몇 번이나 입구 쪽으로 다가오는 저 떠돌이 사나이. 클로스비의 웃음 소리. 입술에 루즈를 칠하려고 입을 뾰족하게 내미는 그의 아내의 모습. 셰이커를 크게 흔들어 필립을 만드는 바텐더의 몸짓. 그리고 차례차례로 바를 나가는 손님. 그 손님들이 나누는 말. 이러한 모든 것을 메글레는 보고 있었던 것이다.

"그럼, 오늘 밤 여기서?"

"될 수 있으면 레아와 함께 와 주게나."

바는 조금씩 비어 갔다. 벌써 1시 반이었다. 옆방에서는 달그락거리는 포크 소리가 시끄러웠다. 클로스비는 백 프랑짜리 지폐를 카운터 위에 놓았다.

"더 계시겠습니까?"

그는 메글레에게 물었다. 클로스비는 저 비참한 떠돌이 같은 사나이를 눈치채지 못했다. 그러나 나가는 길에 이윽고 그와 정면으로 맞닥뜨렸다. 메글레는 이 마주치는 순간을 괴롭고도 초조한 느낌으로 기다리고 있었다. 클로스비 부인과 에도나는 머리를 조금 숙이고 생긋 웃으며 메글레에게 인사했다. 마침 그때 조제프 울턴은 입구에서 2미터도 떨어지지 않은 곳에 있었다. 그의 구두 한쪽은 끈이 보이지 않았다. 이제라도 경관이 나타나면 아마 그에게 신분증명서를 보여달라고 요구하고 그 자리를 떠나라고 할 것이 틀림없다고 생각되었다. 회전문이 돌쩌귀를 굴대삼아 돌았다. 클로스비는 모자를 쓰지 않고 자기 차로 걸어갔다. 두 여자는 서로 우스갯소리를 하면서 뒤따랐다.

하지만 아무 일도 생기지 않았다. 울턴은 이 미국 사람들을 다른 통행인 이상으로 눈여겨보는 눈치가 없었다. 윌리엄도 그의 아내도 울턴을 거들떠보지도 않았다. 세 사람이 자동차에 오르고 자리에 앉자, 문이 쾅 하고 소리를 내며 닫혔다. 그리고 또 몇 명의 손님이 나갔다. 그 때문에 입구로 다가왔던 울턴은 또 뒤로 물러나지 않으면 안 되었다.

그때 갑자기 메글레는 거울에 비친 어떤 얼굴을 보았다. 짙은 눈썹 아래 생기있는 눈이 번뜩이고, 희미하게 떠올라 있는 웃음에는 비꼬는 빛이 감돌고 있었다. 곧이어 눈꺼풀이 감기면서 너무도 표정이 뚜렷했던 눈동자를 가렸다. 동작은 너무도 순간적인 것이었지만, 메글레는 그 비꼬임이 자기에게 보내지고 있음을 알아차렸다. 메글레에게 흘긋 눈길을 보낸 사나이, 그리고 지금은 아무것도 또 아무도 보고 있지 않는 사나이. 그는 요구르트를 홀짝홀짝 마시고 있던 저 붉은 머리의 사나이였던 것이다.

〈타임스〉를 읽고 있던 영국인이 바를 나가고 난 뒤 스탠드의 높은 의자에는 이미 아무도 앉아 있지 않았다. 보브가 말했다.

"식사를 하고 와야겠군."

견습 급사 두 사람이 마호가니 스탠드를 닦고 컵을 정리하며 손질한 올리브며 포테이토 칩스의 접시를 늘어놓고 있었다. 그러나 테이블에는 손님이 두 사람 남아 있었다. 붉은 머리의 사나이와 검은 옷을 입은 러시아 여자, 이 두 사람은 자기들 둘만이 남았다는 걸 깨닫지 못하는 것 같았다. 밖에는 조제프 울턴이 쉴새없이 서성거리고 있었다. 그의 눈은 지쳐 버린 것 같았고 얼굴은 몹시 파리했다. 급사 하나가 유리창 너머로 울턴을 보면서 메글레에게 말했다.

"또 간질병을 일으킬 것 같은 사나이가 비틀거리고 있군요, 저 녀석들은 하필 쓰러지는 곳으로 카페 테라스를 골라잡는 버릇이 있지 요, 안내계에 알리고 오겠습니다."

"아냐, 기다려 주게."

아까 요구르트를 먹고 있었던 사나이에게 이 소리가 들렸던 모양이다. 그러나 메글레는 목소리를 거의 낮추지 않고 한 마디 한 마디 뚜렷하게 말했다.

"나 대신 사법경찰에 전화를 해주게. 이리로 두 사람 보내 달라고 말이야, 이왕이면 뤼커와 장뷔에를. 알았나?"

"저 떠돌이 때문입니까?"

"그런 일은 아무래도 좋아."

소란스러운 식전주 시간도 지난 몹시 조용한 한때였다. 붉은 머리의 사나이는 꼼짝도 하지 않았다. 검은 옷을 입은 여자는 신문의 페이지를 넘기고 있다. 그때 다른 급사가 메글레를 호기심어린 눈으로 바라보고 있었다. 몇 분이 지났다. 그 몇분은 물방울이 한 방울 한 방울 떨어지듯이 1초 1초 흘러갔다. 그 급사는 지폐를 버석거리든가 동전을 짤랑거리며 현금 계산을 하고 있었다. 전화를 걸러 간 급사가 돌아왔다.

"알았다고 했습니다."

"수고했네."

메글레 경감의 몸무게로 빈약한 스탠드의 높은 의자는 짜부러질 것만 같았다. 그는 아무렇게나 위스키 잔을 들이켜고 나서 줄곧 파이프 담배를 피웠다. 점심 식사도 잊고 있었다.

"크림을 넣은 커피 하나."

구석 쪽에서 목소리가 났다. 거기에는 요구르트를 먹고 있던 사나이가 앉아 있었다. 급사가 메글레 쪽을 흘깃 보고서 어깨를 움츠렀다. 급사는 안쪽 주방 창구를 향하여 큰소리로 말했다.

"크림을 넣은 커피 하나, 하나야!"

그리고는 메글레를 향하여 아주 나직한 목소리로 말했다.

"저 사나이는 저녁 7시까지 버티지요. 저기 또 한 손님도 마찬가지입니다."

급사는 턱짓으로 러시아 여자를 가리켰다.

20분이 지났다. 울턴은 걷기에 지쳤는지 길가 가장자리에 멈추어 섰다. 그러자 자동차를 타려던 어떤 사람이 그를 거지인 줄 알고 동전을 한 닢 내밀었다. 울턴은 묵묵히 그것을 받았다. 그가 가지고 있던 이십 몇 프랑 가운데 아직 얼마나 남아 있을까. 어제부터 무엇을 먹고 지냈을까, 잠은 잤을까. 이 바는 울턴을 끌어당기는 무엇인가가 있는 모양이었다. 테라스에서 아까 그를 내몰았던 안내계와 급사들의 눈치를 살피면서 주춤주춤 그는 다시 한 번 다가왔다. 이번에는 바가 붐비지 않는 시간이었다. 유리문 있는 곳으로 와서 거기에 얼굴을 찰싹 밀어붙였다. 코가 납작해진 우스꽝스러운 모습이 보였다. 그는 그 작은 눈으로 바 안을 살피고 있었다. 붉은 머리의 사나이는 크림이 든 커피를 입술까지 가져갔다. 바깥은 거들떠보지도 않았다. 왜 아까와 똑같은 엷은 웃음을 띤 눈이 반짝반짝 빛나고 있는 것일까. 아직 16살도 되어 보이지 않는 안내계의 급사가 이 초라한 몰골을 한 사나이를 몰아세우자, 그는 다시 발을 끌며 멀어져 갔다. 뤼커 경사가 택시에서 내려 놀란 듯한 태도로 들어왔다. 주위를 둘러보더니 거의 손님이 없는 빈 실내였으므로 더욱 놀란 표정을 지었다.

"경감님이셨군요, 불러 낸 것은……"

"무얼 마시겠나?"

그리고 다시 목소리를 낮추어 말했다.

"바깥을 보게."

뤼커는 그를 알아보는 데 시간이 조금 걸렸다. 그리고 금새 밝은

얼굴이 되어

"잘 하셨군요, 경감님은 용케도……"

"뭐, 별로…… 이봐, 바텐더! 꼬냑 하나."

러시아 여자가 심한 사투리가 섞인 말로 불렀다.

"여보세요! 사진 화보를 보여 주세요, 그리고 상공(商工) 연감도
……"

"뤼커, 마시게. 그리고 밖으로 나가 저 사나이를 감시해 주게"

"체포해 버리는 편이 좋지 않겠습니까?"

분명히 경사의 손은 주머니 속에서 수갑을 만지작거리고 있었다.

"아직 일러. 자아……"

메글레는 겉으로는 냉정해 보였으나 몹시 긴장되어 손에 들었던 컵
을 커다란 손으로 으스러뜨릴 것만 같았다. 붉은 머리의 사나이는 자
리를 뜰 생각이 없는 것처럼 보였다. 그렇다고 무엇을 읽거나 쓰는
것도 아니었고, 특별히 무엇을 보고 있는 것도 아니었다. 밖에서는
여전히 조제프 울턴이 기다리고 있었다!

오후 4시가 되었는데도 그 상황은 여전했다. 다만 조금 바뀌었다고
한다면, 울턴이 벤치 있는 곳으로 가 앉아서 바의 출입문으로부터 눈
을 떼지 않고 보고 있는 것뿐이었다. 메글레는 그다지 식욕은 없었으
나 샌드위치를 먹었다. 검은 옷을 입은 러시아 여자는 오랫동안 화장
을 고치더니 나갔다. 이제 바에는 요구르트를 먹던 사나이 뿐이었다.
울턴은 젊은 러시아 여자가 나오는 것을 몸 하나 움직이지 않고 지켜
보고 있었다. 가로등은 아직 불이 들어와 있지 않았으나, 바에서는
전등을 켰다.

종업원 하나가 병의 내용물을 채우고 또 다른 종업원은 바쁘게 여
기저기를 쓸고 있었다. 접시 위에서 별안간 쨍그렁 하는 스푼 소리가
들렸다. 그것은 붉은 머리의 사나이가 앉아 있는 구석에서 들려 왔

다. 그 소리에 메글레도 바텐더도 조금 놀랐다. 급사는 이 초라한 손님에 대한 경멸을 감추려고도 하지 않고 태연히 자기 일을 계속하며 외쳤다.

"요구르트 하나에 크림을 탄 커피 하나이니까 3프랑하고 1프랑 50으로, 4프랑 50입니다."

"이봐, 그게 아니야. 캐비아 샌드위치를 주게."

그 목소리는 나직했다. 메글레 경감이 술집에 걸려 있는 거울로 보니, 그 손님의 웃음 띤 눈은 반쯤 감겨져 있었다.

바텐더가 주방 창구를 열려고 갔다.

"캐비아 샌드위치 하나, 하나야!"

"아니, 셋이오!"

하고 그 손님이 고쳐 말했다.

"캐비아 셋, 셋이야!"

바텐더는 깔보듯이 손님을 흘금흘금 쳐다보며 비꼬는 말투로 물었다.

"워트카도 드시겠습니까?"

"그래, 워트카도 주게."

메글레는 어떻게 해서든지 까닭을 알려고 했다. 왜냐하면 이 사나이는 아까와는 전혀 태도가 달라져 있었기 때문이다. 아까처럼 가만히 꼼짝도 않는 태도가 아니었다.

"그리고 담배도……"

하고 그 사나이는 무뚝뚝하게 말했다.

"마리이랑 말입니까?"

"아니, 아브듈러일세."

샌드위치가 만들어지고 있는 동안 그 사나이는 아브듈러를 한 대 피우고 그 갑 위에 연필로 낙서를 하고 있었다. 그리고 샌드위치를 먹었는데 그 먹는 속도가 어찌나 빠른지 다 먹고 일어나 나갈 때까지 급사가 미처 자기 자리로 돌아갈 틈도 없을 정도였다.

"샌드위치가 30프랑, 워트카가 6프랑, 아브듈러가 22프랑, 그리고 아까의 계산과 합해서……"

"내일 와서 치르겠네."

메글레는 이맛살을 찌푸렸다. 그는 벤치에 앉아 있는 울턴에게도 쉴새없이 눈길을 보내고 있었다.

"잠깐 기다리세요. 그럼, 지배인에게 말씀해 주세요."

붉은 머리의 사나이는 머리를 끄덕이고 자리로 돌아가 앉아 기다리고 있었다. 연미복을 입은 지배인이 나타났다.

"왜 그래?"

"이분이 계산을 내일로 해 달라고 말씀하시기 때문에……캐비아 샌드위치 셋과 아브듈러, 그리고……"

붉은 머리의 손님에게는 난처해 하는 빛이 조금도 보이지 않았다. 아까보다도 더한층 능청맞게 머리를 끄덕이며 급사가 한 말을 긍정했다.

"가지신 것이 없습니까?"

"한 푼도……"

"이 근처에 살고 계신가요? 안내계의 급사를 함께 딸려 보내겠습니다."

"집에도 돈은 없소."

"그런데 캐비아를 잡수셨다는 겁니까?"

지배인이 손뼉을 쳤다. 제복을 입은 급사가 뛰어왔다.

"경찰을 불러!"

그리고 그다지 소동도 벌어지지 않고 조용히 일이 진행되었다.

"분명 돈이 없단 말씀이지요?"

"지금 말했지 않소."

대답을 기다리고 있던 안내계의 급사는 그 말을 듣자 곧 뛰어나갔다. 메글레는 꼼짝도 하지 않았다. 지배인은 거기에 남아 몽빠르나스 큰길을 오가는 사람들을 조용히 바라보고 있었다. 바텐더는 줄곧 병을 닦으면서 이따금 의미심장한 눈으로 메글레를 흘긋 바라보는 것이었다. 경찰관 하나가 메글레 경감을 알아보고 가까이 오려고 했으나, 메글레는 눈으로 신호를 하듯 그 경관을 말끄러미 쳐다보았다. 그러자 지배인도 쓸데없는 흥분을 하지 않고 차근차근 설명했다.

"이분은 캐비아며 고급 담배 따위를 주문해 놓고는 값을 치러 주지 않습니다."

"돈이 없소."

붉은 머리의 사나이는 또 되풀이했다.

메글레가 신호했으므로 경관은 중얼거리는 듯한 나직한 목소리로 재빨리 마무리지었다.

"좋소, 경찰서에서 까닭을 들어 봅시다. 우리와 함께 가 주시오."

"두 분도 뭔가 좀 드시지는 않겠습니까……?"

지배인이 말했다.

"아니, 고맙소. 하지만……"

전차며 자동차가 몇 대나 지나가고 게다가 많은 사람들이 땅거미가 짙게 깔린 큰길을 오가고 있었다. 잡혀가는 그 사나이는 나가는 길에 또 새로이 담배 한 대에 불을 붙였다. 그리고 바텐더에게 친근한 목례를 보냈다. 메글레의 앞을 지나면서 몇 초 동안 그 사나이의 눈길이 압박하듯 메글레에게 못박혔다.

"자아, 빨리 걸어가! 허튼 수작을 해서는 안 돼, 알겠지!"

세 사람 모두 나갔다. 지배인은 카운터로 다가갔다.

"저 사람은 요전에도 한 번 몰아 낸 체코 사람 아니야?"

"네, 그 녀석입니다!"

바텐더는 머리를 끄덕였다.

"저 녀석은 아침 9시부터 저녁 5시까지 여기 있지요. 하루 종일 죽치고 있으면서 크림이 든 커피 두 잔 마시는 게 고작입니다."

메글레는 입구까지 걸어가 있었기 때문에 조제프 울턴의 모습을 볼 수가 있었다. 울턴이 벤치에서 일어나 캐비아를 즐기는 사나이를 연행하는 두 경관을 바라보며 꼼짝도 않고 서 있는 것이 보였다. 그러나 밖은 이미 어두웠으므로 그의 표정을 알아볼 수는 없었다. 세 사람이 겨우 백 미터쯤 갔을 때 떠돌이 울턴은 발걸음을 옮기기 시작했다. 그러나 뤼커 경사가 조금 거리를 두고 뒤따라갔다.

"사법경찰에 있는 사람인데."

그때 메글레 경감은 스탠드 쪽으로 돌아가면서 말했다.

"아까 그 녀석은 이름이 뭐라고 하나?"

"라데크라는 이름이었다고 생각합니다만……. 그는 자기 편지를 이리로 오게끔 하고 있지요. 가게의 유리 상자에 편지를 넣도록 되어 있으니까요. 그리고 그는 체코 사람입니다……"

"무엇을 하고 있지?"

"아무것도 하는 일이 없나 봐요. 그저 바에서 나날을 보내고 있습니다. 생각에 잠기든가 무얼 쓰든가 하며……."

"그의 주소를 알고 있나?"

"아니오."

"친구는 있나?"

"그가 누군가에게 말을 거는 것을 본 일은 없다고 생각되는데요."

메글레는 계산을 끝내자 밖으로 나와 택시를 잡아탔다. 그리고는 무뚝뚝하게 말했다.

"관할 경찰서로."

메글레가 도착해보니, 라데크는 벤치에 앉아 서장이 볼일을 끝낼 때까지 기다리고 있었다. 너덧 명의 외국인이 거주증명을 받기 위하여 와 있었다. 메글레는 아무 데도 들르지 않고 곧장 서장실로 들어갔다. 한 젊은 여자가 중부 유럽의 서너 나라 말을 섞어 가며 보석을 도둑맞았다고 호소하고 있는 참이었다.

"지금 여기서 근무하십니까?"

서장은 놀라서 물었다.

"어쨌든 그 부인의 용건부터 처리하게!"

"이 여자가 하는 말을 도무지 알아들을 수가 있어야지요. 30분 전부터 같은 말만 되풀이하고 있을 뿐입니다."

외국 여자는 화를 내기 시작했다. 반지가 없어진 손가락을 보이면서 이야기의 요점을 하나하나 되풀이하는 동안, 메글레는 웃지도 않았다.

겨우 그녀가 나가자 메글레는 명확히 말했다.

"라데크라는 남자가 연행되어 왔을 걸세. 심문에 입회시켜 주게나. 그 녀석을 하룻밤 유치하고 나서 내보내도록 손써주기 바라네."

"그가 무슨 짓을 했는데요?"

"캐비아를 먹고 돈을 치르지 않았네."

"도옴에서 말입니까?"

"아니, 쿠포르에서."

초인종이 울렸다.

"라데크를 들여보내."

라데크는 조금도 곤혹스러워 하지 않고 주머니에 양손을 찔러넣은 채 안으로 들어왔다. 그리고는 두 사람 앞에 떡 버티어 서서 두 사람의 눈을 뚫어지게 바라보며 무슨 말이 나올 것인가 기다리고 있었다. 그 입술에는 흐뭇한 웃음마저 떠올라 있었다.

"자네는 식사비를 치르지 않았다는 것으로 고발되었는데……"

그는 그렇다고 했다. 그리고는 담배에 불을 붙이려고 했지만, 메글레 경감이 발끈하며 그의 손에서 담배를 빼앗았다.

"무언가 하고 싶은 말이 있나?"

"전혀 없습니다."

"주소나 생활의 방편은 있나?"

그는 주머니에서 더럽혀진 여권을 꺼내어 사무책상 위에 놓았다.

"잘못하면 15일 동안 구류당해야 한다는 것을 알고 있겠지?"

"거기에는 집행유예가 따르지요!"

하고 머뭇거리지도 않고 상대의 말을 바로잡았다.

"조사를 하시면 알겠지만, 저는 지금까지 형을 받은 일이 한 번도 없습니다."

"자네는 의학생이라고 여기 씌어져 있는데, 정말인가?"

"구로레 교수라고 하면 이름쯤은 들으신 적이 있으리라고 생각합니다만, 그 선생님은 아마 저를 가장 우수한 학생이라고 말할 겁니다."

그리고 메글레 쪽을 향하며 조금 놀리는 듯한 말투로

"당신도 경찰 분인가 보지요?"

낭디의 여인숙

메글레 부인은 깊은 한숨을 지었을 뿐, 아무 말도 하지 않았다. 아침 7시에 남편은 입이 델 정도로 뜨거운 것도 모르고 커피를 벌컥벌컥 들이키더니 곧 집을 나가고 말았다. 그는 어제도 밤 1시에 시무룩한 얼굴로 돌아와서 다시 한마디 말도 없이 집을 나간 것이다.

메글레 경감은 경찰국 복도를 가로질러 가면서 만난 동료나 형사에서부터 급사에 이르기까지 그 표정에는 한결같이 호기심어린 빛을 띠고 있다는 것을 알아차렸다. 그것은 한낱 호기심뿐만 아니라 조금은 동정 비슷한 것도 섞여 있었다. 그러나 그는 아내의 이마에 키스했던 것과 비슷한 심정으로 악수를 하고, 자기 방으로 들어가자 곧 난로불을 들쑤시기 시작했다. 그리고 의자를 두 개 나란히 놓고 비에 젖어 무거워진 외투를 그 위에 펼쳤다.

"몽빠르나스 경찰서를 대주게."

그는 뻐끔뻐끔 자주빛 파이프를 빨면서 서두르는 빛도 없이 교환대에게 부탁했다.

그리고는 책상 위에 쌓여 있는 서류를 재빠른 솜씨로 정리했다.

"여보세요, 누구지? 당번 부장……? 나는 사법경찰의 메글레 경감인데, 라데크를 석방했나? 뭐라구……? 1시간 전에……? 장 뷔에 형사가 뒤를 밟기로 했는데, 확인 했겠지? 여보세요? 아아, 알았네! 뭐, 그는 전혀 자지 않았다고? 그래, 담배를 모두 피웠단 말이지? 아니, 고맙네. 아냐, 괜찮아! 그럴 것까지는 없네. 좋아, 좀더 자세한 정보를 알고 싶으면 내가 또 그 쪽으로 가겠네."

그는 맡아 있던 체코 사람의 여권을 주머니에서 꺼냈다. 체코 국기가 찍힌 조그만 잿빛 수첩이었다. 어느 페이지에나 도장이 찍혀 있고 뒤에 서명이 있었다. 장 라데크는 올해 25살의 부르노 태생으로 아버지는 누군지 모른다. 여권 사증에 의하면 베를린, 메이얀스, 본, 티란, 함부르크에 머문 적이 있다. 신분증명서에는 의학생이라고 적혀 있다. 어머니 엘리자베드 라데크는 2년 전에 숨을 거두었는데, 죽기 전에는 하녀로 있었던 여자이다.

"자네는 무엇을 하여 먹고 사나?"

어젯밤 메글레는 몽빠르나스의 서장실에서 물었다. 그러자 구류 중인 라데크는 사람을 짜증나게 하는 그 미소를 떠올리면서 대답했다.

"저도 당신을 자네라고 불러도 좋습니까?"

"쓸데없는 말 그만두고 대답이나 해!"

"어머니가 살아 있었을 때는 학비를 보내 주었지요."

"하녀의 급료로 말인가?"

"그렇습니다. 저는 외아들이었으니까요. 저를 위해서라면 어머니는 두 팔이라도 팔았을 겁니다. 놀랄 만한 일인가요?"

"2년 전에 어머니가 돌아가셨단 말이지. 그리고 나서는?"

"먼 친척이 가끔 돈을 보내 줍니다. 그리고 빠리에는 우리 나라 사람이 몇 있어서 필요한 때에는 그 사람들이 저를 도와 주지요. 그리고 때때로 번역 일거리가 생기기도 하고……."

"그렇다면 〈경적〉지의 일을 맡아다 한 적도 있겠군."

"모릅니다!"

비꼬는 몸짓으로 말했다.

"자아, 속시원하게 말씀하십시오. 저는 아직 꼬리를 잡힌 것이 아니니까요"라고 말하는 것 같았다.

메글레는 그쯤 해 두는 편이 좋다고 아까부터 생각하고 있었다. 쿠포르 주변에는 조제프 울턴이나 뤼커 경사의 모습은 그림자도 보이지 않았다. 둘 다 앞서거니 뒤서거니 하며 또 빠리의 시가지 속에 휩쓸려 들어가고 만 것이다.

"호텔 '조르쥬 5세'까지 가 주게."

메글레 경감은 운전수에게 말했다.

호텔에 들어가자 마침 윌리엄 클로스비가 연미복을 입고 프런트에서 백 달러짜리 은행 지폐를 환전하고 있는 참이었다.

"저에게 무슨 하실 말씀이라도?"

메글레를 보자 그는 물었다.

"뭐, 아무것도 아니오. 당신이 라데크라는 사나이를 알고 계신지하고……"

루이 16세 홀 안을 몇 사람이 왔다갔다하고 있었다.

사무원이 10장씩 핀으로 꽂은 백 프랑짜리 지폐 묶음을 세고 있었다.

"라데크라고요?"

메글레의 눈초리는 그 미국인의 눈에 지그시 모아져 있었다. 그러나 미국인은 당황하지 않았다.

"모르는데요. 집사람에게 물어 보십시오. 곧 그녀가 내려올 겁니다. 우리는 이제부터 시내에서 친구와 식사를 할 참이죠. 리츠에서 자선모임이 있어서 말입니다."

정말 클로스비 부인이 엘리베이터에서 나왔다. 추운지 소매 없는 수달피 외투를 두르고 있었다. 메글레를 보더니 조금 놀라는 눈치였다.

"무슨 일이 있나요?"

"그다지 신경쓸 건 없습니다. 지금 라데크라는 사나이를 찾고 있지요."

"라데크라니요…… 이 곳에 묵고 있는 분인가요?"

클로스비는 지폐뭉치를 주머니에 쑤셔넣고 메글레에게 악수를 청하며 말했다.

"실례합니다. 사실은 좀 늦어서……"

밖에서 기다리고 있던 자동차가 아스팔트 길을 미끄러지기 시작했다.

전화 벨이 요란스럽게 울렸다.

"여보세요."

코멜리오 예심 판사가 메글레 경감을 찾는 전화였다.

"아직 돌아오지 않았다고 말해 주게, 알았지?"

이런 시간이라면 코멜리오 예심 판사는 틀림없이 자택에서 전화하고 있는 것이다. 아마 그는 실내복을 걸친 채 부지런히 아침식사를 끝내고, 언제나처럼 경련적으로 입술을 실룩거리면서 신문을 정신없이 읽고 있는 참일 것이다.

"여보세요, 장인가! 나한테 아무 전화도 없었나? 예심 판사는 뭐라고 하던가?"

"경감님이 돌아오시면 곧 전화해 달라고요. 9시까지 자택에 계시고 그 뒤로는 검찰청에 계시겠답니다. 여보세요, 잠깐 기다리세요. 마침 전화가 걸려 왔습니다. 여보세요! 여보세요! 메글레 경감이시죠. 그럼, 연결하겠습니다. 장뷔에 씨한테서 전화입니다. 연결하겠습니다."

곧 장뷔에의 목소리가 들렸다.

"경감님이세요?"

"놓쳤나?"

"네, 놓쳤습니다. 그런데 아무래도 까닭을 알 수가 없어요! 20미터도 떨어지지 않고 뒤를 밟고 있었는데……"

"빨리 말해 보게!"

"왜 그렇게 되었는지 아직도 생각하고 있습니다. 분명히 그는 내가 뒤를 밟고 있다는 걸 모르고 있었는데……"

"어쨌든 그 앞에서부터 말해 주게."

"녀석은 처음에 그 둘레를 서성거리고 있었습니다. 그리고 몽빠르나스 역으로 들어갔습니다. 그때는 교외 열차가 도착된 시각이었으므로 사람들 속에서 잃어버리지 않도록 그 사나이에게 좀더 다가갔습니다."

"어쨌든 보이지 않게 되었단 말이지?"

"인파 속에서 잃어버린 게 아닙니다. 그 사나이는 막 도착한 열차에 차표도 사지 않고 올라타 버렸습니다. 그 열차의 행선지를 역원에게 묻고 있는 눈 깜박할 사이였습니다. 그러나 열차에서 눈을 떼고 있었던 것은 아닙니다. 듣고 났을 때에는 벌써 차 안에 그 사나이는 없었습니다. 틀림없이 반대쪽으로 도망친 것이지요."

"틀림없이 그랬을 걸세."

"이제부터 저는 어떻게 할까요?"

"어쨌든 쿠포르 바에서 기다리고 있게. 놀랄 만한 일도 아니니 걱정 말게나."

"네, 그렇게 하겠습니다, 경감님."

장뷔에 형사는 아직 25살밖에 안 되었다. 방금 전화통에 대고 이야기하는 그의 목소리는 어린아이의 훌쩍임 같았다.

"그래, 그럼 또 나중에……"

메글레는 전화를 일단 끊고 곧 다시 걸었다.

"조르쥬 5세 호텔…… 여보세요, 그렇습니다. 윌리엄 클로스비 씨는 돌아오셨나요? 아니! 그럴 것까지는 없습니다. 미안하지만 몇시에 돌아오셨는지 알려 주십시오. 네, 3시요? 부인도 함께 왔다고요? 정말 고맙습니다. 아, 아니오! 전해 드릴 것까지는 없습니다. 제가 뵈러 갈 테니까요."

메글레 경감은 파이프에 담배를 담고 난로 옆으로 가서 아직도 석탄이 넉넉하게 남아 있는지 확인했다. 그를 잘 모르는 사람이 이 모습을 보았다면, 이 때의 그는 회피할 수 없는 목적을 향해 아무런 망설임 없이 밀고 나가는 자신감에 넘친 사나이로 보였을 것이다. 메글레는 으스대듯 가슴을 내밀고 걸으면서 천장을 향해 파이프의 연기를 뿜었다. 급사가 신문을 가져 오자 명랑하게 농담을 했다. 그러나 급사가 가 버리고 혼자 남게 되자 별안간 수화기를 움켜잡았다.

"여보세요! 뤼커에게서 전화 없었나?"

"경감님, 아직 아무런……"

메글레는 파이프 자루를 깨물었다. 아침 9시였다. 그 전날부터 오후 5시까지 조제프 울턴은 라스빠이유 큰길에서 모습을 감추고 있었다. 그러나 뤼커 경사가 그 뒤를 밟고 있었다. 뤼커에게서는 그 뒤아무런 보고도 없다. 전화라든가 누군가 다른 경관에게 편지를 건넨다든가 연락 방법이 발견되지 않았던 것일까. 메글레는 뒤프르 형사의 아파트에 전화를 걸었다. 그것은 메글레의 마음 속에 숨기고 있던 심정을 조금 엿보게 해주는 행동이었다. 뒤프르가 직접 전화를 받았다.

"어때, 상태는 좋은가?"

"벌써 방 안을 걷고 있습니다. 내일은 출근할까 생각합니다. 상처 자국이 어떻게 되었는지 보여 드리겠어요. 어제 저녁때 의사가 붕대를 잠깐 풀어 주었기 때문에, 그때 비로소 상처 자국을 보았지요. 용케도 머리통이 갈라지지 않았다고 의사가 신기해 할 정도였습니다. 그건 그렇고, 녀석은 발견되었습니까?"

"걱정 말게! 전화 끊겠네. 지금 교환대에서 벨이 울리는군. 전화가 걸려 오기를 기다리고 있던 참이라네."

방 안은 후끈거릴 만큼 더웠다. 난로는 백열을 띠며 활활 타고 있었다. 메글레의 예감은 빗나가지 않았다. 뒤프르의 전화를 끊자마자 벨이 울리기 시작했다. 뤼커의 목소리였다.

"여보세요! 경감님이십니까? 끊지 말아요! 교환수 아가씨, 경찰에 있는 사람이야! 여보세요! 여보세요!"

"나일세, 지금 어디 있나?"

"모르상입니다."

"어디라고?"

"빠리에서 35킬로미터 떨어진 작은 마을인데, 세느 강을 끼고 있습니다."

"그래, 녀석은 어떻게 되었나?"

"무사합니다. 지금 그 녀석의 집에 있습니다."

"그럼, 모르상이란 낭디 근처인가?"

"4킬로미터쯤 떨어져 있지요. 지금 여기까지 전화를 걸러 나온 참입니다. 눈치를 채면 안 되니까요. 어젯밤에는 혼이 났습니다."

"어서 말해 보게."

"처음에는 녀석이 끝까지 빠리를 헤맬 것이라고 생각했습니다, 어디로 갈 건지 목표도 없어 보였어요. 8시에 나와 레오미일 거리의 무료급식소 앞에 줄을 섰습니다. 그리고는 2시간 가까이나 먹을 것이 나오길 기다리고 있었습니다. "

"그렇다면 벌써 돈이 떨어진 게로군. "

"그리고 또 걷기 시작했어요. 그 녀석은 세느 강이 굉장히 매력적인가 봅니다. 좀 기묘할 정도였지요. 세느 강을 따라 이리왔다 저리갔다하고 있었습니다. 여보세요! 끊지 말아요! 경감님은 죽 거기에 계시겠습니까? "

"그 다음은 어떻게 되었나? "

"그는 마침내 샤랑통 쪽을 향해 갔습니다. 둑을 따라서 말입니다. 사실 저는 그 사나이가 다리 밑에서 자는 걸 기다리고 있었던 겁니다. 정말이지! 그 사나이는 똑바로 서 있을 수도 없을 정도로 비틀거리고 있었거든요. 그런데 제 생각이 빗나갔어요. 샤랑통의 다음 마을은 알폴트빌이었습니다만, 거기까지 오더니 그는 빌느브 상 조르쥬로 가는 길을 힘찬 발걸음으로 걷기 시작했습니다. 그 때는 벌써 어두웠고 비 때문에 길도 미끈미끈했을 뿐 아니라, 30초마다 차가 지나다니고 있었습니다. 그런 일을 다시 한 번 해야만 한다면 ……"

"뭐, 그까짓 것쯤이야, 다시 할 수도 있지! 어쨌든 그 다음을 이야기해 주게. "

"그것뿐입니다! 그런 식으로 35킬로미터를 걸었던 거에요, 아시겠습니까. 비는 점점 더 세차게 내리고 그는 전혀 눈치를 채지 못했습니다. 코르베유에 닿았을 때는 그가 조금만 더 가면 뒤를 밟기 쉽게 택시를 잡을까 생각했을 정도였지요. 아침 6시가 되었는데도 그 사나이와 저는 앞뒤에 서서 모르상에서 낭디로 이어지는 숲 속을 걷고 있었습니다……"

"녀석은 자기 집 문으로 들어가던가?"

"그 여인숙을 알고 계시지요? 호화로운 것이란 눈씻고 볼래야 볼 수 없었습니다. 마부, 마차꾼 따위를 위한 주막집이라고나 할까요. 여관도 되고, 신문도 팔고, 술집도 하고, 담배가게도 하는 식이지요. 아마 잡화도 팔 겁니다. 그는 입구로 들어가지 않고 폭 1미터가량의 길을 지나 집 둘레를 돌더니 담을 뛰어넘었어요. 그제서야 가축들을 재우는 작은 오두막으로 기어들어간 것을 알았습니다."

"그것뿐인가?"

"대충 그런 정도입니다. 30분 지나자 울턴의 아버지가 나와 덧문을 열고 가게를 열었습니다. 그의 태도는 침착했습니다. 저는 그 곳에 가서 한잔 했습니다만 조마조마하는 눈치는 조금도 볼 수 없었습니다. 큰길에 나서자 운좋게도 자전거를 타고 가는 헌병을 만났습니다. 그에게 부탁하여 일부러 그 자전거 타이어를 펑크나게 하고 내가 돌아올 때까지 그것을 구실로 그 여관에 가서 지켜 달라고 했습니다."

"그것 잘 되었군!"

"잘 된 건 조금도 없지요. 저는 허리까지 흙투성이가 되어 있단 말입니다. 구두는 걸레처럼 질퍼덕하게 되었고요. 아마 셔츠까지 비에 푹 젖어 있을 겁니다. 이제부터 어떻게 할까요?"

"물론 자네는 슈우트케이스를 갖고 있지는 않을 테지."

"여기에다 또 슈우트케이스까지 갖고 있다면 사람 죽으라고요!"

"그 여인숙으로 돌아가 주게. 뭐든지 좋으니까 화제를 찾아 내어 말을 붙이는 거야. 친구와 만날 약속을 했으므로 그가 오기를 기다리고 있다든가 하면서."

"경감님도 이리로 오시겠습니까?"

"모르겠네. 그러나 울턴이 다시 한 번 우리들의 손아귀에서 달아난다면, 나는 목이 잘릴 가능성이 크지."

메글레는 전화를 끊고 멍하니 주위를 둘러보았다. 그리고 반쯤 열린 문에서 급사를 불렀다.

"장, 잘 들어 둬야 해! 내가 나가거든 곧 코멜리오 예심 판사에게 전화해. 예심 판사님에게 이렇게 말하는 거야. 모든 일이 잘 되고 있습니다, 라고. 그리고 이 쪽에서 일의 경과를 차근차근 알려드리겠다고 말이야. 알겠지? 공손히 부드럽게 말해야 해. 존댓말을 많이 넣어서 말이야."

11시에 메글레는 쿠포르 앞에서 택시를 세우고 내렸다. 문을 밀고 들어가자 맨 처음 눈에 띈 것은 장뷔에 형사였다. 그는 풋내기 배우처럼 펼친 신문 뒤에 몸을 숨기고서 자기 딴에는 태연한 척 잘 해 나가고 있는 것 같았지만, 머리는 나와 있고 신문을 넘기지도 않았다. 건너편 구석에는 장 라데크가 앉아 크림을 넣은 커피 속에 스푼을 넣어 거칠게 휘젓고 있었다. 수염은 금방 면도한 듯했고 깨끗한 와이셔츠를 입고 있었다. 곱슬거리는 머리도 가볍게 빗질한 것 같았다. 그를 보면서 가장 분명히 느껴진 것은, 그가 마음 속으로는 몹시 기뻐하고 있다는 점이었다. 바텐더는 메글레를 알아보고 의미심장한 눈짓을 하려고 했다. 장뷔에 또한 몸짓으로 알게 하려고 열심이었다. 그러나 그와 같은 노력은 어느 것이나 모두 헛일이 되고 말았다. 라데크가 메글레 곁으로 다가와서 "무언가 마시겠습니까?" 하고 물었기 때문이었다.

라데크는 반쯤 일어섰다. 미소는 띠지 않았지만 개성적인 그 얼굴 표정은 모두 날카로운 두뇌의 활동을 나타내고 있었다. 메글레는 큰 몸을 무거운 듯이 이끌고 앞으로 나가 의자 등받이를 움켜잡았다. 그 손놀림에는 의자를 움켜 바스러뜨릴 수 있을 만한 힘이 주어져 있었다. 그리고 듬직하니 앉았다.

"벌써 나왔나?"

외면을 한 채 메글레가 물었다.

"그곳 분들은 매우 친절한 사람들이었습니다. 치안 판사에게 불려 가는 것은 2주일 뒤가 되어야 한다나요. 사건이 산더미처럼 쌓여 있는 모양입니다. 캐비아 샌드위치와 보드카를 한 잔 하시는 게 어떻겠습니까? 이봐, 바텐더!"

바텐더는 귓불까지 빨개져 있었다. 이 외국인 손님에게 주문한 것을 갖다 주어야 할 것인지 망설이고 있는 눈치가 역력했다.

"내가 손님과 함께 있을 때에는 선불제로 하지 않았으면 좋겠는데." 라데크는 이어서 말했다. 그리고 메글레에게 설명했다.

"이곳 사람들은 아무것도 알아 주지를 않아요. 저는 조금 전에 왔습니다만, 놀랍게도 주문을 받으려고 하지 않았지요. 그래서 전 아무 말도 하지 않고 지배인을 찾아갔습니다. 지배인은 저에게 나가 달라고 하지 않겠어요. 할 수 없이 저는 테이블 위에 돈을 내놓았지요. 그런 일이 우습다고 생각되지 않습니까?"

라데크는 꿈이라도 꾸고 있는 듯한 태도였으나 묵직하게 말했다.

"조금 주의해 드리고 싶은 것은, 어제 여기서 망나니를 보셨지 않습니까? 이곳 사람들은 저를 그런 염치없는 놈으로 취급한다는 것입니다. 형편없이 사람 차별을 한다 이 말씀이지요. 하지만 저는 좀더 올바른 인간이란 말입니다! 그렇지 않아요? 경감님, 나중에는 언제고 우리 두 사람만이 이야기하지 않으면 안 되겠지요. 아마 모든 것은 알 수 없을지도 모르지만 말입니다. 어쨌든 당신은 이해심 많은 사람 가운데 하나로 꼽히고 있으니까……"

바텐더가 테이블 위에 캐비아 샌드위치를 놓고 메글레를 흘긋 보고 새삼스러운 말투로 말했다.

"60프랑입니다."

라데크는 싱긋 웃었다. 구석 쪽에서는 여전히 장뷔에 형사가 신문지 뒤에 숨어서 동정을 살피고 있었다.

"아브듈러 한 갑."

붉은 머리의 라데크가 주문했다. 담배를 가지고 올 동안 라데크는 사람이 보고 있는 앞에서 웃옷 호주머니로부터 꾸깃꾸깃한 천 프랑짜리 지폐를 한 장 꺼내 테이블 위에 던졌다.

"경감님, 지금 무슨 이야기를 하고 있었지요? 잠깐 실례하겠습니다. 별안간 생각이 나서……양복점에 전화하기로 되어 있었지요."

전화는 비어홀의 안쪽에 있었다. 거기에는 밖으로 통하는 문이 몇개 나 있었다. 메글레는 꼼짝도 않고 있었다. 장뷔에만이 자동장치의 움직임처럼 조금 떨어져서 뒤를 따라갔다. 조금 있으려니까 둘 다 자리를 일어섰을 때와 마찬가지로 앞뒤로 돌아왔다. 장뷔에의 눈은 이 체코 사람이 정말로 양복점에 전화했다는 것을 명백히 말해 주고 있었다.

지폐뭉치를 보이는 라데크

"경감님, 귀중한 의견을 말씀드릴까요."

라데크는 메글레 쪽으로 몸을 구부리고 떨리는 목소리로 말했다.

"미리 말해 둡니다만, 당신이 제 의견을 듣고 어떻게 생각하실지 그 정도는 이미 잘 알고 있습니다. 하지만 그런 것은 아무래도 좋습니다. 아무튼 제 생각을 말씀드린다면——실례가 안 된다면 충고를 드린다고 할까요——가만히 내버려 두는 편이 좋다는 것입니다. 당신은 쓸데없이 휘젓고 있으니까요."

메글레는 똑바로 앞을 본 채 꼼짝도 하지 않았다.

"당신은 이제부터 또 잘못을 계속해 나갈 겁니다. 왜냐하면 아무것도 모르고 있으니까요."

체코 사람은 차츰 열기를 띠었다. 그것은 매우 특징있는, 속으로 충만된 열기였다. 메글레는 문득 그 사나이의 손에 눈길이 멎었다. 길고 놀랄 만큼 희었으며 군데군데에 주근깨 반점이 있었다. 그 손가락은 마치 서로 이야기하고 있는 것처럼 늘어났다 줄어들었다 하면서 온갖 표정을 지어 보였다.

"미리 말해 둡니다만, 저는 당신의 직업적인 재능을 의심하고 있는 것은 아닙니다. 당신은 이 사건에 대해 아무것도 모르고 있어요, 눈곱만큼 알고 있지 않습니다. 왜냐하면 맨 처음부터 당신이 잘못된 자료를 기초로 하여 나갔기 때문입니다. 그래서 모두가 잘못되고 말았지요. 그렇지 않습니까? 그러니까 당신이 이제부터 찾아내는 사항도 모두 마지막까지 잘못되는 겁니다. 그 때문에 이 사건 해결의 기초가 될 몇 가지 점을 당신은 그냥 지나쳐 버리고 말았지요. 이를테면 이 사건에서 세느 강이 맡고 있는 역할을 당신은 깨닫지 못할 테지요. 상 끌르의 별장은 세느 강가에 있습니다. 무슈르 프랑스 거리는 세느 강에서 5백 미터 떨어진 곳에 있습니다. 신문기사에 의하면 사형수가 도망하고 나서 숨은 시탄게트도 세느 강변이더군요. 울턴은 무랑에서 태어났는데 그곳은 세느 강 기슭에 있습니다. 부모는 낭디에 살고 있지만 그것도 세느 강가에 있지요."

라데크의 눈은 웃고 있지만, 얼굴의 다른 부분은 진지한 빛을 띠고 있었다.

"당신은 굉장히 곤란을 받고 있어요, 그렇겠지요? 나는 스스로 나서서 그물에 걸린 거나 같습니다. 당신이 아무것도 묻지 않았지만 저는 일부러 찾아와서 어떤 사건에 대한 이야기를 하고 있습니다. 그런데 당신은 그 사건의 혐의를 저에게 뒤집어씌우고 싶어하십니다. 정말 무슨 까닭에서일까요? 저는 울턴과 아무런 관계가 없습니다. 클로스비와도 아무런 관계가 없습니다! 헨더슨 부인과도, 그리고 그녀의 하녀하고도 물론 아무런 관계가 없습니다. 당신이 지적할 수 있는 의심스러운 점이라면, 어제 조제프 울턴이 나타나서 이 주위를 서성거리며 나를 기다리고 있는 듯한 태도를 보였다는 것 뿐입니다. 그것은 옳을지도 모르고 전혀 잘못일지도 모릅니다. 어느 쪽이든 저는 두 사람의 경관에게 이끌리어 이 건물을 나 갔던 것만은 확실합니다. 그러나 이 일만으로는 아무런 증명도 되 지 않았지요. 아까부터 말하고 있듯이 당신은 아무것도 모르고 있 으며, 또 앞으로도 도저히 알아 낼 수 없을 겁니다. 이 사건에서 저는 어떠한 역할을 하고 있는 것일까요? 전혀 관계가 없을 수도 있고, 모두 제가 한 일이 될 수도 있겠지요.

머리가 똑똑하다기보다 지나치게 좋은 사나이가 아무 일도 하지 않고 사물을 생각하는 것 만으로 매일 살고 있는데, 어쩌다 자기가 전문으로 하는 일과 관계있는 문제를 추구할 기회가 생겼습니다. 그와 같은 사나이를 한 번 상상해 보십시오. 즉 저의 전문인 의학 과 범죄학은 서로 사촌간이니까요."

메글레는 조금도 움직이지 않고 아무런 반응도 나타내지 않았으므 로 이야기를 듣고 있다고 생각되지 않을 정도였다. 라데크는 초조해 하며 목소리를 높였다.

"그런데……경감님, 당신은 어떻게 생각하고 계십니까? 당신이 잘못을 저질렀다는 것을 인정하는 겁니까, 인정하지 않는 것입니 까, 아니면 아직 인정하지 못하겠다는 겁니까? 좀더 똑똑히 말한 다면, 범인을 잡았으면서도 풀어 준 것은 당신의 잘못이지요. 왜냐 하면 새 범인이 발견되지 않을 뿐 아니라, 풀어준 사내마저 도망쳐 버릴지도 모르니까요. 아까 맨 처음의 첫머리부터 잘못되어 있다고 말씀드렸습니다만, 그 증거를 또 하나 보여 드릴까요. 그것으로 해 서 저를 체포하는 데 필요한 구실을 잡고 싶으시겠지요?"

라데크는 위드카를 단숨에 들이켜고 긴 의자에 벌렁 드러누웠다. 그리고는 웃옷 바깥 주머니에 한 손을 찔러넣었다. 손을 뽑아 냈을 때, 10장씩 핀으로 꽂은 백 프랑짜리 지폐뭉치를 가득 쥐고 있었다.

"새 지폐이지요. 새 것이라는 데 주의를 기울여 주십시오. 다시 말해서 출처를 확인하는 일이 간단한 지폐라는 겁니다. 조사해 보십시오, 즐거운 일일 테니까요. 집에 돌아가서서 잠자는 편이 즐겁다고 말씀하신다면 이야기는 다르지만, 그래도 저로서는 돌아가셔서 잠자는 편을 권하겠습니다. ”

라데크는 일어났다.

메글레는 앉은 채 파이프의 짙은 연기를 빨며 라데크를 머리 끝에서부터 발 끝까지 흘금흘금 바라보고 있었다. 손님이 하나 둘 들어오기 시작했다.

“저를 체포하시겠습니까……? ”

경감은 곧 대답하려고 하지 않았다. 그 돈뭉치를 손에 잡고 지그시 쳐다보다가 그대로 주머니에 넣었다.

마침내 이번에는 메글레가 일어섰다. 일어서는 태도가 너무도 느긋해서 라데크는 마음이 조마조마하여 얼굴의 근육을 꿈틀거리고 있었다. 메글레는 그의 어깨에 조용히 손가락을 두 개 얹었다. 힘과 자신감에 넘치는 그의 얼굴은 무척 즐거워보였다.

“이봐, 젊은이……”

이렇게 말했을 때의 메글레는 라데크의 말투나 앙상한 몸집, 그리고 전혀 종류가 다른 재치로 번뜩이는 험상궂은 눈초리와는 흥미있는 대조를 이루고 있었다. 메글레는 라데크보다도 스무살이나 나이가 많았다. 이 점은 메글레와의 말이나 태도에서도 느껴졌다.

“이보게, 젊은이……”

장뷔에는 이 말을 듣고 터져나오려는 웃음을 애써 참았다. 다시 윗사람이 본디 상태를 되찾은 것을 보자 기쁨을 감출 수가 없었다. 메글레는 여전히 사람이 좋아 보이는 듯한, 아주 분명하고도 소탈한 말투로 덧붙였다.

“어차피 머잖아 또 만나게 될 걸세. ”

이렇게 말하더니 바텐더에게 인사하고 두 손을 주머니에 찌른 채 나가 버렸다.

"확실히 그랬다고 생각합니다만 다시 한 번 확인해 보지요."

조르쥬 5세 호텔 사무직원이 말했다. 그는 지금 메글레가 건네 준 지폐를 조사하고 있는 중이었다. 사무원은 은행으로 전화를 걸었다.

"여보세요. 어제 아침에 받아온 백 프랑짜리 지폐 백장의 번호를 적어 놓았습니까?"

그는 연필로 상대편이 부르는 지폐의 번호를 받아썼다. 그리고 메글레 경감 쪽을 향했다.

"역시 틀림없이 그 지폐입니다. 아무튼 골치아픈 사건은 아닐 테지요?"

"아니, 그런 사건은 아닐세…… 클로스비 부부는 방에 있나?"

"30분쯤 전에 나가셨습니다."

"나가는 걸 보았단 말이지. 자네 눈으로?"

"분명히 보았습니다."

"이 호텔에는 출구가 몇 개나 있나?"

"두 개입니다만, 또 하나의 출구는 종업원들만 쓰는 것이지요."

"클로스비 부부는 오늘 새벽 3시에 돌아왔다고 하는데, 그 뒤로는 아무도 그를 찾아오지 않나?"

사무원은 다시 손님 방에 딸린 급사, 하녀, 수위에게 물어 보았다.

그 결과 클로스비 부부는 새벽 3시부터 아침 11시까지 방에서 한 번도 나오지 않았으며, 아무도 그들 방에는 들어가지 않았다는 것을 메글레는 알았다. 부부가 심부름하는 급사에게 편지를 부탁한 일도 없느냐고 물었더니, 그런 일도 없다는 것이었다. 한편 장 라데크는 그 전날 오후 4시부터 오늘 아침 7시까지 몽빠르나스 경찰서에 갇혀 있었으므로, 거기서 밖으로 연락할 수는 없었다. 그런데 라데크는 아침 7시에 돈도 없이 길거리를 서성거리고 있다가 8시쯤 몽빠르나스 역에서 장삐에 형사의 미행을 떼어 버리는 데 성공하였다. 그리고 10시쯤 쿠포르에 모습을 나타냈는데 이미 적어도 1만 1천 프랑의 돈을 가지고 있었다. 그 가운데 1만 프랑은 확실히 그 전날 밤 윌리엄 클로스비의 주머니에 들어있던 것이었다.

"부부의 방을 보여 줄 수 없겠나?"

지배인은 조금 곤란한 눈치를 보이더니 결국 승낙하였다. 메글레는 엘리베이터를 타고 4층으로 올라갔다. 고급 호텔에서 흔히 볼 수 있는 방이었다. 두 개의 큰 방, 두 개의 화장실, 응접실, 그리고 부인이 쓰는 거실이 딸려 있었다. 침대는 아직 흐트러진 채로였다. 아침 식사를 하고 난 뒤처리도 되어 있지 않았다. 급사는 클로스비의 연미복을 손질하고 있었다. 다른 방에는 야회복이 의자 위에 벗어 던져져 있었다. 담뱃갑, 핸드백, 지팡이, 아직 페이지를 넘겨 보지 않은 소설책 등 여러 가지 물건이 흩어져 있었다.

메글레는 거리로 나와 택시를 잡아타고 리츠로 갔다. 그곳 지배인의 증언으로는 클로스비 부부는 어젯밤 에도나 라이히베르크 양과 함께 18번 테이블에 앉았는데 부부는 9시쯤에 왔다가 2시 반이 지나서 나갔으며 여느 때와 다른 데가 없었다고 하였다.

"그러나 그 지폐는……"

메글레는 봔도옴 광장을 걸으면서 중얼거렸다.

메글레는 별안간 우뚝 멈춰섰다. 하마터면 자동차 바퀴의 흙받이에 치일 뻔했다.

"라데크 녀석은 무슨 속셈으로 그 돈뭉치를 자랑한 것일까? 그것보다 더욱 난처한 일은 지금 그 지폐뭉치를 내가 갖고 있다는 것이다. 이것을 법률적으로 설명하려면 곤란하게 된다. 더구나 저 세느 강의 이야기도 있고……."

메글레는 자동차를 세웠다. 그러나 특별히 뚜렷한 목적이 있어서 세운 것이 아니었다.

"낭디까지 가려면 얼마쯤 걸리겠나? 코르베유 조금 못 가서인데."

"1시간쯤 걸릴 겁니다. 길이 나빠서요."

"그럼, 가 주게. 먼저 담배가게 앞에서 잠깐 세워 주겠나."

메글레는 차 한구석에 털썩 주저앉았다. 차창 유리 안쪽은 김으로 흐려졌고 바깥에는 빗물이 방울져 붙어 있다. 그는 1시간을 자기 좋을 대로 지낼 수 있게 되었다.

그는 쉴새없이 담배를 피우고 있었다. 그러면서 올페브르 강기슭의 동료들 사이에 평판이 나 있는, 저 느슨한 검은 외투에 따뜻하게 싸여 있었다. 교외의 경치가 스쳐 지나갔다. 이어서 10월의 전원 풍경이 펼쳐졌다. 두 개의 박공 지붕 사이며 나뭇잎이 떨어진 숲 사이로, 파란 리본과도 같은 세느 강이 아른거렸다.

라데크가 그 이야기를 한 것과 돈뭉치를 자랑한 이유는 오직 한 가지밖에 있을 수 없었다. 그것은 이해할 수 없는 새로운 일을 끄집어 내어 방해를 하고, 얼마 동안 수사의 눈길을 돌려 보려는 수작인 것이다. 어째서일까. 울턴이 도망칠 시간을 벌기 위해서일까, 아니면 클로스비를 위험에 빠뜨리기 위해서일까? 그러나 그런 짓은 동시에 자기도 함께 위험에 빠뜨리는 일이 될 텐데! 메글레 경감은 라데크의 말을 생각해 냈다.

"모든 전제가 처음부터 잘못되어 있습니다……."

정말, 그의 말대로이다! 중죄 재판소가 이미 사형을 선고하였건만 수사를 다시 하도록 허락받던 것은 메글레 역시 잘못이었다고 알고 있기 때문이다. 얼마만큼 잘못되어 있는 것일까. 어떤 식으로 잘못되어 있는 것일까? 그러나 위조할 수 없는 물적 증거가 있지 않은가!

엄밀히 추리하면, 헨더슨 부인과 그 하녀를 죽인 범인은 울턴의 구두를 빌어 신고 별장에 구두창의 자국을 남겼을 수도 있다. 그러나 지문은 남다르다. 그의 지문이 커튼과 침대 시트 등 몇 개의 물건에서 발견되었다. 그날 밤, 그런 물건들은 범행 현장에서 옮겨져 있지 않았던 것이다. 그럼 무엇이 잘못되어 있는 것일까. 울턴이 밤 12시에 빠삐용 블루에 모습을 나타냈고, 새벽 4시 무슈 르 프랑스 거리에 있는 아파트로 돌아온 일은 확실하다.

"당신은 아무것도 모르고 앞으로 더욱더 모르게 될 것이오"라고 라데크는 단언하였다. 이제까지 라데크라는 인물은 전혀 알려져 있지 않았는데 갑자기 사건 한가운데로 나타났다. 어제 쿠포르에 있었을 때, 윌리엄 클로스비는 라데크를 거들떠 보지도 않았다. 그러나 백 프랑짜리 돈뭉치가 그의 주머니에서 라데크의 주머니로 옮겨져 있으니! 그런데 라데크는 그 사실을 경찰에 알리고 싶어하지 않는가! 뿐만 아니라 지금 자기를 맨 앞에 내세우고 주요한 역할을 자청하려 하고 있다!

라데크가 경찰서를 나오고 나서 쿠포르에서 그를 발견할 때까지 꼭 2시간 걸렸다. 그 사이 그는 마음대로 행동할 수 있었을 것이다. 이 2시간 동안에 면도를 하기도 하고 셔츠를 바꿔 입기도 했을 것이다. 저 돈뭉치를 갖게 된 것도 이 2시간 동안의 일인 것이다. 메글레는 마음을 편하게 갖고 싶었다. 그래서 다음과 같은 결론을 내리고 한숨을 돌렸다. 그런 일을 다 하자면 적어도 30분은 걸렸을 것이다! 그러므로 낭디에 갈 시간은 없었을 거라고……

그 마을은 세느 강을 굽어보는 나지막한 언덕 위에 있었다. 대지 위로 이따금 서풍이 강하게 불어와서 나무 줄기를 꺾어 놓을 것처럼 잔뜩 휘어 놓았다. 갈색으로 물든 들판이 지평선 아득히 펼쳐져 있다. 멀리서 걷고 있는 사냥꾼의 모습이 작게 보였다.

"어디에 차를 댈까요 ? "

창문을 열면서 운전수가 물었다.

"마을 입구에 대도록 해. 곧 돌아올 테니까 기다려 주게. "

긴 거리가 한 가닥 뻗어 있었다. 그 중간에 '여관 주인 에발리스트 울턴'이라고 쓴 간판이 나와 있었다. 메글레가 문을 밀고 들어가자 벨이 울렸다. 색깔있는 석판화를 장식한 여관의 봉당에는 아무도 없었다. 뤼커 경사의 모자만 옷걸이에 걸려 있었다. 메글레 경감은 주인을 불렀다.

"여보시오 ! 누구 없소 ! "

머리 위에서 발소리가 들렸지만, 5분쯤 지나서야 누군가 겨우 결심한 듯 복도의 안쪽 계단을 내려왔다. 메글레의 앞에 선 사람은 60살쯤 되어 보이는 꽤 키가 크고 뜻밖에도 사람 보는 눈이 있는 노인이었다.

"무슨 일로……? " 하고 복도에서부터 물었다. 그러나 곧 "경찰에서 온 분입니까 ? " 하며 말을 이었다. 그 목소리는 감정을 사실대로 나타내고 있지는 않았다. 말의 마디조차 분명하지 않았다. 그 이상 아무것도 말하려고 하지 않았다. 계단 입구에 서서 이 쪽입니다 하는 듯한 몸짓으로 계단을 가리키더니, 여관 주인은 천천히 또 계단을 올라갔다. 똑똑히 알아들을 수 없는 소리가 2층에서 들려 왔다. 계단은 좁고 벽은 흰 회로 칠해져 있었다. 도어를 열었더니 먼저 뤼커 경사의 모습이 눈에 띄었다. 그는 창가에서 고개를 숙인 채 얼마 동안은 메글레를 보려고 하지 않았다. 그와 함께 눈에 들어온 것은 침대와 웅크리고 있는 사람 그림자와 볼테르 형의 낡아 빠진 의자에 털썩 주저앉아 있는 나이 든 여자의 모습이었다. 방은 넓었지만 천장의 들보가 드러나 있고, 벽지는 군데군데 벗겨져 있었다. 떡갈나무 널로 깐 바닥은 밟으면 삐걱거렸다. 침대를 향해 몸을 웅크리고 있던 사나이가 문을 닫아 달라고 짜증스럽게 말했다. 그는 의사였던 것이다! 의료 기구가 든 가방이 마호가니로 만들어진 둥근 테이블 위에 열려진 채 놓여 있었다. 뤼커는 아주 핼쑥해진 얼굴로 그제야 메글레에게 다가왔다.

"벌써 오셨습니까? 어떻게 이렇게 빨리 오셨습니까? 제가 전화하고 아직 1시간도 지나지 않았는데."

마치 망가진 물건처럼 조제프 울턴이 침대에 길게 누워 있었다. 가슴이 드러나 있고 피부는 파리하며 갈비뼈가 튀어나와 있었다. 노파는 쉴새없이 훌쩍거리며 울고 있었다. 아버지는 그 사형수의 머리맡에 있었으나 무표정해서 한층더 오싹해지는 눈초리를 하고 있었다.

"잠깐 이리로 오시지요, 보고를 드리겠습니다."

뤼커가 말했다. 메글레와 뤼커는 방을 나왔다. 내려가는 계단 입구에 이르자, 뤼커 경사가 잠깐 망설이더니 다른 방의 문을 열었다. 그 방은 아직도 이것저것 흩어진 채로였다. 여자의 옷이 몇 벌인가 널려 있었다. 창문은 가운데뜰로 나 있으며, 뜰에는 닭이 축축한 퇴비 속에 발을 빠뜨리고 허우적거리고 있었다.

"그래, 뭔가?"

"정말 굉장한 아침이었습니다. 경감님에게 전화를 걸고서 곧 돌아와 헌병에게는 이제 가도 좋다고 신호했지요. 그때 무슨 일이 일어났느냐 하면…… 하기야 제가 말씀드리는 일은, 그 전부터 조금 짐작을 하고서 판단한 일이긴 합니다.

울턴의 아버지는 저와 함께 가게에 있었습니다. 제게 무언가 들겠느냐고 물었습니다. 의심스러운 눈으로 저를 보고 있는 게 느껴졌습니다. 제가 이 여관에 묵게 될지도 모르며, 사람을 기다리는 중이라는 이야기를 했을 때에는 두드러지게 그러한 느낌이 들었습니다. 그러는 동안 부엌에서 수군수군 이야기하는 소리가 들려 왔습니다. 복도 안쪽에서 들려 왔지요. 여관집 주인은 놀라서 귀를 기울였습니다.

'당신, 왜 그런 데 있어? 빅토린느!' 주인이 외쳤습니다.

잠시 동안 아무런 이야기 소리도 들리지 않았습니다. 이윽고 노부인이 나왔는데, 묘한 표정을 짓고 있었습니다. 너무 놀라 정신을 못 차릴 지경인데 애써 침착한 체하는 표정이었지요.

'우유를 짜러 갔다 오겠어요'라고 노부인은 말했습니다. 하지만 그녀는 나막신을 신고 목도리를 두르고 나갔습니다. 여관집 영감은 부엌으로 갔기 때문에 그때는 딸밖에 없었습니다. 들려 오는 것은 높은 울음 소리와 흐느껴 우는 소리 같았는데, 저는 오직 한 마디밖에 알아들을 수가 없었습니다.

'나도 좀더 빨리 눈치챘어야만 했어. 너의 어머니 얼굴빛만 보고서도……'

그리고 나서 영감은 큰 걸음으로 가운데뜰로 걸어가서 문을 열었지요. 아마 조제프 울턴이 숨어 있던 헛간문이라고 생각합니다. 1시간쯤 지나서 돌아왔는데, 그때 딸은 두 사람의 마차꾼에게 마실 것을 내놓고 있는 참이었지요. 그녀의 눈은 아주 빨갛게 부어 있었습니다. 그래서인지 손님 쪽은 볼 생각도 하지 않았어요. 할머니도 돌아왔습니다. 또 집 안쪽에서 수군수군 이야기를 하고 있는지 소리가 들렸습니다. 영감이 다시 가게로 나왔을 때는 경감님도 아까 보신 것과 같은 눈초리를 하고 있었지요.

저는 이렇게 들락거리는 뜻을 나중에야 비로소 알았습니다. 할머니와 딸이 맨 먼저 울턴이 헛간에 숨어 있는 것을 발견하고, 영감에게는 아무 말도 하지 않기로 마음먹었던 것입니다. 그런데 영감이 웬지 모르게 심상치 않다는 걸 눈치챘던 거에요. 그래서 마누라가 나가자 딸에게 물었고, 딸은 참을 수 없어 말해 버렸던 거지요.

그래서 그는 아들을 만나러 가서는 이제 집에 둘 수 없다고 선언했던 겁니다. 경감님도 보셨겠지요? 그 영감은 정직한 사람으로 틀림없이 도의심이 남달리 강할겁니다. 그래서 내가 누구인지도 곧 눈치챘던 것입니다. 하지만 그가 저 망나니 아들을 저에게 넘겨 주겠다고는 생각지 않았을 게 틀림없어요. 아마 도망치는 것을 도와주려고 결심했겠지요. 그것은 어쨌든 10시쯤이었습니다. 제가 가운데뜰로 난 창가에 서 있을 때 비가 내리고 있었는데, 할머니가 신발도 신지 않고 뛰어나와 벽을 끼고 헛간으로 가는 게 보였습니다. 아주 잠깐 뒤에 할머니가 비명을 질렀습니다. 경감님! 보기에도 끔찍한 광경이었습니다! 내가 쫓아간 것과 함께 울턴 영감도 그 곳에 왔지요. 그의 이마에서는 구슬같은 땀이 흐르고 있더군요. 아들은 묘한 모습을 하고 벽에 기대어 쓰러져 있었습니다. 곁으로 다가가자 비로소 못에 끈을 걸고 목을 매고 있다는 걸 알았습니다.

　이 노인은 나보다 침착한 사람이었습니다. 그는 재빨리 끈을 끊었습니다. 아들을 짚더미 위에 반듯이 눕히고 의사를 불러 오라고 딸에게 소리치고는 아들의 혀를 끌어 내리려고 했습니다. 그리고 지금까지 계속 이 소동이지요. 경감님도 보셨겠지요? 저는 아직도 목이 죄어져 오는 듯한 느낌입니다.

　다행히 낭디에서는 아무도 이 사건이 정말로 무엇을 뜻하고 있는지 모르고 있습니다. 할머니가 병이 난 거라고 모두들 생각하고 있지요.

　노인과 함께 아들을 2층으로 옮겼습니다. 그리고 의사가 와서 1시간쯤 여러 가지로 치료를 하고 있습니다. 조제프 울턴은 목숨은 건진 모양입니다. 영감은 이를 악물고 있었는데 딸이 발작을 일으켰으므로 큰 소리로 고함치지 못하도록 부엌에 가두어 두었습니다."

어딘가의 문이 열렸다. 메글레가 내려가는 계단 입구까지 나가 보았더니 의사가 돌아가려는 참이었다. 메글레는 의사와 함께 계단을 내려가 가게의 봉당에서 그 의사를 불러세웠다.

"나는 사법경찰에 있는 사람인데……그는 어떤 상태입니까?"

그는 시골 의사였다. 경찰에 호의를 갖고 있지 않은 태도를 눈에 띄게 드러내며 "연행할 작정입니까?" 하고 시무룩하게 물었다.

"모르겠소. 상태가 나쁩니까?"

"때맞춰 끈을 끊었어요. 조금만 더 지났으면 위험할 뻔했습니다. 그러나 회복하려면 며칠은 걸릴 겁니다. 라 상떼 감옥인가요, 저렇게 쇠약하게 만든 곳은? 혈관 속의 피가 없어지지 않았나 생각될 정도이더군요."

"이 사건은 아무에게도 말하지 않아야겠는데, 괜찮겠소?"

"충고를 해주실 것까지는 없지요, 직업상의 비밀이라는 게 있으니까."

이번에는 아버지가 내려왔다. 지긋한 눈초리로 경감을 살폈다. 그러나 전혀 말을 묻거나 하지는 않았다. 스탠드 위에 있던 빈 컵을 두 개 기계적으로 집어들고 설거지 물 속에 넣었다. 가만히 고통을 참고 있는 묵직한 몇 분이 지났다. 딸의 흐느낌이 세 사나이의 귀에까지 들려 왔다. 마침내 메글레가 한숨을 쉬었다.

"얼마 동안 여기서 간호해 주어도 좋다고 하면 기쁘게 생각하겠소?"

메글레는 그 노인을 쳐다보면서 또렷하게 물었다. 대답은 없었다.

"하지만 그러한 경우에는 경찰관 한 사람이 이 집에 남아 있게 되지."

여관 주인의 눈초리는 뤼커에게 옮겨갔다가, 곧 스탠드 위로 떨어졌다. 한 방울의 눈물이 볼을 타고 흘러내렸다.

"자식놈은 제 어머니에게 맹세했습니다⋯⋯" 하고 노인은 입을 열었다. 그러나 그대로 얼굴을 돌리고 말았다. 더 이상 말이 나오지 않았던 모양이다. 아무렇지도 않은 체 해보이려고 손수 럼주를 따랐으나, 그것을 입술에 대더니 별안간 토할 듯한 표정이 되었다.

메글레는 뤼커를 보며 중얼거리듯 말했다.

"여기 있게."

메글레는 바로 떠나지 않았다. 복도를 한 바퀴 돌고 있노라니 안뜰로 나가는 문이 눈에 들어왔다. 머리를 두 팔로 감싸안고 벽에 찰싹 몸을 붙이고 있는 여자의 모습이 부엌 유리 문 너머로 보였다. 퇴비더미 너머에 헛간문이 활짝 열려 있었다. 새끼 토막이 아직도 쇠못에 걸려 있었다. 메글레 경감은 등을 움츠리고 다시 왔던 길을 되돌아갔다. 가게에는 뤼커밖에 아무도 없었다.

"영감은 어디 있지?"

"2층입니다."

"아무 말도 하지 않던가? 자네하고 교대하도록 누군가 보내겠네. 하루에 두 번씩 나에게 전화해 주게."

"당신이에요, 이 아이를 죽인 것은 바로 영감이라고요."

2층에서 할머니가 흐느껴 울고 있었다.

"나가라니까요! 영감이 애를 죽였다구요, 귀여운 내 아들, 귀여운 내 아들!"

문 가장자리에 장치되어 있는 벨이 울렸다. 메글레가 문을 열었던 것이다. 그는 마을 입구에 대기시켜 놓은 택시로 돌아가려는 참이었다.

집 안의 사람 그림자

상 끌르 헨더슨의 별장 앞에서 메글레가 택시를 세웠을 때는 오후 3시를 조금 지나고 있었다. 낭디에서 돌아오는 길에, 열쇠를 아직 헨더슨 부인의 상속인들에게 돌려 주지 않았다는 걸 생각해 냈기 때문이었다. 그 열쇠는 수사하는 데 필요하여 7월에 메글레가 맡아 두었던 것이다. 메글레가 그 곳에 들른 것은 확실한 목적이 있었기 때문은 아니었다. 그보다는 지금까지 빠뜨렸던 자질구레한 사실들을 우연히 발견할 수 있을지도 모른다는 바람으로 갔던 것이다. 게다가 집안 분위기가 어떤 영감을 가져다 줄지도 모른다는 기대도 했다.

그 별장은 넓어도 품격이 없는데다 볼썽사나운 탑이 곁에 딸려 있었으며 건물을 둘러싼 뜰은 정원이라고 할 만한 것도 못 되었다.

덧문은 모두 닫혀 있었다. 뜰에 나 있는 작은 길은 가랑잎으로 덮여 있었다. 격자로 된 큰 문을 밀었더니 곧 열렸다. 사람이 사는 집이라기보다 오히려 묘지 같은 느낌을 주는 황폐한 배경 속으로 들어가자 메글레 경감은 그다지 기분이 좋지 않았다. 그는 내키지 않는 태도로 현관의 네 계단을 올라갔다. 그 양쪽에는 점잔을 빼는 듯한 석고상이 서 있었고 그 위에는 큰 촛대가 달려 있었다. 메글레는 입구의 문을 열었으나, 안은 온통 어둠침침하여 한동안 어둠에 눈을 길들이지 않으면 안 되었다.

내부는 호화스럽긴 하나 비참했으며, 전체적으로 으스스한 느낌을 주었다. 1층의 방은 4년 전, 그러니까 헨더슨 씨가 죽은 뒤로는 쓰지 않고 있었다. 그러나 가구며 장식품은 거의 원래 위치에 놓여 있었다. 이를테면 메글레가 큰 홀로 들어갔을 때 수정 샹들리에는 천천히 소리를 내기 시작했고, 바닥의 깔개는 밟을 때마다 삐걱댔다. 그는 호기심에서 전기 스위치를 켜 보고 싶었다. 20개나 되는 전등 가운데 약 10개가 켜졌다. 전구는 먼지로 뒤덮여 빛이 약해져 있었다. 한구석에 비싼 양탄자가 몇 개나 말려져 놓여 있고 의자는 방 안쪽에 치워져 있으며, 여러 개의 트렁크가 지저분하게 쌓여 있었다. 그 가운데 몇 개는 빈 것이고 또 몇 개는 죽은 헨더슨의 옷가지가 들어 있는 채로 나프탈린이 뿌려져 있었다. 헨더슨 씨가 죽고 나서 이미 4년의 세월이 흐르고 있는 것이다! 살아 있을 때에는 호화로운 생활을 하였고 이 방에서도 신문지상을 떠들썩하게 만든 파티가 몇 번이나 열리곤 했다. 큰 벽난로 위에는 겉봉을 뜯은 아바나 담배 한 상자가 지금까지 놓여 있다. 이 집이 주는 압박감이 가장 크게 느껴지는 곳은 이 방이 아닐까.

헨더슨 부인이 미망인이 되었을 때는 벌써 70살 가까이 되어 이미 인생에 싫증이 날 정도였으므로 새로운 생활로 바꾸려고 하지는 않았다. 세상을 피하여 자기 방에서 사는 것으로 만족했고 그밖의 일은 전혀 관여하지 않았다. 그들은 뭐니뭐니해도 행복하고 화려하게, 세계 수많은 수도에서의 사회 생활에 젖어 온 부부였었다. 그런 끝에, 나이 든 부인만 뒤에 남아 차를 마시는 말벗과 함께 집 안에서만 살고 있었던 것이다. 그러던 어느 날 밤 이 노부인도……

메글레는 다른 홀을 가로질러 갔다. 그리고 호화로운 식당을 빠져 나가 2층까지 대리석을 깔아 놓은 커다란 층계 밑에 이르렀다. 휑뎅 그렁하여 아무리 작은 소리라도 잘 울려 퍼졌다. 클로스비 부부는 이곳에 있는 물건에 전혀 손을 대지 않았다. 숙모의 장례식을 치르고 나서, 어쩌면 여기에 한 번도 온 일이 없을 것이다. 별장은 전혀 손길이 닿은 흔적이 없었는데, 메글레가 그전에 수사할 때 쓴 양초가 계단의 양탄자 위에 그대로 놓여 있을 정도였다.

메글레는 첫 번째 계단참에서 별안간 걸음을 멈추었다. 문득 불쾌한 기분에 사로잡혔기 때문이다. 그 심정을 분석해 보는 데 몇 초가 걸렸다. 그리고 그는 귀를 기울이며 가만히 숨을 죽였다. 무슨 소리가 들린 것 같았는데. 확실히 잘라 말할 수는 없었다. 그러나 이 집에 있는 사람은 자기 혼자뿐이 아니라는 걸 똑똑히 느꼈다. 희미한 생명의 움직임과 같은 것이 언뜻 스친 것만 같았다. 먼저 어깨를 움츠렸다. 그러나 눈 앞에 있는 문을 밀었을 때, 그는 양미간을 찌푸리고 곧 거친 숨을 내쉬었다. 담배 냄새가 코를 찔렀던 것이다. 더구나 꽤 오래 전에 피운 담배 냄새가 아니라, 불과 조금 전에 누군가 이 방에서 피운 것이었다. 지금도 피우고 있을 게 틀림이 없었다. 메글레는 급히 두서너 걸음 앞으로 걸어갔다. 죽은 헨더슨 부인의 거실로 들어섰다. 침실의 문은 반쯤 열려 있었으나 안에 들어가 보아도 사람 그림자라곤 없었다. 담배 냄새가 더욱더 뚜렷해져 왔다. 더구나 바닥 위에 담뱃재까지 떨어져 있었다.

"거기 있는 게 누구냐?"

메글레는 되도록 흥분하고 싶지 않았으나 억누르려고 해도 헛일이었다. 그를 둘러싼 여러 가지 사정이 모두 한데 얽혀서 마음이 뒤집힐 것만 같았기 때문이었다. 그 방 안은 학살의 흔적이 겨우 지워진 정도였다. 헨더슨 부인의 옷은 아직도 안락의자 위에 걸쳐진 채로 있었다. 덧문으로부터 햇빛이 줄무늬가 되어 몇 가닥인가 드리워져 있을 뿐이었다. 환상을 불러일으키는 이 어둠 속에서 누군가 움직이고 있었다. 욕실에서 소리가 났다. 금속성의 울림이 나는 소리였다. 메글레는 급히 뛰어들어가 보았으나 아무도 보이지 않았다. 이번에는 헛간으로 통하는 문 저쪽에서 뚜렷한 발소리가 들려 왔다. 메글레의 손은 자신도 모르게 피스톨로 갔다. 문 안으로 뛰어들어가 헛간을 가로지르자 뒷계단이 눈에 띄었다.

거기는 아까 있던 방보다 한층 더 밝았다. 그 방의 세느 강쪽으로 나 있는 창문에는 덧문이 달려 있지 않았기 때문이다. 누군가 발소리를 죽이며 계단을 올라왔다. 메글레 경감은 다시 한 번 되풀이하여 말했다.

"누구냐? 거기 있는 것은?"

그는 차츰 흥분하기 시작했다. 거의 아무 희망도 걸고 있지 않았는데 드디어 모든 수수께끼가 풀리려는 것이 아닐까.

그는 뛰기 시작했다. 3층에서 큰 소리를 내며 문이 닫혔다. 정체를 알 수 없는 인물이 방을 가로지르고 달아나 다른 문을 열고 또 닫았다. 메글레는 곧장 달려갔다. 3층 방은 옛날에 예비 방으로 쓰여졌으나, 지금은 1층 방과 마찬가지로 아무렇게나 버려진 채였다. 그러나 가구며 온갖 종류의 물건들이 가득 들어차 있다. 꽃병이 큰 소리를 내며 깨졌다. 메글레 경감으로는 오직 한 가지 겁나는 일이 있었다. 그것은 달아나는 사나이가 안에서 자물쇠를 잠가 버리면 옴짝달싹 못하고 만다는 점이다.

"경찰의 명령이다!"라고 메글레는 만일의 경우를 생각하고 외쳤다. 하지만 그 그림자는 쉴새없이 도망쳤다. 3층의 방까지 와 있었다. 그때 메글레가 문의 손잡이를 움켜잡자 달아나는 사나이의 손이 반대쪽에서 그 문의 자물쇠를 잠그려 했다.

"열어! 그렇지 않으면……"

자물쇠가 채워졌다. 빗장이 질러졌다. 그러자 망설일 틈도 없이 경감은 두서너 걸음 뒤로 물러섰다가 문을 향해 어깨로 들이받았다. 문은 흔들렸으나 열리지는 않았다. 옆방의 창문이 열렸다.

"경찰의 명령이다!"

그는 정식 체포장이 없으니, 지금 윌리엄 클로스비의 것으로 되어 있는 이 집 안에 들어와 있는 것은 법에 어긋나는 일이었다. 그러나 메글레는 이 점을 생각하지 못했다. 두세 번 문에 몸을 들이받았다. 그랬더니 널조각 하나가 겨우 부서졌다. 메글레가 마지막으로 몸을 들이받았을 때, 피스톨이 한 방 울려퍼졌다. 그리고 나서는 다시 아무 소리도 나지 않았다. 메글레는 입을 벌린 채 멍하니 우뚝 섰다.

"누구냐, 거기 있는 것은? 열어!"

아무런 대답도 없었다. 숨소리조차 들리지 않았다. 새로 피스톨에 총알을 재는 그 특징있는 소리마저 들리지 않았다. 그래서 메글레는 상처가 날 만큼 정신없이 어깨와 오른쪽 옆구리로 문을 들이받았다. 갑자기 문이 열렸다. 너무도 갑작스럽게 열려 밀치던 힘이 넘쳐서 하마터면 쓰러질 뻔하며 방 안으로 뛰어들었다. 열려진 창문에서 차가운 습기를 띤 공기가 흘러들어오고 있었다. 그 창문으로 불이 켜진 레스토랑의 창문과 한 대의 노란 전차의 차체가 보였다. 바닥 위에는 한 사나이가 벽에 기대어 조금 왼쪽으로 몸을 구부리고 쓰러져 있었다. 그 옷의 회색 무늬며 몸집으로 보아 메글레는 윌리엄 클로스비라는 것을 곧 알았다. 그러나 얼굴 모양으로 그를 확인하기란 어려웠다. 왜냐하면 총구를 입에 물고 탄환을 쏘아넣었으므로 머리통이 반쯤 날아가 버렸던 것이다.

메글레는 시무룩한 얼굴로 천천히 방 안을 다시 한 번 돌아보고 전기 스위치를 눌러보았다. 몇 개의 전등에는 전구가 없었으나 생각했던 것보다는 거의 모든 전구에 불이 들어왔다. 그래서 군데군데 전기가 들어오지 않는 어두운 방이 있기는 했지만, 대체로 1층부터 3층까지 환하게 밝아졌다. 헨더슨 부인의 방에 들어가자 나이트 테이블 위의 수화기가 눈에 띄었다. 시험삼아 수화기를 들자 윙 하는 소리가 나서 선이 끊겨 있지 않음을 알았다. 지금까지 살아 오는 동안 죽음의 집에 있다는 느낌을 지금보다 강하게 느낀 일은 없었다. 그가 걸터앉아 있는 이 침대에서 미국인 노부인이 참살되었던 것이다. 그 앞 문지방 위에 하녀의 시체가 발견된 문이 있다. 그리고 3층의 문이 부서진 방에, 또 새로운 시체가 비를 머금은 바깥 공기가 흘러들어오는 창문가에 누워 있는 것이다.

"여보세요, 경찰국을 부탁합니다."

메글레는 저도 모르게 나지막한 목소리로 말했다.

"여보세요, 사법경찰 부장을 부탁합니다. 이 쪽은 메글레요, 여보세요, 부장님이십니까? 윌리엄 클로스비가 지금 자살했습니다. 상끌르의 별장에서……여보세요? 네, 그렇습니다. 저는 지금 현장에 있습니다. 클로스비로부터 4미터도 떨어지지 않은 곳에 있었습니다. 닫혀진 문을 사이에 두고……네, 그렇습니다. 아니오, 원인은 모르겠습니다. 자세한 것은 또 나중에……"

메글레는 전화를 끊고 나서 앞을 물끄러미 바라보며 잠시동안 움직이지 않았다. 그리고는 자기도 모르게 천천히 파이프에 담배를 담았으나, 불을 붙여 피우는 것을 잊고 있었다. 이 별장은 쓸모없는 커다란 빈 상자처럼 생각되었다. 그는 그 속에 있는 단 하나의 아주 작은 존재에 지나지 않는 느낌이었다.

"전체가 잘못되어 있다!"

작은 소리로 똑똑히 그는 중얼거렸다. 다시 한 번 3층에 올라가려고 했다. 그러나 올라가봐야 무슨 소용이 있겠는가. 클로스비가 죽은 것은 확실하다. 그는 자살할 때 사용한 피스톨을 아직도 오른손에 움켜잡고 있다. 지금쯤 코멜리오 예심 판사는 이 사건의 보고를 받고 있을 게 틀림없다고 생각하자 메글레의 얼굴에는 씁쓸한 웃음이 떠올랐다. 아마 코멜리오는 경관이나 감식과의 기사와 함께 달려오겠지. 벽에는 유화로 그려진 헨더슨 씨의 초상화가 걸려 있었다. 그것은 연미복을 입고 레종 도뇌르 훈장이며 수많은 외국의 훈장을 단 엄숙한 모습의 초상이었다. 메글레 경감은 옆 방으로 들어갔다. 전에 엘리즈 샤토리에가 쓰던 방이었다. 메글레가 옷장을 열자 비단이며 모직으로 지은 검은 옷 등이 차곡차곡 걸려 있었다.

메글레는 밖에서 나는 소리에 귀를 기울이고 있었다. 격자로 된 큰 문 앞에 2대의 자동차가 거의 함께 멈추는 소리가 났을 때, 메글레는 그제야 휴우 한숨을 쉬었다. 이어 뜰에서 사람들이 떠드는 소리가 들려 왔다. 코멜리오 판사가 언제나 신경질적인 카랑카랑한 목소리로 말했다.

"있을 수 없는 일이야! 생각할 수조차 없는 일이라구!"

아래층에서 문이 열리자 메글레는 손님을 맞이하는 주인처럼 계단 위에서 말했다.

"이리로 오십시오."

메글레는 두고두고 이 때의 코멜리오 예심 판사의 태도를 기억했을 게 틀림없다. 예심 판사는 메글레의 앞에 갑자기 나타나더니 무서운 얼굴로 그의 눈을 노려보았다. 입술은 노여움으로 떨리고 있었다. 그러더니 마침내 단호히 말했다.

"경감, 설명 좀 해보시오."

메글레는 아무 말도 하지 않고 앞장서서 뒷계단을 올라가 3층의 방을 지나 현장으로 안내했다.

"이것입니다."

"클로스비를 이 곳에 부른 것은 당신이었소?"

"그가 이 곳에 있으리라고는 생각조차 못했습니다. 나는 다짐삼아 이곳에 찾아왔던 것입니다. 무언가 증거가 될 만한 것을 빠뜨리지는 않았는지 확인하고 싶었기 때문에."

"클로스비는 어디 있었소?"

"아마 그의 숙모 방이라고 생각됩니다만, 그는 갑자기 달아났습니다. 나는 뒤쫓았습니다. 이곳까지 쫓아와서 문을 열려는 순간 그는 자살하고 만 것입니다."

코멜리오 판사의 눈은 이 말을 꾸며 낸 이야기로 의심하고 있는 표정이 역력했다. 그러나 실제로는 사건이 시끄럽게 되는 것을 겁내고 있는 예심 판사의 심정이 눈에 나타나 있다.

의사가 검시하고 현장의 사진이 찍혔다.

"울턴은?"

코멜리오 예심 판사는 무뚝뚝하게 물었다.

"원하신다면 언제라도 라 상떼 감옥으로 되돌려 보낼 수 있습니다."

"찾아 냈소?"

메글레는 어깨를 으쓱했다.

"그럼, 곧 데려오시오."

"알겠습니다."

"달리 무슨 하고 싶은 말은 없소?"

"지금으로선 그것뿐입니다."

"당신은 아직도 믿고 있소? 이 사건이……?"

"울턴이 범인이 아니라는 것 말입니까? 그 일에 관해서는 아직 아무것도 아는 게 없습니다. 저는 열흘 동안의 말미를 부탁 드렸지요, 아직 나흘이 지났을 뿐입니다."

"이제 어디로 갈 생각이오?"

"모르겠습니다."

메글레는 두 손을 주머니에 깊이 찌른 채 검사국 사람들이 오가는 모습에서 눈을 떼지 않고 있었다. 그러더니 갑자기 헨더슨 부인의 방으로 내려가서 수화기를 손에 들었다.

"여보세요! 조르쥬 5세 호텔을 부탁합니다. 여보세요! 클로스비 부인 거기 계십니까? 뭐요, 찻집? 고맙소. 아니, 전할 말은 없소."

코멜리오 예심 판사는 메글레의 뒤를 따라내려와 입구에 서서, 엄격한 태도로 메글레를 지그시 쳐다보고 있었다.

"골치아픈 일이 되었소."

메글레는 그 말에는 대답도 하지 않고 모자를 썼다. 그리고 무뚝뚝하게 인사를 한 뒤 나가 버렸다. 아까 타고 온 택시를 대기시켜 놓지 않았으므로 그는 택시를 잡기 위해 상 끌르의 다리까지 걸어야 했다.

조용한 음악이 은은하게 흐르고 있었다. 몇 쌍의 남녀들이 느릿한 가락으로 춤추고 있었다. 조르쥬 5세 호텔의 수수한 분위기에 싸인 찻집에는 아름다운 부인들, 특히 외국 부인들이 몇 개의 무리를 지어 테이블을 둘러싸고 있었다. 메글레는 우울한 모습으로 휴대품 보관소에 외투를 벗어 맡기고는 에도나 라이히베르크와 클로스비 부인이 있는 그룹으로 다가갔다. 그녀들은 스칸디나비아 사람 같아 보이는 젊은 사나이와 함께 있었다. 그 사나이는 우스갯소리를 하고 있는지 그녀들은 줄곧 웃고 있었다.

"클로스비 부인."

메글레는 가볍게 눈짓으로 인사하고 말했다. 클로스비 부인은 이상하다는 듯이 메글레를 바라보았다. 그리고 이야기의 방해를 받을 줄은 전혀 생각하지 않았던 것처럼 깜짝 놀라며 같이 있던 두 사람을 돌아다보았다.

"말씀하세요."

"아주 잠깐만 시간을 빌어 말씀드리고 싶은 게 있습니다."

"지금 당장에요? 무슨 일인데요?"

메글레가 너무나 진지한 태도이므로 그녀는 일어서서 주위를 둘러보며 조용한 장소를 찾았다.

"바로 와 주세요. 지금 시간이라면 아무도 없으니까요."

과연 바에는 아무도 없었다. 두 사람은 선 채로 이야기하였다.

"남편에 대해서입니다만……오늘 오후 클로스비 씨가 상 끌르에 갈 예정이었던 것을 알고 계셨습니까?"

"물으시는 뜻을 잘 모르겠어요……. 더구나 그런 일은 그 사람의 자유 아니에요? 가든 가지 않든."

"클로스비 씨가 별장으로 가겠다고 부인에게 이야기했는지 안 했는지 묻고 있는 것입니다."

"아니오, 못 들었어요."

"숙모님이 돌아가시고 나서 거기에는 아직 두 분 다 가신 일이 없겠지요?"

그녀는 그렇다는 듯이 머리를 끄덕였다.

"네, 한번도. 너무도 끔찍한 사건인걸요."

"오늘 남편께서 혼자 그 곳에 가셨습니다."

그녀는 불안을 느끼기 시작했다. 조마조마해하며 경감의 눈을 쳐다보고 있었다.

"그래서요?"

"남편에게 사고가 생겼습니다."

"자동차 사고인가요? 전 틀림없이 그런 사고가 일어나리라고 늘 말하곤 했는데……"

에도나가 어디엔가 놓아 둔 핸드백을 찾는다는 구실로 나타나서 이야기를 듣고 싶어하는 눈초리로 흘깃 보았다.

"부인, 그렇지 않습니다. 클로스비 씨는 자살하셨습니다."

부인의 눈은 순간 놀라움과 의심으로 가득찼다. 꼭 울음을 터뜨릴 것만 같았다.

"윌리엄이……?"

"자기 손으로 피스톨 한 발을……"

뜨거운 두 손이 갑자기 메글레의 손목을 움켜잡았다. 영어를 사용하며 격렬한 말투로 그녀는 묻기 시작했다. 그리고 갑자기 와들와들 떨며 메글레를 잡았던 손을 늦추고 한 걸음 물러섰다.

"부인, 저로서는 알려 드리지 않으면 안 되는 일입니다. 남편은 돌아가셨습니다. 2시간 전 상 끌르 별장에서 말입니다."

클로스비 부인은 이미 메글레의 모습 따위는 눈에 보이지도 않았다. 에도나며 같이 있던 사나이도 거들떠보지도 않고 찻집을 큰 걸음으로 가로질러 서둘러 로비로 갔다. 그리고 아무것도 손에 들지 않은 채 모자도 쓰지 않고 거리로 나갔다. 문지기가 그녀에게 물었다.

"자동차 말씀입니까?"

그러나 대답도 하지 않고 클로스비 부인은 재빨리 택시에 올라탔다. 그리고 운전수에게 큰 소리로 말했다.

"상 끌르까지. 급히 가 줘요."

메글레는 그만 넋이 나가 부인의 뒤를 따라갈 기회를 놓치고 말았다. 그래서 휴대품 보관소에서 외투를 찾아 입고 마침 오고있는 버스에 뛰어올랐다.

"전화가 오지 않았나?"

메글레는 급사 앞에 멈춰서서 물었다.

"2시쯤 걸려 왔습니다. 메모를 하여 경감님 책상 위에 놓아 두었어요."

메모에는 다음과 같이 씌어 있었다.

'장뷔에 형사가 메글레 경감님에게

양복점에서 양복을 가봉. 몽빠르나스 거리의 레스토랑에서 식사. 2시에 라데크는 쿠포르에서 커피를 마심. 그 때까지 두 번 전화를 걸었음.'

그렇다면 오후 2시 이후는 어떻게 되었을까. 메글레는 자기 방 문의 자물쇠를 잠그고 안락의자에 깊숙이 앉았다. 문득 잠이 깨어 팔목 시계를 보았더니 10시 반을 가리키고 있어 깜짝 놀랐다.

"전화가 오지 않았었나?"

"거기 계셨습니까? 나가신 줄로만 알고 있었습니다. 코멜리오 예심 판사님한테서 두 번 전화가 걸려 왔습니다."

"장뷔에로부터는?"

"없었습니다."

30분 뒤 메글레는 바 쿠포르에 들어갔다. 술집 안에서 라데크와 장뷔에 형사를 찾아보았지만 없었다. 그는 바텐데 옆으로 갔다.

"그 체코 사람은 또 왔었나?"

"오후 내내 여기 있었습니다. 당신 아시는 분과 함께 있었는걸요, 왜 그 비옷을 입은 젊은 분 말입니다."

"같은 테이블에?"

"저기 저 구석자리입니다. 둘 다 적어도 위스키를 넉 잔씩은 마셨습니다."

"그 친구들은 언제 나갔나?"

"둘 다 맥주 홀에서 먼저 식사를 하시고……"

"함께?"

"네, 함께였습니다. 10시쯤 나가셨다고 생각됩니다만……"

"어디로 갔는지 모르겠나?"

"안내계 급사에게 물어 보십시오. 그가 택시를 불렀으니까."

안내계 급사는 기억하고 있었다.

"저기 저 파란 택시입니다. 늘 저곳에 곧잘 주차하지요. 두 분은 멀리 갔을 리가 없습니다. 왜냐하면 차가 벌써 돌아와 있으니까요."

그런 다음 그 차의 운전수가 말했다.

"두 분이 함께 탄 손님 말입니까? 에콜 거리의 페리칸까지 태워다 드렸습니다."

"그 곳으로 가 주게."

메글레는 무섭게 시무룩한 태도로 페리칸에 들어갔다. 먼저 안내계 급사를, 그 다음에는 큰 홀로 안내하려던 급사를 차갑게 거절했다. 바걸이며 건달들이 붐비고 있는 바에 들어가 두 녀석이 구석의 높은 스탠드 의자에 앉아 있는 것을 찾아 냈다. 메글레는 장뷔에의 눈이 빛나고 얼굴에 생기가 돌고 있음을 한눈에 알았다. 그러나 라데크는 음울한 얼굴로 물끄러미 컵을 들여다보고 있었다. 메글레는 거리낌없이 그들에게로 다가갔다. 장뷔에 형사는 분명 취해 있었다. 그는 메글레에게 눈짓했다.

"모든 일이 잘 되고 있습니다. 저에게 맡겨 주십시오. 나오시지 않는 편이 좋겠습니다"라는 이야기였다. 메글레 경감은 두 사람 가까이에 떡 버티고 섰다. 라데크는 술 취한 작은 목소리로 말했다.

"아니! 또 오셨군요!"

장뷔에는 여전히 눈짓 몸짓을 보내고 있었다. 더구나 그것이 자기로서는 은밀하고도 웅변적인 신호라고 생각하는 모양이었다.

"경감님, 무엇을 마시겠습니까?"

"여보게, 라데크!"

"바텐더, 이분에게도 같은 것을 드리게."

라데크는 자기 앞에 놓여 있는 칵테일을 쭉 들이켜고 나서 한숨을 쉬며 말했다.

"들게, 장뷔에. 자네도 들테지."

그렇게 말하면서 라데크는 장뷔에 형사의 몸을 손바닥으로 찰싹 때렸다.

"상 끌르에 간 일이 없었나?"

천천히 메글레가 물었다.

"저 말입니까? 헤헤, 무슨 우스꽝스러운 말씀을……."

"그 곳에 시체가 또 하나 생겼다는 것을 알고 있나?"

"무덤 파는 인부에게는 반가운 소식이겠군요. 그럼 자, 당신의 건강을 축하하며……"

라데크는 한바탕 연극을 꾸미고 있는 것은 아니었다. 물론 장뷔에 만큼은 아니었지만 아무튼 그도 꽤 취해 있었고, 흐릿해진 눈은 꼼짝하지 않았으며, 팔걸이 나무에 몸을 기대어야만 했다.

"누구지요, 그 운좋은 사람은?"

"윌리엄 클로스비."

라데크는 갑자기 지금 순간이 중대하다는 걸 깨달았는지, 술에서 깨어나려고 잠깐 애쓰는 것 같았다. 그리고 나서 라데크는 몸을 뒤로 젖히고 컵에 술을 따르라고 바텐더에게 눈짓하며 쌀쌀한 웃음을 떠올렸다.

"그거 정말 딱한 일이로군요."

"무슨 뜻이지?"

"당신은 알지 못하고 있다는 뜻이지요. 그전보다도 더욱 알지 못할 겁니다. 그 점은 처음에도 말씀드렸지요. 지금 좋은 일을 하나 제안해 볼까요? 장뷔에 씨는 벌써 승낙해 주었습니다만……. 당신은 나의 뒤를 밟으라고 명령했습니다. 그러니 나는 달아나야겠지요! 그러나 서로 앞과 뒤가 되어 숨박꼭질 해가며 걸을 것 없이 둘이 함께 즐기는 편이 현명하다고 생각되는군요……. 참, 식사는 하셨습니까? 자아! 내일은 무슨 일이 생길지 모르니 한바탕 크게 웃으며 재미있게 놀아 보지 않겠습니까? 여기에는 예쁜 여자도 많이 있습니다. 우리도 하나씩 여자를 골라잡지 않겠습니까? 장뷔에 씨는 저기 있는 귀여운 갈색 머리 아가씨에게 프로포즈했지요. 나는 아직 잠깐 생각하고 있던 참입니다. 물론 계산은 제가 맡겠습니다. 당신 생각은 어떻습니까?"

라데크는 메글레를 말끄러미 쳐다보았다. 메글레도 그를 보았다. 라데크의 얼굴에서는 이미 취한 자취를 찾아볼 수 없었다. 예민한 지성으로 반짝이고 있는 눈동자가 비꼬는 빛을 띠며 또다시 메글레를 말끄러미 바라보고 있었다. 라데크는 넘치는 듯한 싱싱한 기쁨에 잠겨 있는 것 같았다.

그 이튿날

오전 8시였다. 메글레는 4시간 전에 라데크, 장뷔에와 헤어져 지금은 블랙커피를 마시면서 한 자 한 자 사이를 두며 찌그러진 커다란 글씨체로 다음과 같이 썼다.

7월 7일──밤 12시, 조제프 울턴은 상 끌르에 있는 빠삐용 블루에서 알코올 음료를 넉 잔 마시고 철도 3등 차표를 1매 떨어뜨림.

2시 반, 헨더슨 부인과 하녀가 단도에 찔려 살해됨. 살인범이 남긴 발자국은 울턴의 것이었다.

4시, 울턴은 무슈 르 프랑스에 있는 자기 집으로 돌아옴.

7월 8일──울턴은 평상시대로 근무.

7월 9일──구두자국에 의해 울턴은 셰브르 거리에 있는 주인의 가게에서 체포됨. 그는 상 끌르에 갔다는 것을 부인하지 않음. 그러나 죽이지는 않았다고 말함.

10월 2일──조제프 울턴은 처음부터 끝까지 범행을 부인했으나 사형이 선고됨.

10월 15일——울턴은 경찰이 짜 놓은 계획에 따라 라 상떼 감옥을 탈출. 밤새도록 빠리 시내를 헤매다가 시탄게트로 들어갔으며 거기서 잠을 자다.

10월 16일——아침 신문에 탈옥에 관한 기사가 실림. 따로 설명이 덧붙여져 있진 않음.

10시, 바 쿠포르에서 누군가 편지를 써서 〈경적〉에 보내어 이 사건에는 경찰이 한몫 거들고 있다는 걸 폭로했다. 이 편지를 보낸 사나이는 외국인으로 일부러 왼손으로 글씨를 썼으며 불치의 병에 걸려 있는 모양인 듯.

저녁 6시, 울턴, 잠을 깨다. 뒤프르 형사는 울턴이 손에 들고 있던 신문을 빼앗으려다가 사이펀 병으로 얻어맞음. 울턴은 이 소동을 이용하여 전등을 깨뜨려서 불을 끄고 도주. 한편 뒤프르 형사는 정신없이 피스톨을 1발 쏘았으나 소용없었다.

10월 17일——정오, 윌리엄 클로스비 부부와 에도나 라이히베르크가 단골 바 쿠포르에서 식전주를 마심. 체코인 라데크는 크림이 든 커피와 요구르트를 테이블 좌석에서 마심. 클로스비 부부와 라데크는 서로 아는 사이로 생각되지 않음.

밖에서는 지칠 대로 지치고 굶주린 울턴이 누군가를 기다리고 있었다.

클로스비 부부가 술집을 나갔으나 울턴은 그다지 관심이 있는 것 같지 않음.

울턴은 라데크 혼자밖에 바에 남지 않았는데도 여전히 누군가를 기다리고 있었다.

5시, 라데크는 캐비아를 주문했지만 음식값을 치르지 않았기 때문에 두 사람의 경관에게 끌려나가다. 라데크가 연행되자 울턴은 곧 기다리는 것을 그만두고 낭디의 부모 집으로 향함.

같은 날 밤 9시쯤, 클로스비는 조르쥬 5세 호텔의 프런트에서 백 달러짜리 지폐 묶음을 프랑 지폐로 바꾸어 그 뭉치를 포켓에 집어넣었음. 클로스비는 리츠의 자선 파티에 부인과 함께 참석. 오전 3시에 돌아옴. 그 뒤로 자기 방에서 외출하지 않음.

10월 18일——낭디에서 울턴은 헛간으로 기어들어감. 어머니가 그를 발견하고 숨겨줌.

9시, 아버지는 울턴이 돌아온 것을 눈치채고 만나러 갔으며, 밤이 되거든 나가라고 명령함.

10시, 울턴은 그 헛간에서 목을 매고 자살을 꾀함.

빠리에서 7시쯤, 몽빠르나스의 서장이 라데크를 석방함. 라데크는 뒤를 밟던 장뷔에 형사를 교묘히 떼어 놓음. 포켓에는 돈이 한 푼도 없는데 면도를 하고 어딘가에서 와이셔츠를 갈아입음.

10시에 라데크는 당당하게 쿠포르에 들어가서 천 프랑짜리를 잠깐 내보이고 자리에 앉음.

라데크는 잠시 있다가 메글레를 발견하고 말을 걸었으며 캐비아를 먹지 않겠느냐고 권함. 그리하여 이야기하려고 하지도 않았는데 헨더슨 사건에 대해서 지껄이고, 경찰은 그 사건에 대해 아무것도 모른다고 단언했다. 그러나 경찰은 그의 앞에서는 헨더슨의 이름을 입에 올리지 않았다. 그는 자기 스스로 백 프랑짜리 열 묶음을 테이블 위에 내던지면서 이것은 새 지폐이니까 출처를 확인하기는 아주 쉬운 일이라고 말했다.

윌리엄 클로스비는 오전 3시에 자기 방으로 돌아와 아직 방에서 나오지 않았다. 그 지폐는 어젯밤 조르쥬 5세 호텔의 사무원이 클로스비에게 달러 지폐와 바꾸어 건네 준 것이었다.

장뷔에 형사는 라데크를 감시하기 위해 쿠포르에 남았다. 식사가 끝나자 라데크는 장뷔에더러 술을 마시라고 권했고 전화를 두 번 걸었음.

4시, 상 끌르 별장에 사람 그림자가 하나 보였다. 그러나 그 별장은 헨더슨 부인과 그 하녀의 장례식이 끝난 뒤로 방치되어 있던 곳이었다. 그 그림자는 클로스비였다. 그는 2층에 있었다. 뜰에서 나는 사람의 발소리를 듣고 창문으로 내다보고 메글레임을 알았을 게 틀림없다. 메글레가 가까와짐에 따라 클로스비는 달아났다. 클로스비는 3층으로 올라갔다. 그는 방에서 방으로 몰렸으며 마지막에는 출구가 없는 방으로 쫓기고 말았다. 마침내 창문을 열었다. 그러나 아무래도 달아날 수 없다는 걸 확인하고 입 안에 피스톨을 한 발 쏘아넣었다.

클로스비 부인과 에도나 라이히베르크는 조르쥬 5세 호텔의 찻집에서 춤추고 있었다.

라데크는 장뷔에 형사를 저녁 식사에 초대했고, 그리고 카르티에라땅의 어떤 술집에서 술을 권했다. 메글레가 밤 11시쯤 두 사람을 만나러 갔더니 둘 다 취해 있었다. 4시쯤까지 라데크는 동행인 경찰관을 술집에서 술집으로 끌고 다니면서 술을 먹이고 또 자기 자신도 마시고, 때로는 취한 척하다가도 때로는 말짱한 태도를 보였다. 그리고 일부러 애매한 말을 지껄이면서, 경찰로서는 헨더슨 사건의 수수께끼를 결코 풀지 못할 거라고 되풀이하고 있었다.

4시, 라데크는 여자 두 사람을 자기 테이블로 부르고, 동행인 경찰에게도 여자를 부르도록 줄곧 권했다. 동행인들이 이를 거절했기 때문에 라데크는 두 여자와 함께 상 제르망 거리의 호텔로 들어갔다.

10월 19일──오전 8시, 호텔의 프런트는 다음과 같이 대답하였다.

"두 부인은 아직도 주무시고 계십니다만, 그 친구분은 방금 나가셨습니다. 계산은 그분이 치러 주셨습니다."

메글레는 피로에 지쳐 있었다. 수사 도중에는 좀처럼 없는 일이었다. 그는 방금 쓰고 난 문장을 멍하니 바라보았다. 그리고 인사하러 온 동료와 말없이 악수를 나누고 잠깐 기다려 달라고 눈짓했다. 그는 종이 가장자리에 다음과 같이 적어넣었다.

"10월 18일, 오전 11시부터 오후 4시까지 클로스비가 어떻게 시간을 보냈는지 명확히 할 것."

그리고 별안간 무엇에 홀린 듯한 얼굴로 전화 수화기를 집어들더니 쿠포르를 대 달라고 말했다.

"라데크 앞으로 오는 편지가 끊어지게 된 것이 언제쯤인지 알고 싶은데?"

5분쯤 있다가 회답을 받았다.

"적어도 10일 전부터입니다."

이어서 그는 라데크가 방을 빌리고 있는 아파트로 전화를 해 불러냈다.

"한 1주일쯤 됩니다!"

메글레의 똑같은 질문에 이러한 대답이 들려왔다. 그는 상공흥신록(商工興信錄)을 한 손으로 끌어 내어 사서함 기탁소(寄託所)의 리스트를 찾아 라스빠이유 거리의 사서함 기탁소에 전화를 걸었다.

"라데크라는 등록자가 거기 있습니까? 없어요? 그 사람이 받고 있는 우편물의 수취인 이름은 아마 머리글자뿐이겠지요? 이 쪽은 경찰입니다. 주의해서 들어 주십시오. 그는 외국인으로 옷차림이 그다지 좋지 않습니다. 곱슬거리는 붉은 머리를 길게 기르고 있는 사람입니다. 뭐라구요……? 'M'이라는 머리글자입니까? 최근 편지를 받은 것은 언제쯤입니까? 조사해 주십시오. 이대로 기다리고 있겠습니다. 전화를 끊지 말아 주십시오."

누군가가 문을 두드렸다. 메글레는 돌아보지도 않고 큰 소리로 대답했다.

"들어오시오."

그는 수화기를 귀에 바짝대고 다시 통화를 했다.

"여보세요, 뭐라구요? 어제 아침 9시쯤 우편이 도착했다구요? 고맙습니다. 아아, 잠깐 기다려 주세요. 그 편지는 꽤 부피가 있었단 말이지요. 마치 지폐가 한 묶음 들어 있는 것처럼 말입니까?"

"꽤 잘 아시는군요."

메글레의 등 뒤에서 중얼거리는 목소리가 들렸다. 돌아보니 라데크가 거기에 있었다. 음울한 태도였으나 눈동자는 희미하게 빛나고 있었다. 앉으면서 말을 이어 "하기야 그런 일은 아무것도 아니지요. 라스빠이유 거리의 사서함 기탁소에서 어제 아침 내가 돈을 받았다는 것은 이제 알고 계실 테죠. 그 돈은 전날에는 저 가엾은 클로스비의 포켓에 들어 있었던 것입니다. 하지만 클로스비 자신이 그것을 보내 주었을까요? 그것이 문제이지요."

"급사가 자네를 이 곳으로 들여보냈나?"

"급사는 어느 부인과 이야기하고 있던데요. 제가 경찰서에 있는 사람 같은 얼굴을 하고 들어 와 보았더니, 문에 당신의 명함이 붙어 있더군요. 정말 뻔뻔스럽지요? 더구나 다른 곳도 아닌 사법경찰 본부라는 관청 안이니 말입니다!"

메글레는 라데크가 피로한 얼굴을 하고 있음을 그제서야 알았다. 잠을 자지 않고 하룻밤을 밝힌 몹시 지쳐 버린 사람의 얼굴, 아니 그보다는 막 발작을 일으킨 병자와도 같은 얼굴이었다. 눈 아래는 움푹 들어가고, 입술에는 핏기가 사라져 있었다.

"무슨 볼일이라도 있나?"

"별다른 볼일은 없습니다만, 당신이 어떻게 되셨을까 하고 생각했었지요. 오늘 새벽에 무사히 돌아가셨습니까?"

"고맙네."

메글레 경감이 자기의 생각을 뚜렷하게 하기 위해 아까 썼던 요점의 발췌를 라데크는 자리에서 흘끗 보더니 순간 입가에 미소를 떠올렸다.

"테일러 사건을 알고 계십니까?"

라데크는 느닷없이 물었다.

"아마 미국 신문은 읽고 계시지 않을 테죠. 데스먼드 테일러라는 할리우드에서 가장 유명한 영화감독이 1922년에 살해되었지요. 십여 명의 영화배우가 용의자로 지목됐는데, 그 중에는 미국 여배우도 몇 사람 섞여 있었습니다. 그러나 그들은 모두 석방되었습니다. 몇 년이 지난 오늘날, 신문이 어떻게 말하고 있는지 아십니까? 저는 지금까지도 기억하고 있습니다만, 인용해 볼까요? 저는 굉장한 기억력을 갖고 있지요. '수사를 시작한 처음부터 경찰은 테일러를 죽인 범인이 누구인지 알고 있었다. 그러나 경찰이 잡고 있던 증거는 불충분 한데다가 근거가 확실하지 못했으므로, 비록 범인이 자수하고 나오더라도 자백을 뒷받침하기 위해서는 범인 자신이 물적 증거를 제출하든가 증인을 데려오지 않으면 안 될 정도였다.'"

메글레는 놀란 얼굴로 그를 바라보았다. 라데크는 다리를 포개며 담배에 불을 붙이고 다시 말을 이었다.

"주의해 주십시오. 지금 한 말은 경찰의 간부가 스스로 한 말입니다. 1년이나 지난 일입니다만, 저는 한 마디도 잊지 않고 있습니다. 물론 테일러 사건의 살인범은 체포되지 않습니다."

메글레 경감은 무관심한 척하며 안락의자에 벌렁 쓰러져 책상에 두 다리를 얹고, 심심하고 지루하긴 하지만 그런 이야기는 도무지 흥미가 없다는 얼굴로 상대방의 다음 태도를 기다리고 있었다.

"그런데 윌리엄 클로스비에 대해 조사할 결심을 하셨습니까? 범행

당시에는 경찰이 조사할 생각조차 하지 않았지요. 아니, 그렇게까지는 말할 수 없더라도 적극적으로 조사하려고 하지는 않았지요."

"무엇인가 정보라도 가져왔나?"

하고 메글레는 업신여기는 듯한 말투로 말했다.

"바라신다면 제공할까요? 몽빠르나스에 가면 누구나 가르쳐 주는 일이지만요. 우선 백부(伯父)가 죽었을 때 클로스비는 60만 프랑이 넘는 빚이 있었으며, 쿠포르의 주인도 그에게 돈을 빌려 주었지요. 훌륭한 가문의 사람이라면 흔히 있는 일이지만 말입니다. 그는 헨더슨 씨의 조카였지만, 한 번도 돈을 줜 일이 없었습니다. 또 한 사람의 다른 아저씨도 거만(巨萬)의 재산을 갖고 있었지만요.

사촌 형제 가운데 한 사람은 미국에서도 가장 큰 은행의 지배인으로 있습니다. 그러나 클로스비의 아버지는 10년 전에 파산하고 말았던거예요, 알겠습니까. 간추려서 말하자면 클로스비는 주위에 그와 같은 친척은 있었지만 가난했던 겁니다. 게다가 헨더슨 부부를 제외하고는 숙부나 숙모들에게 모두 몇 몇의 자식이 있었습니다. 그래서 클로스비는 나이 먹은 헨더슨 부부가 빨리 죽었으면 하고 생각했던 거지요. 둘다 벌써 70살 전후였으니까요. 지금 뭐라고 말씀하셨습니까?"

"아니, 아무것도……"

메글레가 잠자코 있었으므로 라데크는 뚜렷하게 어색한 눈치를 보였다.

"당신도 아시다시피 빠리에서는 얼마쯤 이름이 알려져 있으면, 돈 없이도 충분히 살아나갈 수 있습니다. 게다가 클로스비는 인상이 좋은 사나이입니다. 그는 아무것도 하고 있지 않았습니다. 그리고 늘 더할 나위 없이 기분이 좋았습니다. 그는 마치 생활을 즐기고 온갖 일을 재미있어 하는 커다란 어린아이 같았습니다. 특히 여자도락에 대해서는 그야말로 굉장했지요. 클로스비 부인을 알고 계실 테지요? 그는 그 여자를 아주 사랑하고 있었어요. 하지만 아내를 사랑한다고 하더라도 그 방면의 일이란 또 다른 것으로……. 다행히도 이런 친구들 사이에는 진짜 비밀결사같은 것이 있지요. 그 두 사람이 함께 쿠포르에서 식전주를 마시는 것을 저는 보고 있었습니다. 그러자 어떤 귀여운 여자가 기다리고 있다가 그에게 눈짓을 하더군요. 클로스비는 부인에게 이렇게 말했지요.

'근처에 볼일이 있어. 괜찮겠지?'

그리고 이미 모두들 알고 있는 일입니다만, 그는 드랑블 거리의 가장 가까운 호텔에 가서 30분쯤 보내고 오는 것이었어요. 한 번이 아닙니다. 자주 볼 수 있는 일입니다. 말할 것도 없는 일이지만, 에도나 라이히베르크는 그의 정부였습니다. 그녀는 클로스비 부인과 함께 시간을 보내면서 비위를 맞추어 주고 있는 겁니다. 그밖에도 귀여워하는 여자는 많이 있었지요. 클로스비는 여자들이 하는 말이라면 어떠한 일이라도 거절하지 못하는 사람이었어요. 그러한 여자들을 모두 귀여워하고 있었다고 생각합니다."

메글레는 하품을 하면서 기지개를 켰다.

"또 다른 때였습니다만, 그는 택시 요금도 없으면서 잘 알지도 못하는 사람들에게 칵테일을 15잔씩이나 사 주었습니다. 그러면서도 그는 싱글벙글하고 있었지요. 그가 걱정스러운 모습을 하는 걸 본 일이 없습니다. 날 때부터 명랑한 성격으로 모두에게 사랑받고 모두를 사랑하고, 어떠한 일이라도 용서받고 게다가 누구에게도 용서되지 않는 일까지 용서받고 있는 인간이었지요. 동시에 무엇을 하거나 잘 되는 사람입니다. 당신은 내기노름 같은 것을 해보지 않았습니까? 상대편이 트럼프로 7을 내놓았을 때, 당신이 카드를 넘겼더니 8이 나온다면 어떠한 심정이 드는지 아시겠지요? 다음에 상대가 8이 내놓으면 이번에는 당신에게서 9가 나옵니다. 으례 그렇게 되는 것입니다! 그것은 가난한 현실의 영역에서가 아니라 꿈의 영역에서 생기는 것입니다. 다시 말해서 클로스비란 그런 사나이였던 겁니다. 천 5백만인가 천 7백만인가를 상속했을 때, 클로스비는 옴짝달싹할 수 없는 지경에 빠져 있었습니다. 왜냐하면 빚을 갚기 위하여 친척 가운데 가장 유명한 이들의 서명을 도용했던 모양입니다."

"클로스비는 자살했다네."

메글레는 차갑게 말했다. 그러자 라데크는 말없이 웃음을 떠올렸다. 그 웃음이 무엇을 뜻하는지 잘 알 수가 없었다. 그는 일어나서 피우던 담배를 석탄 그릇에 던져넣고 자기 자리로 돌아왔다. 그리고 "겨우 어제서야 자살했지요!" 하고 수수께끼 같은 얼굴로 말했다.

"이봐, 잠깐……"

갑자기 메글레의 목소리는 신경질적으로 바뀌었다. 그는 일어서서 경멸하는 듯한 표정으로 라데크의 눈을 바라보았다. 순간 견디기 어려운 침묵이 흘렀다. 마침내 메글레가 말을 이었다.

"여기는 무엇하러 왔지?"

"이야기하기 위해서지요. 방해가 되지만 않는다면, 도와 드리기 위해서라고 말하고 싶기도 합니다. 지금 알려 드린 클로스비에 관한 정보를 당신 자신이 모으시려면 얼마쯤 시간이 걸리리라는 것은 인정하시겠지요? 그리고 좀더 정확한 다른 정보도 필요하실 테지요? 그 귀염성있는 라이히베르크라는 여자를 만나 보신 일이 있겠죠? 그 여자는 20살입니다. 그러니까 1년 전이었지요. 그 여자는 클로스비의 정부가 되었던 겁니다. 그리고 클로스비 부인에게 날마다 들러붙어 비위를 맞추어 주고 있는 거랍니다. 그러나 클로스비는 그 애인과 결혼하기 위해, 부인과 이혼할 계획을 훨씬 미리부터 정해놓고 있었습니다. 다만 부자인 실업가 라이히베르크의 딸과 결혼하기 위해서 윌리엄은 돈이, 그것도 많은 돈이 필요했지요.

또 뭐 알고 싶은 일이 있습니까. 쿠포르의 바텐더인 보브에 대해 알고 싶으신가요? 당신이 아시는 것은 흰 웃옷을 걸치고 한 손에 냅킨을 가지고 있는 보브이겠지요. 하지만 그는 1년에 40만 프랑에서 50만 프랑 벌고 있지요. 게다가 베르사이유에 호화로운 별장을 가지고 있으며 고급 차도 갖고 있는 사람입니다. 놀랍게도 이것은 모두 팁을 모아 손에 넣은 것들입니다. "

라데크는 초조해 하기 시작했다. 그의 목소리는 여느 때와 다른 기묘한 울림이 있었다.

"그렇지만 조제프 울턴은 하루에 10시간이나 12시간, 빠리 거리에서 삼륜차를 움직여 한 달에 6백 프랑밖에 벌지 못했던 것입니다. "

"그럼, 자네는? "

그 물음은 사정없이 아픈 곳을 찔렀다. 메글레의 눈길은 라데크의 눈에 지그시 모아졌다.

"그야 저는……"

그리고는 둘 다 입을 다물어 버렸다. 메글레는 큰 걸음으로 자기 방 안을 왔다갔다하기 시작했다. 멈추는 것은 석탄을 난로에 넣을 때뿐이었다. 라데크는 새 담배에 불을 붙였다. 자리의 공기가 야릇해졌다. 이 방문자가 무엇 때문에 여기에 왔는지 꿰뚫어보기가 어려웠다. 더구나 가려는 기미도 없고 오히려 무엇인가를 기다리고 있는 눈치였다. 메글레는 질문 같은 걸 하여 자기의 호기심을 만족시키지 않도록 조심스럽게 대하고 있었다. 질문을 한다 하더라도, 이제 와서 무엇을 물어야 좋을까. 마침내 라데크가 먼저 침묵을 깨고 중얼거리듯 말했다.

"감쪽 같은 범행이었습니다! 영화감독 데스먼드 테일러 사건 말입니다. 테일러는 호텔의 자기방에 혼자 있었습니다. 젊은 배우가 그를 찾아왔습니다. 그뒤로는 어느 누구도 살아 있는 테일러를 보지 못했지요, 알겠습니까? 그런데 문제의 그 배우가 테일러의 배웅을 받지 않고 그의 방에서 나오는 것을 본 사람이 있었지요. 그렇지만 이상하게도 그 배우가 테일러를 죽인 것은 아니었습니다."

라데크가 앉아 있는 의자는 메글레가 언제나 찾아오는 손님용으로 준비한 것인데, 햇빛이 잘 드는 곳에 놓여 있었다. 병원의 진찰실 불빛과 같은 눈부신 햇살이 그를 비춰주고 있었다. 라데크의 얼굴이 이때처럼 흥미롭게 보인 일은 없었다. 이마는 울퉁불퉁하게 튀어나왔으며 숱한 주름살이 잡혀 있었으나 그다지 겉늙어 보이지는 않았다. 붉은 빛깔의 더부룩한 머리털은 국제적인 보헤미안 같은 느낌을 주었다. 낮은 칼라가 달린 수수한 빛깔의 열어젖혀진 셔츠가 이 느낌을 더욱 강하게 해주었다. 여위지는 않았지만 병약한 느낌이 드는 것은 아마 살집이 팽팽하지 못한 탓일 것이다. 그것과 함께 입술 언저리의 불룩한 것이 불건강한 느낌을 주었다. 그의 흥분하는 모습에는 그야말로 독특한 데가 있었는데, 심리학자에게 있어서도 흥미로운 일이었을 것이다. 얼굴의 근육은 하나도 움직이지 않았지만, 눈동자가 갑자기 센 전류가 흐르는 것처럼 번쩍번쩍 빛났다.

"울턴을 어떻게 하실 작정이십니까?"

5분쯤 가만히 있다가 라데크는 물었다.

"목을 잘라 버려야지."

바지 포켓에 두 손을 찌른 채 메글레가 중얼거렸다. 라데크의 눈초리는 최고 암페어의 전류가 흐르는 것처럼 빛났다. 그리고는 굳어진 미소를 보였다.

"당연하지요! 한 달에 6백 프랑밖에 벌지 못하는 사람이니까요, 그런데…… 자아, 내기를 합시다. 저는 단언하지만, 클로스비의 장례식 때 부인들은 둘 다 정식 상복 차림으로 서로 끌어안고 울 겁니다. 물론 클로스비 부인과 에도나 양에 대해서 말하고 있는 겁니다. 저, 경감님! 적어도 클로스비가 자살했다는 것만은 확실합니까?"

라데크는 웃었다. 그것은 뜻밖이었다. 그가 하는 행동은 모두 예기치 못한 것이었다. 무엇보다도 먼저 이 방문부터가 예기치 못한 일이었다.

"범행을 슬쩍 자살로 보이도록 하는 것은 쉽지요. 만일, 때마침 그 시각에 마음씨 좋고 귀여운 장뷔에 형사와 함께 있지만 않았다면 내가 한 짓이라고 장난으로 자수할 참이었는데……. 당신은 부인이 있습니까?"

"그것이 어쨌다는 거지?"

"아무것도 아닙니다. 당신은 운이 좋아요. 아내가 있겠다, 남 못지 않은 지위도 있고, 일요일에는 당구를 치지 않으면 낚시질을 가게끔 되어 있으니, 굉장하다고 생각하지 않습니까? 다만 그러한 일은 일찍부터 시작해야만 하는 거지요. 그리고 좀 완고하지만 당구도 칠 줄 아는 아버지에게서 태어날 필요가 있어요."

"어디서 조제프 울턴과 만났나?"

메글레는 몹시 빈틈없는 수를 쓰는 듯이 이렇게 말했지만, 그 말을 끝내기도 전에 후회하기 시작했다.

"어디서 그 사나이하고 만났느냐고요……? 신문이지요. 다른 사람들과 마찬가지입니다. 그렇지 않다면……? 천만의 말씀입니다! 정말이지, 인생이란 복잡하군요. 당신은 여기에서 싫은 기분으로 제가 하는 말을 듣고 계십니다. 저를 흘끔흘끔 살피고 있는데, 자기 자신의 생각을 잘 마무리할 수가 없기 때문이겠지요. 그뿐인가요. 지위도 낚시회도 당구도 모두 잃게 될 위험에 놓여 있는 겁니다. 더구나 이만한 나이가 되어서 말입니다. 25년 동안 충성을 다한 임무가 말입니다. 하지만 당신은 운나쁘게도, 태어나서 처음으로 바보 같은 아이디어를 생각해 내어 그것에 사로잡히고 말았던 거예요. 마가 끼었다고나 할까요. 어린 시절에는 너무 운이 좋았던 모양이군요. 45살이나 되어 그런 게 끼는 사람이란 그리 흔하지 않으니 말입니다. 참, 당신은 마침 그럴 만한 때이겠지요, 나이는……

울턴을 그대로 사형시켜 버려야만 했던 겁니다. 그렇게 했으면 당신은 승진했을 테지요. 그런데 사법경찰의 경감님은 수입이 얼마나 됩니까. 2천 프랑? 3천 프랑쯤? 클로스비 같은 사나이가 마시는 술값의 반이로군요. 그것은 그렇다 치고, 그 사나이의 자살을 어떻게 생각하십니까. 치정 관계일까요? 세상에는 말 많은 사람이 있어서 클로스비의 자살과 울턴의 탈옥을 결부시킬 겁니다. 그러면 클로스비 집안 사람이라든가 헨더슨 집안 사람이라든가 사촌 형제라든가 육촌 형제라든가 하는 친구들은 미국에서 꽤 이름을 떨치고 있으니, 외국에서 전보를 보내와 은밀히 해 달라고 부탁할 거예요. 경감님, 제가 당신 입장이라면……"

이번에는 라데크가 일어섰다. 그리고 구둣바닥으로 담배를 비벼 껐다.

"경감님, 제가 당신이라면 다른 방향으로 눈을 돌리겠습니다. 그래요! 비유한다면 누구든지 뒷구멍 운동 같은 건 하지 않는 사나이를 체포하겠어요. 라데크와 같은 사나이를 말입니다. 어머니가 체코슬로바키아의 작은 읍에서 하녀로 있었던, 그런 사나이를요. 빠리 사람들은 체코슬로바키아라는 나라가 어디에 있는지나 제대로 알고나 있을까요."

그의 목소리는 떨리고 있었다. 그의 외국 사투리 악센트가 이렇게 강하게 느껴진 일은 드물었다.

"어쨌든 이 사건도 테일러 사건과 같은 결말이 될 겁니다. 저에게 틈만 있었다면……그러나 이번 사건에서는 울턴이 곳곳에 흔적을 남기고 있고 상 끌르에 모습을 나타내기도 하고 있습니다. 클로스비는 아무래도 돈이 필요했습니다. 게다가 수사를 다시 시작했을 때 자살했습니다. 저는 클로스비에게 말을 걸었던 일 같은 건 한 번도 없습니다. 그는 저의 이름 조차 모릅니다. 한 번도 저하고 만난 일이 없으니까요. 울턴에게 물어 봐 주십시오. 라데크라는 이름을 들은 일이 있는지 어떤지를. 저 같은 사나이를 지금까지 본 일이 있는지 상 끌르 근방에서 물어봐 주십시오. 어쨌든 저는 지금 사법경찰의 구내에 있으니까 말입니다. 형사가 아래서 기다리고 있고 내가 가는 곳마다 따라오더군요. 그런데 언제나 장뷔에가 따라 다니기로 되어 있습니까? 그렇다면 기쁜 일이군요. 그 사람은 젊고 마음씨도 좋습니다. 게다가 술에는 약하고 칵테일을 석 잔 마시면 천국에라도 간 것처럼 되니까요. 잠깐, 경감님, 물어 볼 일이 있는데 경찰 양로원에 몇천 프랑을 기부하려면 누구에게 말하면 좋을까요?"

그는 아무렇게나 포켓에서 지폐를 한 다발 꺼내더니 다시 그 포켓에 집어넣고, 다른 포켓에서 새로 지폐를 꺼냈다. 같은 짓을 조끼 포켓에서도 되풀이했다. 그러면서 그는 적어도 10만 프랑의 돈을 자랑했던 것이다.

"무언가 또 저에게 하실 말씀은 없습니까?"

라데크는 메글레를 향해서 말했다. 그 태도에는 분함을 완전히 숨기지 못하겠다는 듯한 눈치가 엿보이고 있었다.

"그다지 할 말이 없네."

"그럼, 경감님, 제 쪽에서 말씀드려도 좋습니까?"

둘 다 침묵했다.

"그런데……이 사건에 대하여 당신은 아무것도 알 수가 없을 겁니다."

라데크는 검은 소프트를 집어들고 시무룩해진 태도를 드러내 보이며 입구 쪽으로 어색하게 발걸음을 옮겼다. 메글레는 다만 입 속으로 중얼거리고 있을 뿐이었다.

"지저귀거라, 새야! 실컷 지저귀거라."

벽장의 비밀

　　　　　　*

　"할멈은 이 신문을 팔면 얼마쯤 버시오 ? "

　몽빠르나스의 어느 가게 테라스에서의 일이었다. 라데크는 의자에 눕듯이 벌렁 기대고 입가에는 여느 때보다 처참한 웃음을 떠올리며 담배를 피우고 있었다. 초라한 노파가 테이블 사이를 누비며 석간 신문을 손님에게 내밀고는 잘 알아들을 수 없는 애원의 말을 중얼거리고 있었다. 그 노파는 머리 꼭대기부터 발 끝까지 우스꽝스럽도록 비참한 꼴을 하고 있었다.

　"내가, 얼마 버느냐고……? "

　노파는 묻는 말이 잘 이해되지 않는 모양이다. 흐릿한 눈초리가 머리의 활동이 둔함을 말해 주고 있었다.

　"여기 앉아요, 함께 한 잔 듭시다. 급사, 샬토르즈를 한 잔 이 할머니에게. "

　라데크의 눈은 메글레의 움직임을 살피고 있다. 메글레가 몇 미터 떨어진 곳에 앉아 있는 것을 라데크는 알고 있었다.

　"자아, 우선 할머니에게서 신문을 모두 삽시다. 하지만 매수는 세어야 해요."

노파는 어리둥절하여 말하는 대로 하는 편이 좋을지 달아나는 편이 좋을지, 어쩔 줄 몰라했다. 그러나 라데크가 백 프랑짜리 지폐를 내보였으므로 노파는 정신없이 신문을 세기 시작했다.

"자아, 마셔요. 40매라고 했지요? 1부에 5쑤우라면…… 가만 있자…… 앞으로 또 백 프랑 벌고 싶지 않소?"

메글레는 이 광경을 보고 듣고 있었지만 너무도 태연하게 있었으므로 거기서 일어나고 있는 일을 깨닫지 못하고 있는 것처럼 보였다.

"2백 프랑. 3백 프랑…… 자아, 여기 놓겠소. 5백 프랑 갖고 싶소? 하지만 그만큼 받으려고 생각한다면 무언가 노래를 해주지 않으면 안 되지. 손을 내밀면 안 돼! 먼저 노래를 해요."

"무슨 노래를 하지요?"

얼이 빠진 노파는 정신이 오락가락하는 모양이었다. 잿빛 털이 군데군데 나 있는 턱을 타고 샬토르즈 한 방울이 끈끈하게 흐르고 있었다. 옆에 앉아 있던 사람들은 서로 무릎을 밀어대고 있다.

"당신이 좋아하는 노래를 불러요, 명랑한 걸로. 거기다 춤까지 춘다면 백 프랑 더 주겠어."

잔혹한 광경이었다. 이 불쌍한 노파는 지폐에서 눈을 떼지 않았다. 그리고 무슨 노래인지 도무지 알 수도 없는 노래를 쉬어 빠진 목소리로 나직하게 부르기 시작하면서 돈 쪽으로 손을 뻗었다.

"그만하면 됐소."

옆에 앉아 있던 사람이 말했다.

"노래를 불러!"

라데크가 명령했다. 라데크는 쉴새없이 메글레를 살피고 있다. 곳곳에서 항의하는 목소리가 들렸다. 급사 한 사람이 그 노파에게 다가서서 쫓아 내려고 하였다. 그러나 노파는 완강히 버티며 엄청난 돈을 손에 넣고 싶은 소망에 매달리는 것이었다.

"난 이 젊은 분을 위해 노래하고 있는 거야. 이분과 굳게 약속을 하고……"

그 결말은 보기에도 참으로 민망스러웠다. 순경이 사이에 끼어들어 노파를 끌고 나갔다. 그 노파는 돈을 한 푼도 받지 못했던 것이다. 하지만 제복 차림의 급사가 노파를 쫓아가서 신문을 그녀에게 돌려주었다. 이런 따위의 소동이 사흘에 열 번쯤은 일어나고 있었다. 사흘 전부터 메글레 경감은 뒷맛이 개운치 않은 듯 시무룩한 얼굴을 하고는 아침부터 밤까지, 밤부터 아침까지 라데크의 뒤를 밟고 있었다. 라데크는 처음 얼마 동안은 이야기를 걸려고 애썼다. 되풀이하여 몇 번이나 말했던 것이다.

"당신은 제 옆을 떠나려 하지 않으니 아예 함께 걸읍시다. 그러는 편이 좀더 유쾌하지 않소?"

메글레는 거절했다. 메글레는 쿠포르나 다른 술집에서는 라데크의 옆 테이블에 앉았지만, 거리에서는 드러내 놓고 그의 뒤에 바짝 붙어서 걸었다. 라데크는 조마조마해지기 시작했다. 그야말로 신경전이었다.

윌리엄 클로스비의 장례식에는 빠리에 살고 있는 미국인들 중에 가장 호사스러운 사람들로부터 몽빠르나스의 잡다한 대중에 이르기까지 여러 계층의 사람들이 뒤섞여 참석했다. 라데크가 예언했던 것처럼 예의 두 부인은 격식을 차린 상복을 몸에 걸쳤으며, 라데크도 묘지까지 행렬을 따라갔다. 그동안 그는 태연하게 상대가 누구이든 말도 걸지 않았다.

그 사흘 동안의 생활은 현실과 매우 동떨어진 느낌이어서, 마치 악몽이라도 꾸고 있는 것처럼 생각되었다.

"어쨌든 당신은 아무것도 모를 거요."

라데크는 메글레 쪽을 돌아보며 때때로 되풀이했다. 메글레는 못 들은 척했고 마치 벽이라도 되는 듯 줄곧 무감동한 태도를 보였다. 라데크는 겨우 한두 번 메글레와 눈길을 마주쳤을 뿐이었다.

메글레는 라데크의 뒤를 밟고 있었다. 다만 그뿐이었다. 다른 무엇인가를 찾고 있는 눈치는 없었다. 메글레는 줄곧 그에게 따라 붙어다니며 괴롭히는 끈덕진 존재였을 뿐이다. 라데크는 카페에서 아무 일도 하지 않고 오전을 보냈다. 갑자기 그는 급사에게 일렀다.

"지배인을 불러 줘."

지배인이 나타났다.

"나에게 시중든 급사의 손이 더러웠는데 조심하도록 하게."

그는 계산을 할 때 백 프랑이나 천프랑짜리 지폐밖에 쓰지 않았다. 거스름돈은 포켓의 어느 쪽이든 상관하지 않고 쑤셔넣었다. 어떤 레스토랑에서는 자기의 식성에 맞지 않는다며 요리를 도로 가져가게 했다. 점심으로 150프랑의 식사를 하고 난 뒤 지배인에게 말했다.

"팁은 없는 줄 알아, 서비스가 너무 형편없었으니까."

그리고 밤이 되면 캬바레나 나이트클럽을 찾아가 돈을 물쓰듯이 마실 것을 사 주는가 하면, 마지막까지 여자들의 마음을 사로잡았다. 그는 갑자기 천 프랑짜리 지폐를 한가운데로 내던지며 말하는 것이었다.

"먼저 집는 사람에게 주겠다."

싸움이 벌어졌다. 그래서 여자 하나가 그 가게에서 쫓겨났다. 한편 라데크는 여느 때처럼 메글레가 어떠한 인상을 받았는지 알려고 했다. 그는 자기에게 향한 감시의 눈을 벗어나려고 하지 않았다. 오히려 그 반대였다. 택시를 탈 때는 메글레가 택시를 잡을 때까지 기다리고 있을 정도였다.

장례식은 10월 22일에 거행되었다. 23일 밤 11시, 라데크는 샹젤리제의 레스토랑에서 식사를 막 마쳤다. 11시 반에 메글레의 미행을 받으며 가게를 나와 꼼꼼하게 골라서 쾌적한 차를 잡아타고는 작은 목소리로 갈 곳을 알렸다. 두 대의 자동차는 앞뒤에서 오테에유 방향으로 곧 달리기 시작했다. 메글레는 사흘 동안이나 잠을 자지 않았지만, 그의 커다란 얼굴에서 흥분이나 초조나 피로의 그늘은 전혀 찾아볼 수 없었다. 다만 눈초리가 여느 때보다 도무지 움직이지 않고 있을 뿐이었다. 앞의 택시는 강변 길을 달려 미라보 다리로 센느 강을 건너서 어느덧 시탄게트로 가는 길로 나갔다. 그 술집에서 백 미터 못 미쳐 라데크는 차를 세우더니 운전수에게 두서너 마디 했다. 그리고 두 손을 포켓에 찌르고서 그 술집 바로 맞은편에 있는 하역 부두까지 걸어갔다. 거기까지 가서 배를 매는 기둥에 걸터앉아 담배에 불을 붙이고 메글레가 자기 뒤를 따라온 것을 확인하고는 꼼짝도 하지 않고 있었다.

　밤 12시가 되었지만 아무 일도 일어나지 않았다. 시탄게트에서는 세명의 아라비아 인이 다이스(주사위 굴리기)를 하고 있었다. 사나이 하나는 구석에서 졸고 있다. 술에 곯아떨어진 것 같다. 술집 주인은 컵을 씻고 있다. 2층에는 전혀 불빛이 보이지 않았다. 12시 5분에 한 대의 택시가 술집 앞에 멈춰섰다. 여자의 그림자가 잠깐 망설이더니 그 술집으로 힘있게 들어갔다. 라데크의 비꼬는 눈초리는 여느 때보다 더욱 메글레의 눈치를 살피고 있다. 갓이 없는 전등의 불빛이 여자에게 비쳐졌다. 수수한 모피 깃이 달린 검은 외투를 입고 있었지만, 엘렌 클로스비라는 것을 못 알아볼 리는 없을 것이다. 그녀는 양철을 씌운 스탠드 대 위에 몸을 내밀고 목소리를 낮추며 술집 주인에게 이야기하고 있었으며 그 미국 부인이 당황하고 있는 것을 알 수 있었다. 조금 있으니까 술집 주인이 카운터 뒤의 층계 입구 쪽으로 갔다. 부인이 그 뒤를 따랐다. 2층 창문 하나에 불이 켜졌다. 그것은 조제프 울턴이 도망쳐 왔을 때 사용한 방의 창문이었다. 술집 주인이 다시 내려왔을 때 부인은 뒤따라오고 있지 않았다. 아라비아 인들이 술집 주인에게 묻고 있다. 그는 그것에 대답하여, 어깨를 들썩여 보았다. 그 몸짓이 나타내고 있는 의미는 "나로서는 뭐가 뭔지 도무지 모르겠소, 뭐, 우리들과는 관계없는 일입죠"라고 말하는 것 같았다. 2층에는 덧문이 없었다. 그 창문의 커튼은 얇았기 때문에 미국 부인이 방 안을 왔다갔다하는 것이 거의 그대로 드러나보였다.

"경감님, 담배 한 대 피우시겠습니까?"

메글레는 대답하지 않았다. 그 여자는 2층에서 침대로 다가가더니 담요와 시트를 벗겨 냈다. 그녀가 모양이 뚜렷하지 않은 무거워 보이는 것을 들어올리려고 하는 게 보였다. 그것이 끝나자 기묘한 작업이 시작되었다. 그리고 불안에 사로잡힌 것처럼 몸을 뒤흔들거나 별안간 창문에 다가서고는 했다.

"저 여자는 매트리스에 원한을 품고 있는 것 같군요, 내가 잘못 판단한 게 아니라면 저 여자는 지금 매트리스를 풀고 있는 참입니다. 언제나 하녀를 부리고 있는 사람으로서는 이상한 짓을 하고 있군요."

메글레와 라데크는 서로 5미터도 떨어져 있지 않았다. 15분이 지났다.

"더욱더 복잡해지는군요, 저것은 대체 뭡니까?"

라데크의 목소리에는 짜증스러운 투가 담겨 있었다. 메글레는 대답하거나 몸을 움직이지 않도록 조심하고 있었다.

2시 반이 조금 지났을 때였다. 엘렌 클로스비가 다시 술집 홀에 모습을 나타냈다. 지폐 한 장을 카운터 위에 던지더니 모피 깃을 세우고 술집을 나와 기다리게 해 두었던 택시 쪽으로 서둘러 갔다.

"경감님, 저 여자의 뒤를 밟을까요?"

3대의 택시가 나란히 달리기 시작했다. 그러나 클로스비 부인은 빠리 시내 쪽으로는 가지 않았다. 30분 뒤에 상 끌르에 도착했다. 그녀는 별장 근처에서 택시를 내렸다. 그 여자는 망설이고 있는 눈치였으며, 거리 건너편 보도를 걸어가는 모습이 몹시 조그맣게 보였다.

갑자기 그녀는 찻길을 건넜다. 그리고 핸드백 속의 열쇠를 찾더니 눈 깜짝할 사이에 문 안으로 들어갔다. 그러자 그 순간, 격자로 되어 있는 큰 문짝이 둔중한 소리를 냈다. 전등은 켜지지 않았다. 사람이 있다는 오직 하나의 표시라고는 2층 방에서 보였다사라졌다하는 희미한 불빛뿐이었다. 틀림없이 누군가가 때때로 성냥이라도 그어 대는 듯한 불빛이었다. 밤 공기는 썰렁하기만 했다. 가로등의 불빛 둘레에는 습기로 흐릿한 무리가 생겨 있었다. 메글레가 탄 택시와 라데크의 택시는 별장에서 2백 미터 못 미치는 곳에 멈추었지만, 클로스비 부인의 택시만은 격자로 되어 있는 큰 문 바로 옆에 멈추었다. 메글레 경감은 차에서 내리더니 두 손을 포켓에 찌른 채 파이프를 꼬나물고 서서 초조하게 연기를 뿜어 내며 왔다갔다하고 있었다.

"왜 그러십니까. 무슨 일이 생기고 있는지 보러 가시지 않겠습니까?"

메글레는 대답하지 않고 언제나와 같은 태도로 건들건들 걷고 있었다.

"경감님, 당신은 아마 잘못 생각하고 계실 겁니다! 지금 당장, 아니면 내일이라도 저 별장에서 또 시체가 발견된다면……?"

메글레는 눈썹 하나 움직이지 않았다. 라데크는 반밖에 피우지 않은 담배의 종이 부분을 손톱 끝으로 찢어서 땅바닥에 버렸다.

"싫증이 날 만큼 되풀이하여 말씀드리고 있는 겁니다. 당신은 아무것도 모르실거라고요. 지금 또 되풀이 해 말씀드리지만……"

메글레 경감은 라데크에게서 등을 돌렸다. 그리고 1시간 가까이 지났다. 모든 것이 조용하기만 하다. 별장 창문 안에서 깜박이고 있던 성냥불마저 이미 보이지 않았다. 클로스비 부인의 자동차 운전수는 불안해져 운전석에서 내려와 격자로 되어 있는 문있는 데까지 갔다.

"경감님, 이 집 안에 누군가 또 한 사람 있다고 한다면……?"

그러자 메글레가 라데크를 지그시 노려보았으므로, 라데크는 입을 다물었다.

조금 지난 뒤 엘렌 클로스비가 뛰어나오더니 차에 올라탔다. 그때 그녀는 한 손에 무엇인가를 들고 있었다. 그것은 20센티미터 정도의 것으로, 종이나 헝겊으로 싸여 있었다.

"저게 무엇인지 알고 싶지 않습니까?"

"이봐, 라데크,"

"왜 그러십니까?"

클로스비 부인의 택시는 빠리를 향해 멀어져 갔다. 메글레는 그 뒤를 쫓아가려는 눈치는 조금도 보이지 않았다. 라데크는 초조해 하고 있었다. 입술이 가볍게 떨렸다.

"이번에는 우리들이 들어갈 차례야."

"하지만……"

라데크는 모처럼 여러 가지로 연구하여 계획을 세웠건만 뜻하지 않은 장해에 부딪친 것처럼 별안간 망설였다. 메글레는 라데크의 어깨 위에 넌지시 손을 얹었다.

"이제부터 우리들 두 사람에게는 모든 것이 밝혀지게 될 테지?"

라데크는 웃었다. 그러나 일그러진 웃음이었다.

"꽁무니를 빼나? 아까 자네가 말했던 것처럼 다시 또 새로운 시체를 만나는 게 무서운 건가? 어리석게시리! 누구의 시체란 말인가? 헨더슨 부인은 죽어서 무덤에 매장돼 있고 하녀도 죽어서 무덤에 파묻혀 있지. 클로스비도 그렇고, 클로스비 부인은 살아 있는 팔팔한 모습으로 지금 막 나갔지 않은가. 게다가 조제프 울턴은 라 상떼 감옥의 특별 병실에 구치되어 있네. 그럼, 누가 남아 있지? 에도나인가? 그러나 그 여자가 무엇하러 여기에 오겠는가?"

"당신의 뒤를 따라 들어가겠어요!"

하고 라데크는 입 속으로 신음하듯 중얼거렸다.

"그렇다면 먼저 맨 처음에 필요한 일부터 시작하기로 하지. 이 집 안에 들어가기 위해서는 열쇠가 필요해."

그러나 메글레가 포켓에서 꺼낸 것은 열쇠가 아니었다. 그것은 골 판지로 된 작은 상자였으며 끈으로 매어져 있었다. 메글레는 오랜 시 간 걸려 그것을 열더니, 마침내 그 안에서 큰 문의 열쇠를 꺼냈다.

"이것이지! 우리들은 자기 집에 가듯 들어가기만 하면 되네. 아무 도 없으니까, 집 안에는 정말 아무도 없을 테니까 말일세. 이봐, 안 그런가?"

어째서 이와 같은 지경이 되고 만 것일까, 그리고 어떠한 까닭에서 일까. 메글레를 바라보는 라데크의 눈초리에는 이미 비꼬는 빛이 사 라지고 없었지만, 숨길 수 없는 불안스러운 빛이 떠올라 있었다.

"이 작은 상자는 자네의 포켓에 넣어 두게. 곧 쓸모가 있게 될지도 모르니까."

메글레는 전등 스위치를 올렸다. 그리고 구두 뒤축에 파이프를 토 닥거려 재를 털고 새로 담배를 담았다.

"올라가세. 알겠나? 헨더슨 부인을 죽인 범인은 우리들과 마찬가 지로 쉽사리 일을 할 수 있었던 걸세. 두 부인은 잠이 들어 있었 지! 개도 없고! 문지기도 없어! 게다가 어디나 양탄자가 깔려 있으니, 보라구!"

메글레 경감은 라데크를 관찰하려고는 하지 않았다.

"라데크, 아까 한 자네 말이 옳아. 만일 시체를 발견하는 일이 생긴다면 기분 나쁜 기습을 받은 꼴이 되겠지. 자네는 코멜리오 예심 판사의 평판을 들어 알고 있을 거야. 그 사람은 클로스비의 자살을 막지 못했다고 화를 내고 있다네. 클로스비의 자살은 말하자면 내가 있는 곳에서 생긴 거나 다름없는 셈이었으니 말일세. 그뿐인가, 이 사건을 내가 풀지 못하고 있다는 점에 대해서도 화를 내고 있지. 지금 또 새로운 살인 사건이 생긴다면…… 뭐라고 말해야 좋을까. 어떻게 하면 좋을까. 나는 클로스비 부인을 달아나게 해주었네. 자네에게는 혐의를 둘 수가 없지. 자네는 이렇게 한 걸음도 나의 곁을 떨어지지 않았으니까 말일세. 말하자면 3일 전부터 우리 두 사람은 누가 누구의 뒤를 따라다니고 있는지 모를 정도였으니까. 아니면 내가 자네의 뒤를 밟고 있는 것이 사실일까?"

그렇게 말하는 메글레의 태도는 마치 자기에게 이야기하고 있는 듯했다. 두 사람은 이층까지 올라갔다. 메글레는 부인의 거실로 들어갔다. 헨더슨 부인이 살해된 장소였다.

"라데크, 들어오게. 여기서 두 여자가 살해된 일을 생각해 내도 자네는 그다지 오싹하지 않은 게로군? 아마 자네도 한 가지는 모를 걸세. 하긴 사소한 일이지만, 범행에 사용한 단도가 발견되지 않고 있다는 것이지. 울턴이 달아날 때 세느 강에 버렸다고 모두 믿고 있다네."

메글레는 침대 가장자리에 걸터앉았다. 거기는 공교롭게도 헨더슨 부인의 시체가 발견된 위치였다.

"나의 생각을 말해 줄까? 범인은 그 단도를 이 집의 어딘가에 숨겼던 걸세. 하지만 아주 교묘하게 숨겼기 때문에 우리들은 찾아 낼 수가 없었어. 참, 보지 않았는가! 아까 클로스비 부인이 가지고 있었던 그 보퉁이의 모양을 말이야. 길이가 30센티, 폭은 겨우 몇 센티. 튼튼한 단도의 크기일세. 라데크, 자네가 말한 대로 몹시 복잡한 사건이로군. 그러나……아니!"

메글레는 초질한 마룻바닥 위에 몸을 구부렸다. 마룻바닥 위에 발자국이 꽤 뚜렷하게 나 있었다. 그것은 부인 구두의 작은 뒤축 자국이었다.

"자네 눈은 좋을 테지? 그럼, 도와 주게. 이 발자국을 쫓아가 보는 걸세. 그러면 클로스비 부인이 오늘 밤 무엇을 하러 왔었는지 알 수 있을지도 모르니까 말일세."

자기가 어떤 역할을 강요당하고 있는지 생각하면서, 라데크는 주춤주춤 주의깊게 메글레를 바라보았다. 그러나 경감의 얼굴에서는 아무것도 읽어낼 수가 없었다.

"발자국은 시중들던 하녀의 방까지 이어져 있군. 그 다음은? 허리를 구부려서 보게. 자네 몸무게는 아직 백 킬로그램이 못 되지. 어떤가? 발자국은 이 벽장 앞에서 멈추어 있지 않나? 옷을 넣어 두는 벽장이라도 되는가? 열쇠가 잠겨 있는 걸까? 아냐! 여는 것은 잠깐 기다리게. 자네는 아까 시체에 대해서 말했었지. 어떻게 생각하나? 이 안에 시체라도 있다면!"

라데크는 담배에 불을 붙였다. 그 손가락은 떨리고 있었다.

"자아! 아무튼 각오를 단단히 하고 열어 보아야 하네. 기운을 내게."

그리고는 메글레는 이야기하면서 거울을 향하여 넥타이를 고쳤다. 그러나 상대에게서 눈을 떼지 않았다.

"어떤가?"

벽장문이 열렸다.

"시체가 있나? 무엇이 있지?"

라데크는 세 걸음쯤 뒤로 물러섰다. 그리고 블론드의 한 젊은 여자

가 숨어 있던 곳에서 나오는 것을 멍하니 바라보고 있었다. 그 여자
는 조금 어색한 듯한 눈치였지만 그다지 놀라는 빛은 없었다. 에도나
라이히베르크였다. 그녀는 어떻게 된 까닭인지 설명해 주기를 기다리
고 있기라도 한 것처럼 메글레와 라데크를 번갈아 가며 보고 있었다.
그녀에게는 불안해 보이는 눈치는 없었다. 다만 서투르게 연기를 하
는 배우처럼 어색해 보이는 데가 있었다. 메글레는 전혀 아랑곳하지
않고 라데크 쪽으로 돌아섰다. 라데크는 침착을 되찾으려고 애쓰고
있었다.

"어떻게 생각하나. 우리들은 시체가 있을지도 모른다고 생각했네.
아니지, 자네의 속살거리는 말에 시체가 있을지도 모른다고 생각하
게 되었던 것이네만. 그런데 귀여운 아가씨가 있지 않나? 더구나
생생히 살아 있는……."

에도나도 라데크 쪽을 바라보았다.

"자아, 라데크."

메글레는 기분이 좋은 듯 말했다. 침묵이 계속되었다.

"자네는 지금도 내가 아무것도 모른다고 생각하고 있나? 어때?"

그 젊은 스웨덴 아가씨 에도나는 라데크에게서 눈을 떼지 않았다.
갑자기 그녀는 입을 벌리고 공포의 외침을 지르려 했으나 목구멍에서
소리가 막혀 나오지 않았다. 메글레 경감은 다시 거울 쪽으로 돌아서
손바닥으로 머리를 매만졌다. 그러자 그때 라데크가 포켓에서 피스톨
을 꺼내 재빨리 메글레에게 겨냥했다. 에도나는 비명을 지르려고 했
으나 소리가 나오지 않았다. 바로 그 순간 방아쇠가 당겨졌다. 그것
은 참으로 경탄할 만한 광경이었다. 그러나 또한 너무나 엉뚱한 사건
이었다. 아주 희미한 금속성의 작은 소리가 났을 뿐이었다. 그것은
어린아이들의 장난감 피스톨과 같은 소리가 났을 뿐, 총알은 한 발도
나오지 않았던 것이다. 라데크는 다시 한 번 방아쇠를 당겨 보았다.

아주 짧은 한순간의 사건이었다. 에도나로선 뭐가 뭔지 알 수 없었다. 메글레는 그 자리에 듬직하게 버티고 있는 것처럼 보였지만, 순간 몸을 날려 덤벼들어서 온 몸을 라데크에게 부딪쳐 쓰러뜨렸다. 라데크는 메글레의 밑에 깔려 바닥에서 뒹굴었다.

"어때, 백 킬로그램의 무게란 말이야!"

메글레는 말했다. 정말 메글레는 몸무게로 깔아뭉갠 상대를 납작하게 만들어 버릴 것 같았다. 라데크는 두서너 번 버둥거렸으나 두 손에 수갑이 채워지자 꼼짝 못하게 되었다.

"실례했습니다, 아가씨."

일어서면서 메글레는 중얼거리듯 말했다.

"이제 끝났습니다. 당신을 위해서 택시를 문 있는 곳에 기다리게 해 놓았습니다. 라데크와 저는 아직 할 이야기가 남아 있어서……"

라데크는 설쳐대며 무서운 기세로 일어났다. 메글레의 뭉툭한 팔이 그의 어깨를 밀어젖혔다.

"그렇지, 젊은이?"

포커 다이스

오전 3시부터 날이 훤히 밝을 때까지 올페브르 강가 메글레의 방에는 불이 켜져 있었다. 이번 일로 경찰청 안에 남아 있는 경찰관의 수효는 적었지만. 그 사람들이 있는 곳에서 단조롭게 그리고 중얼거리는 듯한 이야기 소리가 들려왔다.

8시에 메글레는 급사를 시켜 두 사람분의 아침 식사를 가져오게 했다. 그리고 코멜리오 예심 판사 자택에 전화를 걸었다. 9시가 되자 메글레는 그 방문을 열고 나왔다. 먼저 라데크가 앞서고 메글레가 뒤따랐다. 라데크는 수갑이 채워져 있지 않았다. 두 사람은 어느 쪽이나 똑같이 피로해 보였다. 그 때문에 살인범의 얼굴에도 수사에 임하는 경감의 얼굴에도 증오의 그림자를 전혀 찾아볼 수가 없었다.

"이 쪽입니까?"

복도 모퉁이에서 라데크가 물었다.

"그렇지, 재판소 안을 가로질러 가세. 그 편이 가까울 테니까."

메글레는 경찰국 직원 전용 통로를 지나 유치장으로 라데크를 데리고 갔다. 수속은 아주 빨리 끝났다. 간수가 라데크를 독방으로 데리고 갈 때 메글레는 무엇인가 말하고 싶은 듯 라데크를 지그시 바라보았다. 그의 작별의 인사였다. 라데크는 어깨를 움츠렸다. 그리고 코멜리오 예심 판사 방으로 천천히 걸어갔다.

그때 예심 판사는 공격을 각오하고 있었으므로 문을 두드리는 소리를 듣자 갑자기 아무렇지도 않은 태도를 꾸몄지만, 그럴 필요는 없었다. 메글레는 허세를 부린다든가 의기양양한 태도에 비꼬는 눈치를 보이는 그런 짓은 하지 않았다. 다만 오랜 시간 동안 힘든 일을 모두 끝마친 사람답게 핼쑥한 모습을 하고 있었을 뿐이었다.

"담배를 피워도 좋습니까? 아니, 아무래도……춥군요, 이 방은……"

메글레는 스팀 파이프를 원망스러운 듯이 보았다. 자기 방에서는 그것을 사용하지 않게 하고 낡은 주물(鑄物) 난로를 놓고 있었던 것이다.

"해결했습니다. 전화로 말씀드렸던 대로 녀석은 자백했습니다. 앞으로 취조하는 데 곤란을 겪으시는 일은 없으리라고 생각합니다. 왜냐하면 그는 당당히 승부하는 사나이이고, 이번 승부에서는 자기가 진 것을 인정했으니까요."

메글레는 조서를 쓸 때 사용하려고 몇 장이나 되는 메모를 해 두었지만, 그것은 뒤범벅이 되어 있었다. 그래서 한숨을 쉬며 그대로 다시 포켓에 쑤셔 넣었다.

"이 사건의 특징은……"

하고 메글레는 서두를 꺼냈다. 이 표현법은 그에게는 거추장스러운 것이었다. 그는 일어서더니 뒷짐지고 걸으면서 말을 이었다.

"밑바닥에서부터 꾸며진 사건, 그것입니다! 이것은 저의 생각이 아닙니다. 범인이 그렇게 말하더군요. 게다가 범인 스스로 그렇게 말하면서도 이 일이 얼마만큼 벌어졌는가는 지금껏 이해하지 못하고 있지요.

　조제프 울턴이 체포되었을 때, 나는 울턴의 범행이 어떠한 종류의 범행으로도 분류될 수 없다는 것을 강하게 느꼈습니다. 울턴은 피해자를 몰랐던 것입니다. 뿐더러 아무것도 훔치지 않았습니다. 그는 사디스트도 아니거니와 미치광이도 아닙니다. 그래서 저는 수사를 다시 해보리라 마음먹었습니다. 해 나가면서 모든 자료가 잘못 해석되었음을 발견했습니다. 교묘한 속임수가 있었습니다. 특히 강조해 둡니다만, 그것은 우연한 일이 아니고 의식적으로, 그것도 면밀히 계획된 트릭이었습니다! 경찰의 눈을 속이기 위해, 또 재판장이 아주 터무니없는 오판을 하도록 꾸며진 트릭이었습니다.

　진범에 대해서 어떻게 말하면 좋을까요……? 범인이 연출한 연극보다, 그는 좀더 알맹이와 겉모습이 다른 사람입니다. 판사님도 저와 마찬가지로 여러 종류의 범죄자 심리를 알고 계실 테죠. 그런데 판사님도 저도 라데크와 같은 사나이의 심리를 안 일이 없었던 것입니다. 8일 전부터 저는 그와 함께 지내면서 그를 관찰하고 그의 사고방식을 파악하려고 했습니다. 이 8일 동안 점점 놀라운 일뿐이어서 나는 멍청해졌습니다. 또한 그는 끊임없이 나의 눈을 속이고 있었습니다. 그의 정신 상태는 우리들이 분류하는 어떠한 항목에서도 벗어나는 것입니다. 나 또한 라데크의 붙잡혀 보고 싶어하는 막연한 욕구를 느끼지 못했다면 결코 그에게 혐의를 두게 되지는 않았겠지요. 왜냐하면 나에게 필요한 수사의 열쇠를 제공해준 것은 그 자신이었기 때문입니다. 파멸에 가까워지는 걸 막연히 느끼면서 그는 감히 그렇게 했던 겁니다. 어쨌든 그렇게 하지 않을 수 없었던 것입니다. 지금 그는 무엇보다도 후련한 기분으로 있다고 할 수 있겠지요."

메글레의 목소리는 높지 않았다. 그러나 마음 속에는 억누를 수 없는 격렬한 것이 숨어 있어, 그 때문에 말에 독특한 힘이 담겨 있었다. 검사국 복도를 오가는 사람의 발소리가 들려 오고 있었다. 때때로 수위가 사람 이름을 부르든가 헌병이 장화 소리를 울리는 게 들렸다.

"무엇인가 목적이 있어 죽인 게 아니라, 그저 사람을 죽이기 위해 살인을 한 사나이입니다. 그에게는 사람을 죽이는 일이 즐거움이라고 말해도 좋겠지요, 아니, 그렇지는 않다고 말하지 않으시기를 부탁드립니다. 판사님도 이제 알게 되시리라고 생각합니다. 그가 자세히 이야기할지 어떨지도 의심스러우며 판사님의 질문에 대답할지 어떨지도 미심쩍게 생각됩니다. 왜냐하면 자신을 조용히 내버려 두는 일이 지금으로서는 오직 하나의 소원이라고 말하고 있기 때문입니다. 그에 관한 정보는 제가 이제부터 말씀드리는 것만으로 충분할 겁니다.

어머니는 체코슬로바키아의 작은 읍에서 하녀로 일했습니다. 그는 변두리의 병사(兵舍)처럼 그저 넓기만한 곳에서 자랐습니다. 학교에 갈 수 있었던 것은 장학금을 받거나 자선 단체의 도움에 의지할 수 있었기 때문입니다. 그런데 그는 아직 어린아이였는데도 그 일로 상처를 입고, 밑바닥에서만 바라본 이 세상을 미워하기 시작했습니다. 게다가 또 어린 마음에도 자기에게는 재능이 있다고 믿고 있었던 것입니다. 나의 재능으로 유명해지고 부자가 되자! 그러한 꿈에 사로잡혀 빠리로 나왔습니다. 척추 카리에스 (Caries. 뼈가 결손되고 고름이 생기는 질환)로 괴로워하는 어머니가 65살이 되어서도 아직 하녀 노릇을 하며 부쳐주는 돈을 받은 것도 이러한 꿈이 있었기 때문이었습니다. 천방지축의 악착스러운 교만함! 더구나 이와 같은 교만성 뒤에는 초조함이 있었습니다. 왜냐하면 의학을 공부하고 있었으므로 자기도 어머니의 유전을 받아 같은 병에 걸렸다는 것을 알고 있었으며, 한정된 햇수밖에 살 수 없다는 것도 잘 알고 있었기 때문이었지요. 처음에 그는 맹렬하게 공부했으므로 교수들은 그의 재능에 놀랐습니다. 그는 누구와도 사귀지를 않았고 누구에게도 말을 걸지 않았습니다. 너무나 가난했고 그 가난에 익숙해져 있었던 겁니다. 곧잘 그는 양말도 신지 않고 강의에 출석했습니다. 얼마의 돈을 벌기 위해 자주 빠리의 중앙 시장에서 야채 짐을 나르기도 했습니다. 그러나 마침내 파국이 찾아왔습니다. 어머니가 세상을 떠났던 거지요. 그는 이제 한 푼도 받을 수 없게 되어 버린 겁니다. 그는 갑자기 모든 꿈을 버렸습니다. 그럴 생각만 있었다면, 다른 많은 학생들처럼 학비를 벌 수도 있었을 겁니다. 하지만 그렇게 하려고 하지 않았습니다. 바라고 있었던 천재가 될 수 없음을 알았기 때문이었을까요. 자기를 의심하기 시작했던 것일까요.

이미 그는 아무것도 하지 않게 되었습니다. 엄밀히 무엇을 하는가! 술집을 방황하고, 먼 친척에게 편지를 써 급한 불을 끄는 데 쓸 돈을 손에 넣었습니다. 자선 단체로부터 부조금도 받았습니다. 뻔뻔스럽게 그는 자기 나라 사람에게 돈을 구걸했습니다. 더구나 눈꼽만큼도 고마운 마음이 없다는 것을 일부러 과장하면서 말입니다.

세상은 그를 이해해 주지 않았습니다! 그래서 그는 세상을 원망했습니다. 그리고 증오를 키우는 일에 모든 시간을 소비했습니다. 몽빠르나스의 가게에 가면 그는 부자이며 건강하고 행복한 사람들 옆에 앉았습니다. 언제나 그는 크림이 든 커피밖에는 마시지 못하지만 옆 테이블 위에는 칵테일이 차례로 날라져 옵니다. 그 무렵에 이미 범죄를 생각하고 있지 않았을까요? 아마 그랬겠지요, 20년 전이었다면 전투적인 무정부주의자가 되어 있었겠지만. 그래서 어느 나라의 수도에서 폭탄을 던졌을지도 모르지요, 그러나 그런 일을 하는 건 지금은 유행이 아닙니다! 그는 외톨박이였습니다! 스스로 외톨이로 있기를 바라고 있었던 겁니다! 자기 스스로를 괴롭히고 있었던 거죠, 그리고 고독에 잠기든가 우월감에 잠기든가 또는 자기에 대한 운명의 불공평함을 분격하는 감정에 잠기게 됨으로써, 비정상적인 병적 쾌감을 맛보았던 것입니다. 그의 두뇌는 그야말로 뛰어납니다만, 특히 인간의 약점을 냄새맡는 예민한 감각을 가지고 있었습니다. 교수 한 사람이 이야기해 준 바에 의하면, 그는 의학교 시절부터 이미 어떤 기이한 버릇을 가지고 있었고, 우연히 그것을 보게 된 교수는 오싹 소름이 끼쳤다고 합니다. 한 사나이를 몇 분 동안 관찰했을 뿐인데도 그 사나이의 약점을 문자 그대로 모두 알아차릴 수가 있었다고 합니다. 그리고 짓궂은 쾌감을 느끼면서 전혀 그런 일을 예기하고 있지 않은 젊은이에게 이런 예언을 했습니다.

'3년이 지나기 전에 자네는 요양소 행이야.'라든가 '자네 아버지는 암으로 죽었군. 조심하게' 하고 말입니다. 그런데 그 진단에는 전대미문의 확실성이 있었던 겁니다. 더구나 육체적 결함인 경우와 마찬가지로 정신적 결함에 관한 진단도 정확했습니다. 쿠포르에서 언제나 구석에 앉아 있는 일, 그것이 유일한 즐거움이었습니다. 그는 자기가 병에 걸려 있었으므로, 다른 사람의 병에 대하여 극히 작은 징후라도 간파하려고 노리고 있었던 것입니다. 클로스비는 그의 관찰권 인에 있었습니다. 클로스비도 같은 술집에 늘 드나들었던 것입니다. 라데크는 그를 참으로 박진감있게 묘사해 준 일이 있습니다. 사실 클로스비라는 사나이는 나의 눈에는 좋은 집안의 자제라든가 아주 건달 정도로 밖에 비치지 않았는데, 라데크는 그의 성격 속에 있는 비정상까지도 꿰뚫어보고 있었던 겁니다. 라데크가

이야기해 준 바에 의하면, 클로스비라는 사나이는 매우 건강하고
여자들도 잘 따르며 생활을 향락해 온 사나이입니다만, 또 한편 자
기의 욕망을 만족시키기 위해서는 온갖 비열한 짓도 거리낌없이 해
치울 사나이라는 것이었습니다. 또 1년 동안이나 아내와 정부 에도
나 라이히베르크를 의좋게 사귀도록 하면서도 기회가 오면 아내와
이혼하고 정부와 결혼하려고 마음먹고 있었다고 합니다. 어느 날
밤, 그 두 부인이 그와 헤어져 연극 구경을 가 버리자 혼자 남은
클로스비의 얼굴에 마침내 불안의 그림자가 떠올랐답니다. 쿠포르
의 안쪽 테이블에서의 일이었습니다. 클로스비는 친구가 많았으므
로 그 때도 두 명의 친구와 함께 있었습니다. 그는 한숨을 쉬어 가
며

"바로 어제 일인데, 어느 바보 녀석이 22프랑의 돈 때문에 잡화
점 할머니를 죽였다니 놀랍지 않아? 나라면 10만 프랑은 주겠어,
백모를 처분해 준다면 말이야."

그저 해본 말일까요? 과장된 말이며, 공상일까요?

라데크는 그 곳에 있었습니다. 그전부터 그는 누구보다도 더 클
로스비를 미워하고 있었습니다. 왜냐하면 라데크가 접근하고 있는
사람들 가운데서 클로스비가 가장 세력과 지위가 좋은 인간이었기
때문입니다. 라데크는 일어나서 화장실에 가 종이쪽지에 휘갈겨썼
습니다.

'10만 프랑으로 승낙. 라스빠이유 거리의 사서함 기탁소 경유,
머리글자 M V 앞으로 열쇠를 보내시오.'

라데크는 자기 자리로 돌아왔습니다. 급사가 그 종이쪽지를 클로
스비에게 건네자 클로스 비는 조금 싸늘하게 웃고는 다시 대화는
계속했습니다만, 그래도 역시 마음에 걸리는 모양으로 주위 손님들
의 얼굴을 흘금흘금 둘러보더랍니다.

15분쯤 지나자 클로스비는 포커 다이스를 가져다 달라고 부탁했습니다.

　　‘자네 혼자서 하겠나?’

하고 친구가 하나가 놀렸습니다.

　　‘좀 생각난 일이 있어서 말이야. 맨처음 던져서 1이 두 개 나오는가 어떤가 해보고 싶은 거야……’

　　‘나오면 어떻게 하겠다는 건가?’

　　‘나오면 하지.’

　　‘하다니, 무엇을?’

　　클로스비는 오랫동안 통 속에 주사위를 흔들더니 그것을 떨리는 손으로 굴렸습니다.

　　‘1이 네 개다!’

　　그는 땀을 닦더니 공허한, 중얼거리는 듯한 말을 남기고 나가 버렸습니다. 이튿날 밤 라데크는 열쇠를 받았습니다.”

메글레는 마침내 여느 때처럼 의자 위에 말을 타듯이 거꾸로 앉았다.

“이 포커 다이스 이야기는 라데크가 직접 해준 것입니다. 틀림없이 이 이야기는 사실이겠지요. 조사시키려고 장뷔에를 보냈으니까 곧 이 사실을 뒷받침할 증거를 갖고 돌아올 것입니다. 지금부터 이야기하는 일은, 이제까지 말씀드린 것과 마찬가지로 단편적인 재료에서 제가 조금씩 끼워맞춘 것입니다. 제가 미행하던 중에 라데크는 추리의 새로운 기초를 자기도 모르는 사이에 제공해 주었으니까요. 열쇠를 손에 쥔 라데크를 한 번 생각해 보십시오. 그는 10만 프랑을 손에 넣는 일보다 세상에의 원한을 풀겠다는 욕망에 사로잡혔던 겁니다. 모두가 부러워하며 떠받들고 있는 클로스비가 바야흐로 자기 손아귀에 들어왔던 겁니다. 라데크는 그의 약점을 쥐었습니다. 그가 윗자리에 섰던 것이죠. 라데크는 인생에 아무것도 기대를 걸지 않는 인간이었습니다. 그는 병으로 쓰러질 때까지 살아 갈 자신조차 없었습니다. 어쩌면 크림이 든 커피를 마실 몇 푼의 돈마저도 떨어져 어느 날 밤엔 세느 강에 뛰어들어 막다른 골목에 몰릴지도 몰랐던 겁니다. 그는 허무한 존재였죠. 세상과는 아무런 연관도 없습니다. 아까도 말씀드렸지만 20년 전이었다면 무정부주의자가 되어 있었겠지요. 그러나 몽빠르나스 언저리의 얼마쯤 뒤틀리고 신경질적인 군중 속에 뒤섞여 있었으므로, 지금 시대에 있어서는 멋진 범죄를 범하는 편에 훨씬 매력을 느끼고 있었던 셈입니다. 기막힌 범죄였습니다! 그는 뭐니뭐니해도 극히 가난한 한낱 병자에 지나지 않는 것입니다! 사법 기관은 그의 신호 하나로 움직이기 시작했습니다! 죽는 사람이 생깁니다. 클로스비 같은 사나이가 떨게 됩니다! 더구나 알고 있는 것은 자기 혼자뿐입니다. 언제나 정해진 크림이 든 커피를 앞에 놓고 오직 혼자서 자기 힘의 강대함을 깊이 맛보며 즐기는 것이었습니다. 물론 중요한 조건은 체포되지 않는 일이었습니다. 그러기 위해 가장 확실한 방법은 가짜 범인을 조작하여 검찰 당국을 속이는 일입니다.

어느 날 밤, 그는 커피 가게 테라스에서 울턴을 만났습니다. 라데크는 여러 종류의 인물을 관찰할 때와 마찬가지로 울턴을 주의깊게 관찰했습니다. 그리고 울턴에게 말을 걸었던 거지요. 울턴도 라데크와 마찬가지로 세상의 패배자입니다. 부모가 하고 있는 여관에서 일하면 조용히 살 수가 있었을 텐데 빠리로 나와 월급 6백 프랑의 배달부가 되었기 때문에 그는 갖은 고생을 하였고, 몽상의 세계로 달아나 삼류 소설을 탐독했으며, 영화관에도 뻔질나게 드나들며 세상을 깜짝 놀라게 할 만한 공상을 꿈꾸고 있었습니다. 기력(氣

力) 같은 건 전혀 없었습니다. 라데크의 위력에 맞서 자기를 지킬 방법 같은 건 울턴에게는 없었습니다.

'그다지 위험이 없는 일인데, 하룻밤에 평생 호강스럽게 살 만큼 벌 생각은 없나?'

울턴은 기쁨으로 가슴이 두근거렸습니다. 라데크는 울턴의 급소를 잡았던 것입니다! 라데크는 자기의 위력을 즐기면서 지껄여 댔고 마침내 상대에게서 강도질을 할 계획을 승낙받았습니다. 그것은 인기척없는 별장에 침입하기만 하면 되는 일이었습니다!

라데크는 빈틈없이 계획을 세우고 공범자 울턴에게 아주 세밀한 행동이며 방식에 이르기까지 미리 일러 두었습니다. 소리를 내지 않도록 한다는 구실로 고무창 구두를 사도록 권한 것도 라데크였습니다. 그러나 사실은 울턴이 지난 곳에 뚜렷한 발자국을 확실하게 남기기 위해서였던 겁니다. 그것은 틀림없이 라데크에게 있어 술취한 기쁨을 느끼게 한 시간이었겠지요. 한 잔의 식전주를 마실 돈도 없는 라데크가, 자기는 전지전능한 인간이라고 느꼈을 테니까요. 더구나 그는 날마다 클로스비와 무릎을 맞대고 있는데도 클로스비 쪽에서는 라데크를 몰랐습니다. 그리고 사건을 기다리고 있는 동안에 클로스비는 불안을 느끼기 시작했던 거지요.

상 끌르 별장 사건의 진상을 푸는 열쇠가 된 것은 사실은 의사의 검시보고서 가운데 한 구절이었습니다. 겨우 4일 전의 일이었는데, 보잘 것 없는 하찮은 사실이 저의 주의를 끌었던 겁니다. 검시한 법의학자는 이렇게 쓰고 있습니다.

'죽은 지 몇 십분이 지난 뒤, 처음에 침대 가장자리에 있었으리라고 생각되는 헨더슨 부인의 시체가 바닥 위로 굴러떨어졌다.'

판사님도 인정하실 테지만, 범행 뒤 몇십 분이나 지나서 범인이 시체에 손을 댈 이유는 전혀 없습니다. 왜냐하면 시체는 보석을 지니고 있지도 않았으며 잠옷 하나를 입고 있었을 뿐이니까요. 어쨌든 계속해서 진상을 말씀드리지요. 이것에 대해서도 어젯밤 라데크는 시인을 했습니다. 그가 울턴에게 승낙받은 일이란, 밤 2시 반 정각에 별장에 침입하여 2층으로 올라가 침실에 들어가는데, 그동안 절대로 전등을 켜서는 안된다는 것이었습니다. 그 집에는 전혀 아무도 없다는 것을 울턴에게 말해 두었습니다. 돈이 될 만한 물건이 있다고 그가 가르쳐 준 장소는 침실이었습니다.

2시 20분, 라데크 혼자서 두 명의 부인을 죽이고 옷걸이 벽장에 단도를 숨기고는 밖으로 나왔습니다. 그리고 조제프 울턴이 도착하는 것을 엿보고 있었습니다. 울턴은 시킨 대로 했습니다. 그는 어둠 속에서 더듬거리는 동안에 갑자기 누군가의 몸뚱이를 굴러떨어뜨려, 놀라서 전기를 켜 보고는 두 개의 시체를 발견했습니다. 죽어 있음을 확인하며 피가 묻은 손가락 자국을 곳곳에 남기고 말았던 거지요. 마침내 그는 놀라서 달아났습니다. 밖으로 나오자 라데크와 마주쳤습니다. 라데크는 지금 까지와는 딴판으로 태도를 바꾸어 차가운 미소를 떠올리며 잔혹한 태도를 보였습니다. 이 두 사나이의 말다툼은 세상에서 좀처럼 찾아볼 수 없는 것이었겠지요. 그러나 울턴과 같은 단순한 사나이가 라데크에 맞설 무슨 힘이 있었겠습니까? 울턴은 라데크의 이름조차 몰랐던 겁니다! 물론 어디에 살고 있는 지도 몰랐습니다. 라데크는 울턴에게 고무 장갑과 헝겊 신을 보였습니다. 이 두 가지 도구 덕분으로 라데크는 그 집 안에 아무런 흔적도 남기지 않았던 것이었습니다.

'자네는 범인이 될 거야! 자네가 하는 말은 믿어 주지 않을걸! '아무도' 자네가 하는 말 같은 건 믿어 주지 않아! 그렇게 되면 자네는 사형이지! '

한 대의 택시가 세느 강 건너편 블로뉴에서 두 사람을 기다리고 있었습니다. 라데크는 지껄여댔습니다.

'자네가 잠자코만 있으면 내가 살려 주겠네. 이 라데크가 말일세, 알겠나? 내가 감옥에서 꺼내 주겠어. 한 달 뒤가 될지도 모르고 어쩌면 석 달 뒤가 될지도 몰라! 어쨌든 감옥에서 나올 수 있단 말이야.'

이틀 뒤 울턴은 체포되었습니다만, 자기가 죽지 않았다고만 되풀이할 뿐이었습니다. 그는 머리가 멍청해지고 말았습니다. 다만 어머니에게만은 라데크의 일을 이야기했던 모양입니다. 하지만 어머니도 아들이 하는 말을 믿지 않았던 거지요! 이것은 라데크가 한 말이 틀림없다는 증거가 되었습니다. 뿐더러 잠자코 약속한 구원의 손길을 기다리는 편이 좋다는 것을 여실히 증명했던 것입니다.

몇 달이 지났습니다. 울턴은 감옥에서 자기 손에 흥건히 피를 묻힌 시체의 망령에 시달리며 살고 있었습니다. 마음을 굳게 먹고는 있었지만, 옆방인 독방의 사나이를 처형하기 위해 데리러 온 사람들의 발소리를 들었던 밤에는 기가 푹 꺾여 버렸습니다. 그 때까지 조금이나마 남아 있었던 반항의 기력을 뿌리째 잃고 말았습니다. 아버지는 편지를 보내도 답장을 해주지 않았으며, 게다가 어머니나 동생에게도 면회를 가는 것을 금하고 있었던 모양입니다. 그는 악몽과 혼자 싸우고 있었던 겁니다. 그런데 갑자기 탈옥 계획을 알리는 편지를 받았습니다. 그는 그 지시에 따랐습니다만, 잘 되리라고는 믿고 있지 않았고 그서 기계적으로 따랐을 뿐이었지요. 그리고 빠리 거리로 나오자 정처없이 헤맸으며 마침내 여관 침대에 쓰러지듯 몸을 던지고는 잠들어 버렸던 것입니다. 즉 교수대가 기다리고 있는 사형수 감방에서 벗어나 밖에서 잠 잘 수가 있었던 거지요.

이튿날, 뒤프르 형사가 그의 앞에 나타났습니다. 울턴은 경찰의 냄새를 맡고 위험을 느끼자 본능적으로 상대를 때려눕히고 달아났으며 또 헤매기 시작했습니다. 감옥에서 도망쳐 나왔는데도 조금도 즐겁지가 않았습니다. 첫째, 무엇을 해야 좋을지 몰랐습니다. 돈도 없었으며 맞아 주는 사람도 없습니다. 모두 라데크 탓이다! 라고 그는 생각했습니다. 언젠가 라데크를 만난 커피 가게로 가서 그를 찾았습니다. 라데크를 죽이기 위해서였을까요? 울턴은 흉기를 갖고 있지 않았습니다. 그러나 몹시 흥분 하고 있었으니까 라데크를 목졸라 죽이는 일쯤은 할 수 있었을지 모릅니다. 아니면 또 급한 사정을 모면할 돈을 라데크에게 얻기 위해서였는지도 모릅니다. 어쩌면 그 상황에서 말을 걸 수 있는 사람은 라데크밖에 없었기 때문이었을지도 모릅니다. 쿠포르에 갔다가 다행히 라데크를 발견할 수 있었습니다. 그런데 가게의 종업원이 안으로 들여보내 주지 않아서 기다려야 했습니다. 마을의 바보마냥 기웃거리며 이따금 파리한 얼굴을 유리문에 찰싹 밀어붙이곤 했습니다. 라데크가 나왔을 때에는 두 명의 순경이 양옆에 붙어있었습니다. 울턴은 생각할 것도 없이 그 곳을 떠나 고향 낭디의 집으로 향했습니다, 집으로 돌아갈 면목은 없었지만……. 그는 자기 집 헛간의 짚 위에 쓰러졌습니다. 그리고 아버지로부터 밤이 되면 나가라는 말을 들었으므로 목을 매는 편이 낫다고 생각했던 것입니다. ”

메글레는 어깨를 옴츠리고 더듬거리듯 말했다.
"울턴은 이제 두 번 다시 세상에 거역하는 일은 없겠지요! 설마 죽지는 않을 테지만, 이 일은 죽을 때까지 상처가 되어 남을 겁니다. 라데크의 희생이 된 사람들 가운데 그가 가장 가엾습니다. 희생자는 그밖에도 있습니다. 라데크가 붙잡히지 않았다면 늘었을 지도 모릅니다. 그 일은 나중에 이야기하겠습니다.

범행이 끝나고 울턴이 감옥에 갇히자, 라데크는 또 까페에서 까페로 방황하는 생활을 시작했지요. 그는 약속한 10만 프랑을 클로스비에게 청구하지 않았습니다. 그 이유는 첫째, 그런 짓을 했다가는 붙잡힐 염려가 있는 데다가, 아마도 가난이 그에게 있어서는 필요불가결한 것이 되어 있었기 때문이겠지요. 왜냐하면 가난은 그의 마음에 세상 사람들에 대한 증오를 불러일으켜 주는 힘이었으니까요. 쿠포르에 가면, 라데크는 클로스비를 만날 수가 있었습니다. 이 미국인의 기분좋아하는 태도에는 이미 밝은 빛이 사라져 있었습니다. 클로스비는 편지를 보낸 수수께끼의 인물을 기다리고 있었던 겁니다. 그러나 그 수수께끼의 사나이와는 한 번도 만나보지 못했습니다. 그래서 울턴을 범인이라 믿고 자기의 죄가 폭로되는 것을 겁내고 있었습니다. 그런데 폭로되지 않았던 거지요. 피고는 얌전히 판결에 복종했습니다. 머지 않아 범인의 사형이 집행된다는 소문이어서 클로스비는 겨우 한숨 돌리게 되었습니다.

그런데 라데크의 마음 속에는 무엇이 생겼을까요? 멋들어진 범죄! 그것을 그는 해치웠던 것입니다. 그 범행은 자세한 데까지 완전하게 계획되어 있었습니다. 누구 한사람 그에게 혐의를 두는 이는 없습니다. 소원대로 혼자밖에 그 진상을 몰랐던 것입니다. 그리하여 클로스비 부부가 술집 테이블에 앉아 있는 것을 보자, 그는 자기가 한 마디만 해도 부부는 벌벌 떨테지 하고 생각했습니다. 그러나 만족하지는 않았습니다. 그의 생활은 여전히 단조로웠던 거지요. 여자가 둘 죽고, 가엾은 한 사나이가 머지 않아 목을 잘리게 되는 일 말고는 색다른 일이란 아무것도 없었습니다. 절대로 틀림이 없다고는 말하지 못합니다만 어느 정도 확신을 가지고 할 수는 있는 말은, 라데크에게 있어 최대의 고통은 자기를 칭찬해 주는 사람이 없다는 점이었습니다. 즉 그가 지나갈 때에 다음과 같이 말해

주는 사람이 없다는 것이었지요.

'저 사람은 겉으로 보아서는 아무것도 아닌 사나이 같지만, 매우 훌륭한 범죄를 해치웠지. 경찰을 감쪽같이 속였을 뿐 아니라 경찰 당국을 함정에 빠뜨리고 또한 친구들의 운명도 흐름을 바꾸어 놓았어'라고요. 다른 살인범에게도 있는 일이긴 합니다만, 대개의 살인범은 거리의 매춘부에게라도 자기가 저지른 일을 고백하고 싶은 충동에 사로잡히는 법입니다. 그러나 라데크는 그런 녀석들보다는 마음이 굳센 사나이였죠. 게다가 여자라는 것에는 전혀 흥미를 갖고 있지 않았습니다.

어느 날 아침, 신문이 울턴의 탈주를 알렸습니다. 그에게는 절호의 기회가 아니었을까요? 그는 이 사건을 휘저어 또다시 주동적인 역할을 맡으려고 했던 겁니다. 그는 〈경적〉지에 투서했습니다. 그런데 그를 엿보고 있는 울턴을 보자 공포에 사로 잡혔으며, 자기 쪽에서 스스로 경찰의 손 안으로 뛰어들어갔습니다. 그런데도 아직 남에게 칭찬받고 싶은 심정이 강했습니다! 멋들어진 승부사라는 것을 인식시키고 싶었던 거지요! 그래서 그는 말했습니다.

'당신으로서는 이 사건을 전혀 알 수 없소!'

그 때부터 그는 이미 빗나가고 있었습니다. 자기가 결국에는 붙잡히리라고 느꼈습니다. 그것뿐이었다면 좋았겠지만 그는 스스로 체포될 시기를 앞당긴 겁니다. 일부러 경솔한 짓을 서슴지 않았습니다. 마치 그의 내부에 숨어 있는 요사스러운 힘에 충동을 받아 스스로 죄를 뒤집어 쓰고자 바라고 있는 것 같기도 했습니다. 살아 있어 보았자 아무것도 할 일이 없었습니다! 게다가 머지 않아 죽음을 피할 수 없다는 것을 의사로부터 선고받고 있었습니다. 온갖 것이 짜증나게 만들고 화나게 했습니다. 오랜 습관으로 비참한 생활을 보내고 있을 뿐이었습니다. 그러나 내가 그에게 들러붙어 떨어지지 않게 되었으므로 마지막에는 목적을 달성할 수가 있다고 깨달았습니다. 그렇게 되자 그는 노이로제가 된 것처럼 서투른 삼류 배우 못지않은 연극을 했으며, 나의 호기심을 불러일으킬 듯한 짓을 하고는 기뻐했습니다. 울턴이나 클로스비는 이미 그 앞에 굴복한 거나 다름없었습니다. 어찌 나라고 해서 이길 수가 없단 말인가, 그런 속셈이었지요. 그는 나를 어리둥절하게 만들기 위해 여러 가지 이야기를 꾸며 냈습니다. 특히 이 참극에 관계가 있는 모든 사건이 세느 강 근처에서 일어나고 있다고 말하면서, 나의 주의를 그 쪽으로 돌리려고 했습니다. 나는 혼란에 빠져 갈피를 못 잡게 되지 않았을까요. 그런데 차례차례 잘못을 저질러 간 것은 그였던 겁니다. 그는 열에 들떠서 살고 있었습니다. 이미 볼 장 다 본 사람이 되어 있었던 것입니다. 그러나 마지막까지 싸우며 인생과 승부하는 일을 그만두지 않았습니다.

우선 어찌 클로스비를 파멸의 첫 목표물로 삼지 않을 수가 있겠습니까? 그는 자기가 전지전능의 데미우르고스(플라톤이 세계 형성자라고 생각한 것)라도 되는 것처럼 생각하고 있었기 때문에 클로스비에게 전화하여 10만 프랑을 청구했습니다. 그 돈을 나에게 자랑했습니다. 이렇듯 자기를 위험에 노출시키는 아슬아슬한 곡예에 그는 정신적인 기쁨을 느끼고 있는 것이었습니다. 정해진 시간에 클로스비가 상 끌르의 별장에 가지 않으면 안 되게끔 만들었던 건 그였습니다. 이 방식은 그가 인간의 심리를 속속들이 파악하고 있음을 나타내 주고 있습니다. 그 조금 전에 그는 나하고 만나게 되었습니다. 그는 내가 수사를 처음부터 다시 할 결심을 했다는 걸 꿰뚫어 보았습니다. 그래서 그는 다음과 같이 생각했던 거지요. 내가 상 끌르에 갈 것이다, 거기서 클로스비와 만나게 되면 클로스비는 왜 거기에 왔는지 설명할 수가 없으니 난처해질 것이다. 클로스비가 들켰다고 믿고는 자살하리라는 것을 라데크가 예상하지 못했다고 단언할 수 있을까요? 아니오, 쉽게 생각할 수 있는 일입니다. 예상했을 확률이 훨씬 많은 것입니다. 더구나 라데크는 그것만으로는 만족하지 못했습니다. 그는 점점 더 자기의 힘에 도취되었습니다. 그가 광열적이 되었음을 나는 느꼈으므로, 그 때부터 묵묵히 우울한 듯이 그를 따라붙고 있었습니다. 아침부터 밤까지, 밤부터 아침까지 잠시도 그의 곁에서 떨어지지 않았습니다. 이렇게 되니 그의 신경이 견디어 낼 수가 있었을까요? 몇 개의 사소한 사항을 볼 때, 그가 위험한 경향으로 흐르고 있다는 걸 알았습니다. 그는 끊임없이 세상 사람에의 원한을 풀고 싶은 욕구를 가지고 있던 겁니다. 어린아이에게 추잡한 말을 하든가 여자거지를 놀려 대든가 밤의 여자끼리 싸움을 붙이든가 했습니다. 그런 짓을 하고는 내가 어떠한 반응을 나타내는가 알아보려고 했던 겁니다. 그것은 삼류 배우의 서투른 연극이었어요, 그는 자신을 파멸 직전으로 몰아세우고 있었던 것입니다. 이대로는 그리 오래까지 냉정한 상태로 있을 수 없다, 반드시 머지 않아 실패할 것이 틀림없다고 생각했지요, 마침내 그는 실패했습니다! 늦든 빠르든 중죄 범인은 모두 그렇게 되는 법이지요.

라데크는 두 여자를 죽였습니다! 클로스비도 죽였습니다! 울턴은 폐인으로 만들었습니다! 막이 내려지기 전에 그는 대살육을 벌이려고 했던 겁니다. 그러나 나는 미리부터 몇 개의 대책을 강구해 두었습니다. 장뷔에를 조르쥬 5세 호텔에 잠복시켜 클로스비 부인과 에도나에게로 보낸 편지를 중간에서 가로챘으며, 그녀들에게 걸려 오는 전화를 끊어 버리도록 시켰습니다. 나는 라데크의 곁을 떠나지 않았습니다만, 그는 두 번이나 몇 분 동안 나에게서 빠져나가 어딘가로 갔습니다. 편지를 부쳤구나, 하고 나는 판단했습니다.

두서너 시간 뒤에 장뷔에가 그 편지를 나에게 건네주었습니다. 이게 바로 그것입니다. 한 통은 클로스비 부인에게 보낸 것으로 그녀의 남편이 헨더슨 부인의 살해를 명령했다는 것을 알리고 있습니다. 그 증거로서 열쇠를 넣었던 작은 상자가 함께 들어 있었습니다. 그 상자 겉에는 클로스비 자신의 필적으로 수취인이 씌어져 있었습니다. 라데크는 법률을 잘 알고 있었습니다. 그의 편지에는 살인범은 그 피해자의 재산을 상속하지 못한다는 것과, 그 때문에 클로스비 부인의 재산은 어차피 몰수될 것이라는 게 씌어져 있었습니다.

라데크는 클로스비 부인에게 밤 12시에 시탄게트로 가서, 지정된 방의 매트리스 속을 살펴 거기에 숨겨져 있는 살인에 사용한 단도를 찾아 내어 안전한 장소로 옮기도록 명령하고 있습니다. 만일 거기에 단도가 없으면 상 끌르로 가서 벽장 속을 찾으라고 씌어져 있었습니다. 여기서 주의하지 않으면 안 될 것은 일을 복잡하게 만듦과 동시에 남에게 창피를 주고 싶다는 그의 욕망입니다. 클로스비 부인은 시탄게트에 가더라도 아무것도 찾아내지 못할 것입니다. 왜냐하면 단도는 처음부터 그 곳에 없기 때문입니다. 그러나 라데크에게 있어 부자인 미국 부인을 건달 패거리들이 모이는 술집에 가게 하는 일은 크나큰 기쁨이었습니다. 그것뿐만이 아닙니다. 모든 일을 복잡하게 만들고 싶다는 욕망은 더욱더 악랄하게 불타올랐습니다.

리데크는 젊은 클로스비 부인에게 에도나 라이히베르크가 클로스비의 정부였다는 것을, 또 클로스비는 에도나와 결혼할 약속이 이미 되어 있다는 것을 폭로했습니다.

'에도나는 이 사건의 진상을 알고 있습니다. 그녀는 당신을 미워하고, 만일 가능하다면 진상을 폭로하여 당신을 가난뱅이 처지에 빠뜨리겠지요'라고 라데크는 쓰고 있었습니다. "

메글레는 땀을 닦고 한숨을 쉬었다.

"어리석은 녀석이지요, 그렇게 생각되시지 않습니까! 마치 악몽에 사로잡혀 있었던 것 같습니다! 그러나 놀랄 만한 일은 지금까지 몇 해 동안 라데크는 교묘한 복수를 꿈꾸며 살아 왔다는 것입니다. 게다가 그다지 그의 겨냥에서 어긋나지도 않습니다. 에도나 라이히베르크에게 보낸 편지에는 클로스비가 살인범이라는 것, 그의 범행 증거품이 벽장 속에 있다는 것, 그녀가 지정된 시각에 단도를 가지러 간다면 스캔들을 피할 수가 있다는 것 등이 씌어져 있었습니다. 그리고 클로스비 부인은 남편의 범행을 대강 알고 있었다고 덧붙였습니다. 되풀이해서 말씀드리지만, 라데크는 자기가 전지전능의 신이라고 믿고 있었습니다. 두 통의 편지는 수취인에게 전해지지 않았습니다. 그것은 장뷔에가 그 편지를 나한테 가져와 버렸기 때문입니다. 그러나 이 편지가 라데크의 필적임을 증명하려면, 어떻게 해야 좋았겠습니까? 〈경적〉에 보냈던 편지처럼 이것도 왼손으로 씌어져 있었으니까요! 그래서 나는 그 두 부인에게 실험에 참가해 달라고 부탁했습니다. 이 두 사람에게는 헨더슨 부인을 살해한 범인을 발견하기 위해서라는 것을 설명해 두었던 거지요. 나는 이 부인들에게 부탁하여 편지에 씌어져 있는 대로 해 달라고 했던 것입니다. 게다가 라데크 자신이 나를 시탄게트로 데리고 갔으며 그리고는 상 끌르에도 끌고 갔습니다. 그는 이제 마지막이라고 느끼고 있었겠지요, 만일 편지가 도중에서 가로채이지만 않았다면, 그가 생각한 대로의 희한한 결말이 되어 있을 겁니다. 클로스비 부인은 살인범이 폭로한 사항 때문에 마음이 어지러워졌을 것이고, 또 그 술집에서의 가증스러운 방식에 완전히 지쳐서 상 끌르의 별장에 가

두 부인의 살인 사건이 있었던 방으로 들어갔을 겁니다. 그녀의 신경 상태를 상상해 보십시오, 더구나 그런 때에 그녀는 단도를 가진 에도나 라이히베르크와 딱 마주치게 되었을 것입니다! 그와 같은 사정 아래에서 반드시 범죄가 생긴다고는 단정할 수 없습니다. 그러나 라데크의 심리 통찰은 꽤 정확한 것이었다고 여기지 않을 수가 없습니다.

형세는 나의 연출에 의해 그가 생각하고 있었던 것과는 전혀 다른 것이 되었습니다. 클로스비 부인은 혼자서 그 자리를 떠났던 것입니다. 그래서 라데크는 클로스비 부인이 에도나를 어떻게 했는지 알고 싶어 궁금하기만 했습니다. 그는 나의 뒤를 따라 2층으로 올라왔습니다. 벽장을 연 것은 그였습니다. 그가 본 것은 시체가 아니라 살아서 팔팔하기만 한 스웨덴 아가씨 에도나였습니다. 라데크는 나를 말끄러미 쳐다보았습니다. 그는 모든 걸 깨달았던 거지요, 그래서 그는 마침내 내가 예기하고 있었던 행동을 취했습니다. 피스톨을 쏘았던 것입니다."

코멜리오 예심 판사는 눈을 둥그렇게 떴다.

"걱정하실 건 없습니다. 마침 그날 오후, 혼잡 속에서 나는 총알이 든 그의 피스톨과 빈 피스톨을 바꾸어 두었습니다. 지금 말씀드린 것이 모두입니다. 그는 도박을 했던 것입니다! 그리고 졌습니다."

메글레는 꺼진 파이프에 다시 불을 붙이고 이마에 주름을 모으며 일어섰다.

"덧붙여 두지 않으면 안 됩니다만, 그는 지는 법을 아는 사나이였습니다. 한 번 올페브르 강가의 본서(本署)에서 날이 밝을 때까지 함께 지냈을 때 나는 알고 있는 일을 정직하게 이야기했습니다만, 그는 조금도 나를 빗나가게 만들고는 기뻐하는 일이 없었으며 자기 쪽에서 나의 부족되는 곳을 보충해 주었습니다. 얼마쯤 허풍스러운 데가 있긴 했지만. 이때 그는 무서울 만큼 냉정했습니다. 그리고 사형이 되느냐고 나에게 물었습니다. 그래서 내가 대답을 망설이고 있으려니까 그는 싸늘한 웃음을 떠올리면서 말했습니다.

'경감님, 사형이 되도록 주선해 주십시오. 당신도 조금은 나의 신세를 지고 있으니까요. 그런데 문득 생각이 난 일입니다만, 저는 독일에서 사형집행에 입회한 일이 있었습니다. 그 사형수는 처음엔 태연했었는데 마지막 때가 되자 울음을 터뜨리고 비명을 지르기 시작했습니다.

'어머니!'

나도 어머니의 이름을 부를지 어떨지 알고 싶군요. 당신은 어떻게 생각하십니까?"

메글레도 코멜리오 예심 판사도 입을 다물었다. 재판소에서 나는 소리가 그 배경이 되어 빠리 시가지의 무슨 소리인지 알 수 없는 소음과 더불어 한층 뚜렷하게 들려왔다. 코멜리오 예심 판사는 서류를 밀어제쳤다. 이야기를 시작하기 전에 태연한 체하려고 자기 앞에 펼쳐 두었던 서류였다.

"그랬었군."

그는 입을 열었다.

"나는……"

예심 판사는 볼을 붉히고 눈길을 피하면서

"나는 자네에게 잊어 달라고 하고 싶네. 저…… 저……"

그러나 메글레 경감은 외투를 입더니 아주 자연스러운 몸짓으로 그에게 손을 내밀었다.

"내일 보고서를 보내겠습니다. 이제부터 물스를 만나러 가지 않으면 안 됩니다. 그에게 먼젓번의 편지 2통을 넘겨 주기로 약속했거든요. 그는 완전한 필상(筆相) 조사를 해보고 싶답니다."

그렇게 말하고 나서 그는 잠깐 망설이더니 나가려다가 다시 뒤돌아보았다. 그리고 예심 판사가 후회하는 얼굴을 보자 마지막으로 희미한 웃음을 떠올리고는 나가 버렸다. 그 미소가 유일한 메글레의 복수였다.

역전

1월이었다. 얼음이 얼었다. 그 장소에 있던 10명의 사나이들은 두 손을 포켓에 찌른 채 외투깃을 세우고 서 있었다. 그 가운데 대부분은 구두로 땅바닥을 차면서 기웃거리는 듯한 눈초리로 같은 방향을 바라보며 띄엄띄엄 말을 나누고 있었다. 그러나 메글레는 혼자 떨어져서 목을 어깨 속에 움츠리고 서 있었다. 아주 험악한 표정을 짓고 있었으므로 아무도 말을 걸지 않았다. 가까운 건물의 몇몇 창문에 불이 켜져 있는 게 보였다. 밖이 아직 훤히 밝지 않았기 때문이었다. 어딘가에서 전차 소리가 울리고 있다.

마침내 자동차 바퀴 소리, 문이 열리는 소리, 커다란 구두 소리, 그리고 나직하게 구령하는 목소리가 들려 왔다. 신문기자 하나가 어색한 듯한 태도로 노트에 메모를 하고 있었다. 한 사나이가 얼굴을 돌리고 있었다. 라데크는 죄수 호송차에서 기세있게 내리더니 밝은 눈동자로 주위를 둘러보았다. 그 눈동자는 어스름 속에서 태양과 같은 무한한 빛을 담고 있었다. 그는 양쪽에서 부축받고 있었다. 그러나 그런 일에는 아랑곳하지 않고 성큼성큼 교수대 쪽으로 걷기 시작했다. 갑자기 그때 얼어붙은 땅바닥에 발이 미끄러지며 넘어졌다. 그러자 간수는 그가 저항하려는 것으로 알았는지 그를 붙잡으러 재빨리 뛰어갔다. 몇 초 동안의 일이었다. 그러나 그는 이와 같은 추태를 보인 것이 무엇보다도 언짢았던 모양이다. 특히 이 사형수 라데크가 그때까지 가장하고 있었던 모든 위엄과 모든 자신감을 완전히 잃어버리고, 일어나면서 보여준 부끄러워하는 그 얼굴은 몹시 고통스러운 듯했다. 그의 눈길은 메글레에게로 보내졌다. 라데크는 메글레에게 자기의 사형 집행에 입회해 달라고 부탁했던 것이다. 메글레 경감은 이 광경으로부터 눈을 돌리고 싶었다.

"와 주셨군요."

모두들 초조해 하고 있었다. 이런 장면은 되도록 빨리 끝났으면 하고 견딜 수 없을 만큼 초조해져서 모두들 신경을 긴장시키고 있었다. 그러나 라데크는 비웃음이 섞인 미소를 떠올리며 아까 넘어졌던 얼어붙은 땅바닥을 돌아보았다. 그리고 교수대를 손짓으로 가리키고 차가운 웃음을 보이며 말했다.

"실패했어!"

한 인간의 생명을 끊는 것을 직무로 하고 있는 이들도 한순간 망설였다. 누군가의 이야기 소리가 들렸다. 자동차 경적이 가까운 거리에서 울려 왔다. 아무의 얼굴도 보지 않고 맨 먼저 걷기 시작한 것은 라데크였다.

"경감님……"

이제 나머지 1분만 지나면 모든 것이 끝나고 말리라. 라데크의 그 목소리에는 기묘한 여운이 깃들어 있었다.

"댁에는 부인께서 기다리고 계시겠군요. 지금쯤 커피를 끓여 놓고 기다리시겠지요……"

메글레는 라데크의 모습밖에는 아무것도 눈에 들어오지 않았다. 들리는 것은 그의 말뿐이었다. 라데크가 말한 대로이다. 아내는 따뜻한 식당에서 아침 식사 준비를 끝내고 그가 돌아오기를 기다리고 있을 것이다. 웬지 모르게 메글레는 그러한 집으로 돌아갈 마음이 내키지 않았다. 그는 곧장 올페브르 강가로 돌아가, 자기 방 난로에 아가리까지 가득해질 만큼 석탄을 집어놓고 화덕이 부서져라고 불구멍을 마구 쑤셔 댔다.

LE CHIEN JAUNE
황색의 개

등장인물

모스태강 주류업자.

르 퐁므레 덴마크 부영사(副領事). 호색가.

장 세르비에르(고와이야르) 〈브레스트 등대〉 신문의 기자.

에르네스트 미슈 일반적으로 박사라 불리는 토지회사 지배인.

미슈 부인 미슈 박사의 어머니.

엠마 〈제독〉 호텔의 까페 여급.

레옹 르 글렉 부랑자.

르로아 젊은 형사.

메글레 경감.

집 없는 개

11월 7일, 금요일. 콩카르노(프랑스 서쪽 끝 브레타뉴 반도 남쪽 기슭의 어항. 인구 약 10만. 정어리잡이와 통조림 공업이 발달함)의 거리는 인적이 끊어졌다. 성벽 위로 보이는 거리의 야광시계는 11시 5분 전을 가리키고 있다. 마침 만조 시간이어서 거센 남서풍이 불어 닥쳐 항내의 배는 서로 뱃전을 부딪치고 있다. 바람은 한길로 불어와, 가끔 땅바닥을 스치며 쏜살같이 날아가는 종이조각이 보인다.

레기용 해안 거리는 불빛 하나 없다. 어디고 꼭꼭 닫혀 있다. 모든 집이 잠들어 있다. 다만 광장과 해안 거리의 모퉁이에 있는 제독 호텔의 세 창문에만은 아직도 불이 켜져 있다. 창에 덧문은 없지만, 녹색이 감도는 유리창을 통해서 안에 있는 사람의 모습을 가까스로 알아볼 수 있을 정도이다. 그렇게 까페에서 밤샘을 하는 사람들을, 거기서 백 미터도 안 되는 감시소에 우두커니 앉아 당직을 하고 있는 세관 직원은 오히려 부럽게 생각하였다. 그의 정면에 항내의 정박 구역으로 오늘 오후 대피해 온 연안 항로선이 한 척 있는데, 갑판에는 아무도 없다. 쉴새없이 도르래가 돌고, 바짝 감기지 않은 삼각돛이 바람에 펄럭이고 있다. 철썩이는 파도 소리가 들리고, 큰 시계가 삐걱거리는 소리를 내며 지금 막 11시를 치려고 한다. 제독 호텔의 문이 열렸다. 한 사나이가 나타나 반쯤 열린 문으로 아직 안에 남아 있는 사람들과 그 자리에 선 채 이야기를 나누고 있다. 세찬 바람이 불어와 외투자락을 펄럭이고 중산모를 날려버리려고 하자 사나이는 놀라서 손으로 모자를 누르며 걸어간다. 멀리서 보아도 기분이 무척 좋아보인다. 걸음걸이가 위태위태해 보이는 게 콧노래라도 부르고 있는 모양이다. 세관 직원은 그 모습을 눈으로 쫓으며, 사나이가 잎담배에 불을 붙이는 것을 보고 빙그레 웃는다. 바람에 날아갈 것 같은 외투와, 거리로 굴러가는 모자와, 술취한 사나이 사이에 우스꽝스러운 격투가 시작되었기 때문이다. 성냥은 벌써 열 개비나 꺼졌다. 그러자 사나이는 두 단짜리 돌계단으로 된 어느 집 현관을 발견하고 그곳으로 바람을 피해 들어갔다. 불빛이 환히 흔들리는가 하면 곧 꺼진다. 잎담배를 입에 문 사나이는 비틀거리며 현관문 손잡이에 기댄다. 세관 직원의 귀에 바람 소리 말고 다른 소리가 들렸는지 어떤지 그 점은 확실치 않다. 그는 처음에 밤새워 놀다 나온 사나이가 몸의 균형을 잃고 계속 비틀거리며 뒤로 물러나는 것을 보고 웃었는데, 점점 더 기울더니 몸의 자세로 보아 좀 이상하다고 느낄 정도로 굉장히 기울어졌다. 사나이는 그대로 길가 땅바닥에 쓰러지며 진창 속에 머리를 처박는다. 세무서 관리는 손을 녹이기 위해 양쪽 옆구리를 두드리며 묘하게 초조한 소리를 내고 있는 삼각돛 쪽을 불쾌한 얼굴로 바라본다. 1분이 지나고, 2분이 지났다. 다시 잠깐 술취한 사람 쪽을 살펴보니 아까 그 모습 그대로 꼼짝하지 않고 있다. 다만 어디서 왔는지 한 마리의 개가 가까이 다가가서 사나이의 몸을 여기저기 냄새 맡고 있다.

"그제야 나는 비로소 무슨 일이 있어났구나 하는 느낌이 들었습니다” 하고 세관 직원은 뒷날 심리하는 자리에서 말했다.

이 장면에 뒤이어 일어난 사람들의 움직임을 엄밀하게 시간적인 순서를 따라 이야기한다는 것은 어려운 일이다. 세관 직원은 사나워 보이는 커다랗고 누런 개가 있으므로 깜짝 놀라 쓰러진 사나이 쪽으로 다가갔다. 그 사나이에게서 8미터쯤 떨어진 곳에 가스등이 있었다. 처음에는 세관 직원의 눈에 아무 이상도 보이지 않았다. 그러나 자세히 보니 술취한 사나이의 외투에 구멍이 하나 뚫려 있고, 그 구멍에서 뭔가 끈적한 액체가 흘러나오고 있었다. 그는 제독 호텔로 달려갔다. 호텔의 까페는 거의 비어 있었다. 카운터에 턱을 괴고 있는 여급이 하나 있을 뿐, 대리석 테이블 옆에는 다리를 뻗고 몸을 뒤로 눕히듯 기대앉아 있는 두 사나이가 마지막 잎담배를 다 피워가고 있는 참이었다.

“어서 빨리……! 살인자의 짓인지 어떤지……”

세관 직원은 휙 돌아다보았다. 누런 개가 그를 따라들어와 여급의 발치에 엎드렸다. 갑자기 카페 안에 동요 비슷한 분위기가 얼마쯤 감돌았다.

“친구분이, 아까 이곳에서 나간 분이……”

잠시 뒤 세 사나이는 아까부터 그 자리에 꼼짝 않고 누워 있는 사나이의 몸을 들여다보고 있었다. 파출소는 바로 가까이에 있었다. 세관 직원은 그리로 가는 것이 좋을 것 같아 혼자서 이리저리 뛰어다니다 숨을 헐떡이며 파출소로 달려갔고, 이어서 의사의 집 초인종을 눌렀다.

그는 어느 곳에서나 같은 말을 되풀이했다. 그 광경이 머리에 꽉 박혀 떨어지지 않았던 것이다.

“꼭 술취한 사람처럼 비틀비틀 뒤로 물러났습니다. 그런 상태로 적어도 세 발자국은 뒤로 물러났습니다……”

사람이 다섯…… 여섯…… 일곱. 그리고 그 근처에 있는 집들의 창문이 열리고 쑤군쑤군 말소리가 들렸다. 진창 앞에 쪼그리고 앉아 있던 의사가 말했다.

“배 한가운데에 총구를 들이대고 한 발 쏘았군요. 급히 서둘러 수술을 해야 합니다. 병원에 전화를 걸어주십시오.”

모두들 피해자의 얼굴을 알고 있었다. 모스태강이라는 콩카르노에서 손꼽는 주류(酒類)업자로, 친구는 있으나 적이 없는 뚱뚱한 호인이었다.

제복을 입은 두 경찰관은——한 사람은 모자를 찾다가 못 찾은 모양이다——어디서부터 손을 대야 좋을지 수사에 갈피를 못 잡는 것 같았다. 누군가가 입을 열었다. 르 퐁므레였는데, 태도와 목소리로 보아 그 고장의 명사(名士)임을 곧 알 수 있었다.

“우리는 제독 호텔의 까페에서 함께 카드 놀이를 했습니다, 세르비에르 씨와 미슈 박사와 넷이서. 미슈 박사가 맨 먼저 일어섰는데, 그게 약 30분 전이었습니다. 모스태강 씨는 아내가 무서워서 11시를 치자 곧 돌아갔지요…….”

그리 희극적이랄 수 없는 부록이었다. 모두들 르 퐁므레의 이야기를 듣고 있었다, 중요한 피해자인 모스태강의 일은 잊어버리고, 그때 갑자기 모스태강이 눈을 뜨고 일어나려고 하며 놀란 듯한 목소리로 중얼거렸다. 그 목소리가 너무도 달콤하고 실날 같았으므로 옆에 있던 여급은 자신도 모르게 히스테리컬한 웃음 소리를 냈다.

“아니! 대체 어떻게 된 일이오? 이게……?”

그 순간 모스태강은 경련을 일으켰다. 입술이 몹시 떨렸다. 얼굴 근육이 떨리는 것을 보고 의사는 주사놓을 준비를 했다.

누런 개가 사람들의 다리 사이로 왔다갔다하였다. 누군가가 의아한 듯이 물었다.

"이 개를 알고 있소?"

"처음 보는 개인걸……"

"아마 배에 있는 개일 거요……"

사건이 일어난 삼엄한 분위기 속에서 이 개는 어딘지 모르게 으스스한 불쾌감을 안겨주었다. 지저분하게 더럽혀진 누런 털 빛깔 때문일까? 다리가 길고 몹시 여위었으며, 머리가 커서 마스티프나 불독과 비슷했다.

모두에게서 5미터쯤 떨어진 곳에서 경찰관들이 사건의 유일한 목격자인 세관 직원을 심문하고 있었다.

사람들은 두 단의 돌계단이 있는 현관을 바라보았다. 그것은 중류가정 주택의 큼직한 현관으로, 그 집의 덧문은 모두 닫혀 있었다. 입구 오른쪽에 공증인의 고시가 나붙어 있어 11월 18일에 이 건물이 경매된다는 내용이 적혀 있었다.

'최저 입찰 가격 8만 프랑……'

한 경찰관이 상당히 오랫동안 문을 열려고 애써보았으나 자물쇠를 열지 못하여, 결국 이웃 노인이 차고에 있는 드라이버로 자물쇠를 열었다.

구급차가 달려왔다. 모스태강은 들것에 실려 차로 운반되었다. 구경꾼들은 이제 그 빈 집을 바라볼 수밖에 없었다.

그 집에는 1년 전부터 아무도 살지 않았다. 복도에는 화약이며 담배 냄새가 감돌고 있었다. 손전등으로 비춰보니 마룻바닥 깔개 위에 담뱃재와 진흙 자국이 남아 있었다. 누군가가 상당히 오랫동안 문 뒤에서 밖을 살펴보고 있었다는 증거이다.

잠옷 위에 코트를 걸친 한 사나이가 아내에게 말했다.

"여보, 그만 돌아갑시다. 이제 볼 것도 없어……. 다음 일은 내일 신문을 보면 알 수 있을 테지. 세르비에르 씨가 와 있잖아……?"

세르비에르란 연한 황록색 잠바를 걸친 키가 작고 통통한 사나이로, 르 퐁므레와 함께 제독 호텔에 있었던 사람이다. 〈브레스트 등대〉 신문의 기자로, 그가 주로 맡아하는 일은 신문지상에 일요일마다 유머러스한 시평을 쓰는 일이다. 그는 뭔가 메모를 하면서 두 경찰관에게 명령이라고 할 것까지는 없지만 이것저것 지시를 내리고 있었다.

복도 앞에 있는 방문들은 모두 잠겨 있었다. 뒤뜰로 나가는 안쪽 문이 열려 있었다. 담 밖은 골목길로 레기용 해안 거리와 통했다.

"범인은 이쪽으로 도망쳤군!"

장 세르비에르는 단정했다.

메글레 경감이 이상과 같은 사건의 개요를 그럭저럭 정리한 것은 그 다음날의 일이었다. 그는 한 달 전부터 두세 부분에 대해 기구를 재편성할 필요가 있었던 렌느(옛 브레타뉴의 수도, 빠리에서 약 350킬로미터, 콩카르노에서 200킬로미터 떨어진 거리에 있음)의 기동경찰대에서 파견나와 있었다. 그는 콩카르노 시장의 전화를 받고 서둘러 달려온 것이었다. 경감은 르로아라는 형사를 데리고 이 고장으로 왔는데, 아직 두 사람이 함께 일해 본 적은 없었다.

심한 바람은 아직도 그치지 않았다. 이따금 돌풍이 하늘에 떠 있는 큰 구름장을 흩날려 우박 섞인 비를 뿌리게 하였다. 항구를 떠나는 배는 한 척도 없었다. 글레낭 섬 앞바다에서 조난당한 난파선이 있다는 소문이 나돌았다. 당연한 일이지만 메글레 경감은 이 고장에서 가장 좋은 제독 호텔에 숙소를 정했다. 그가 호텔의 까페를 찾은 것은 오후 5시쯤으로, 해가 지고 얼마 안 되었을 때였다. 까페는 꽤 음울한 느낌이 드는 길다란 홀이었는데, 회색 마룻바닥에는 톱밥이 뿌려져 있고, 대리석 테이블이 녹색 유리창 때문에 더욱 싸늘해 보였다. 여기저기 테이블마다 손님들이 앉아 있었다. 그러나 늘 진을 치고 있는 손님의 테이블은 한 번 보기만 해도 금방 알아볼 수 있었다. 소중한 단골손님인 듯 다른 손님들은 그들의 대화를 들으려고 애쓰고 있었다. 그것은 그 테이블에서 누가 문득 일어섰기 때문이기도 했다. 인형처럼 혈색좋은 얼굴에 눈이 동그랗고 입가에 미소를 띤 사나이였다.

"메글레 경감님이십니까? 친구인 시장에게서 당신이 오신다는 말을 들었습니다. 말씀은 많이 들었습니다. 실례지만 제 소개를 해도 되겠습니까? 장 세르비에르입니다. 당신은 빠리 태생이시지요? 저도 그렇습니다. 오랫동안 몽마르뜨에서 〈빨간 소〉 신문의 편집장으로 있었지요. 〈쁘띠 빠리장〉과 〈엑셀시오르〉와 〈데페슈〉에도 기고했었습니다. 당신의 상사 중에도 친하게 지냈던 사람이 있었지요, 베르트랑 씨 같은 분 말입니다. 작년에 퇴직하여 니에브르로 갔습니다만. 저도 그분과 같은 처지이지요, 말하자면 공적인 생활에서 물러나 있으니까요, 지금은 그저 도락삼아 〈브레스트 등대〉 신문에 기고하고 있답니다……"

세르비에르는 몸을 들썩거리며 지껄여댔다.

"이리로 오십시오, 여기 사람들을 소개해 드리겠습니다. 콩카르노에 끝까지 남은 유쾌한 사람들이지요, 이쪽은 르 퐁므레 씨, 여자라면 정신을 못차리는 사람인데, 이자 수입으로 생활하며 덴마크 부영사(副領事)로 있습니다."

자리에서 일어나 손을 내민 사람은 정말 시골 신사다운 옷차림이었다. 체크 무늬 승마 바지에 진흙 한 점 묻지 않은 각반을 다리에 착 달라붙게 차고, 세로줄 무늬가 들어간 면으로 된 흰 나비넥타이를 매고 있었다. 깨끗한 은빛 수염을 기르고 머리는 곱게 빗어넘겼으며,

얼굴은 희지만 볼에 붉은 반점이 있었다.

"잘 부탁합니다."

장 세르비에르는 계속하여 소개했다.

"그리고 미슈 박사. 예전에 이분의 아버님께서는 대의원을 지내셨지요. 의사라고는 하지만 면허장을 가지고 있을 뿐 개업한 일은 없습니다. 이제 두고 보십시오, 머지않아 당신한테도 토지를 팔아넘길 테니까요. 어쨌든 이 콩카르노뿐만 아니라 브레타뉴 전체를 통해 가장 좋은 분양지를 가지고 있거든요."

차가운 손이었다. 몹시 얼굴이 길고 코가 삐뚤어진 듯했다. 붉은 머리털은 벌써 군데군데 빠져 있었으나, 아직 35살도 안 된 모양이었다.

"술은 무엇으로 하시겠습니까?"

그러는 동안 르로아 형사는 시청과 헌병대에 의논하러 가 있었다.

까페 안에는 뭐라고 꼭 집어 말할 수는 없지만 어쩐지 흥이 깨진듯한 음울한 기운이 감돌고 있었다. 활짝 열린 문 저쪽으로 식당이 보이고, 브레타뉴의 옷차림을 한 급사들이 저녁 식탁을 준비하고 있었다. 메글레는 카운터 밑에 누워 있는 누런 개의 모습에 문득 눈길이 멈췄다. 다시 눈을 드니 검은 스커트와 흰 앞치마와 윤기없는 얼굴이 보였다. 그 얼굴은 윤기가 없으나 묘하게도 사람을 끌어당기는 것이 있어, 메글레는 이야기하는 동안 줄곧 그녀를 관찰했다. 더욱이 메글레가 그쪽으로 얼굴을 돌릴 때마다 그 여자 역시 뜨거운 눈길로 뚫어지게 그를 쳐다보았다.

장 세르비에르가 말했다.

"가엾게도…… 이 세상에서 모스태강 씨만큼 좋은 사람도 없을 겁니다. 덮어놓고 아내를 무서워하는 것이 옥의 티였습니다만. 그처럼 죽을 뻔한 꼴을 당하지 않았더라면 그야말로 악취미적인 장난이라고 단언하고 싶은 심정입니다."

"엠마!"

르 퐁므레가 스스럼없이 불렀다.

"부르셨어요, 무엇으로 하실까요?"

테이블 위에는 작은 빈 술잔이 즐비했다.

"시간으로 말하면 아페리티프(식사하기 전에 마시는 술)를 마실 시간이잖소!"

신문기자 세르비에르가 말참견했다.

"즉 페르노 시간이라는 말이지……? 페르노를 가져와요, 엠마. 괜찮겠지요, 경감님?"

미슈 박사는 웬일인지 생각에 잠긴 듯한 모습으로 물끄러미 커프스 단추를 들여다보고 있었다.

"모스태강 씨가 잎담배에 불을 붙이려고 저 현관 앞에 멈춰설 줄이야 누가 짐작이나 했겠습니까?"

세르비에르가 쩌렁쩌렁 울리는 목소리로 지껄였다.

"아무도 짐작하지 못했을 겁니다, 그런 것은. 그런데 르 퐁므레 씨와 나는 같은 시내라도 반대쪽에 살고 있습니다. 저 빈 집 앞으로는 지나가지 않습니다. 그러나 그 시간에 한길을 오가는 사람은 우리 세 사람밖에 없습니다. 모스태강 씨는 적을 만들 성품이 아닙니다. 세상에서 말하는 이른바 호인이었으니까요. 야심이라면 언제고 한번 레지옹 도뇌르 훈장(프랑스의 최고 훈장)을 받아봤으면 하던 그런 사람이었지요."

"수술은 성공했습니까?"

"아마 목숨은 건질 것 같습니다. 아주 우스웠던 것은 병원에서 부인이 그 사람과 한바탕 말썽을 부린 일입니다. 글쎄, 부인은 틀림없이 치정관계로 빚어진 사건일 거라고 생각한 거지요. 대개 짐작이 가시지요? 가엾게도 그 사람은 자기네 집 타이피스트를 귀여워할 용기도 없었답니다. 말썽이 생길까봐 두려워서요."

"더블로 주오."

압상트 대신으로 페르노를 따르고 있는 여급에게 르 퐁므레가 말했다.

"얼음도 좀 갖다주고, 엠마."

다른 손님들은 모두 자리를 떠났다. 저녁식사 시간이 되었기 때문이다. 활짝 열린 문으로 돌풍이 들어와 식당의 테이블보를 펄럭이게 했다.

"이 사건에 대해 내가 쓴 원고를 읽어보십시오. 아무튼 한 가지 가정을 생각해 본 겁니다. 그러나 채택할 수 있는 가정은 단 한 가지, 즉 이 일을 저지른 자는 미치광이라는 겁니다. 하지만 이 고장에 사는 사람이라면 하나도 모르는 이가 없는데, 머리가 돈 것으로 짐작되는 자는 아무도 없더군요. 우리는 매일 밤 이곳에 모입니다. 때로는 시장님도 와서 함께 카드놀이를 하지요. 모스태강 씨가 함께 어울릴 때도 있습니다. 때로는 브리지를 하기 위해 여기서 너덧 집 건너에 살고 있는 시계포 주인을 불러오는 수도 있지요."

"그런데 저 개는……?"

세르비에르는 전혀 모르겠다는 몸짓을 해보였다.

"어디서 왔는지 아무도 모릅니다. 한동안은 저 연안 항로선의 개인 줄 알았는데…… 어제 입항한 '세인트 메리' 호의…… 그런데 아마 그렇지 않은 모양입니다. 그 배에도 개가 있긴 합니다만 그놈은 뉴펀들랜드 종입니다. 이 볼썽사나운 개가 무슨 종류인지 아는 사람이 있다면 찾아가보고 싶을 정도입니다."

세르비에르는 물주전자를 끌어당겨 메글레의 컵에 물을 따랐다.

"저 여급은 오래 전부터 이곳에 있었습니까?"

메글레가 낮은 목소리로 물었다.

"벌써 몇 년 되었지요."

"저 여자는 어젯밤 밖에 나가지 않았습니까?"

"전혀 자기 자리를 떠나지 않았습니다. 우리가 잘 시간이 되어 자리를 뜨기만을 기다리고 있었지요. 르 퐁므레 씨와 나는 옛 추억담을 나누느라 정신이 없었으니까요. 옛날의 좋았던 시절…… 돈을 쓰지 않아도 여자를 손에 넣을 수 있을 정도로 남자다웠던 시절의 추억담이었습니다. 안 그런가, 르 퐁므레? ……아니, 아무 말도 안 하긴가? 조금 사귀어보면 알겠지만, 이 사람은 여자 이야기라면 그야말로 밤새도록 지껄여도 끝이 없는 사나이랍니다. 생선 시장 맞은쪽에 있는 이 사람네 집을 우리가 뭐라고 부르는지 아십니까? '추행(醜行)의 집'이라고 한답니다!"

"그럼, 건강하시기를 빌며, 경감님……" 하고 화제의 주인공은 약간 거북스러운 듯이 말했다. 메글레는 바로 그 순간까지 입을 다물고 있던 미슈 박사가 갑자기 윗몸을 일으켜 투명한 컵 속을 들여다보고 있는 걸 알았다. 미슈의 이마에는 주름이 잡혀 있었다. 본디 혈색이 좋지 않은 얼굴에 놀란 듯한 불안한 표정이 떠올랐다.

"잠깐만……"

미슈는 한동안 망설이다가 컵을 코 끝에 갖다대고 냄새를 맡아보더니 손가락을 살짝 담갔다가 혀 끝으로 가볍게 핥아보았다. 세르비에르는 배를 잡고 웃어댔다.

"오시자마자…… 무서운 일을 겪게 되셨군요, 모스태강 씨 사건으로……"

"어째서지요……?"

메글레가 물었다.

"아무래도 이것은 마시지 않는 게 좋을 것 같습니다. 엠마! 약국에 가서 곧 주인에게 와 달라고 말해주오, 식사 중이라도 빨리 데리고 와요!"

이 말은 사람들에게 냉기를 불어넣었다. 까페 안은 한층 더 침울하고 텅 빈 것 같은 느낌이 들었다. 르 퐁므레는 초조한 듯 쉴새없이 수염을 비틀었다. 세르비에르까지도 침착성을 잃고 의자 위에서 몸을 움직였다.

"대체 무슨 일인가? 자네가 생각하고 있는 일은……?"

미슈 박사는 어두운 얼굴 표정이었다. 그는 여전히 자기 컵 속을 물끄러미 들여다보고 있었다. 이윽고 일어서더니 술병이 있는 선반에서 직접 페르노 병을 들어 불빛에 비춰보았는데, 작고 흰 알맹이가 두세 개 술 표면에 떠 있는 것이 메글레 경감의 눈에도 분명히 보였다.

여급이 아직도 음식을 입 속에 잔뜩 문 채 우물거리고 있는 약국 주인을 데리고 왔다.

"케르디봉 씨, 이 병과 컵 속에 든 것을 얼른 분석해 줘야겠소."

"오늘 말입니까?"

"지금 곧!"

"어떤 반응을 조사하면 되지요? 무엇을 생각하고 계시는 겁니까?"

공포의 파란 그림자가 이렇게 급속도로 퍼져가는 것을 메글레는 일찍이 본 석이 없었다. 그야말로 2, 3초로 충분했다. 사람들의 눈에서 생기가 사라지고 르 퐁므레 씨의 볼에 있는 반점까지도 만들어붙인 것처럼 보였다. 여급은 카운터에 팔꿈치를 짚고 연필심에 침을 발라가며 검은 밀랍을 입힌 헝겊 표지가 달린 수첩에 숫자를 써넣고 있었다.

"정말 어떻게 된 모양이군!"

세르비에르는 농담으로 돌리려고 했다. 그것은 몹시 얼빠진 듯한 목소리처럼 들렸다. 약국 주인은 한 손에 술병, 다른 한 손에는 컵을 들고 있었다.

"스트리키닌이로군."

미슈 박사가 속삭이듯 말했다.

이윽고 그는 약국 주인을 밖으로 내보내더니 흙빛이 된 얼굴을 푹 숙이고 자리로 돌아왔다.

"어떤 점으로 그렇게 생각하셨습니까?"

메글레가 입을 열었다.

"이렇다할 점은 없습니다. 그냥 우연이지요. 언뜻 보니 컵에 흰 가루가 떠 있기에…… 냄새도 좀 이상한 것 같은 기분이 들었습니다……."

"집단적 자기암시라는 거요!"

세르비에르가 단정적인 어조로 말했다.

"어디 내일 가십난에 이것을 써볼까? 그야말로 콩카르노 전체의 술꾼들이 기겁을 하겠지……."

"당신들은 언제나 페르노를 마십니까?"

"네, 매일 밤 식사 전에 마시지요. 이제는 엠마도 우리들의 작은 술잔이 빈 것을 보면 곧 페르노를 가지고 옵니다. 정해진 습관 같은 것이지요. 그리고 밤에는 칼바도스를 마십니다."

메글레는 리큐르 선반 앞으로 가서 칼바도스 병을 눈으로 찾았다.

"그게 아닙니다. 배가 뚱뚱한 병입니다."

메글레가 그 병을 들고 불빛에 비춰보니 흰 가루가 몇 개 눈에 띄었다. 그러나 그는 아무 말도 하지 않았다. 그럴 필요가 없었다. 다른 사람들도 다 알고 있었던 것이다.

르로아 형사가 들어와서 아주 무관심한 목소리로 보고했다.

"헌병대에서는 단서가 될 만한 일을 아무것도 발견하지 못했답니다. 이 근처에는 부랑자도 없는 모양이어서 전혀 짐작을 할 수가 없다는군요."

그는 방 안 가득 차 있는 침묵과 목을 죄는 듯한 답답하고 불안한 공기에 깜짝 놀란 모양이었다. 담배 연기가 전등가를 맴돌고 있었다. 당구대가 군데군데 벗겨진 잔디밭처럼 허옇게 빛바랜 녹색 나사지를 드러내고 있었다. 마룻바닥 위에는 잎담배 꽁초와 가래침이 여기저기 톱밥 속에 뒹굴고 있었다.

"……7이 되고 1이 올라가……"

엠마는 연필심을 핥아가며 숫자를 읽고 있었다. 그녀는 갑자기 머리를 들고 뒤쪽을 향해 소리쳤다.

"네, 가요!"

메글레는 파이프에 담배를 담았다. 미슈 박사는 여전히 마룻바닥을 내려다보고 있었는데, 그 코가 전보다도 더 비뚤어져보였다. 르 퐁므레의 구두는 아직 한 번도 신고 다닌 적이 없는 것처럼 반들반들했다. 장 세르비에르는 가끔 어깨를 움츠리면서 속으로 혼자 논의를 계속하고 있었다.

약국 주인이 술병과 빈 컵을 들고 들어오자 모두의 시선이 일제히 그쪽으로 향했다. 그는 뛰어온 듯 숨을 헐떡이고 있었다. 그리고 문 앞에서 무엇을 내쫓듯 허공을 걷어차며 나직하게 중얼거렸다.

"제기랄, 재수없는 개로군!"

그는 까페 안으로 뛰어들어왔다.

"이건 농담이겠지요? 아무도 마시지 않았지요?"

"어떻게 되었소?"

"스트리키닌입니다, 분명히. 그것도 약 반시간 전에 병에 넣은 것입니다."

그는 아직 술이 담긴 컵과 입을 다물어버린 다섯 사나이를 겁먹은 눈으로 바라보았다.

"이게 대체 어떻게 된 일이지요? 정말 기괴하기 짝이 없군! 무슨 수를 써서라도 이건 밝혀 내야 합니다! 어젯밤에는 우리 가게 옆에서 사람이 살해되고, 오늘은 또……."

메글레는 약국 주인의 손에서 술병을 받아들었다. 엠마가 아무 일도 없었던 것 같은 모습으로 돌아와서 카운터 위로 얼굴을 내밀었다. 눈 가장자리가 거무스름한 길다란 얼굴에 입술이 얄팍했다. 한 번도 빗지 않은 것 같은 머리 위에 브레타뉴 식 수건을 쓰고 있었는데, 그것이 자꾸 왼쪽으로 흘러내려 줄곧 끌어올리고 있었다.

르 퐁므레는 반들거리는 자기의 구두를 내려다보며 성큼성큼 왔다 갔다하고 있었다. 장 세르비에르는 꼼짝도 않고 눈 앞의 컵을 뚫어지게 지켜보고 있더니 갑자기 공포에 질린 듯한 쉰 목소리로 외쳤다.

"아, 더 이상 참을 수가 없어!"

미슈 박사는 힘없이 어깨를 떨구었다.

슬리퍼를 신은 박사

25살의 르로아는 형사라기보다 오히려 좋은 가정에서 자란 청년 같은 모습이었다. 그는 학교를 나온 지 얼마 안 되었다. 이번 사건은 그가 처음으로 맡는 것이어서 아까부터 어찌해야 좋을지 모르는 표정으로 메글레의 눈치를 살피며 그의 관심을 끌려고 애쓰고 있었다. 이윽고 그는 얼굴을 붉히며 메글레에게 속삭였다.

"실례입니다만, 경감님…… 어쨌든…… 지문을……"

그는 틀림없이 이 상사는 머리가 낡아서 과학적인 수사의 가치를 모른다고 생각했을 것이다. 메글레가 파이프 연기를 크게 뿜어대며 아무렇게나 말했기 때문이다.

"뭐, 해봐도 좋겠지……"

르로아 형사는 그 뒤로 모습을 감추고 말았다. 그는 술병과 컵을 주의깊게 자기 방으로 가지고 가서 지문이 지워지지 않도록 물건을 보내는 방법이 씌어진 소형 도해서(圖解書)에 따라 모범적으로 짐을 꾸리는 일에 밤까지 매달려 있었던 것이다.

메글레는 계속 까페 한구석에 앉아 있었다. 흰 덧옷에 요리사 모자를 쓴 주인은 자기네 가게 안을 마치 큰 돌풍이 휩쓸고 지나간 자리라도 보는 듯한 눈초리로 바라보고 있었다.

약국 주인이 지껄인 모양이었다. 바깥에서 사람들이 소곤소곤 이야기하는 소리가 들렸다. 장 세르비에르가 맨 먼저 모자를 썼다.

"이런 말만 지껄이고 있을 수는 없소. 내게도 아내가 있으니까, 아내가 집에서 기다리고 있으니까! 그럼, 또 뵙겠습니다, 경감님."

르 퐁므레가 왔다갔다하던 발길을 멈췄다.

"아니, 잠깐만! 나도 식사하러 가야겠소. 당신은 더 있을 거요, 미슈 박사?"

미슈 박사는 대답 대신 어깨를 으쓱해 보였을 뿐이었다. 약국 주인은 어디까지나 주요 인물의 역할을 하고 싶어했다. 그가 주인에게 뭐라고 말하고 있는 것이 메글레의 귀에 들렸다.

"그러니까 물론 병 속에 든 것을 모두 분석해 볼 필요가 있다고 생각합니다. 여기 경찰 분도 계시니, 그쪽에서 명령만 하면 나는 금방이라도……."

선반에는 갖가지 아페리티프와 리큐르 병이 60개쯤 줄지어 있었다.

"어떻습니까, 경감님?"

"그거 좋은 생각입니다. 그러는 편이 조심스러운 방법인지도 모르겠군요."

약국 주인은 자그마하고 여윈 신경질적인 사나이였다. 사실 필요한 것보다 세 배나 더 움직였다. 그를 위해서 우선 병을 운반할 바구니를 갖다주어야만 했다. 이어서 그는 옛 거리에 있는 어떤 까페에 전화를 걸어서 거들어야 할 일이 있으니 급히 오라는 말을 자기 가게의 점원에게 전해 달라고 부탁했다.

그는 모자도 쓰지 않고 제독 호텔과 자기네 약국 사이를 대여섯 번이나 아주 초조한 발걸음으로 왔다갔다했다. 그래도 길거리에 모인 구경꾼들에게 가끔 잠깐씩 말을 걸 만한 여유를 보였다.

"대체 어떻게 하라는 겁니까, 이렇게 술을 다 가져가면?"

주인이 울상이 되어 말했다.

"게다가 모두들 식사하는 것도 잊어버렸으니…… 저녁을 안 드셨지요, 경감님? 당신도, 미슈 박사님? 집으로 돌아가실 겁니까?"

"아니오, 어머님이 빠리에 가셨고 하녀는 휴가를 주었으므로……"

"여기서 주무셔야겠군요, 그럼?"

비가 오고 있었다. 거리는 온통 시커먼 진흙으로 덮여 있었다. 바람이 2층 덧문을 뒤흔들고 있었다. 메글레는 식당에서 밤참을 먹고 있었고, 미슈 박사는 가까운 테이블 앞에 푹 파묻힌 모습으로 앉아 있었다. 작게 칸막이된 녹색 유리창문을 통해 밖에 모여 있는 구경꾼들의 기척을 느낄 수 있었다. 이따금 유리창에 들이댄 그들의 얼굴이 보였다. 여급사도 식사를 하고 오느라 약 30분 동안 자리를 비웠다. 이윽고 그녀는 늘 앉는 카운터 오른쪽의 자기 자리로 돌아오자, 카운터 위에 한쪽 팔을 짚고 한 손으로는 냅킨을 들고 서 있었다.

"맥주 한 병 주겠소?"

메글레가 말했다. 그가 맥주를 마시고 있는 동안 혹시 독약의 증세가 보이지 않나 하고 미슈 박사가 물끄러미 그의 모습을 살피고 있는 눈치를 메글레는 알아차렸다. 장 세르비에르는 아까 말은 그렇게 했으나 다시 돌아오지 않았다. 르 퐁므레도 마찬가지였다. 덕분에 제독 호텔의 까페에는 손님이 하나도 없었다. 사람들은 되도록 안에 들어가지 않는 편이 좋다고 여기고, 더욱이 거기서 무엇을 마시거나 해서는 안 된다고 생각하고 있었기 때문이었다. 바깥에 나도는 소문에 의하면 술병마다 모두 독약이 들어 있다는 것이었다.

"이 고장 사람을 모두 죽일 수 있는 분량이래요!"

시장이 사브르 블랑의 별장에서 사건 내용을 확실히 알고 싶다는 전화를 걸어왔다. 그 전화를 끊고 나자 온통 쥐죽은 듯 괴괴해졌다. 미슈 박사는 한쪽 구석에서 읽지도 않는 신문을 펴들고 있었다. 여급사는 꼼짝 않고 우두커니 앉아 있었다. 메글레는 태연하게 담배를 피우고 있었으며, 가끔 주인이 또 사건이 일어나지 않았나 잠깐 둘러보러 올 뿐이었다.

한 시간과 반시간마다 옛 거리의 큰 시계가 시간을 알리는 소리가 들려왔다. 저벅저벅 걸어다니는 발자국 소리며 소곤소곤 이야기하는 소리도 길거리에서 사라져버렸고, 남은 것은 다만 단조로운 바람 소리와 유리창을 때리는 빗소리뿐이었다.

"당신은 여기서 주무십니까?"

메글레가 미슈 박사에게 물었다. 방 안의 고요는 그야말로 소리내어 이야기한다는 것만으로도 주위를 소란케 하는 것처럼 느껴질 정도였다.

"네, 이런 일이 가끔 있지요. 나는 어머니와 함께 살고 있습니다. 시내에서 3킬로미터쯤 떨어져 있는 집에서요. 굉장히 넓은 별장식 집이지요. 어머니는 빠리에 가서서 4, 5일 동안 돌아오시지 않고, 하녀도 오빠 결혼식에 간다고 휴가를 달라고 해서……."

박사는 일어나서 잠깐 망설이는 듯하며 그만 물러가려는 표정을 지었다.

"그럼, 안녕히 주무십시오."

그는 곧 계단 쪽으로 모습을 감췄다. 이윽고 메글레의 바로 위쪽 2층 방에서 구두 벗는 소리가 들려왔다. 까페에는 이제 여급 엠마와 메글레만 남게 되었다.

"잠깐 이리 와 보오."

메글레는 의자에 천천히 몸을 기대며 엠마에게 말했다. 그는 엠마가 어려워하는 듯한 모습으로 서 있는 것을 보고 말했다.

"거기 앉아요. ……지금 몇 살이오?"

"스물 넷이에요."

그녀는 태도에는 일부러 자기를 지나치게 낮추려는 데가 있었다. 늘 눈을 내리깔고 있는 모습이라든가, 소리도 없이 물건을 치우며 발소리를 죽이고 걷는 걸음걸이며, 잠깐 말을 걸어도 불안스러운 듯 깜짝 놀라는 모습이며, 그야말로 아무리 매정한 취급을 받아도 견뎌나갈 수 있는 하녀 같은 느낌을 주는 모습이었다. 그러면서도 그렇게 보이는 밑바닥에 약간의 자존심이 남아 있어, 그것을 밖으로 나타내지 않으려고 애쓰고 있는 것같이 느껴졌다. 그녀는 빈혈형이었다. 가슴이 납작하여 관능을 자극할 것같이 보이지 않았다. 그러나 그 모습에 뭔가 허물어진 듯한, 자포자기한 듯한 병적인 것이 있어 남자의 마음을 끌었다.

"여기서 일하기 전에는 무엇을 했었소?"

"난 고아에요. 아버지와 오빠는 바다에서 돌아가셨어요. '트로아 마쥬'라는 돛대가 둘 있는 대형 범선을 탔었지요……. 어머니는 그보다 훨씬 전에 돌아가셨어요. 난 처음에는 라 포스트 광장의 문방구에서 점원 일을 했었어요."

그녀의 불안해 보이는 눈은 무엇을 살피려는 것일까?

"좋아하는 남자가 있소?"

그녀는 아무 말도 하지 않고 얼굴을 돌려버렸다. 메글레는 그 얼굴에서 시선을 떼지 않은 채 천천히 담배 연기를 내뿜으며 맥주를 한 모금 마셨다.

"꽤 끈질기게 치근대는 손님도 있겠지, 물론? 아까 여기 있던 사람들은 단골손님 같던데…… 매일 밤 찾아오오? 모두들 여자를 좋아하는 사람이더군. 어떻소, 그 가운데 누군가가…… 그렇지 않소?"

엠마는 더욱 파래진 얼굴로 마음내키지 않는 듯 입을 뾰죽이 내밀며 천천히 말했다.

"제일 열심인 사람은 미슈 박사에요."

"그럼, 그 사람의 정부요?"

엠마는 약간 마음을 터놓는 듯한 눈치를 보이며 메글레의 얼굴을 쳐다보았다.

"그 사람에게는 나 말고도 많은 여자가 있어요. 가끔 나를 찾아올 뿐이에요. 어쩌다 마음이 내키면…… 그런 때는 여기서 자요. 그리고 자기 방으로 들어오라고 해요."

메글레로서는 이렇게 숨김없이 터놓은 고백을 좀처럼 들어본 일이 없었다.

"그리고 뭘 좀 주오?"

"네, 언제나 그렇지는 않지만……. 두세 번 나의 외출날 그 사람 집에 불려간 일이 있어요. 바로 그저께도……. 어머니가 여행하고 있는 동안을 이용하는 거지요. 하지만 나 말고도 얼마든지 여자가 있으니까요."

"그럼, 르 퐁므레 씨는?"

"마찬가지지요, 뭐. 하지만 그 사람 집에는 한 번밖에 안 갔어요. 아주 오래 전이에요. 그때 그는 정어리 통조림 공장의 여공을 끌어들이고 있었어요. 그래서…… 그래서 난 싫다고 했지요. 그 사람은 매주 다른 여공을 끌어들이고 있어요."

"세르비에르 씨도 마찬가지인가?"

"그 사람은 달라요. 부인이 있는걸요. 놀 때는 브레스트로 가는 모양이에요. 여기서는 옆을 지나칠 때 놀리거나 꼬집는 정도예요."

비는 여전히 내리고 있었다. 아주 먼 곳에서 항구의 입구를 찾고 있는 듯한 배의 고동소리가 밤새의 울음 소리처럼 들려왔다.

"그래, 일년 내내 그런 상태요?"

"일년 내내 그런 건 아니에요. 겨울 동안에는 그들밖에 달리 사람이 없으니까요…… 이따금 장삿일로 온 사람과 술을 한 잔 나눌 정도지요. 그러나 여름엔 많은 사람들로 떠들썩해져서 이 호텔도 만원이 돼요. 밤에는 언제나 10명 내지 15명씩 모여앉아 샴페인을 마시고 별장에서 한바탕 와자지껄대지요. 자동차가 지나가고 아름다운 여자들이 지나가고…… 우리는 우리대로 일이 바빠져요. 여름이면 나는 가게에 나오지 않고 대신 급사가 나와 있어요. 그때면 나는 접시닦기로 떨어지지요."

그녀는 두리번두리번 무엇을 둘러보고 있는 것일까? 의자 끝에 살짝 걸터앉은 채 침착하지 못한 자세로 무슨 일이 있으면 그것을 핑계로 곧 일어서려는 것 같았다.

낮은 벨 소리가 울려왔다. 그녀는 잠깐 메글레의 얼굴을 쳐다보고, 다시 카운터 뒤에 있는 전기 장치가 된 객실 표시판 쪽을 바라보았다.

"잠깐 실례하겠어요."

그녀는 계단을 올라갔다. 2층 미슈 박사의 방에서 발소리와 뭐라고 소곤대는 말소리가 메글레의 귀에 들려왔다. 그때 약국 주인이 술에 좀 취한 모습으로 들어왔다.

"이제야 겨우 끝났습니다, 경감님! 48병이나 분식했지요. 그런데 솔직히 말해서——이건 틀림 없는 말입니다만—— 페르노와 칼바도스 외의 병에는 전혀 독이 들어 있던 흔적이 없습니다. 곧 술병을 찾아올 수 있게 까페 주인을 보내기만 하면 됩니다. 소중한 장사 도구를 말입니다. 그래, 어떻습니까? 우리끼리 이야기지만, 당신의 의견은? 무정부주의자들이지요, 아닙니까?"

엠마가 되돌아와서 바깥 덧문을 닫고는 가게 문이 닫히기를 기다리고 있었다.

"무슨 일이었소?"

다시 둘만이 남자 메글레가 엠마에게 물었다. 엠마는 뜻밖에도 부끄러워하는 빛을 띠고 얼굴을 돌린 채 대답하려고 하지 않았다. 메글레는 그야말로 조금만 건드려도 울음을 터뜨릴 것 같은 느낌을 받았다.

"그럼, 잘 자오, 수고했소!"

아래층으로 내려가며 메글레는 자기가 가장 빨리 일어난 줄 알았다. 그만큼 하늘이 시커먼 구름으로 덮여 있었던 것이다. 방 창문으로 내다보이는 부둣가에는 인적이 없고, 동그마니 서 있는 기중기만이 모랫배의 짐을 들어올리고 있을 뿐이었다. 거리에는 몇 개의 우산과 레인코트가 처마 끝을 스치며 서둘러 지나가고 있었다. 그는 계단 중간에서 장삿일로 온 듯한 사나이와 지나쳤다. 지금 막 도착한 모양으로 트렁크를 걸머진 짐꾼을 거느리고 있었다. 엠마는 아래층의 가게 바닥을 쓸고 있었다. 대리석 테이블 위에 마시다 만 커피가 든 컵이 있었다.

"이건 우리 형사가 마신 거요?"

메글레가 물었다.

"벌써 아까 역으로 가는 길을 묻고 계셨어요. 뭔지 큰 꾸러미를 가지고 간 것 같아요."

"미슈 박사는?"

"방으로 아침 식사를 갖다주었어요. 기분이 안 좋은가 봐요. 방에서 나가고 싶지 않다고 하더군요."

그 동안에도 비는 여전히 톱밥 섞인 먼지를 일게 하고 있었다.

"무엇으로 드릴까요?"

"커피를 블랙으로."

엠마가 조리장으로 가려면 메글레의 옆을 지나가야만 한다. 그녀가 지나치려는 순간 메글레는 그 큰 손으로 엠마의 두 어깨를 꽉 잡더니 까다로워보이면서도 부모처럼 다정한 태도로 물끄러미 그녀의 눈을 들여다보았다.

"좀 물어볼 게 있소, 엠마."

엠마는 처음에 잠깐 빠져나가려는 몸짓을 해보였을 뿐, 그대로 꼼짝도 않고 몸을 웅크리려고 애쓰면서 떨고 있었다.

"우리끼리의 이야기요. 자, 당신은 무언가 알고 있지? 아니, 아직 말하지는 말아요. 당신은 거짓말을 하려 하고 있소. 당신은 가엾고 상냥한 여자요. 그런 당신을 불행하게 만들 생각은 조금도 없소. 내 얼굴을 잘 보오. 저 페르노 병은 어떻게 된 거지? 솔직히 말해 보오, 어서!"

"난 맹세하겠어요……."

"맹세는 하지 않아도 되오."

"내가 한 게 아니에요!"

"그건 알고 있소. 물론 당신이 한 건 아니오. 그럼, 대체 누가 했지?"

갑자기 그녀의 눈꺼풀이 부풀어오르더니 눈물이 주르르 흐르고 아랫입술이 경련하듯 씰룩거렸다. 그런 엠미의 모습을 보자 메글레는 가슴이 아파져 자신도 모르게 그녀를 잡았던 손을 놓았다.

"미슈 박사는…… 어젯밤에……?"

"아니에요…… 당신이 생각하고 있는 것 같은 볼일이 아니었어요."

"그럼, 무슨 볼일이었소?"

"당신이 물었던 것과 똑같은 것을 물었어요. 마치 위협하듯이 누가 그 병을 만졌는지 말하라고 했어요. 금방 후려칠 것 같은 기세였어요. 그러나 난 몰라요. 정말이에요. 몰라요, 절대로!"

"알겠소, 커피를 갖다주오."

아침 8시였다. 메글레는 담배를 사러 나가 시내를 한 바퀴 돌고 왔다. 10시쯤 돌아와 보니 미슈 박사가 슬리퍼를 신은 채 칼라 대신 머플러를 목에 두르고 까페에 내려와 있었다. 얼굴이 여윈 듯하고 빨간 머리는 제대로 빗질도 하지 않았다.

"기분이 좋지 않은 모양이군요?"

"네, 몸이 좀 좋지 않습니다. 전부터 알고 있는 일이지만 신장이 나쁘답니다. 뭔가 언짢은 일이 있거나 흥분하게 되면 금방 이렇게 증세가, 나타나지요. 어젯밤에는 한잠도 못 잤습니다."

미슈 박사는 입구에서 눈길을 떼려고 하지 않았다.

"집에 돌아가시지 않습니까?"

"돌아가봐야 아무도 없고…… 여기 있는 편이 시중도 잘 들어주니까요."

박사는 아침 신문을 모두 사오라고 하며 테이블 위에 돈을 놓았다.

"내 친구들을 못 만나셨습니까? 세르비에르 씨도, 르 퐁므레 씨도? 이상하군요. 어떻게 되었나 알아보러 오지도 않다니……."

"아직 자고 있는 모양이지요."

메글레가 중얼거렸다.

"그런데 그 이상한 누렁이도 보이지 않는걸……? 엠마, 그 개 못 봤소, 오늘 아침에? 못 봤다고? 아, 르로아 형사가 돌아오는군. 그가 길에서 만났는지도 모르지. 어떤가, 무슨 일이 있었나, 르로아?"

"그 병과 컵을 검사실로 보내고 왔습니다. 헌병대와 시청에도 다녀왔습니다. 지금 개 이야기를 하고 계셨던 것 같은데, 어떤 농부가 오늘 아침 미슈 씨네 집 마당에 있는 것을 보았다고 합니다."

"우리 집 마당에?"

미슈 박사는 자리에서 일어나 있었다. 핏기잃은 손이 와들와들 떨리고 있었다.

"우리 집 마당에서 무얼 하고 있었을까?"

"그 사람들의 이야기에 의하면 집 문 앞에 누워 있었다고 하더군요, 농부가 옆으로 가까이 가자 무섭게 으르렁거리는 바람에 그냥 도망쳐왔답니다."

메글레는 두 사람의 얼굴 표정을 슬그머니 관찰하고 있었다.

"어떻습니까, 미슈 박사, 우리 함께 댁까지 가볼까요?"

박사는 어색하게 웃으며 대답했다.

"이 빗속을 말입니까? 병이 날지도 모르는데요? 그렇게 했다가는 적어도 일주일은 누워 있어야 합니다. 아무려면 어떻습니까, 그런 개야…… 뭐 특별한 개겠습니까? 그냥 들개겠지요…….."

메글레는 모자를 쓰고 외투를 입었다.

"어디로 가시는 겁니까?"

"특별히 목적지가 있는 것은 아닙니다. 바깥 공기라도 쐬고…… 함께 가겠나, 르로아?"

밖으로 나간 뒤에도 두 사람의 눈에는 유리 너머로 일그러진 미슈 박사의 긴 얼굴이 보였는데, 그 얼굴은 유리 때문에 연록색으로 물들어 더 길게 늘어졌다.

"어디로 가십니까?"

르로아 형사가 물었다. 메글레는 잠자코 어깨를 움츠려보였을 뿐, 15분 동안이나 배에 흥미를 가진 사람처럼 배가 정박한 곳을 이리저리 서성거리고 있었다. 방파제 근처까지 오자 거기서 오른쪽으로 구부러져 '샤브르 블랑으로 가는 길'이라고 표시된 도로 표지 쪽으로 들어섰다.

"그때, 그 빈 집 복도에서 발견된 담뱃재를 분석해 볼 걸 그랬습니다."

헛기침을 하며 르로아가 말했다.

"어떻게 생각하나, 그 엠마라는 여자를 ?"

그 말을 가로막듯이 메글레가 말했다.

"나는…… 내가 생각하는 바로는…… 특히 이곳처럼 서로 너무나 잘 아는 고장에서는 그만한 양의 스트리키닌을 구하기가 어려웠으리라고 여겨집니다."

"그 점을 묻는 게 아닐세. 이를테면 그 여자의 정부가 되라면 기꺼이 응하겠나 ?"

르로아는 가엾게도 대답할 말을 찾지 못했다. 그러자 메글레는 그를 멈춰서게 한 다음 외투 앞자락을 벌리게 하여 바람을 피하면서 파이프에 불을 붙였다.

사브르 블랑 해안 주위에는 몇 채의 별장이 늘어서 있었다. 그 가운데 성(城)이라고 불러도 될 만큼 호화스러운 집은 콩카르노 시장의 별장이었다. 바위가 많은 두 개의 곶 사이로 길게 이어진 그 해안은 콩카르노에서 3킬로미터쯤 떨어진 거리였다. 메글레와 르로아는 해초로 가득 덮인 모래펄을 힘겹게 걸으면서, 덧문을 닫은 채 아직 사람이 와 있지 않은 집들은 거들떠보지도 않았다.

'사브르 블랑 분양지'라는 큰 광고판이 서 있었다. 도면이 붙어 있어, 팔린 구획과 남아있는 구획을 각기 다른 색깔로 칠해 구별하여 놓았다. 목초 오두막 하나에 '토지 매각 사무소'라는 간판이 걸려 있었다. 맨 끝에 주의 사항이 씌어 있었다.

'직원이 없을 때는 지배인 에르네스트 미슈 씨에게 조회하시오.'

여름이 되면 다시 칠을 하여 모든 것이 밝은 느낌을 줄 것이다. 그러나 이 비와 진창과 밀려오는 파도 소리 속에서는 아주 음울한 느낌이었다. 한가운데에 회색 돌을 써서 새로 지은 큰 별장이 있고, 테라스와 샘물과 아직 꽃을 심지 않은 화단이 있었다. 그 앞쪽에는 한창 짓고 있는 별장이 몇 채 나란히 서 있었다. 몇 개의 벽이 지면에서 돌출하여 이미 방의 윤곽이 잡혀가고 있었다. 사무실로 쓰는 오두막에는 유리창이 없었다. 군데군데 모래를 쌓아놓아 도로에 깔 수 있도록 준비되어 있었으며, 그 도로를 거의 막은 상태로 한 대의 도로 공사용 롤러가 아무렇게나 놓여 있었다. 벼랑 꼭대기에는 호텔이라기보다 앞으로 호텔이 될, 지금 한창 공사중인 건물이 새하얀 벽과 널빤지와 두터운 종이로 막은 창문을 드러낸 채 서 있었다. 메글레는 손잡이를 잡기 위해 팔을 내밀려고 하자 르로아가 중얼거리듯 말했다.

"영장을 가지고 오지 않았는데요. 난처해지지 않을까요, 이렇게 하면?"

그 말을 듣자 메글레는 또다시 어깨를 으쓱해 보였다. 정원 오솔길에는 누런 개의 발자국이 깊이 나 있었다. 그밖에 다른 발자국도 있었다. 징 박은 구두를 신은 듯한 굉장히 큰 발자국이었다. 적어도 치수가 46은 될 것 같았다.

손잡이가 돌아갔다. 문은 마치 마술을 건 것처럼 소리없이 열렸다. 융단 위에도 같은 진흙 발자국이 묻어 있다. 개의 발자국과 굉장히 큰 구두 발자국이었다. 집은 잔손이 많이 간 듯하고, 실내 장식도 세심하게 신경을 쓴 것 같았다. 어디나 다 멋진 창가와 같이 모양을 내어 꾸며놓았다. 긴의자 모양의 소파며 나지막한 책장이 여기저기 놓여 있고, 브레타뉴 풍의 상자형 침대를 유리 케이스로 개조한 것이 있었으며, 터키풍의 탁자와 중국풍의 작은 탁자도 놓여 있었다. 융단과 벽걸이가 얼마나 많은지! 오래된 물건들을 써서 모던한 전원식의 통일된 장식을 만들어내려고 애쓴 의도가 역력히 보였다. 몇 개의 브레타뉴 풍경, 서명이 든 나체화가 몇 점, '친구 미슈에게'라는 헌사며 '예술가 친구들에게'라는 헌사도 있었다. 메글레는 이 오래된 가구류를 덤덤한 얼굴로 바라보고 있었으나, 르로아 형사는 이 모조품의 세련된 취미에 적지 않이 감동한 모양이었다. 메글레는 차례차례 문을 열고 방들을 두루 보고 다녔다. 아직 가구를 들여놓지 않은 방도 있었다. 벽은 칠이 겨우 마를까말까할 정도였다. 마지막으로 문 하나를 발로 밀어서 열자 그제야 부엌이 보였다. 메글레는 만족스러운 듯 중얼거렸다. 흰 나무로 된 테이블 위에 빈 보르도 병이 두 개 놓여 있었다. 열 개쯤 되는 통조림이 칼로 땄는지 아무렇게나 난폭하게 입을 벌리고 있었다. 테이블은 더럽혀져 끈적끈적해 보였다. 누군가가 백포도주에 담근 청어며, 고기며, 강낭콩 조림이며, 좁쌀버섯과 살구 등을 통조림통에서 그냥 꺼내어 먹은 것이다. 마룻바닥도 지저분하게 더럽혀져 있었다. 먹다남은 고기가 흩어져 있고 브랜디 병이 깨져 술 냄새가 음식 냄새에 뒤섞여 있었다. 메글레는 갑자기 묘한 미소를 띠며 르로아의 얼굴을 쳐다보았다.

"어떤가, 르로아, 박사가 이렇게 너저분하게 먹었으리라고 생각하나?"

질문을 받은 상대방이 놀라서 대답하지 못하자 그는 다시 설명을 붙였다.

"어머니도 아닐 테고, 하녀도 이런 짓이야 하지 않겠지? 자, 여길 보게나, 지문을 좋아하는 선생님. 이것은 발자국이라기보다 진흙덩어리지만, 그래도 구두 모양은 알아볼 수 있지 않나? 치수가 45나 46쯤 되어보이는군. 그리고 개 발자국도 있네."

그는 파이프에 담배를 새로 채워넣고 옆 선반 위에서 유황 성냥을 집었다.

"여기서 단서가 될 만한 것은 다 조사해 주게. 어쨌든 일에는 빈틈이 없어야 해. 그럼, 이따가 또 보세."

메글레는 외투깃을 세우고 두 손을 주머니속에 집어넣고는 사브르 블랑 해변을 지나 되돌아갔다.

그가 제독 호텔에 들어서자 맨 먼저 눈에 띈 건 미슈 박사였다. 그는 여전히 슬리퍼를 신은 채 수염도 깎지 않고 목에 머플러를 두르고서 아까 그 자리에 앉아 있었다. 르 퐁므레는 어제와 다름없이 단정한 옷차림으로 박사 옆에 앉아 있었는데, 둘 다 메글레가 다가오는 것을 보면서도 이야기할 생각을 하지 않았다.

"뜻밖의 소식이 있었습니다. 세르비에르 씨가 행방불명되었습니다. 부인은 거의 정신을 잃은 상태요. 어제 저녁때 여기서 헤어졌었는데…… 그 뒤 그를 본 사람이 없습니다."

메글레는 자기도 모르게 윗몸이 굳어졌다. 지금 들은 이야기 때문이 아니라 언뜻 보니 누런 개가 엠마의 발치에 누워 있었기 때문이다.

공포의 거리가 된 콩카르노

르 퐁므레는 미슈 박사의 이야기에 참견을 하고 싶었는지 스스로 자기 이야기를 즐기고 있는 듯한 어조로 말했다.

"세르비에르 부인이 아까 우리 집에 왔었는데, 어떻게든 수사를 해 달라고 울면서 매달리지 뭡니까. 실은 세르비에르 씨의 본명은 고 와이야르라고 합니다. 나와 아주 오랜 친구지요."

메글레의 시선은 누런 개로부터 갑자기 열린 입구의 문으로 옮겨졌 다가 다시 바람처럼 뛰어들어온 신문팔이에게로 옮겨졌으며, 마지막 으로 그 신문의 표제에서 멎었다. 굵은 활자의 큰 표제를 멀리서도 확실히 읽을 수 있었다.

공포의 거리가 된 콩카르노

그리고 그 밑에 이렇게 씌어 있었다.

잇단 괴사건

본신문의 기자 장 세르비에르 실종되다
자동차 안에 핏자국
다음은 누구 차례인가?

메글레는 신문팔이 소년의 소매를 붙잡았다.

"많이 팔렸느냐?"

"다른 날보다 10배는 팔렸어요. 역에서부터 이곳까지 셋이서 나누어 팔고 있지요."

잡았던 소매를 놓아주자 소년은 다시 신문을 사라고 소리치며 해안 거리를 달려갔다.

"〈브레스트 등대〉 신문……괴사건 기사 특보……"

메글레가 그 기사를 읽으려고 하자 엠마가 불렀다.

"전화입니다."

분격한 목소리, 시장의 목소리였다.

"여보시오, 아, 당신이오? 그런 어처구니없는 기사가 실린 건 무슨 까닭이오? 나는 아직 아무 보고도 듣지 못했잖소! 안 그렇소? 이 시에서 일어난 일은 맨 먼저 나에게 알려줘야 할 게 아니오, 이 시의 최고 책임자이니까! 대체 어떻게 된 거요, 그 자동차 사건은? 그리고 큰 발을 가진 사나이라고 씌어 있는데, 요 반시간 동안에 벌써 문의 전화가 20통이나 걸려왔소. 겁에 질린 사람들로부터 그 기사가 사실이냐고 묻는 전화가 말이오. 다시 한 번 말하겠는데, 앞으로는 꼭……"

메글레는 눈썹 하나 까딱하지 않고 그대로 수화기를 내려놓은 다음 까페 쪽으로 돌아와서 아까 그 자리에 앉아 신문을 읽기 시작했다. 미슈와 르 퐁므레도 대리석 테이블에 펼쳐놓은 한 장의 신문에 눈길을 주고 있었다.

본사의 우수한 기자 장 세르비에르 씨는 최근 콩카르노에서 일어난 사건에 대해 이 지면을 통해 직접 보도의 펜을 잡았었다. 사건이 일어난 것은 금요일이었다. 이 고장의 명망있는 사업가 모스태강 씨가 제독 호텔을 나와 어느 집 현관 앞에 서서 담뱃불을 붙이려고 했을 때, 빈 집이었던 그 집의 우편함으로부터 발사된 총 한 발을 아랫배에 맞은 것이다.

토요일에는 최근 빠리에서 파견되어 렌느의 기동경찰대를 지도하고 있는 메글레 경감이 현장에 도착했다. 그러나 이 사실도 또다시 새로운 사건이 발생하는 것을 막지 못했다. 장 세르비에르 씨, 미슈 박사 및 수사 관계자를 포함한 몇 사람이 아페리티프를 마시려고 했는데, 그들에게 내놓은 페르노 속에 다량의 스트리키닌이 들어 있음이 밝혀졌다는 것이다. 그런데 다음날인 일요일 아침 장 세르비에르 씨의 자동차가 자끄 강가에서 발견되었다. 그러나 차주인은 그 안에 없었고, 토요일 저녁 이후 그를 본 사람은 아무도 없다. 앞좌석에는 피가 묻어 있었다. 유리 한 장이 깨어져 있고, 여러 모로 격투가 벌어졌음을 추측할 수 있었다.

사흘 동안 세 건의 사건이 일어났다. 콩카르노 거리가 공포에 사로잡히기 시작한 것은 당연한 일이다. 바야흐로 시민들은 불안에 떨며 다음 희생자는 누구일까 수군거리고 있다. 시내에 특히 혼란을 불러일으키고 있는 것은 한 마리 누런 개의 아리송한 출현이다. 이 개를 알아보는 사람은 아무도 없다. 주인이 없는 모양인데 사건이 일어날 때마다 현장에 나타나는 것이다. 이 개를 실마리로 하여 경찰당국은 이미 수사의 유력한 단서를 잡지 않았을까 한다. 그리고 당국은 정체불명의 한 인물을 수사하러 나선 모양인데, 그 인물은 여기저기에 기괴한 발자국을 남겼으며 그 발자국이 보통 사람보다 훨씬 크다고 한다. 미치광이일까? 부랑자일까? 과연 그 인물이 모든 흉악한 행동을 한 범인일까? 오늘 밤 그는 누구를 습격하려는 것일까? 그러나 아마도 그는 벅찬 상대를 만나게 될 것이다. 겁에 질린 시민들은 만일을 위해 총기를 휴대할 것이고, 위태로워지는 경우에는 발포할 테니까. 그건 그렇다 하고, 오늘은 온 시내가 그야말로 죽음처럼 조용하여, 마치 전쟁 중 폭격 예고를 받았을 때의 북부 여러 도시들과 같은 분위기에 감싸여 있다.

메글레는 유리창 밖을 내다보았다. 이제 비는 오지 않았으나 길은 시커먼 진흙으로 덮였고, 바람이 여전히 세차게 불고 있었다. 하늘은 우중충한 회색으로 덮여 있다. 이곳 시민들은 미사에서 돌아오는 길이었다. 거의 모든 사람들이 〈브레스트 등대〉 신문을 손에 들고 있었다. 그리고 너나할 것 없이 제독 호텔 쪽을 돌아보았으나, 한편 서둘러 그 앞을 지나가는 사람도 있었다. 그리고 보니 사방에 뭔가 죽음과도 같은 것이 감돌고 있었다. 그러나 일요일 아침은 언제나 이러했을지도 모른다. 또 전화 벨이 울렸다. 엠마가 대답하는 목소리가 들렸다.

"글쎄요, 모르겠는데요. 난 잘 몰라요…… 경감님을 불러드릴까요? 여보세요? 여보세요! 어머나, 끊어졌네……."

"뭐요, 대체?"

메글레가 불쾌하게 물었다.

"빠리의 신문사인 것 같았는데……그 뒤로 피해자가 생기지 않았느냐고 물었어요. 그리고 빙을 예약했어요."

"〈브레스트 등대〉 신문사를 대주오."

전화를 기다리는 동안 메글레는 방 안을 뚜벅뚜벅 돌아다녔는데 의자에 축 늘어져 앉아 있는 미슈 박사에게도, 큰 반지를 여러 개 낀 손가락을 물끄러미 바라보고 있는 르 퐁므레에게도 전혀 시선을 주지 않았다.

"여보시오, 〈브레스트 등대〉신문이지요? 메글레 경감인데 편집장 부탁합니다. 여보시오, 편집장이신가요? 좀 알아보고 싶은 일이 있는데, 댁의 신문은 오늘 아침 몇 시쯤에 인쇄했지요? 네? 9시 반이요? 그럼, 그 콩카르노 사건에 대한 기사는 누가 썼습니까? 여보시오, 쓸데없이 귀찮게 굴지 마시오, 뭐라고요? 그 기사가 봉투째 왔다고요? 서명도 없이? 그렇다면 당신네 신문은 뉴스라면 서명이 없는 투서라도 그냥 낸다는 거요? 알 만한 신문이로군!"

메글레는 해안 거리로 통하는 문으로 나가려고 했으나 잠겨 있었다.

"아니, 이게 어떻게 된 거지?"

메글레는 엠마의 얼굴을 물끄러미 쳐다보며 물었다.

"미슈 박사님이 그렇게 하라고 했어요."

메글레는 전에 없이 수상쩍은 얼굴을 하고 앉아 있는 미슈 쪽을 쳐다보며 어깨를 움츠리더니, 또 한 군데의 출입구인 호텔문으로 나갔다. 가게는 대부분 닫혀 있었다. 나들이를 가는 듯한 사람들이 부지런히 걸어가고 있었다.

몇 척의 배가 닻줄을 팽팽히 매어놓은 정박 구역 너머로 메글레는 생 자끄 강 어귀를 발견했다. 이 도시의 맨 끝이며 인가가 드문 대신 해군의 군수품 공장이 늘어서 있는 근처이다. 깎아지른 듯 험한 강가에는 아직도 공사가 끝나지 않은 배가 몇 척 보였다. 헌배가 여러 척 진흙 속에 묻혀서 썩어가고 있었다. 돌다리가 있고, 이윽고 강이 항구로 흘러드는 일대에 구경꾼들이 떼지어 한 대의 소형 자동차를 둘러싸고 있었다. 그곳까지 가려면 멀리 돌아가야 했다. 해안 거리는 큰 배를 만드는 공사로 길이 막혀 있었기 때문이다. 메글레는 사람들이 자기를 쳐다보는 눈초리로 미루어 모두들 자기를 알아보았다는 사

실을 알아차렸다. 문을 닫은 가게 앞에 서서 불안한 듯 수군거리고
있는 듯한 사람들이 눈에 띄었다. 이윽고 길가에 버려진 자동차 앞까
지 가자 메글레는 느닷없이 차문을 거칠게 열어젖혔다. 그러자 깨어
진 유리조각이 우수수 쏟아졌으며, 일부러 찾을 것도 없이 좌석에 묻
은 갈색 핏자국이 곧 눈에 띄었다. 주위에는 구경꾼들이 붐비고 있었
는데, 특히 어린아이들과 잘 차려입은 젊은이들이 많았다.

"세르비에르 씨의 집은?"

열 사람쯤이 안내역을 맡고 나섰다. 거기서 3백 미터쯤 떨어진 곳
에 있는 정원에 둘러싸인 중류층 주택이었다. 따라온 사람들은 담 앞
에 몰려섰다. 메글레가 벨을 누르자 몸집이 작은 하녀가 당황한 얼굴
로 나와서 맞아들였다.

"부인 계시오?"

세르비에르 부인은 벌써 식당문을 열고 있었다.

"어떻게 되었나요, 경감님? 남편은 살해되었다고 생각하시나요?
나는 미칠 것만 같아요! 정말이지, 나는……."

나이는 40살쯤 되어보이고, 모든 거동이 좋은 가정주부처럼 느껴
지는 착실한 여자였다. 집 안이 깨끗한 것도 그 사실을 뒷받침해주고
있었다.

"남편을 마지막으로 본 것은 언제였습니까?"

"어제 저녁에 식사를 하러 왔었어요. 뭔가 걱정스러운 일이라도 있
는 것 같았으나, 나에게는 아무 말도 해주지 않았지요. 차를 문 앞
에 세워놓은 채였는데, 그런 때는 밤에 또 나가곤 했어요. 여느 때
도 흔히 있는 일이어서 또 제독 호텔의 까페로 카드놀이를 하러 가
는 줄 알았지요. 그래서 늦게 돌아오느냐고 묻기까지 했답니다. 나
는 10시쯤 잠자리에 들었어요. 하지만 사실은 꽤 오랫동안 깨어 있
었습니다. 그러다가 11시 치는 소리를 듣고, 계속해서 11시 반을

알리는 소리를 들었지요. 그러나 꽤 늦게 돌아오는 일도 있었으므로 그냥 잠들었던 모양이에요. 문득 잠이 깨어 보니 벌써 한밤중이었어요. 남편이 옆에 자고 있지 않았으므로 좀 이상하다고 생각했지요. 그래서 또 누군가의 꼬임을 받아 브레스트에라도 간 것이려니 여겼어요. 이곳은 화려한 고장이 아니어서…… 때로는 부득이……. 그러나 나는 그 뒤 내내 잠을 이루지 못했어요. 아침 5시 무렵 잠자리에서 일어나 창문으로 밖을 살짝 살펴보았지요. 남편은 내가 기다리고 있었던 듯한 모습을 보이는 것을 싫어했고, 또 가는 곳을 물어보는 일은 더 싫어했어요. 9시가 되자 나는 더 이상 참지 못하고 르 퐁므레 씨 댁으로 달려갔어요. 거기서 돌아올 때 다른 길로 왔더니 자동차 둘레에 많은 사람들이 몰려 있더군요. 어떻게 된 일일까요! 그이를 누가 왜 죽였을까요? 세상에 그렇게 좋은 사람은 없는데…… 절대로 적이 있을 사람이 아니에요!"

한무리의 사람들이 담 앞에 모여 있었다.

"핏자국이 여기저기 있고…… 사람들이 신문 읽는 것을 보았지만, 누가 나한테 보여줘야지요……."

"주인은 돈을 많이 가지고 계셨습니까?"

"아니오, 그렇게 많이 가지고 있지 않았을 거에요. 여느 때와 다름없이…… 3, 4백 프랑쯤 있었으리라고 생각해요."

메글레는 무슨 일이 있으면 알려주기로 약속하며 상대방을 안심시키려고 애썼다. 양고기 굽는 냄새가 부엌에서 풍겨왔다. 흰 앞치마를 입은 하녀가 문 앞까지 바래다주었다. 메글레가 밖으로 나가 백 미터도 걷기 전에 한 사람이 다가왔다.

"실례합니다, 잠깐만…… 내 소개를 하겠습니다. 내 이름은 뒤자르댕이라고 하며 초등학교 교사로 일하고 있습니다. 약 한 시간 전부터 사람들이…… 특히 학부형들이 계속 찾아와서 신문에 난 것이 사실이냐고 묻는 겁니다. 개중에는 그 발이 크다는 자를 발견하면 쏘아도 되느냐고 묻는 사람도 있습니다."

메글레라고 해서 천사처럼 참고 있을 수만은 없었다. 그는 두 손을 주머니 속에 쑥 집어넣으며 신음 소리를 내듯이 중얼거렸다.

"시끄럽소!"

그는 그대로 시내 중심지를 향해 걸어갔다.

정말이지 어이없는 일이다! 이런 꼴을 당하기는 생전 처음이었다. 이것은 가끔 영화 같은 데서 보는 폭풍우의 장면을 연상케 했다. 우선 밝은 거리, 맑게 갠 하늘이 화면에 나타난다. 그리고 거기에 겹쳐 구름의 그림자가 흐르면서 태양을 가린다. 세찬 바람이 길 위를 휩쓴다. 청록색 번갯불, 덜컹대는 덧문, 회오리바람을 타고 오르는 먼지, 후드득 떨어지는 비. 그리고 거리는 삽시간에 세찬 비와 처참한 하늘로 뒤덮인다. 콩카르노의 모습은 눈 깜짝할 사이에 바뀌었다. 〈브레스트 등대〉 신문의 기사는 첫 출발점에 지나지 않는다. 벌써 오래 전부터 입에서 입으로 전해지는 주석(注釋)은 신문의 기사를 훨씬 웃돌고 있었던 것이다. 게다가 하필이면 일요일이었다! 시민들은 아무것도 할 일이 없었다. 그리하여 누구나 장 세르비에르 자동차를 산책 목표로 삼는 형편이었으므로, 그 옆에 경찰관 두 사람을 배치해야만 하는 소동이었다. 구경꾼들은 그곳에 한 시간이나 버티고 서서 소식통들의 설명을 듣고 있었다.

메글레가 제독 호텔로 돌아가자 흰 요리사 모자를 쓴 주인이, 전에 없이 흥분한 표정으로 느닷없이 메글레의 소매를 붙잡았다.

"당신에게 꼭 해야 할 말이 있습니다, 경감님. 이런 상태로는 도저히 더 이상 해나갈 수 가 없습니다."

"어쨌든 우선 점심을 좀 먹어야겠소."

"하지만……"

메글레는 한쪽 구석에 앉더니 화난 표정으로 주문했다.

"작은 조끼로 하나 주시오! 르로아 형사를 못 보았소?"

"나갔습니다. 시장이 부른 모양입니다, 또 빠리에서 전화가 걸려와서요. 신문사가 방을 두 개 예약했습니다. 특파원과 사진반이 온다고 하더군요."

"미슈 박사는?"

"위에 있습니다. 아무도 들이지 말라고 하더군요."

"르 퐁므레 씨는?"

"이제 방금 돌아가셨습니다."

누런 개는 그곳에 없었다. 윗옷 단추구멍에 꽃을 달고 머리카락을 포마드로 착 달라붙게 빗은 젊은이들이 테이블을 둘러싸고 있었는데, 주문한 레모네이드에는 입도 대지 않고 있었다. 그들은 다만 상태를 살피러 온 것뿐이었다. 그리고 자기들의 용감한 행위에 아주 의기양양해 있었다.

"잠깐 이리 와 보오, 엠마."

엠마와 메글레 사이에는 일종의 선천적인 공감 같은 것이 있었다. 그녀는 허물없이 그에게로 다가와서 순순히 구석 쪽으로 따라갔다.

"당신한테도 물어볼 일이 있는데, 미슈 박사는 분명히 어젯밤 밖에 나가지 않았소?"

"맹세해도 좋아요. 그러나 난 그분의 방에서 자지 않았어요."

"그럼, 나갔는지도 모르겠군?"

"그런 일은 없을 거에요, 아마, 굉장히 무서워하고 있었거든요. 오늘 아침에도 그분이 잠그라고 해서 해안 거리로 나가는 문을 잠근 거에요."

"그 개는 어떻게 당신을 알고 있을까?"

"글쎄요, 왜 그런지 모르겠어요. 전혀 보지도 못한 개인데…… 슬쩍 나타났다가는 슬쩍 사라져버려요. 대체 누가 밥을 주고 있는지 이상한 생각이 들 정도에요."

"그 개가 나간 지 오래됐소?"

"글쎄요, 별로 신경쓰고 있지 않았기 때문에……."

르로아 형사가 초조하게 흥분한 모습으로 돌아왔다.

"시장이 노발대발입니다. 그분은 상당히 이름있는 집안 사람인 것 같더군요. 법무부 장관의 사촌이라든가 뭐 그렇다고 합니다. 시장의 말에 의하면 우리가 마치 뚱딴지 같은 일만 저질러 시내에 공포를 자아내는 일 외에는 별 능력이 없다는 겁니다. 누구라도 좋으니 우선 시민들을 안심시키기 위해 한 사람 체포하라는 거지요! 경감님께 그렇게 전하겠다고 약속하고 나왔습니다. 이번에야말로 우리 두 사람의 목이 아주 위태롭게 되었다고 몇 번이나 위협했습니다."

메글레는 침착하게 파이프를 쑤시고 있었다.

"어떻게 하시겠습니까?"

"어떻게 하긴 뭘?"

"하지만……"

"자네는 아직 젊어, 르로아! ……그 미슈 박사의 집에 나 있던 흥미로운 발자국은 조사해 보았나?"

"모두 검사실로 보냈습니다. 컵도 통조림도 칼도……. 사나이의 발자국과 개 발자국은 석고 틀로 떠놓았습니다. 아주 힘들었지요, 어쨌든 이곳 석고는 질이 나빠서요. 뭐, 생각난 일이라도 있으십니까?"

대답 대신 메글레가 잠자코 주머니에서 수첩을 꺼냈으므로, 르로아는 점점 어리둥절해 하며 수첩을 읽어보았다.

에르네스트 미슈(통칭 '박사')——아버지는 세느 에 오아즈 지방의 소기업가로, 1회기 동안 대의원을 지냈음. 나중에 파산함. 현재 아버지는 사망. 어머니는 상당한 수완가임. 아들과 함께 주앙 레 팡에서 토지 분양 사업에 손을 댔음. 그러나 완전히 실패. 콩카르노에서 다시 같은 사업을 계획. 죽은 남편의 이름을 이용하여 주식회사를 차림. 자신은 출자를 하지 않고 현재 분양지의 토지정리 비용을 시와 도의 지출로 하기 위한 허가를 받으려고 이리저리 뛰어다니는 중임.

에르네스트 미슈는 한 번 결혼했으나 나중에 이혼. 이혼당한 부인은 리르에 사는 공증인과 재혼함.

변절자 타입, 융통성이 있음.

르로아는 뭔가 말하고 싶은 듯한 표정으로 메글레의 얼굴을 쳐다보았다.

"이게 어쨌단 말이죠?"

메글레는 다음과 같이 쓴 것을 보여주었다.

이브 르 퐁므레——르 퐁므레 집안 출신. 평범한 귀족 계급. 형 아르튀르는 콩카르노 최대의 통조림 제조회사 사장임. 이브 르 퐁므레는 그 집안에서 알려진 호인. 전혀 일해본 경험이 없음. 꽤 오래 전 빠리에서 유산을 거의 다 탕진함. 콩카르노에 자리잡게 되었을 때는 이미 연 2만 프랑의 금리 수입이 남았을 뿐이나 스스로 구두를 닦아 명사의 체면을 세우는 데 성공. 여공을 상대로 한 정사(情事)가 대단히 많음. 몇 차례 추문 때문에 골치아픈 일이 있었음. 근처에 있는 여러 귀족의 집을 찾아가 사냥을 즐김. 풍채가 좋음. 연줄을 타고 덴마크 부영사 자리에 오르는 데 성공. 레지옹 도뇌르 훈장을 획득하려고 꾀함. 빚 때문에 가끔 형에게 돈을 요구함.

장 세르비에르(본명 장 고와이야르)——모르비앙에서 태어남. 오랫동안 빠리에서 신문기자 생활을 했으며 소극장의 부지배인 및 그밖의 경력이 있음. 약간의 유산을 가지고 콩카르노에 자리잡음. 15년 동안이나 정을 맺었던 전 극장 안내원과 결혼. 중류 생활. 브레스트와 낭뜨에서 몇 차례의 불장난. 신문일보다는 오히려 약간의 금리 수입으로 생활하면서 기자로서의 일을 큰 자랑으로 생각하고 있음. 감람장(사회교육 공로자에게 주는 훈장)을 받았음.

"나는 아무래도 잘 모르겠는데요."

르로아가 우물거리며 말했다.

"딱한 사람이로군! 자네 주머니에 있는 메모를 꺼내보게."

"아니, 누가 말했습니까? 내가 했나요?"

"빨리 내놓게나."

메글레의 수첩은 밀랍을 입힌 표지에 안이 그래프 용지로 된 10수짜리 싸구려였으나, 르로아의 수첩은 강철 축이 달린 루즐리프 식 비망록이었다. 메글레는 마치 너그러운 아버지 같은 표정으로 읽어내려갔다.

(1)모스태강 사건——주류 거래상을 쏜 탄환은 분명 다른 사람을 노린 것이다. 피해자가 그 현관 앞에 서리라는 것을 예상할 수 없었을 터이므로, 범인은 진짜 '피해자가 될 사람과 그 자리에서 만날 약속을 했던 모양이지만 그 상대방이 오지 않았거나 또는 뒤늦게 온 것이리라.'

시민을 공포 상태로 몰아넣는 것이 목적이었다면 문제가 달라진다. '범인은 콩카르노의 사정을 잘 알고 있다.' (복도에서 발견된 담뱃재를 분석하는 일을 빠뜨렸음)

(2)독이 든 페르노 사건——겨울철 제독 호텔의 까페는 하루 종일 거의 손님이 없다. 이 사정을 아는 사람이 까페에 들어가 술병에 독을 넣었는지도 모른다. 독을 넣은 병은 두 개다. 따라서 범인은 특히 페르노와 칼바도스의 애용자를 노린 것이다. (그리고 미슈 박사가 사전에 병 표면에 흰 가루가 묻어 있는 것을 아주 쉽게 알아낸 것은 특기할 만함.)

(3)누런 개 사건——이 개는 제독 호텔의 까페와 인연이 있다. 개 주인도 있다. 그러나 개주인은 과연 누구일까? 개의 나이는 적어도 5살쯤 된 것 같다.

(4)세르비에르 사건——〈브레스트 등대〉 신문에 그 기사를 보낸 자가 누구인지 필적을 감정해서 발견할 것.

메글레는 얼굴을 펴며 르로아에게 수첩을 돌려주더니 불쑥 말했다.

"아주 훌륭하군, 잘해보게."

그는 녹색 유리창 밖으로 계속 어른거리는 구경꾼들에게 불쾌한 시선을 던졌다. 그리고 르로아에게 덧붙여 말했다.

"자, 점심을 먹세!"

그 뒤 얼마 안 되어 이 두 사람과 그날 아침에 장사차 도착한 여행자가 식당에 함께 앉아 있는데, 엠마가 미슈 박사는 병이 악화되었기 때문에 가벼운 식사를 방으로 가져다 달라고 했다는 말을 귀띔해 주었다.

오후가 되자, 작게 칸막이된 청록색 유리창이 있는 제독 호텔의 까페는 마치 동물원의 우리 같은 느낌이 들었다. 호기심많은 나들이 차림의 사람들이 그 앞에 줄지어 서 있었던 것이다. 보아하니 그들은 거기서 항구 안쪽으로 발길을 돌리고 있었는데, 그곳에서는 경찰관

두 사람이 지키는 세르비에르의 자동차가 제2의 구경거리가 되어 있었다. 시장은 사브르 블랑의 호화로운 별장에서 세 번이나 전화를 걸어왔다.

"누구든 체포를 하랬는데, 체포했소?"

메글레는 제대로 대답도 하지 않았다. 18살에서 20살쯤까지 되어 보이는 젊은이들이 까페 안으로 들어왔다. 시끄럽게 떠들며 들어와서 테이블 하나를 차지하고 술을 주문했지만, 마시지는 않았다. 들어와서 5분도 되기 전에 말이 뜸해지고 웃음 소리가 사라졌으며, 멋없는 태도가 허세로 바뀌었다. 그리고 차례차례 나가버리는 것이었다.

불이 켜질 무렵이 되자 여느 때와 다른 점이 한층 더 확실하게 느껴졌다. 불이 켜진 것은 4시쯤이었다. 여느 때 같으면 아직 많은 사람들이 오가고 있었을 것이다. 그러나 그날 저녁에는 그야말로 사람 없는 벌판이었고 죽음과 같은 침묵이었다. 마치 거리를 걷고 있던 사람들이 모두 약속이라도 한 것 같았다. 15분도 되기 전에 거리에는 인적이 끊어져버렸다. 이따금 발소리가 들렸으나 그것도 무사하게 재빨리 집으로 돌아가기 위해 정신없이 서두르는 소리였다.

엠마는 카운터에 팔을 괴고 있었다. 주인이 조리장에서 가게로 나왔는데, 메글레는 여전히 주인의 불만을 들어주려고도 하지 않았다.

에르네스트 미슈는 4시 반쯤 여전히 슬리퍼를 끌고 내려왔다. 수염이 길게 자라 있었다. 크림빛 비단 머플러가 땀으로 더러워진 듯했다.

"여기 계셨습니까, 경감님?"

그는 마음이 놓이는 모양이었다.

"르로아 형사는?"

"시내를 둘러보라고 내보냈소."

"그 개는?"

"오늘 아침부터 줄곧 보이지 않소."

마룻바닥은 회색이었고, 테이블의 대리석은 파란 줄무늬진 새하얀 빛깔이었다. 유리창 너머로 옛 거리의 야광시계가 5시 10분 전을 가리키고 있었다.

"누가 그 기사를 썼는지 아직도 모르십니까?"

그 신문은 테이블 위에 있었다. 그리고 이제는 모두들 그 표제의 첫줄만 눈에 들어왔다.

다음은 누구 차례인가?

전화 벨이 울리고 엠마가 전화를 받았다.

"아니오…… 별로…… 아무것도 모르는데요."

"누구지?"

메글레가 물었다.

"또 빠리의 신문사예요. 기자들이 자동차로 오는 모양이에요."

엠마가 그 말을 마치기도 전에 다시 전화 벨이 울렸다.

"경감님, 전화예요."

미슈 박사는 새파랗게 질린 얼굴로 전화 쪽으로 가는 메글레의 모습을 지켜보았다.

"여보세요, 누구시지요?"

"르로아입니다. 지금 옛 거리에 있습니다. 도랑을 건넌 바로 옆이지요. 권총을 쏜 자가 있어서요. 여기 구둣가게 사람인데, 창문으로 그 개가 보이자……"

"죽었나?"

"중상입니다! 허리께를 맞았군요. 기어갈 수도 없을 정도입니다. 사람들은 무서워서 가까이 가보려고도 하지 않습니다. 이 전화는 그 옆 까페에서 걸고 있습니다. 개는 길 한가운데에 있습니다. 이곳 유리문에서도 보입니다. 계속 으르렁거리고 있지요, 어떻게 해야 할까요?"

르로아의 목소리는 침착하려고 애쓰는 것 같았으나, 몹시 불안한지 마치 부상당한 그 누런 개가 초자연적인 생물이라도 되는 것처럼 말하고 있었다.

"모두들 창문으로 내다보고 있습니다. 어느 집에서나 다요, 어떻게 할까요, 경감님? 죽여버리는 것이 좋을까요?"

미슈 박사는 얼굴이 흙빛이 되어 메글레의 뒤에 서 있다가 겁에 질린 듯이 물었다.

"뭡니까, 대체 어떻게 되었다는 겁니까?"

박사의 말을 들으며 메글레는 카운터에 팔을 짚은 채 멍하니 자기를 쳐다보고 있는 엠마의 모습을 보고 있었다.

전투사령실

개폐교를 건넌 성벽 안으로 들어가자 메글레는 복잡하고 어두운 거리로 발을 들여놓았다. 콩카르노 시민이 '성벽의 거리'라고 부르는, 아직도 성벽으로 둘러싸여 있는 일부 지역은 시내에서도 가장 인구가 밀집된 구역 가운데 하나였다. 그런데도 지금 메글레가 지나가보니 근처 일대는 쥐죽은 듯 조용했으며, 안으로 들어갈수록 기묘한 고요는 점점 더해갔다. 어떤 광경으로 인해 완전히 압도당한 듯이 떨고, 겁먹고 있었다. 초조한 민중의 숨을 죽인 고요함이었다. 용기를 내어 허세를 보이는 젊은이의 목소리가 가끔 불쑥 들려왔다. 또 한모퉁이를 돌아서자 메글레의 눈 앞에 그 광경이 나타났다. 좁은 골목, 창문마다 사람들이 내다보고 있었다. 석유 램프를 켜놓은 방, 창문 틈으로 보이는 침대, 거리를 막고 있는 한무리의 사람들과 그 너머로 텅 비어 있는 넓은 공간에서 숨이 끊어질 듯이 헐떡이는 소리가 들려왔다. 메글레는 구경꾼들을 헤치고 들어갔다. 대부분이 젊은 사람들이었는데, 메글레가 나타나자 깜짝 놀란 모양이었다. 그 가운데 두 사람은 아직도 개를 향해 돌을 던지고 있었다. 동료들이 그 행동을 말

리려 하고 있었다. 이런 소리가 들려왔다. 아니, 들려왔다기보다 눈
치로 그렇게 느껴졌던 것이다.

"여어, 조심해!"

돌을 던지고 있던 한 사나이가 귓불까지 새빨개지는 것을 보고 메
글레는 그를 왼쪽으로 밀어내며 상처 입은 개 쪽으로 다가갔다. 주위
의 괴괴함은 삽시간에 지금까지와 다른 성질의 것으로 바뀌어졌다.
조금 전까지는 병적인 열광이 구경꾼들을 부추기고 있었던 것이 분명
했다. 오직 괜찮은 사람은, 창문으로 내다보며 고함치고 있는 한 노
파뿐이었다.

"아니, 어쩌면 저렇게 몰인정한 짓을 하지! 모두 시말서를 받으세
요, 경감님! 가엾게도 모두들 저 개를 못살게 굴고 있어요. 그 이
유야 잘 알지요. 모두들 그 개가 무서운 거예요."

권총을 쏜 구둣가게 사람은 입장이 난처해져서 가게 안으로 들어가
버렸다. 메글레가 몸을 굽혀 개의 머리를 쓰다듬자 개는 놀란 듯이
쳐다보았다. 그러나 아직도 마음을 놓는 눈초리는 아니었다. 르로아
형사가 아까 전화를 걸었던 까페에서 나왔다. 그곳에서 있던 사람들
이 선뜻 단념할 수 없는 표정으로 마지못해 물러갔다.

"손수레를 가져오게."

창문이 차례차례 닫혔으나, 커튼 뒤에 호기심많은 사람들의 그림자
가 그대로 서 있다는 것을 알 수 있었다. 개는 온 몸이 더러워지고,
마구 뒤엉킨 털이 피투성이가 되어 있었다. 배 언저리는 진흙투성이
고 코 끝은 메밀라서 불나듯 뜨거웠다. 메글레가 돌봐주자 안심이 되
었는지 개는 더 이상 땅바닥을 기어가려고 하지 않았다. 개 주위를
보니 큰 돌이 스무 개쯤 뒹굴고 있었다.

"어디로 데리고 갑니까, 경감님!"

"호텔로. 조심해서 올려놓게! 수레 속에 짚을 깔아주게."

이 행렬은 여느 때 같으면 우스꽝스러웠을지도 모르겠다. 그러나 그날 아침 이후로 시내 전체에 고조되고 있던 마술적인 불안이 작용하여 그것은 강렬한 감명을 주는 행렬이 되었다. 나이많은 영감이 밀고 가는 수레가 길 위를 덜컹덜컹 흔들리며 여러 차례 모퉁이를 돌아 마침내 개폐교를 건너자, 더 이상 따라오려고 하는 자가 없었다. 누런 개는 괴로운 듯 헐떡거리며 가끔 네 다리를 쭉 뻗고 온 몸에 경련을 일으켰다. 메글레는 제독 호텔 앞에 처음 보는 자동차가 있는 것을 알았다. 까페 문을 밀고 들어가자 확실히 홀의 공기가 완전히 달라졌음을 알 수 있었다. 메글레가 개를 끌어안고 있는 것을 보고 한 사나이가 그를 밀어내듯 떠밀며 카메라를 들이대어 마그네슘 섬광을 티뜨렸다. 또 골프 바지에 빨간 스웨터를 입은 사나이는 한쪽 손에 수첩을 들고 잠깐 윗옷에 손을 대며 말했다.

"메글레 경감이십니까? 〈주르날〉의 바스코입니다. 지금 막 도착 했는데, 곧 저분을 만날 수 있어서 운이 좋았던 셈입니다."

사나이는 한쪽 구석의 인조 가죽을 씌운 긴의자에 기대어 앉아 있는 미슈 박사 쪽을 가리켰다.

"〈쁘띠 빠리장〉의 차도 곧 뒤따라올 겁니다. 여기서 10킬로미터쯤 떨어진 곳에서 펑크가 났지요."

엠마가 메글레에게 물었다.

"어디에다 내려놓을까요, 이 개는?"

"이곳에 어디 내려놓을 만한 곳이 없소?"

"글쎄요…… 안뜰 옆에 빈 병을 쌓아두는 광이 있지만……."

"르로아! 수의사에게 전화를 걸어주게."

한 시간 전까지는 모든 것이 김빠진 것 같고 말소리도 얼어붙은 듯 괴괴한 공기였다. 그러나 지금은 빛바랜 트렌치코트를 걸친 카메라맨이 테이블과 의자를 밀어젖히며 외치고 있었다.

"잠깐만! 움직이지 마십시오. 개의 목을 이쪽으로 돌리고······"

그리고 마그네슘 섬광이 터졌다.

"르 퐁므레 씨는?"

메글레는 미슈 박사에게 물었다.

"당신 뒤를 따라 곧 나갔습니다. 그리고 시장한테서 또 전화가 걸려왔었습니다. 이곳으로 오지 않을까 싶습니다만······."

밤 9시쯤 까페는 마치 무슨 사령부 같은 분위기로 바뀌고 말았다. 다른 두 사람의 특파원이 또 와 있었다. 그중 한 사람은 안쪽 테이블에서 기사 원고를 쓰고 있었다. 때마침 카메라맨이 2층 방에서 내려왔다.

"90도의 알코올 없소? 필름을 말리는 데 필요해서 그러는데······ 개는 멋지게 찍혔습니다. 바로 옆에 약국이 있다고요? 문이 닫혔다고요? 아니, 그건 괜찮습니다."

전화가 있는 복도에서는 기자 한 명이 주위에 아랑곳없이 원고를 말로 전하고 있었다.

"메글레, 그래······ 모리스의 M······ 아르튀르의 A······ 그래, 그렇지. 이지도르의 I······ 여기서 한꺼번에 모든 사람들의 이름을 적어 두게. 미슈······ M······ I······ 슈는 슈(둥근파)······ 슈 드 브뤼셀(양배추)의 슈일세······ 아니, 아니, 프가 아니라니까. 잠깐······ 표제를 말하겠네. 이것은 톱기사로 내주겠지? 아니, 문제없어. 위에다 그렇게 말해 주게. 꼭 제1면에 넣어달라고······"

수의사는 총알을 빼내고 개의 허리에 단단히 붕대를 감았다.

"이런 동물들은 몸이 굉장히 튼튼하지요."

푸른 화강암으로 바닥을 깐 광의 짚 위에 헌 담요가 깔려 있었으며, 광문은 안뜰로 나 있었다. 개는 그곳에 혼자 누운 채 겨우 10센티미터 거리에 있는 고깃조각에도 입을 대려고 하지 않았다.

시장이 자동차를 타고 왔다. 흰 염소수염을 기르고 옷차림이 아주 단정한 무뚝뚝해 보이는 노인이었다. 그는 들어오자마자 마치 위병소 같은, 좀더 정확히 말하자면 중대의 전투사령실 같은 이곳 분위기에 눈살을 찌푸렸다.

"누구요, 이 사람들은?"

"빠리의 신문기자들입니다."

시장이 위협하듯 화를 냈다.

"재미있는 이야기로군! 덕분에 내일은 그야말로 온 프랑스 안에 이 어이없는 사건이 화제로 오르게 된다는 건가! 아직 아무 단서 도 못 잡았소?"

"수사 중입니다."

메글레는 신음 소리를 내듯 중얼거렸다. 그 말투는 마치 이렇게 선 언하는 것 같았다——'쓸데없는 참견은 하지 마시오!' 그것은 이 자 리의 공기에 사람을 초조하게 만드는 게 있었기 때문이었다. 모두들 신경을 곤두세우고 있었다.

"자네는 왜 그러고 있나, 미슈? 집에 돌아가지 않나?"

시장의 눈초리는 경멸하듯 겁많은 박사를 나무라고 있었다.

"이 상태로 가다가는 앞으로 24시간 안에 시 전체가 공황 상태에 빠져버릴 거요. 아까도 말했듯이 어쨌든 체포해 버렸으면 하오, 누 구라도 상관없으니까."

시장은 이 마지막 말에 뜻이 포함되어 있는 듯 엠마 쪽을 흘끔 쳐 다보았다.

"내가 당신에게 명령할 수 없다는 것은 물론 잘 알고 있소. 어쨌든 당신은 지방경찰에겐 아주 약간의 역할밖에 시키지 않으려고 하니 까. 그러나 이 말만은 해두겠소. 만일 또 다시, 앞으로 어떤 사건이 일어난다면 그야말로 이제 끝장이오. 모두들 무슨 일이 일어나리라 생각하고 있소. 여지껏 일요일이면 9시까지 열던 가게들이 오늘은 완전히 문을 닫아버렸소. 〈브레스트 등대〉의 그 뚱딴지 같은 기사 때문에 시민들은 겁을 먹은 거요!"

시장은 머리 위에 쓴 중산모를 벗지도 않고 있었는데, 그 모자를 뒤로 젖히듯 다시 고쳐쓰더니 한 마디 주의를 하고 나갔다.

"계속 상황을 알려주었으면 고맙겠소. 그리고 지금 하는 일이 모두 당신의 책임 아래 이루어지고 있다는 것을 잊지 마시오."

"엠마, 작은 조끼로 하나!"

메글레는 소리쳤다. 신문기자들이 제독 호텔로 들어오는 것도, 까페에 진을 치고서 전화를 걸고 방을 떠들썩하게 하는 것도 그로서는 어쩔 수 없는 일이었다. 기자들은 잉크를 가져와라 종이를 가져와라 계속 심부름을 시켰다. 그들의 질문 세례를 받으며 엠마는 가엾게도 당황한 표정을 짓고 있었다.

밖은 캄캄한 밤으로, 한 줄기 달빛이 밝게 비치기는커녕 오히려 무거운 구름이 가득찬 하늘의 음울한 느낌만 한층 더해 주었다. 그리고 구두마다 진흙이 덕지덕지 묻어 있었다! 콩카르노에는 아직 포장도로가 없는 것이다.

"르 퐁므레 씨는 또 온다고 했습니까?"

메글레가 미슈에게 물었다.

"네, 저녁 식사를 하러 갔으니까요."

"그 사람의 주소는?"

무료해 하고 있던 한 기자가 물었다. 미슈 박사가 그 주소를 일러주자 메글레는 어깨를 움츠리는 시늉을 해보이고서 르로아를 방 한구석으로 끌고 갔다.

"오늘 아침에 나온 기사의 원문을 가지고 있나?"

"지금 막 받았습니다. 내 방에 두고 왔는데요, 원고는 왼손으로 씌어졌습니다. 즉 그것을 쓴 사람은 필적이 탄로날까봐 겁먹은 겁니다."

"우표는 붙이지 않았겠지?"

"네, 투서를 신문사의 우편함 속에 직접 넣은 것입니다. 봉투에 '대지급'이라고 씌어 있었습니다."

"그러니까 적어도 아침 8시에는 누군가가 장 세르비에르의 실종을 알고 있었다는 말이 되는군. 그 자동차가 생 자끄 강 옆에 버려져 있다는 것, 아니면 버려지리라는 것을 알고 있었으며, 좌석에 핏자국이 묻은 것도 알고 있었던 셈이지. 게다가 그 인물은 발이 큰 정체불명의 발자국이 어디서 발견되리라는 것까지 알고 있었던 걸세."

"도저히 생각할 수 없는 일입니다."

르로아는 한숨을 쉬었다.

"그 발자국은 전송(電送) 사진으로 오르페브르 강가(빠리 경시청 소재지)로 보냈습니다. 그쪽에선 벌써 원부(原簿)와 대조를 했습니다. 회답이 와 있지요. 전과자 카드에는 해당자가 없답니다."

분명히 르로아는 주위의 공포에 감염된 듯했다. 그러나 이 병원체와 같은 독소에 가장 많은 침해를 당한 사람은 에르네스트 미슈로, 그의 모습은 신문기자들의 스포티한 옷차림이며 활발한 동작이며 자신만만한 태도와 대조되어 한층 더 위축되어 보였다. 박사는 어디서 어떻게 하고 있어야 좋을지 모르는 듯한 모습이었다. 메글레는 그에게 물어보았다.

"주무시지 않습니까?"

"네, 아직…… 언제나 밤 1시 전에는 잠자리에 든 적이 없어서……"

박사는 억지로 웃어보이려고 했으나 제대로 되지 않고 금니만 두 개 내보였을 뿐이었다.

"솔직히 말해서 당신은 무엇을 생각하고 계십니까?"

옛 거리의 야광시계가 종소리를 열 번 울렸다. 메글레에게 전화가 걸려왔다. 시장의 전화였다.

"아무 일도 없소, 아직?"

시장도 역시 무언가 일어나기를 기대하고 있는 것일까? 그러고 보면 메글레 자신도 결국 그것을 기대하고 있는 게 아닐까? 고집스러운 얼굴 표정으로 그는 개의 상태를 보러 갔다. 개는 자고 있었는데 별로 겁먹고 있는 것 같지는 않았다. 한쪽 눈을 뜨고 메글레가 다가오는 것을 바라보았다. 메글레는 개의 머리를 쓰다듬고 나서 발밑으로 짚을 조금 밀어넣었다. 문득 정신을 차리고 보니 까페 주인이 뒤에 서 있었다.

"어떻습니까, 저 신문사 사람들은 오래 있을 것 같습니까? 오래 있게 되면 식량을 사들여야 하니까요. 내일 6시부터 장이 서거든요."

메글레의 성격을 잘 모르는 사람은 이런 경우 그의 태도에 당황하게 된다. 눈을 크게 뜬 채 멍한 모습으로 상대방 얼굴을 똑바로 쳐다보며 무슨 말인지 잘 알아들을 수 없는 이야기를 입 속으로 중얼거리는가 하면, 마치 상대방을 있으나마나한 존재로 여기는 듯한 태도로 그냥 가버리는 것이다.

〈쁘띠 빠리쟝〉의 특파원이 들어와서 물이 떨어지는 레인코트를 털었다.

"아니, 비가 오나? 무슨 일이 있었나, 글로랑?"

글로랑 청년은 눈을 번쩍이며 함께 와 있던 카메라맨에게 뭐라고 소곤거리더니 전화 수화기를 들었다.

"〈쁘띠 빠리장〉인데요…… 기사요…… 지급으로 부탁합니다. 뭐라고요? 즉시 빠리와 통화가 된다고요? 그럼, 곧 부탁합니다. 여보세요, 여보세요! 〈쁘띠 빠리장〉입니까? 제르메느로군. 담당 속기사를 부탁하네. 글로랑일세!"

그의 목소리는 안타까운 듯이 초조했다. 그의 눈은 주위에서 듣고 있는 경쟁자들을 향해 도전하는 것 같았다. 뒤로 지나가던 메글레도 귀를 귀울였다.

"여보세요, 잔느 양이오? 대지급으로 부탁합니다. 아직 지방판 몇 판은 찍을 수 있을 테니까…… 다른 신문사는 시내판에만 들어갈 거요. 데스크에 말해서 원고로 만들어 달라고 해요. 여기서는 그러고 있을 시간이 없으니까. '콩카르노 사건――우리의 예상이 적중했다. 또 새로운 범죄……' 괜찮겠소?"

모두들 입을 다물고 있었다. 미슈 박사가 빨려들 듯이 그 옆으로 다가갔다. 들떠 있는 기자는 열띤 어조로 의기양양하게 계속 전화를 걸었다.

"모스태강 씨에 이어 신문기자 장 세르비에르 씨, 그리고 그 뒤를 이어 이번에는 르 퐁므레 씨요! 그렇지…… 이름의 철자는 아까 말했지요? 지금 막 그의 방에서 시체로 발견됐소…… 그의 집에서! 상처가 없고 근육이 굳은 것 등 모든 상태로 보아 독살이 아닌가 싶소. 아, 잠깐 맺음말은 '온 시가 공포의 거리로 바뀌었다'로 해줬으면 하는데…… 그렇지, 그렇게요! 급히 데스크로 가지고 가요. 나중에 시내판 원고를 보내겠지만, 사실 보도만이라도 꼭 지방판에 넣어줘야 합니다."

기자는 수화기를 놓고 땀을 닦더니 주위 사람들을 기쁜 눈으로 둘러보았다. 전화가 울렸다. 여자 목소리가 말했다.

"여보세요, 경감님이십니까? 벌써 15분 전부터 열심히 걸었습니다만…… 이곳은 르 퐁므레 씨 댁입니다. 곧 오십시오! 르 퐁므레 씨가 죽었습니다!"

그리고 그 목소리는 밤새가 우는 것 같은 어조로 되뇌었다.

"죽었습니다……"

메글레는 사방을 둘러보았다. 거의 모든 테이블에 빈 컵이 놓여 있었다. 엠마는 핏기를 잃고 메글레의 동작을 눈으로 쫓고 있었다.

"컵이고 술병이고 일체 손대지 말아주게!"

메글레는 명령했다.

"알았지, 르로아? 여기 그대로 있게."

미슈 박사는 이마에서 땀을 뚝뚝 흘리며 머플러를 벗어버렸으므로 단추로 고정시킨 와이셔츠 칼라에서 여윈 목이 드러나 있었다.

메글레가 르 퐁므레의 아파트에 도착했을 때는 이웃에 살고 있는 의사가 벌써 최초의 검증을 끝마친 뒤였다. 50살쯤 된 여자가 그 자리에 입회하고 있었는데, 그녀가 그 아파트 주인으로 아까 전화를 건 사람이었다. 정면으로 바다가 보이는 산뜻한 회색 석조 건물이었다. 그리고 20초마다 등대 불빛이 방의 창문을 환하게 비춰주었다. 하나의 깃대와 덴마크 문장이 박혀 있는 현관. 시체는 싸구려 골동품을 복잡하게 늘어놓은 홀의 빨간 융단 위에 쓰러져 있었다. 밖에서는 메글레가 지나가는 것을 다섯 사람이 아무 말 없이 바라보고 있었다. 벽에는 여배우 사진, 에로 신문에서 오려내어 액자에 넣은 데생, 여자들이 보낸 증정의 말 등이 걸려 있었다. 르 퐁므레의 와이셔츠 앞가슴이 벌어져 있었다. 구두에는 아직도 진흙이 잔뜩 묻어 있었다.

"스트리키닌입니다."

의사가 말했다.

"어쨌든 이 점만은 확실히 말할 수 있습니다. 이 눈을 보십시오,

이 시체가 굳어 있는 모습을 주의해 보십시오. 최후의 고통은 30분 가까이 계속되었을 겁니다. 어쩌면…… 더 오래 끌었는지도 모릅니다."

"당신은 어디에 있었습니까?"

메글레가 집주인인 부인에게 물었다.

"아래층에 있었어요. 2층 전체를 르 퐁므레 씨에게 빌려드렸고 식사도 우리 집에서 하고 계셨지요. 8시쯤 저녁 식사를 하러 오셨는데 거의 아무것도 드시지 않았어요. 그러고 보니 생각나는데, 전등이 여느 때와 다름없이 켜져 있는데도 전기가 고장났다는 거예요. 그리고 또 나가야 한다며, 나가기 전에 아스피린을 먹어야겠다고 하셨어요. 웬일인지 머리가 무겁다면서……"

메글레는 슬쩍 묻는 듯이 의사의 얼굴을 쳐다보았다.

"그겁니다! 그것이 최초의 증세입니다!"

"그런 증세가 나타나는 것은 독을 마신 지 얼마쯤 지나야 됩니까?"

"독의 분량과 체질에 따라 다릅니다만 때로는 반시간, 때로는 두 시간도……"

"그래서 죽는 것은……?"

"우선 전신 마비가 일어납니다. 그러나 그러기 전에 처음에는 부분 마비가 일어나지요. 그때 아마 사람을 부르려고 했을지도 모릅니다. 아마도 이 소파에 누워 있었겠지요."

그것은 르 퐁므레의 집이 '추행의 집'이라고 불리는 원인이 된 소파였다. 그 소파 주위에는 요염한 판화가 다른 곳보다 훨씬 많이 있었다. 침대용 전등에서 장밋빛 불이 새어나오고 있었다.

"굉장히 몸부림쳤군요. 급성 에탄올 중독의 발작이 일어났을 때처럼…… 그리고 탁 쓰러지자마자 죽은 것입니다."

메글레는 카메라맨 하나가 들어오려 하고 있는 문 쪽으로 걸어가 그 사나이의 코 앞에서 문을 쾅 닫아버렸다. 그는 작은 목소리로 계산해 보았다.

"르 퐁므레는 7시 조금 지나서 제독 호텔의 까페를 나왔다, 그는 물 섞은 브랜디를 마시고 있었다, 15분쯤 뒤에 집으로 돌아와서 술을 마시고 식사를 했다, 스트리키닌의 작용에 관한 지금의 이야기에 의하면 그는 까페에서 독을 먹었다고 할 수도 있고 여기서 먹었다고 할 수도 있다……"

메글레는 급히 아래층으로 내려갔다. 아래층에는 집 여주인이 이웃인 듯한 세 여자에게 둘러싸여 울고 있었다.

"저녁 식사를 한 컵과 접시는 어디에 있지요?"

그녀는 한동안 무슨 말인지 못 알아들었다. 가까스로 대답하려고 했을 때 메글레는 이미 부엌 한쪽에 아직 뜨거운 물이 든 설거지용통이 있고, 그 오른쪽에 깨끗이 씻은 접시와 왼쪽에 씻지 않은 접시며 컵이 놓여 있는 것을 보았다.

"마침 접시를 닦고 있었어요, 그런데……?"

지방 경찰관이 한 사람 나타났다.

"이 집 경계를 부탁하오, 집주인 말고는 다 밖으로 내보내주시오, 신문기자와 카메라맨은 한 사람도 들어오지 못하게 해주시오, 컵과 접시는 절대로 만지지 못하게 해야 하오."

호텔로 돌아가려면 세찬 바람 속을 백 미터나 걸어야 했다. 거리는 어둠 속으로 가라앉아갔다. 어기저기 몇 개의 창문에 불이 켜져 있을 뿐이었다. 그러나 광장의 해안 거리 모퉁이에는 제독 호텔의 연록색 창문이 세 곳이나 환히 비치고 있었는데 그 유리 때문에 창문이라기보다 오히려 굉장히 큰 어항 같은 느낌이 들었다. 그곳까지 오자 떠드는 목소리며 전화 벨 소리며 시동이 걸려 있는 자동차 소리 등이 들려왔다.

"어디로 갈 거요?" 메글레가 물었다.

상대방은 기자였다. "전화가 불통입니다! 어디 다른 곳에서 전화를 걸려고요. 10분만 지나면 우리 시내판에 기사가 나가지 못하니까요."

르로아 형사는 까페 안에 선 채 마치 야간 자율학습을 감독하고 있는 사감 같은 인상을 주었다. 누군지 한 사나이가 부지런히 연필을 놀리고 있었다. 그 장사차 온 손님은 처음 겪는 이러한 분위기 속에서 눈을 크게 뜬 채 멍하니 아주 열심히 지켜보고 있었다. 컵은 모두 테이블 위에 놓인 채로 있었다. 아페리티프가 담겼던 위스키 잔도 있고 아직 거품이 묻은 작은 조끼도 있고, 작은 리큐르 잔도 있었다.

"몇 시쯤이었지, 테이블 위를 치운 것은?"

엠마는 잠깐 생각해 보려는 듯했다.

"확실히 말할 수는 없어요. 그때그때 금방 치운 컵도 있으니까요. 지금 거기 있는 것은 점심 뒤에 내놓은 거에요."

"르 퐁므레 씨의 컵은……?"

"그 분이 무엇을 드셨던가요, 미슈 박사님?"

그 물음에 메글레가 대답했다.

"물을 탄 브랜디."

엠마는 받침접시——거기에는 술값이 숫자로 새겨져 있었다——를 하나씩 살폈다.

"6프랑짜리는…… 하지만 어떤 분인가 다른 사람에게 위스키를 냈는데, 그것도 값이 같아서…… 아마 이 컵일지도 모르겠군요. 그러나 어쩌면 그렇지 않을지도 몰라요."

이런 경우에도 멍하니 있는 법이 없는 카메라맨은 대리석 테이블 위에 놓인 청록색 컵을 모조리 필름에 담았다.

"약국 주인을 불러주게!"

메글레는 르로아에게 말했다.

그는 그날 밤 내내 컵이며 접시와 씨름하며 보냈다. 르 퐁므레가 살던 집에서도 컵과 접시를 가져왔다. 특파원들은 약국집 실험실을 마치 자기 집인 듯 드나들었고, 그중 의과대학 출신이라는 한 사람은 분석을 거들기까지 했다. 시장이 또 전화를 걸어왔다. 이제는 아무 말도 하지 않고 다만 물어뜯을 듯한 목소리로 퍼부어댈 뿐이었다.

"당신의 책임은 충분히……"

아무것도 발견되지 않았다. 그 대신 까페 주인이 갑자기 뛰어들어 와서 물었다.

"어떻게 했습니까, 개를?"

짚을 깔고 개를 눕혀놓았던 광이 텅 비어 있었다. 허리 부분을 붕대로 꽉 동여매어 놓았기 때문에 걷기는커녕 기어갈 수도 없는 그 개가 모습을 감춘 것이다. 컵에서는 아무 단서도 잡을 수 없었다.

엠마가 말했다.

"르 퐁므레 씨의 컵은 씻어버렸는지도 모르겠어요. 기억이 안 나요, 이렇게 법석을 떨고 있으니……"

르 퐁므레의 집주인도 접시며 식기를 절반이나 뜨거운 물로 씻어버린 뒤였다. 에르네스트 미슈는 얼굴이 흙빛이 되어 무엇보다도 누런 개가 없어진 데 대해 불안해 하고 있었다.

"틀림없이 안뜰로 들어왔을 겁니다. 해안 거리에서 들어오는 문이 있지요, 좀 막다른 골목처럼 되어 있긴 하지만 그 문을 잠가야 합니다, 경감님. 아니면…… 어쨌든 누가 들어와도 도무지 모르고 있으니까요. 게다가 그 큰 개를 안고 도망갔는데도 말입니다!"

그의 모습은 그야말로 까페 안을 떠날 용기가 없어, 모든 문에서 되도록 멀리 떨어져 있으려는 것 같았다.

카베르 곶의 사나이

아침 8시였다. 전날 밤 잠을 못 잔 메글레는 목욕을 하고 유리창 걸쇠에 걸어놓은 거울을 보며 수염을 다 깎고 난 참이었다. 어제에 비해 꽤 추운 날씨였다. 불투명한 빗발이 마치 진눈깨비같이 내렸다. 아래층에서는 한 특파원이 빠리에서 올 신문을 기다리고 있었다. 조금 전에 7시 반의 기차 기적 소리가 들렸었다. 얼마 안 있으면 센세이셔널한 기사가 실린 신문을 배달부가 가져올 것이다.

메글레의 방에서 내려다보이는 광장은 일주일에 한 번씩 서는 장으로 붐비고 있었다. 그러나 그 장도 여느 때처럼 활기있어 보이지 않았다. 사람들은 작은 목소리로 말을 주고받았다. 농부들은 여러 가지 이야기를 듣고 몹시 불안해 하는 것 같았다.

붕긋이 솟아오른 지면에 50개 가량의 노점을 벌이고 버터, 달걀, 야채, 밀빵, 비단 양말 등을 늘어놓았다. 오른쪽에는 그야말로 갖가지 모양의 이륜차들이 죽 늘어서 있고, 큰 레이스 장식을 단 흰 머릿수건의 가벼운 흐름이 그 자리의 모든 광경을 뒤덮고 있었다. 메글레가 무슨 일이 일어났다는 것을 알아차린 것은 시장 한 부분의 상태가 완전히 달라지며 사람들이 서로 엉켜붙듯 몰려서서 모두 같은 방향을 바라보기 시작한 것을 알았을 때였다. 창문이 닫혀 있었으므로 떠들고 있는 소리는 들리지 않았다. 아니, 뭔가 확실치 않은 소요 뿐, 알 수 없었다.

그는 저만큼 떨어진 곳을 바라보았다. 항구에서는 대여섯 명의 어부가 빈 바구니와 망을 작은 배에 싣고 있었다. 그런데 갑자기 사람들이 빙 둘러서는가 했더니 지방경찰관 두 사람이 수갑을 채운 한 사나이를 데리고 그 앞을 지나 시청 쪽으로 갔다. 한 경관은 수염이 없는 아주 젊은 사람으로 얼굴이 천진스러워보였다. 또 한 사람은 마호가니빛 수염이 더부룩하고 눈썹이 짙어서 무서운 인상이었다. 시장에서는 주고받던 말들이 딱 멎었다. 모두들 지나쳐가는 세 사나이를 바라보고 있었다. 죄인의 손목을 채운 수갑을 서로 손가락질하고 있었다. 하늘을 찌를 듯한 큰 사나이였다! 구부정하게 걸어갔으므로 어깨 넓이가 갑절이나 더 넓어보였다. 다리를 끌며 진흙 속을 걷고 있었는데, 마치 배를 끌 듯이 경찰관 두 사람을 끌고 가는 것이었다.

그는 낡은 양복을 입고 있었다. 모자를 쓰지 않은 머리에는 아주 짧은 갈색 머리가 짙게 나 있었다.

신문기자는 계단을 뛰어올라와 문을 흔들며 아직 자고 있는 카메라맨에게 소리쳤다.

"어이, 브노아! 브노아 일어나, 어서! 멋진 사진을 찍을 수 있어!"

기자 자신도 이 말이 그렇게 멋지게 적중할 줄은 생각지 못했을 것이다. 왜냐하면 메글레가 볼에 묻은 비누거품을 가까스로 닦아내고, 눈을 광장에서 떼지 않은 채 윗옷을 찾고 있는 동안 참으로 이상한 일이 일어났던 것이다. 군중은 경찰관과 체포된 사나이의 주위에 우르르 몰려들었다. 그러자 사나이는 오래 전부터 기회를 살피고 있었던 듯 갑자기 양쪽 손목을 맹렬히 흔들었다. 멀리 떨어져 있긴 했지만 메글레는 끊어진 쇠사슬 끝이 경찰관의 손에서 늘어져 있는 것을 보았다. 그 사나이는 군중을 향해서 돌진했다. 여자가 한 명 땅바닥에 뒹굴었다. 사람들은 도망치려고 허둥거렸다. 모두들 멍하니 서서 정신을 차리기도 전에 사나이는 제독 호텔에서 20미터쯤 떨어진 한 골목길로 뛰어들었다. 지난주 금요일에 우편함으로 총알이 튀어나왔던 빈 집 바로 그 옆이었다. 젊은 경관은 총을 쏘려다가 잠깐 망설이더니 권총을 든 채 달려갔는데, 그것이 아주 위태로워 보였으므로 메글레는 폭발 사고라도 일어나지 않을까 걱정이 되었다. 한 노점의 나무로 만든 차양이 도망치는 사람들에게 밀려 부서지고, 위에 친 포장이 버터덩어리 위로 떨어졌다. 젊은 경찰관은 용감하게도 혼자서 골목길로 뛰어들었다. 메글레는 현장의 지리를 알고 있었으므로 별로 서둘지 않고 옷을 갈아입었다. 사실 일이 이렇게 된 이상 도망친 자를 다시 찾아내는 것은 기적과도 다름없는 일이다. 폭이 2미터밖에 안 되는 그 좁은 길은 도중에 두 군데에서 직각으로 꺾였다. 해안 거리와 광장 앞에 있는 20채 가량의 집들에는 모두 이 골목길로 나가는 출입문이 있었다. 게다가 집마다 헛간이며 그물 도구와 선구상(船具商)의 창고, 통조림 보관소 등 불규칙한 건물이 밀집되어 있어서 그늘과 쑥 들어간 으슥한 곳이 많을 뿐 아니라 지붕 위에도 쉽게 올라갈 수 있으므로 사람을 뒤쫓아가 잡는다는 것은 거의 불가능한 일이었다.

군중들도 지금은 가까이 가려고 하지 않았다. 아까 떠밀려 쓰러졌던 여자는 화가 나서 얼굴을 새빨갛게 붉히고 사방을 향해 덮어놓고 주먹을 휘둘렀는데, 흘러내린 눈물이 그 턱 끝에 맺혀 흔들리고 있었다. 카메라맨이 잠옷 위에 트렌치코트를 걸친 채 맨발로 호텔에서 뛰어나갔다.

그리고 나서 반시간쯤 지난 뒤 시장이 나타났다. 헌병대장이 오고, 헌병들이 그 근처의 집을 수사하기 시작한 바로 뒤였다. 메글레가 젊은 경찰관과 함께 테이블에서 토스트를 먹고 있는 것을 보자 시의 최고 책임자인 시장은 부르르 몸을 떨며 분개했다.

"전에도 말했듯이 책임은 당신에게 있소! 그래도…… 그…… 그런데도 당신은 조금도 느끼는 바가 없는 모양이군! 나는 지금부터 내무부 장관에게 전보를 쳐서 모조리 보고하겠소, 어째…… 이런 일이! 그리고 장관에게 부탁하여…… 당신은 알고 있소, 집 밖에서 무슨 일이 일어나고 있는지? 사람들은 모두 집을 버리고 도망치고 있소. 반신불수의 노인이 3층에 누워서 움직일 수 없자 공포로 울부짖고 있소. 모두들 사방에 악당이 숨어 있다고 느끼고 있는 거요!"

메글레가 홱 돌아보자, 에르네스트 미슈의 모습이 눈에 들어왔다. 마치 겁에 질린 어린 아이 같은 모습으로 되도록 메글레 옆에 몸을 바짝 붙인 채, 그야말로 유령처럼 숨소리마저 죽이고 있었다.

"명심해야 할 일은 지방경찰이, 즉 한낱 경찰관이 그 자를 체포했다는 사실이오. 그런데 당신은……?"

"시장님은 아직도 내가 누군가를 체포하기를 바라고 계십니까?"

"무슨 말이오, 그게? 아까 도망친 사나이를 붙잡아보이겠다는 말이오?"

"시장님은 어제 아무라도 좋으니 체포하라고 하셨지요?"

신문기자들은 밖으로 나가 헌병대의 수사를 거들고 있었다. 까페 안은 거의 텅 빈 채 지저분한 느낌을 주었다. 아직 청소할 틈이 없었던 것이다. 차가워진 담배의 맵싸한 냄새가 목을 자극했다. 모두 꽁초와 가래와 톱밥과 컵 조각을 짓밟고 돌아다녔다.

"자아, 한말씀하십시오, 시장님. 그러면 나는……"

"아니, 대체 누구를 체포할 작정이오?"

"잠깐만, 엠마, 펜과 잉크를 가져오오."

메글레는 쉴새없이 담배 연기를 뿜어내었다. 들으라는 듯 시장이 중얼거렸다.

"공연한 엄포로군."

그러나 메글레는 전혀 기 죽은 기색도 없이 굵다랗게 글씨를 써넣었다.

'사브르 블랑 토지회사 지배인 에르네스트 미슈라는 사나이를⋯⋯'

비극적이라기보다 오히려 희극적인 한순간이었다. 시장은 반대 방향에서 그 글씨를 읽고 있었다. 메글레가 말했다.

"자, 보시다시피 이렇습니다! 원하시는 대로 박사를 체포하기로 하겠습니다."

당사자인 미슈 박사는 농담을 듣고 어떻게 대답해야 좋을지 몰라 난처해 하는 사람처럼 모두들의 얼굴을 돌아보며 어색한 미소를 띠고 있었다. 그러나 메글레가 뚫어지게 들여다본 것은 엠마의 모습이었다. 카운터 쪽으로 걸어가던 엠마가 그때 갑자기 홱 돌아섰는데, 안색은 전보다 더 나빠진 것 같지 않고 깜짝 놀랐지만 기쁜 마음을 참을 수 없는 듯한 눈치였다.

"물론 충분히 알고 있겠지요? 이것은 중대한⋯⋯"

"직업상 잘 알고 있습니다, 시장님."

"그런데도 이제 무슨 짓을 하려나 했더니 고작 나의 친구 한 사람을 체포하는 일밖에 생각해 내지 못했단 말이오? 친구라기보다 오히려 동료라고 하는 게 좋겠군. 어쨌든 콩카르노의 명사 가운데 한 사람으로, 이 인물에 대해서는⋯⋯"

"어디 설비가 좋은 감방이 있습니까?"

미슈는 그동안 열심히 군침삼키는 일에만 정신을 빼앗기고 있는 것 같았다.

"시청 안에 있는 파출소 외에 헌병대가 있을 뿐이오, 옛 거리 쪽에 ……."

마침 르로아 형사가 돌아왔다. 아직도 숨을 헐떡이고 있는 젊은 형사를 향해 메글레는 아주 자연스러운 목소리로 말했다.

"여보게, 부탁하네, 르로아 ! 미안하지만 박사를 헌병대로 데리고 가주게. 눈에 띄지 않도록 해야 하네. 수갑은 채우지 않아도 좋아. 감방에다 넣고, 무엇이든 불편한 점이 없도록 신경 써 주게."

"아니, 돌았소 ?"

박사가 더듬거리며 말했다.

"도무지 까닭을 모르겠군. 나…… 나는…… 이건 정말 말도 안 되는 소리요 ! 말도 안 되는 소리요 !"

"글쎄, 어쩔 수 없는 일이오 !"

메글레는 내뱉듯이 말하고 시장 쪽으로 돌아섰다.

"그 부랑자의 수사를 계속하는 일에 대해서는 나도 별로 반대하지 않습니다. 모든 사람들의 기분전환이 될 테니까요, 어쩌면 오히려 유익한 일일지도 모릅니다. 그러나 그 자를 붙잡는 일을 너무 중요시하지 않는 것이 좋을 겁니다. 어쨌든 민심은 가라앉혀야 하겠지만요."

"오늘 아침 그 자가 체포되었을 때 커다란 접는 칼을 가지고 있었다는 건 당신은 알고 있소 ?"

"뭐, 있을 수 있는 일이지요."

메글레는 조금 초조해졌다. 갑자기 일어서서 비로드 깃이 달린 무거운 외투를 걸치자 그 소매로 중산모의 먼지를 털었다.

"그럼, 또 뵙겠습니다, 시장님. 어쨌든 보고를 게을리하지 않도록 하겠습니다. 그리고 또 한 가지 말씀드리고 싶은 일이 있는데, 신문기자들에게 너무 쓸데없는 이야기를 하지 말아야 합니다. 사실이 사건에는 그렇게 떠들어댈 만한 점이 거의 없다고 해도 과언이 아니니까요, 여보게, 자네 가겠나?"

마지막 말은 그 젊은 경찰관에게 한 것인데, 그 경찰관은 흘끗 시장을 바라보며 마치 이렇게 말하고 싶은 듯한 눈초리를 보였다——나쁘게 생각지 마십시오, 어쨌든 나로서는 이 사람을 따라갈 수밖에 없습니다.

르로아 형사는 성가신 짐을 맡아서 기가 막힌다는 듯이 미슈 박사 주위를 왔다갔다하고 있었다. 메글레는 엠마 옆을 지나치며 그녀의 볼을 살짝 찌르더니 사람들의 호기심 같은 것은 도무지 개의치 않는 모습으로 광장을 건너갔다.

"이리로 해서 가는 건가?"

메글레는 옆의 경찰관에게 물었다.

"그렇습니다. 정박 구역 쪽을 죽 돌아서 가야 합니다. 반시간은 걸립니다."

어부들은 제독 호텔 까페를 중심으로 일어나고 있는 극적인 사건에 대해 시내 사람만큼 떠들지 않는지 10척 가량의 작은 배들이 파도가 조금 잠든 틈을 타서 그때까지 바람을 피해 있던 항구에서 어귀 쪽으로 이동해 가고 있었다. 경찰관은 선생의 마음에 들려고 애쓰는 초등학생 같은 눈초리로 흘끗흘끗 메글레의 얼굴을 쳐다보았다.

"어쨌든 시장님과 박사는 적어도 일주일에 두 번은 같이 카드 놀이를 했으니까요, 이번 일은 시장님에게 충격을 주었을 겁니다."

"이 고장 사람들은 뭐라고 하던가?"

"사람에 따라 다르지요, 하층 사람들과 노동자와 어부들은 그다지 떠들지 않습니다. 떠들기는커녕 오히려 이런 일이 일어난 것을 기뻐하고 있다고 해도 지나친 말이 아닙니다. 박사도 그렇고, 르 퐁므레 씨도 세르비에르 씨도 그다지 평판이 좋은 편은 아니었으니까요. 그야 훌륭한 사람들임에 틀림없습니다. 분명 아무도 그 사람들에게 말 한 마디 할 수 없었습니다. 하지만 그 사람들도 좀 너무했어요. 공장 여자들을 모조리 유혹했으니까요. 여름철이 되어 빠리의 친구들이 오게 되면 더했지요. 술을 계속 마시고는 밤 2시쯤 되었는데도 한길가에서 떠들어대곤 했지요. 마치 이 거리가 자기들 것처럼 말입니다. 우리들한테도 불평을 호소해 오는 일이 있었습니다. 특히 르 퐁므레 씨는 치마를 두른 사람만 보면 쫓아다니는 형편이었으니까요. 정말 지저분한 이야기지요? 어쨌든 공장이 제대로 가동되지 않아서 휴업할 때가 많으니까…… 돈만 주면…… 그런 여자애들은……."

"그러면 누가 떠들고 있는 건가?"

"다른 사람들입니다. 중류 이상의 사람들이지요. 그리고 제독 호텔 까페 그룹과 관계가 있는 상인들입니다. 그 까페는 이 시의 중심지와 다름이 없거든요. 시장도 그곳에 오니까요."

경찰관은 메글레가 열심히 들어주자 신바람이 나는 듯했다.

"여기는 어딘가?"

"시내를 막 벗어난 곳입니다. 여기서부터는 해안에 거의 인가가 없지요. 바위와 왜전나무숲과 빠리 사람들이 여름에만 찾아오는 별장이 대여섯 채 있을 뿐입니다. 즉 이 근처는 카베르 곳이라고 하는데……"

"왜 이쪽 방면을 찾아볼 생각이 들었지?"

"경감님이 누런 개의 주인일지도 모르는 부랑자를 찾아보라고 하셨기에 동료와 함께 제일 먼저 항구 안쪽에 있는 낡은 배 안을 수색해 보았습니다. 거기서 가끔 부랑자들이 눈에 띄는 일이 있거든요, 작년에도 커터(돛대가 하나뿐인 빠른 배)가 한 척 타버렸지요, 집 없는 떠돌이들이 모닥불을 피우고 불을 쬐고는 불을 끄지 않았던 겁니다."

"그런데 아무것도 발견하지 못했단 말이지."

"네, 아무것도……. 그때 동료가 문득 카베르 곶에 있는 옛 초소를 생각해 냈습니다. 이제 다 왔습니다만. 보십시오, 저기 툭 튀어나온 바위에 세워진 돌로 만든 네모반듯한 건물이 보이지요? 옛 거리의 성벽이 생겼을 때와 같은 시대에 만들어진 것입니다. 이 길로 들어갑니다. 조심하십시오, 오물 같은 게 있으니까요, 벌써 상당히 오래 전 일이지만 이곳에 문지기가 살고 있었습니다. 즉 야간 경비원 같은 것으로, 배가 드나드는 것을 알려주는 것이 그의 일이었지요. 여기서는 상당히 먼 곳까지 보이니까요, 글레낭 뱃길도 한눈에 볼 수 있습니다.

거기가 이 만(灣)으로 들어가는 유일한 통로입니다. 그러나 이 초소를 사용하지 않은 지 아마 50년쯤 되었을 것입니다."

메글레는 문짝이 없어진 출입구를 지나서 어떤 방으로 들어갔다. 흙바닥이었다. 바다 쪽을 향해 폭이 좁은 총구멍이 설치되어 있고, 그곳으로 바다도 내다볼 수 있었다. 반대쪽에 유리도 격자도 없는 창문이 하나 열려 있었다. 그리고 돌벽에는 칼 끝으로 판 문자, 바닥에는 더러운 휴지 조각들이며 수없이 많은 쓰레기들이 널려 있었다.

"이런 곳입니다. 거의 15년 동안이나 어떤 사나이가 혼자 이곳에 살고 있었던 겁니다. 조금 모자란 듯했고 세상을 싫어하는 산사나이라고나 할까요? 그야말로 추운 것도 모르고, 습기찬 것도 개의치 않고, 비바람이 칠 때면 총구멍으로 큰 파도가 밀려드는 것도 아랑곳없이 이곳에서 살았던 겁니다. 그래서 어느 정도 명물이 되었지요. 여름철이 되면 빠리에서 온 사람들이 구경하러 왔다가 동전을 던져주곤 했습니다. 그러다가 어떤 엽서 장사꾼이 그 사나이를 사진으로 찍어야겠다는데 착안하여 사진을 이곳 입구에서 팔기 시작했습니다. 그러나 그 사나이도 마침내 전쟁 중에 죽어버렸습니다. 그 뒤 아무도 이곳을 청소하려는 사람이 없었지요. 어제 나는 문득 이 고장에 누군가 숨어 있다면 아마 여기가 아닐까 생각했었습니다."

메글레는 벽면을 그대로 도려내어 만든 좁은 돌계단을 올라가 전망실로 나갔다. 방이라기보다 그냥 화강암의 탑이었다. 벽이 없어 사방을 내다볼 수가 있었다.

"여기가 전망대였습니다. 등대가 생기기 전까지는 이 노대(露臺)에 불을 켜놓았었지요. 나는 오늘 아침 일찍 동료와 함께 이곳을 찾아왔었습니다. 발소리를 죽이며 들어와보니 저 아래 옛날 그 바보가 누워 있던 바로 그 자리에 한 사나이가 코를 골며 자고 있지 않겠습니까! 어마어마하게 큰 사나이였습니다. 15미터 밖에서도 숨소리가 들릴 정도로요. 그래서 우리는 그 사람이 깨기 전에 감쪽같이 수갑을 채웠지요."

두 사람은 다시 아까 그 네모반듯한 방으로 내려갔다. 불어대는 바람 때문에 방 안은 얼어붙을 듯이 추웠다.

"그가 반항하던가?"

"허우적거리지도 않았습니다. 동료가 신분증을 보이라고 했으나 대답도 하지 않았지요. 경감님은 그 사람을 보시지 못했지만, 우리 둘이서도 도저히 당해낼 수가 없었습니다. 그래서 나는 줄곧 권총을 쥐고 있었지요. 그의 손은…… 경감님 손도 꽤 큰 것 같군요…… 그런데 그의 손은 그 갑절이나 될 정도였습니다. 게다가 문신까지 했더군요."

"그 문신이 어떤 것이었는지 보았나?"

"왼손에 닻이 하나 새겨져 있는 것을 보았을 뿐입니다. 그리고 양쪽에 'S S'라는 글씨가 있더군요. 그리고 뭔가 복잡한 무늬가 새겨져 있었습니다. 뱀의 그림이었는지도 모릅니다. 우리는 바닥에 흩어져 있던 것에는 손대지 않았습니다. 자, 보십시오!"

거기에는 온갖 것이 다 있었다. 고급 포도주와 고급 음료수 병, 빈 통조림통, 그리고 아직 손도 대지 않은 통조림이 20개쯤 되었다. 그뿐만이 아니었다. 방 한가운데서 불을 피운 자국과 재, 그리고 바로 그 옆에 뼈만 남은 구운 양고기, 빵조각, 생선뼈, 가리비 조개껍질이 하나, 왕새우의 집게발.

"대단한 진수성찬을 먹었구먼!"

이런 성찬을 한 번도 먹어본 일이 없을 젊은 경찰관이 눈을 가늘게 뜨고 말했다.

"이제야 겨우 알았습니다. 요즈음 곧잘 호소해 오는 일이 있었는데 우리는 그다지 관심을 두지 않았었습니다. 어쨌든 그다지 중대한 사건도 아니어서요, 빵집에서 여섯 근짜리 빵을 도난당했다느니, 어선에서 대구가 한 바구니 없어졌다느니, 플뤼니에의 물품창고 주임이 밤중에 왕새우를 도둑맞았다느니 하는 신고들이 있었지요."

메글레는 머릿속으로 다른 계산을 하고 있었다. 식욕이 왕성한 사나이라면 대체 며칠 동안에 이만한 것을 다 먹어치울 수 있을까 계산해 보고 있었던 것이다.

"일주일일까?"

그는 중얼거렸다.

"그쯤이겠지…… 양고기도 계산에 넣어서…….."

그는 느닷없이 물었다.

"그래, 개는?"

"그겁니다 ! 아무리 찾아도 없습니다. 땅에는 발자국이 뚜렷이 나 있는데, 개를 찾아낼 수가 없었습니다. 그런데 시장은 아마도 몹시 애를 태우고 있을 겁니다, 미슈 박사의 일이 있기 때문에……. 빠리에 전보를 치지 않았다면 이상할 정도지요. 아까도 그렇게 말하고 있었습니다만……. "

"그 사나이는 뭔가 흉기를 가지고 있던가 ? "

"아니오, 내가 주머니를 뒤져보았습니다. 동료 삐에보프가 그동안 수갑을 잡고 한 손으로는 권총을 들이대고 있었는데, 바지 한쪽 주머니에 군밤이 들어 있었습니다. 너댓 개 있었습니다. 노점에서 파는 거였지요, 토요일이나 일요일 밤 영화관 앞에서 파는 것 같은. 그리고 10프랑도 안 될 만큼 적었지만 잔돈이 몇 닢 있었습니다. 칼도 하나 있었지요. 그러나 그리 무서운 칼은 아니었습니다. 뱃사람들이 빵을 자르는 데 쓰는 것 같은 칼이었습니다. "

"그는 한 마디도 입을 열지 않았나 ? "

"네, 한 마디도……. 그래서 동료와 나는 전에 살던 사나이와 다름없이 좀 모자라는 게 아닌가 생각했을 정도입니다. 마치 산에서 금방 내려온 모습으로 우리 얼굴을 보고 있었습니다. 수염은 일주일이나 깎지 않은 것 같았고, 앞니 두 개가 부러져 있었습니다. "

"옷차림은 ? "

"글쎄요, 확실히 기억할 수는 없지만…… 어쨌든 헌옷을 입고 그 밑에 와이셔츠를 입었는지 스웨터를 입었는지 잘 생각이 나지 않는군요. 아무튼 그는 순순히 우리를 따라왔습니다. 우리는 그를 잡아서 우쭐해졌습니다. 그는 도망치려고 했다면 시내까지 가는 동안에 열 번도 더 도망칠 수 있었을 겁니다. 그래서 우리 쪽에서 완전히 마음을 놓아버리자 갑자기 단번에 수갑줄을 끊어버린 것입니다. 나는 오른쪽 손목이 끊어져나가는 줄 알았습니다. 아직도 이렇게 자국이 남아 있지요. 그런데 미슈 박사의 일 말입니다만……"

"무슨 일인데?"

"그의 어머니가 오늘이나 내일 올 겁니다. 대의원의 미망인이지요. 상당한 세력가라는 소문입니다. 게다가 시장 부인과도 친하고요."

메글레는 총구멍 사이로 잿빛 바다를 바라보았다. 작은 돛단배가 몇 척 카베르 곶과 밀려오는 파도의 물보라로 알 수 있는 암초 사이를 교묘히 누비며 빙그르 뱃머리를 바꾸는가 했더니, 거기서 1마일도 안 되는 곳에 그물을 내려놓았다.

"경감님은 정말 그렇게 생각하고 계십니까? 그러니까 그 박사가……"

"그만 가세."

메글레는 말했다. 바다는 밀물 시간이었다. 두 사람이 밖으로 나왔을 때는 파도가 전망대를 씻어내고 있었다. 한 소년이 백 미터쯤 떨어진 움푹한 곳에 장치해 놓은 새우 어살을 찾으며 이 바위에서 저 바위로 옮겨가고 있었다. 젊은 경찰관은 아직도 입을 다물 생각이 없는 모양이었다.

"무엇보다고 괴상한 것은 모스태강 씨가 저격당했다는 사실입니다. 어쨌든 콩카르노에서 가장 훌륭한 사람이니까요. 시의 상임위원으로 추천하려고까지 했었지요. 그럭저럭 목숨을 건진 모양인데 탄환은 빼내지 못했나 봅니다. 덕분에 일생 동안 뱃속에 납덩어리를 넣고 다녀야 하겠지요. 정말이지 그때 담배에 불을 붙이려고만 하지 않았어도……."

두 사람은 정박 구역 둘레를 돌지 않고 해협 어귀와 옛 거리 사이를 왔다갔다하는 나룻배로 항구를 건넜다. 어젯밤 젊은이들이 개에게 돌을 던지던 장소로부터 얼마 떨어지지 않은 곳에서 어떤 담과 웅장한 문을 발견하고 메글레는 '국가 경찰 헌병대'라는 글씨가 씌어진 깃

발이 펄럭이고 있는 문 쪽으로 향했다.

메글레는 안뜰을 가로질러 콜베르(17세기 말 루이 14세 시대의 유명한 재상) 시대에 세워진 건물로 다가갔다. 사무실에서 르로아 형사가 헌병대장과 말다툼을 하고 있었다.

"미슈 박사는?"

메글레가 물었다.

"지금 그 일로 교섭하고 있는 중입니다, 경감님. 대장은 밖에서 식사를 들여오게 할 수 없다는 겁니다."

"꼭 그렇게 해야 한다면 당신 책임 아래 해주시오!"

대장은 메글레를 쳐다보며 말했다.

"그 경우 나의 책임이 되지 않도록 당신이 손을 써주었으면 합니다."

안뜰은 수도원처럼 조용했다. 분수의 물이 기분좋은 소리를 내며 흐르고 있었다.

"어디에 있나, 박사는?"

"저쪽 오른편입니다. 우선 그 문으로 들어가서 복도 바로 두 번째 문입니다. 뭣하면 방까지 안내해 드릴까요? 시장님한테서 아까 전화가 걸려왔었는데, 감방 안에서 되도록 정중히 대우하라고 하더군요."

메글레는 턱을 쓰다듬어보였다. 르로아 형사와 경찰관은 거의 같은 나이였으며, 둘 다 호기심에 찬 겁먹은 눈으로 메글레의 얼굴을 바라보고 있었다.

그리고 나서 얼마 안 되어 메글레는 혼자 감방으로 들어갔다. 벽은 석회로 희게 칠해져 있었다. 병영의 실내와 비교해 볼 때 그다지 음침해 보이지는 않았다. 백송으로 된 작은 테이블 앞에 앉아 있던 미슈는 메글레가 들어가자 일어섰다.

"당신이 이런 연극을 한 것은 새로운 사건이 일어나는 것을 막기 위해서였겠지요? 이렇게 나를 숨겨둠으로써 미리 습격을 피하도록……?"

메글레는 박사가 멜빵이며 머플러며 구두끈 같은 것도 규정을 어기고 전혀 압수당하지 않았음을 알아차렸다. 발 끝으로 의자를 끌어당겨 걸터앉자 메글레는 파이프에 담배를 넣으며 아주 호인다운 어조로 불쑥 말했다.

"아무려면 어떻습니까? 어쨌든 앉으십시오, 미슈 박사!"

겁쟁이 남자

"당신은 미신적인 일에 신경을 쓰는 편입니까, 경감님?"

의자에 걸터앉아 그 등받이에 양쪽 팔꿈치를 짚고 있던 메글레는 입을 조금 내밀고 짐작하기 힘든 표정을 지어보였다. 미슈는 아까부터 선 채였다.

"내가 생각하기에 사실 우리는 누구나 다 어떤 때에는 미신에 사로 잡히게 되는 것 같습니다. 자기가 쫓기고 있는 경우라고 바꿔 말해도 좋겠지요……."

미슈 박사는 기침을 하면서 손수건을 입에 대더니 그것을 불안스러운 눈초리로 바라보았다.

"일주일 전이라면 나도 점 같은 것은 믿지 않는다고 분명히 대답할 수 있었을 겁니다.

그런데 지금부터 벌써 5년 전의 일입니다만, 친구들 대여섯 명이 빠리의 어느 여배우 집에서 파티를 연 일이 있었습니다. 식사가 끝나고 커피를 마시게 되었을 때 누군가가 트럼프 점을 쳐보자고 했습니다. 그때 나에게 어떤 점괘가 나왔는지 아십니까? 물론 그때는 나도 웃어넘겼지요. 그 점괘가 글쎄 '상대는 금발의 부인'이라느니 '나이많은 사람이 호의를 갖게 된다'느니, '먼 곳에서 소식이 온다'느니 하는 흔해빠진 말과는 너무도 다른 엉뚱한 내용이었기 때문에 한바탕 웃었던 일이 있습니다. 나에게 나왔던 점괘는 이런 것이었습니다——당신은 무서운 죽음을 당한다. 변사. 누런 개를 조심하라……."

에르네스트 미슈는 그때까지 한 번도 메글레 쪽을 쳐다보지 않았는데, 이때 잠깐 경감의 얼굴에 시선을 쏟았다. 메글레의 표정은 태연했다. 조그만 의자에 털썩 주저앉은 큰 몸은 그야말로 태연자약하여 태산과도 같았다.

"정말 이상한 이야기라고 생각지 않습니까? 그리고 몇 년 동안 그런 개의 이야기는 한번도 나온 일이 없었습니다. 그런데 금요일에 사건이 일어나고…… 친구 한 사람이 그로 인해 총을 맞았습니다. 나도 결국 그 사람처럼 그곳 현관 앞으로 바람을 피하러 들어갔을지도 모르고, 또 한 방 맞았을지도 모릅니다. 더욱이 그 자리에 불쑥 누런 개가 나타났단 말입니다! 그리고 또 한 사람의 친구가 정말 이상한 상황에서 행방불명이 되었습니다. 더욱이 그 개는 여전히 돌아다니고 있습니다. 어제는 또 한 친구 르 퐁므레 씨의 차례였습니다. 그렇습니다, 언젠가 점괘에서 나왔던 그 개가 분명합니다! 이래도 내가 놀라지 않을 수 있겠습니까?"

박사가 이렇게 긴 이야기를 단숨에 지껄인 것은 전에 없던 일이었으나, 이야기를 해 나감에 따라 차츰 침착성을 되찾고 있었다. 거기에 대한 위안의 말로 메글레는 다만 중얼거리듯 말했을 뿐이었다.

"그렇겠지요, 그건……"

"정말 머리가 돌 것 같은 이야기지요? 틀림없이 나를 겁쟁이로 보실 것입니다. 그건 나도 잘 알고 있습니다. 그렇지만 사실 나는 무서워하고 있습니다. 막연한 공포입니다만 맨 처음 사건이 일어났을 때부터 벌써 목이 죄는 듯한 느낌이 들었고, 특히 누런 그 개의 이야기가 나왔을 때는 그야말로 소름이 끼쳤습니다."

미슈 박사는 눈길을 바닥에 떨군 채 감방 안을 불안하게 왔다갔다 했다. 얼굴빛이 활기를 띠기 시작했다.

"나는 나 스스로 당신의 보호를 청해 볼까 하는 생각도 해 보았습니다. 그러나 당신에게 웃음거리가 될 것 같아서……, 또 더 이상 당신에게 경멸받는 것이 무서웠습니다. 어쨌든 강한 인간은 겁많은 사람들을 경멸하는 법이니까요."

박사의 목소리는 긴장되어 갔다.

"솔직히 말씀드리겠습니다만 나는 정말 겁쟁이입니다. 어쨌든 요 나흘 동안 계속 겁에 질려 있었으며, 공포로 괴로워하는 형편이었으니까요. 그러나 이것은 내 잘못이 아닙니다. 나는 의학 공부를 했으므로 나의 증세를 정확히 이해할 수 있습니다. 태어나자마자 나는 인공 보육기에 넣어져야 했습니다. 어렸을 때는 소아과 병이라는 병은 모조리 도맡아 앓았습니다. 그리고 전쟁이 터지자 하루에 5백 명의 신체검사를 하고 있던 의사들이 나에게 병역을 치를 수 있다고 선고하여 전쟁터로 끌려가게 되었습니다. 그러나 나는 폐가 약하여 옛날에 앓았던 자국이 남아 있었을 뿐만 아니라 2년 전에는 한쪽 신장을 도려냈었습니다. 나는 완전히 겁에 질리고 말았지요. 걱정이 되어 미칠 것만 같았습니다. 그러던 어느 날 폭탄이 디지자 그 충격으로 구덩이에 묻혀 있는 것을 한 위생병이 구해 주었습니다. 그제야 나는 군대에 적합하지 않다는 것을 인정받게 되었습니다. 이런 이야기는 그다지 대수로운 게 아닐는지도 모릅니다. 그러나 나는 당신의 인품을 알고 있습니다. 당신은 다른 사람의 기분을 이해할 수 있는 사람인 것 같습니다. 강한 사람은 겁많은 자를 경멸하기 쉬운 법입니다. 그러나 그렇게 겁쟁이가 된 근본 원인을 알려고 애쓰는 마음쯤은 가지고 있어도 좋겠지요. 이를테면 당신이 제독 호텔의 까페에 모이는 나의 동료들을 차가운 눈으로 보고 있다는 것을 나도 알고 있습니다. 당신은 나에 대해서 여러 가지 말을 들었을 겁니다. 토지 매매를 하고 있다든가, 옛 대의원 의 아들이라든가, 의학박사라든가, 그리고 까페 테이블에서 실력자 들과 함께 매일 밤 진을 치고 있다든가……. 그러나 대체 내가 달 리 어떤 생활을 할 수 있었겠습니까? 우리는 굉장히 화려한 생활 을 하고 있었지만 부자는 아니었습니다. 빠리에서는 그다지 이상한 일도 아닙니다만, 나는 사치 속에 파묻혀서 자랐습니다. 유명하다 는 온천마다 찾아다니고…… 그러다가 아버지가 돌아가시고, 어머 니는 조금씩 주식에 손을 대기도 하고 수상한 사업을 벌이기도 했 습니다. 그리고 여전히 옛날과 다름없이 귀부인 행세를 하며 거만 하게 버티고 있지만, 실은 빚쟁이에게 쫓기고 있습니다. 나는 어머 니를 도와드렸을 뿐입니다! 그것이 내가 할 수 있는 최대한의 효 도였습니다. 그 토지 분양 사업도…… 그다지 떼돈을 버는 일은 아 닙니다. 그리고 이 고장의 생활이라는 것이…… 그야 명사 친구들 이 있긴 하지만 어딘지 미덥지 못해서……. 오늘로 벌써 당신은 사 흘 동안 나를 관찰해 왔고, 나는 당신에게 마음을 터놓고 이야기하 려고 했었습니다. 나는 한 번 결혼했습니다. 아내가 이혼해 달라고 하더군요. 나보다 야심있고 활동적인 사나이를 원했기 때문이고 나 에게 한쪽 신장이 없기 때문이지요. 일주일에 3, 4일은 마치 병자 처럼 침대에서 안락의자까지 가는데도 지친 몸을 끌고 기어가야 하 는 형편이었으니까요……. "

박사는 기운이 빠진 듯 의자에 주저앉았다.

"엠마는 틀림없이 나와의 관계를 당신에게 지껄였을 겁니다. 뭐 그런 아이를 데리고 그랬냐고 생각하시겠지만 때로는 역시 여자가 그리워지더군요. 이런 것은 아무에게나 쉽게 이야기할 수 있는 성질이 아니므로……. 제독 호텔의 까페에 그대로 있었다면 나는 미쳐 버렸을지도 모릅니다. 그 개, 세르비에르 씨의 행방불명, 자동차 안에 남은 핏자국, 그리고 무엇보다도 르 퐁므레 씨의 처참한 죽음……. 어째서 그 사람이 당했을까요? 왜 내가 당하지 않았을까요? 우리 두 사람은 두 시간 전까지 같이 있었고, 같은 테이블에서 같은 술을 마셨습니다. 따라서 만일 내가 이 가게에서 나가면 이번에야말로 내 차례라는 예감이 들었던 것입니다. 그리고 나는 주위의 고리쇠가 차츰 죄어들어 비록 호텔 안에 있다 해도, 아니 내 방 안에 있다 해도 위험이 밀어닥칠 것만 같았습니다. 당신이 나의 체포 영장에 서명하시는 것을 보았을 때, 나는 너무나 기뻐 나도 모르게 몸을 부르르 떨었습니다. 그러나 그래도 아직……."

박사는 둘레의 벽과 쇠창살이 세 개 박혀 있는 안뜰로 난 창문을 둘러보았다.

"이 침대는 장소를 바꾸어 이쪽 구석으로 붙여놓는 게 좋을 것 같군요. 어떻게 5년 전에 누런 개에 대해서 나에게 예언할 수 있었을까요? 그 무렵 그 개는 아마 태어나지도 않았을 텐데요. 나는 무서워서 견딜 수가 없습니다, 경감님! 이제 솔직히 말씀드리겠습니다. 큰 목소리로 말씀드리겠습니다. 나는 무서워서 견딜 수가 없습니다! 내가 감방에 들어갔다는 말을 듣고 사람들이 어떻게 생각할까 하는 것은 아무래도 좋습니다. 다만 딱 질색인 것은 죽는 일입니다. 그런데 누군가가 나를 노리고 있습니다. 누구인지 내가 모르는 사람입니다. 그는 이미 르 퐁므레 씨를 죽였고, 아마 세르비에르 씨도 죽였을 것이고, 그리고 모스태강 씨를 쏘았습니다. 대체 왜 그럴까요? 그 까닭을 말해주십시오! 무엇 때문일까요? 아마 누구인지 미치광이일 겁니다. 그러나 이쪽에선 아직도 그를 잡을 수가 없습니다. 그는 고삐풀린 망아지처럼 멋대로 날뛰고 있습니다. 아마 우리의 주위를 돌아다니고 있을지도 모릅니다. 내가 여기 있다는 것을 다 알고 있을 겁니다! 틀림없이 찾아올 겁니다. 마치 사람과 같은 눈초리로 쳐다보는 그 무서운 개를 끌고서……. "

메글레는 천천히 일어서서 파이프의 재를 구두 뒤축에다 톡톡 두드렸다. 미슈 박사는 가엾은 목소리로 아까와 똑같은 말을 되풀이했다.

"그야 물론 당신이 보기엔 내가 굉장히 겁쟁이로 생각되겠지요. 그러나 나는 이미 확실히 알고 있습니다. 오늘 밤에는 신장이 아파서 그야말로 지옥에 떨어진 사람처럼 괴로워할 겁니다."

메글레는 마치 감옥에 갇힌 이 사나이의 고뇌와 흥분과 병을 상대로 맞서싸우는 사람처럼, 그의 가슴을 조여오는 건강치 못한 겁을 상대로 맞서싸우는 사람처럼 그곳에 버티고 서 있었다.

"어떻습니까, 의사를 보내드릴까요?"

"천만에요! 누가 온다고 생각하면 나는 그야말로 지금보다 더 겁을 먹게 될 겁니다. 그렇게 되면 틀림없이 그가 찾아올 것 같은 생각이 들 겁니다. 그 개를 끌고다니는 미치광이 살인자가……. "

박사는 이가 딱딱 마주칠 정도로 떨었다.

"어떻습니까, 그를 체포할 수 있을 것 같습니까? 아니면 미친개처럼 죽여버릴 건가요? 하지만 그것이야말로 미친개나 다름없지 뭡니까! 그렇게 무턱대고 사람을 죽일 수는 없을 텐데……, 까닭도 없이……. "

이 상태로 3분만 더 있다가는 신경 발작을 일으킬 것만 같았다. 메글레는 그만 돌아가는 것이 좋다고 생각했다. 한편 감방 안에 남은 미슈 박사는 목을 움츠리고 눈꺼풀을 붉힌 채 물끄러미 메글레의 모습을 지켜보고 있었다.

"알았나, 반장? 저 감방에는 자네 외에는 아무도 들어가지 못하도록 하게. 식사도 자네가 직접 날라다주고, 필요한 것을 요구하거든 모두 자네가 직접 가지고 가야 하네. 그리고 자살 도구로 쓰일 만한 것을 하나도 남겨두어선 안 돼. 구두끈도 넥타이도 모두 압수하게. 또한 안뜰을 밤낮으로 철저히 감시하게! 어쨌든 정중하게, 아주 정중하게 대해야 하네."

"그렇게 훌륭한 분이……"

헌병 반장은 한숨을 쉬었다.

"경감님은 정말 그렇게 생각하고 계십니까? 그분이 정말……?"

"다음으로 노리는 대상일걸세. 틀림없이 자네는 책임지고 그의 목숨을 지켜줘야 하네."

그 뒤 메글레는 물구덩이 때문에 골치를 앓으며 좁은 거리를 줄곧 걸어갔다. 이제 이곳 사람들은 모두 메글레를 알고 있었다. 그가 지나가자 집집마다 커튼이 흔들렸다. 아이들은 놀다 말고 두려워하는 눈길로 그를 바라보았다. 옛 거리와 새 거리를 잇는 개폐교를 건너간 곳에서 그는 자기를 찾고 있는 르로아 형사를 만났다.

"무슨 일이 있었나? 설마 그 곰을 붙잡은 것은 아니겠지?"

"곰이라니요?"

"발이 큰 그 사나이 말일세."

"아닙니다. 그렇지 않습니다. 그 일에 대해서는 시장이 수사를 중지하라는 명령을 내렸습니다. 시민의 감정을 자극한다는 겁니다. 여기저기 헌병을 너덧 명 배치해 놓았습니다. 그 보다도 다른 일로 드릴 말씀이 있습니다. 실은 그 신문기자인 고와이야르, 즉 장 세르비에르에 대한 것입니다. 장삿일로 온 사나이 가운데 그를 알고 있는 사나이가 아까 도착했는데, 그 사람이 어제 브레스트에서 세르비에르를 보았답니다. 세르비에르 쪽에서 모르는 척하며 얼굴을 돌리더랍니다!"

르로아는 이 소식을 듣고도 태연한 메글레의 태도에 놀랐다.

"시장은 그 사람이 잘못 본 것이라고 말했지요, 키가 작고 뚱뚱한 사람은 사방에 얼마든지 있다고 말입니다. 그리고 부시장이 뭐라고 했는지 아시겠습니까? 작은 소리였지만, 아마 나보고 들으라는 듯이 말한 것일 겁니다. 그대로 옮겨서 전해 드리지요——틀림없이 메글레 경감은 이 잘못된 정보를 듣고 허겁지겁 정신없이 브레스트로 달려갈 거요, 살인 진범은 이쪽에 내맡겨두고!"

메글레는 말없이 스무 발자국쯤 발길을 옮겼다. 광장에서는 시에서 쳐놓은 임시 막사를 철거하고 있었다.

"나도 한 마디 해주려다가……"

"뭐라고 말인가?"

르로아는 얼굴이 빨개져서 외면했다.

"글쎄, 뭐라고 하면 좋을까요? 제가 보기에 경감님은 그 부랑자의 체포를 그다지 중요시하는 것 같지 않으므로……"

"모스태강의 상태는 어떤가?"

"꽤 좋아진 것 같습니다. 자기도 어떻게 총을 맞았는지 전혀 짐작이 안 간다고 하더군요, 부인에게 잘못했다고 사과하고 있었지요, 그렇게 늦게까지 까페에 있어서 미안하다나요! 정신도 제대로 못 차릴 만큼 취해서 미안하다고 말입니다. 앞으로 술이라면 한 방울도 입에 대지 않겠다고 울면서 맹세하더군요."

메글레는 제독 호텔로부터 50미터쯤 되는 곳에서 항구를 정면으로 바라보며 발걸음을 멈춰섰다. 마침 어부들의 배가 돌아오는 참이었으므로 갈색 돛을 내리고 방파제를 따라 돌면서 천천히 노를 저어 가까이 다가왔다. 썰물이어서 옛 거리 성벽 밑으로 진흙바닥이 나타나기 시작했다. 그 진흙에 묻힌 냄비며 여러 가지 잡동사니들이 드러나보였다. 하늘을 덮은 구름 뒤로 둔한 태양 빛을 느낄 수 있었다.

"자네 생각은 어떤가, 르로아?"

르로아는 점점 더 당황하는 눈치였다.

"글쎄요, 뭐라고 하면 좋을까요? 그 사나이를 잡았더라면 좋았을 거라는 생각도 듭니다. 어쨌든 누런 개가 또다시 모습을 감췄으니까요. 그 사나이는 미슈 박사의 집에서 무엇을 하고 있었을까요? 틀림없이 그 집에는 여러 가지 독약이 있었을 겁니다. 그렇다면……?"

"그렇지, 물론이지. ……다만 나는 절대로 억측은 하지 않네."

"하지만 그 부랑자를 좀더 잘 조사해 보고 싶습니다. 발자국을 보면 역시 거인임에 틀림이 없으니까요."

"그러니까 더욱 그렇지……."

"그렇다면?"

"아무것도 아니라는 걸세!"

메글레는 움직일 생각도 않고 우두커니 서서 이 작은 항구의 파노라마를 황홀한 듯 바라보고 있었다. 왼쪽으로는 카베르 곶의 왜전나무숲과 튀어나온 바위가 계속되고, 빨강과 검정 두 가지 색으로 칠한 암초표시와 빨간 부표(浮漂)의 줄이 잿빛 안개에 가려 보이진 않는 글레낭 제도까지의 물길을 죽 표시해 주고 있었다. 르로아는 아직도 하고 싶은 말이 많은 듯했다.

"그리고 빠리로 전화를 걸어봤습니다. 고와이야르에 대해 조회해 보려고요. 여러 해 동안 빠리에서 살았다고 하니까요."

메글레가 정이 담긴 눈에 빈정대는 표정을 띠고 르로아의 얼굴을 쳐다보았으므로 젊은 형사는 몹시 자존심이 상하여, 될 대로 되라는 듯 암송하는 것처럼 재빨리 지껄였다.

"조회한 결과는 아주 좋다고도 할 수 있고 아주 나쁘다고도 할 수 있습니다. 전화를 받은 이는 옛날 풍기계(風紀係)에서 경사로 일했던 사람으로, 장 세르비에르를 개인적으로 잘 알고 있었습니다. 세르비에르는 저널리즘의 구석에서 오랫동안 여러 가지 일을 해온 모양입니다. 처음에는 잡보 기사, 어느 소극장의 부지배인, 그리고 몽마르뜨르의 어느 술집 지배인이 되었습니다. 그러나 두 번 다 실패했지요. 2년 동안 분명히 누베르 시의 지방 신문 편집장을 지냈고, 마지막으로 어떤 나이트클럽의 주인이 되었습니다. '어쨌든 헤엄을 잘 치는 사람이오'라고 그 경사는 말했습니다. 그리고 이런 말도 덧붙였습니다——좀 재미있는 사나이입니다. 그런 일을 해봐야 결국 얼마 안 되는 저축을 다 써버리든가, 아니면 성가신 문제를 불러일으키는 게 고작이라는 사실을 알자 아예 다시 시골에 틀어박힌 것이지요……'"

"그래서?"

"그래서 제가 생각하는 것은, 왜 그가 그런 위장 습격을 꾸몄느냐는 점입니다. 다시 한 번 그 자동차를 보고 왔는데 분명 핏자국이 있었습니다, 진짜 핏자국이. 그렇지만 만일 정말 습격을 받았다면 어째서 그는 아무 말이 없을까요? 아무튼 브레스트 시내를 돌아다니고 있으면서도 말입니다."

"잘 알았네."

르로아는 메글레가 농담하고 있는 게 아닌가 여기는 듯 날카롭게 경감의 얼굴을 쳐다보았다. 그런데 그렇지는 않았다. 메글레는 신중한 표정으로 멀리 물 위에 반짝이기 시작한 반점 같은 태양빛을 물끄러미 바라보고 있었다.

"그리고 르 퐁므레에 대해서 말입니다만……"

"뭔가 정보의 실마리라도 잡았나?"

"그 사람의 형이 호텔에 와 있습니다. 경감님을 만나고 싶어하더군요, 바빠서 돌아오실 때까지 기다리고 있을 수 없다는 겁니다. 그래서 제가 대신 이야기를 들었는데, 그야말로 죽은 사람의 목을 죄는 것보다 더 심한 말을 했습니다. 적어도 그 형의 생각에 의하면 건달이라는 아주 대단한 결점을 지녔더군요, 열중하는 일은 여자와 사냥, 두 가지뿐이었답니다.

게다가 마구 돈을 빌어쓰며 거드름부리는 버릇이 있었다고 합니다. 자잘한 것까지 말하면 끝도 없다면서 한 가지 예를 들었지요, 그 형은 이 고장에서 가장 큰 실업가라고 해도 될 만한 사람인데 이런 말을 하는 겁니다——'나는 내 옷을 브레스트에서 만들어 입고 있습니다. 화려한 옷이라고 할 수는 없지만 튼튼하고 입기에 편하지요, 그런데 동생은 옷을 맞추러 빠리까지 갔습니다! 게다가 구두는 유명한 구둣가게에서 손으로 지은 것이어야 했지요, 나의 아내도 맞춤구두를 신지 않습니다.'"

"지겨운 일이로군!"

갑자기 메글레가 중얼거렸으므로 르로아는 분개——아니, 그렇지는 않더라도 어이가 없었다.

"어째서요?"

"아니, 멋지다고 해도 괜찮네. 아까 자네가 한 말을 빌면, 우리도 바야흐로 시골 생활을 해야 할 참일세. 그런데 그게 고대(古代)와 다름없이 멋진 일이란 말일세! 르 퐁므레가 기성화를 신었느냐 맞춤구두를 신었느냐가 문제가 되네! 이런 것은 하찮은 일처럼 보이지만, 이렇게 말해도 자네는 곧이듣지 않을지도 모르지만 이것이야말로 사건을 푸는 중대한 열쇠일세. 자, 우리 아페리티프를 한잔하세, 르로아! 그들이 매일 마시던 것처럼 제독 호텔 까페에서!"

르로아는 자기가 놀림받고 있는 게 아닌가 하고 또다시 메글레의 얼굴 표정을 살폈다. 그는 자기가 오전 중에 활동한 일과 자기의 독자적인 수사 방법에 대해 경감이 칭찬해 줄지도 모른다고 기대하고 있었던 것이다. 그러나 메글레는 그런 일을 한낱 농담처럼 취급하고 있는 것 같았다.

마치 학생들이 와글와글 떠들고 있는 중학교 교실에 교사가 들어갔을 때와 같은 동요가 일어났다. 말소리가 딱 멎었다. 기자들이 그의 쪽으로 우르르 몰려왔다.

"미슈 박사의 체포를 신문에 발표해도 좋겠습니까? 이미 자백했습니까?"

"전혀……"

메글레는 기자들을 쫓아내는 듯한 몸짓을 해보이며 엠마에게 소리쳤다.

"페르노를 둘 부탁하오, 엠마!"

"그러나 아무튼 미슈 씨를 체포한 이상은……"

"진상을 알고 싶소, 여러분?"

기자들은 벌써 메모지를 꺼내놓았다. 만년필을 들고 기다리고 있었다.

"그런데 아직 진상이라 할 만한 것이 밝혀지지 않았소. 머지않아 밝혀질지도 모릅니다만, 어쩌면 밝혀지지 않을지도 모르지요."

"어떤 사람의 말에 의하면 장 세르비에르가……"

"살아 있다고 했단 말이지요? 다행한 일이오, 그 자신을 위해서!"

"그건 그렇고, 또 한 사람 자취를 감춘 사나이는 어떻게 된 겁니까? 아무리 수색을 해도 잡히지 않는 모양인데……"

"그러니까 짐승보다 사냥꾼의 실력이 뒤떨어진다는 말이로군요?"

메글레는 지나가는 엠마의 옷소매를 잡아세웠다.

"점심은 방으로 갖다주시오."

그는 단숨에 페르노를 마셔버리고 일어섰다.

"한 마디 충고해 두겠소. 너무 성급하게 결론내려선 안 되오! 특히 억측은 금물이오."

"그러나 범인은?"

메글레는 넓은 어깨를 움츠려보이며 불쑥 말했다.

"나도 모르오!"

그는 벌써 계단 어귀에 가 있었다. 르로아 형사가 언뜻 물어보는 듯한 눈길을 보냈다.

"괜찮네, 자네는 식당에서 먹게나. 나는 잠깐 쉬고 싶어서 그러는 걸세."

무거운 발걸음으로 계단을 올라가는 그의 발소리가 들려왔다. 그러고 나서 10분쯤 뒤 이번에는 엠마가 오르되브르(식사 전에 먹는 간단한 요리)를 담은 쟁반을 들고 올라갔다.

얼마 후 또 엠마가 조개와 송아지 등심고기와 시금치 요리를 가지고 올라가는 것이 보였다. 식당에서는 좀처럼 이야기가 오가지 않았다. 기자 한 사람이 전화로 분명히 선언하고 있었다.

"4시쯤이지. 글쎄…… 좀 센세이셔널한 원고를 보낼 수 있을 것 같네. 아니, 아직 그렇게 할 수는 없네. 좀더 기다려볼 필요가 있어 ……."

혼자서 다른 식탁에 앉아 있던 르로아는 좋은 가정에서 자란 청년답게 아주 예의바르게 식사하면서 냅킨으로 열심히 입을 닦고 있었다. 이 고장 사람들은 무슨 일이 일어날 것 같다고 막연히 기대하면서 제독 호텔의 문앞을 지켜보고 있었다.

어떤 헌병이 그 부랑자가 모습을 감춘 골목 모퉁이에 기대 서 있었다.

"시장님이 메글레 경감님께 전화하셨습니다!"

르로아는 당황하며 엠마에게 말했다.

"위에 올라가 그렇게 말해 줘요!"

그러나 엠마는 곧 돌아와 보고했다.

"방에는 안 계시는데요."

르로아는 단숨에 뛰어올라가더니 새파래져서 돌아와 불쑥 수화기를 들었다.

"여보세요! 그렇습니다, 시장님…… 네, 어떻습니까? 실은…… 저…… 굉장히 걱정하고 있는데요…… 경감님의 모습이 보이지 않습니다. 호텔 안에는 없습니다. 여보세요…… 그런 일은 없습니다. 글쎄요, 그 점에 대해서는 전혀 알 수가 없습니다. 식사는 방에서 하셨습니다. 내려오시는 것은 보지 못했습니다. 어쨌든 저……다시 전화하겠습니다. 나중에……"

이윽고 말을 맺자 아까부터 줄곧 손에 들고 있던 냅킨으로 갑자기 땀을 닦기 시작했다.

촛불 속의 남녀

르로아가 자기 방으로 올라간 것은 그로부터 반시간이 지난 뒤였다. 테이블 위를 보니 모르스 기호로 적은 편지가 놓여 있었다.

오늘 11시쯤 아무도 모르게 지붕 위로 올라오게. 나는 지붕 위에 있네. 소리를 내지 말게. 그리고 권총을 가지고 오게. 나는 브레스트에 갔고, 거기서 전화가 걸려왔다고 말해 두게. 호텔에서 나가지 말게.

메글레

11시 조금 전에 르로아는 구두를 벗고 이 모험을 위해 오후에 사두었던 펠트 슬리퍼로 바꿔 신었다. 그는 모험에 약간의 흥분을 느끼고 있었다.

3층으로 올라가니 거기서부터는 계단이 없고 그 대신 천장으로 통하는 곳에 사다리가 놓여 있었다. 그곳으로 올라가니 위는 창고로 되어 있는데 몰아치는 바람 때문에 몹시 추웠다. 거기까지 오자 르로아는 용기를 내어 성냥불을 그어보았다.

잠시 뒤 그는 창문을 통해서 밖으로 나갔으나, 곧 처마 밑으로 내려갈 용기는 없었다. 모든 것이 차가웠다. 함석판을 만지자 손가락이 얼어붙는 것 같았다. 게다가 르로아는 거치적거릴 것 같아 외투도 입고 오지 않았다. 이윽고 눈이 어둠에 익숙해지자 먹이를 노리며 엎드려 있는 큰 짐승 같은 물체의 검은 그림자가 보이는 것 같았다. 르로아의 콧구멍은 파이프 연기 냄새를 맡았다. 그는 살짝 휘파람을 불었다.

잠시 뒤 그는 메글레와 나란히 처마 아래쪽에 웅크리고 앉아 있었다. 바다도 시가지도 보이지 않았다. 두 사람이 있는 곳은 해안 거리와 반대편인 경사진 지붕의 끝부분이었다. 아래는 마치 캄캄한 참호처럼 보였는데, 그곳이 바로 발이 큰 부랑자가 도망친 문제의 골목이었다. 그 근처는 어디나 모두 들쭉날쭉한 평면을 이루고 있었다. 아주 낮은 지붕이 있는가 하면, 그들 두 사람이 앉아 있는 위치와 같은 높이의 지붕도 있다. 군데군데 불이 켜진 창문이 있었다. 그중 몇 개의 창문에는 햇빛을 가리는 막을 쳐놓았는데, 마치 그림자놀이를 하는 것처럼 움직이는 사람의 그림자가 그 막에 비쳤다. 꽤 멀리 떨어진 어떤 방에서는 한 여자가 질그릇 대야 속에 갓난아기를 넣고 목욕을 시키고 있었다. 웅크리고 있던 메글레의 몸이 움직였다. 움직였다기보다 오히려 기어오듯 다가와서 르로아의 귓가에 입을 갖다대었다.

"조심하게! 함부로 움직이면 안 되네. 이 추녀는 튼튼하지 못하니까. 게다가 이 밑에 있는 홈통이 금방이라도 소리를 내며 떨어질 것 같네. 기자들은?"

"모두 밑에 있습니다. 다만 한 사람이 당신을 찾으러 브레스트에 갔지요, 경감님이 세르비에르의 뒤를 쫓고 있는 줄 알고……"

"엠마는……?"

"글쎄요……? 모르겠습니다, 그다지 관심을 두지 않았기 때문에. 저녁 식사를 마친 뒤 그녀가 커피를 가져다주었습니다만……"

많은 사람들이 따뜻하고 밝은 방 안에서 목소리를 죽일 필요도 없이 자유롭게 행동하고 있는 이 생명의 움직임에 차 있는 집 위에서 이렇게 아무도 모르게 웅크리고 있으니 뭐라 말할 수 없이 처량한 느낌이 들었다.

"알았네. 자, 살짝 그 빈 집 쪽을 보게. 살짝, 조심해서……"

그것은 오른쪽 두 번째 집으로 호텔과 같은 높이로 솟은 몇 채의 집 가운데 하나였다. 겉모습은 캄캄한 어둠에 싸여 있었으나, 르로아의 눈에는 커튼이 없는 3층 유리창문에 어찌된 일인지 불빛이 반사하고 있는 것같이 보였다. 자세히 보니 그것은 외부에서 반사된 빛이 아니라 방 안의 희미한 불빛이 새어나오고 있는 것이었다. 공간의 한 점을 응시함에 따라 차츰 물체의 형태가 떠올랐다. 초를 칠한 마룻바닥, 똑바로 세워진 채 불빛 둘레에 흐릿한 원을 그리고 있는 반이나 타들어간 한 개의 초……

"아, 저 녀석이 저기 있군!"

르로아가 자신도 모르게 불쑥 소리를 높여 말했다.

"쉿! 조용히……"

누군가 마룻바닥에 누워 있었는데, 몸의 절반은 촛불빛에 떠오르고 절반은 희미한 어둠 속에 가라앉아 보이지 않았다. 무섭게 큰 구두 한 짝과 뱃사람이 입는 자켓 밑으로 붕긋이 솟아오른 어깨가 넓은 몸뚱이가 보였다. 르로아는 세 헌병이 골목과 광장, 그리고 해안 거리를 순찰중이라는 사실을 알고 있었다.

"체포하실 작정입니까?"

"글쎄, 어떻게 할까…… 벌써 세 시간이나 자고 있네."

"무기를 가지고 있습니까?"

"오늘 아침에는 가지고 있지 않았는데……"

서로 주고받는 말이 겨우 들릴까말까할 정도였다. 그야말로 숨소리에 섞여 간신히 알아들을 수 있는 속삭임이었다.

"이렇게 앉아서 무엇을 기다리고 있습니까?"

"그건 아직 모르네. 대체 어쩌자는 것일까? 저 녀석은 쫓겨들어가 자고 있으면서 촛불까지 켰으니 말일세. 자, 보게!"

이때 노란 네모꼴이 한 벽면 위에 떠올랐다.

"엠마의 방에서 불을 켰군. 그녀의 방은 바로 요 아래일세. 저것은 그 불빛이 반사한 걸세."

"저녁을 드시지 않았지요, 경감님?"

"빵과 소시지를 가지고 왔네. 춥지 않은가?"

둘 다 꽁꽁 얼었다. 하늘에서는 등대의 불빛이 규칙적으로 간격을 두고 지나갔다.

"아! 불이 꺼졌습니다, 엠마의 방에서……"

"조용히 하게!"

음울한 침묵과 기대의 시간이 5분쯤 계속되었다. 이윽고 르로아의 손이 메글레의 손을 더듬어 뜻이 담긴 듯 꼭 잡았다.

"아래쪽을……"

"알고 있네."

빈 집의 정원과 골목의 경계를 이룬 아무렇게나 석회로 칠한 담 위에 사람의 그림자가 하나 나타났다.

"저 여자가 그를 만나러 가는군요!"

도저히 그냥 있을 수 없는지 르로아가 숨을 죽이고 속삭였다. 빈 집에서는 그 사나이가 촛불 옆에서 여전히 자고 있었다. 뜰에서 나무가 소리를 내며 흔들렸다. 고양이 한 마리가 홈통을 타고 도망쳤다.

"자네, 라이터 가지고 있나?"

메글레는 꺼진 파이프에 불붙이는 것을 삼가고 있었다. 오랫동안 망설이고 있었던 모양이었다. 그러나 결국 르로아의 윗옷을 병풍처럼 둘러치게 하고 재빨리 성냥을 그었다. 그러자 르로아 쪽으로 따뜻한 담배 냄새가 풍겨왔다.

"자, 어떻게 되나 보세!"

그 뒤 두 사람은 아무 말도 하지 않았다.

그 사나이가 갑작스레 벌떡 일어나는 바람에 촛불이 쓰러질 뻔했다. 그리고 그대로 어둠 속으로 뒷걸음질쳤다. 곧 문이 열리고 엠마가 나타났다. 머뭇머뭇 망설이는 모습이 마치 죄지은 여자처럼 보였다. 그녀는 옆구리에 무엇을 끼고 있었다. 아래로 내려놓은 것을 보니 술 한 병과 종이꾸러미였다. 종이꾸러미가 조금 벌어져 있어 통닭이 내다보였다. 그녀는 무슨 말을 하고 있는 모양이었다. 입술이 움직였다. 그러나 겨우 몇 마디 더듬더듬 슬픈 표정으로 말했을 뿐이었다. 듣고 있는 상대방의 모습은 두 사람이 있는 곳에서는 보이지 않았다. 그녀는 울고 있는 게 아닐까? 늘 입는 여급의 검은 옷과 브레타뉴식 머릿수건을 쓰고 있었다. 흰 앞치마를 벗었을 뿐인데, 여느 때보다 더 단정치 못한 것 같았다. 역시 그렇다! 그녀는 이야기하면서 울고 있는 듯했다. 띄엄띄엄 한 마디씩 말하며 울고 있는 것이다. 그 증거로써 그녀가 갑자기 문의 가로대에 기대어섰다. 그러더니 한쪽 팔을 구부려서 그 속에 얼굴을 묻어버렸다. 어깨가 불규칙하게 흔들리면서 물결치고 있었다. 사나이가 갑자기 모습을 나타내어 창문의 네모신 공간올 거의 다 가렸으나, 이윽고 다시 구석 쪽으로 비켜섰으므로 시야가 환해졌다. 사나이의 큰 손이 엠마의 어깨에 닿는가 싶자 그 우악스러운 힘에 엠마의 몸이 한 바퀴 돌며 쓰러질 듯 비틀거렸다. 새파랗게 질린 채 울어서 입술이 부풀어오른 처참한 얼굴이 환히 보였다. 그러나 극장 안의 전등이 켜지면 영사된 필름의 장면이 흐릿하게 보이는 것처럼 그림자는 선명치 못했다. 게다가 또 한 가지 소리와 목소리가 빠져 있었다. 이 점도 영화와 똑같았다. 반주가 없는 영화. 이번에는 사나이가 지껄이고 있는 모양이었다. 아마 큰 소리로 지껄이고 있을 것이다. 꼭 곰 같았다. 화가 나서 어깨가 치켜올라갔고, 깃고대가 둥글게 파인 자켓에 싸인 가슴 근육이 불끈 솟아올랐으며, 머리카락은 마치 죄수처럼 박박 깎았다. 꽉 움켜쥔 두 손을 허리에 대고서 계속 뭐라고 소리치고 있었다. 나무라고 있는 건지, 욕을 하고 있는 건지, 아니면 위협하고 있는 것인지……. 틀림없이 금방이라도 후려칠 것 같았다. 그 기미를 느끼자 르로아는 마치 마음을 가라앉히려는 듯 메글레 쪽으로 몸을 바싹 붙였다. 엠마는 여전히 계속울고 있었다. 머릿수건은 이미 벗겨졌다. 틀어올린 머리가 금방이라도 풀어져내려올 것 같았다. 어디선가 창문 닫는 소리가 들려, 한순간 그 소리가 긴장을 잊게 했다.

"경감님, 대체 우리는……?"

담배 냄새가 두 사람을 둘러싸서 조금 따뜻한 착각 같은 것을 느끼게 했다.

어째서 엠마는 두 손을 마주잡고 있는 것일까? 그녀는 또 무슨 말을 하고 있었다. 그녀의 얼굴은 공포와 애원과 슬픔이 뒤섞여 일그러졌다. 르로아는 메글레가 권총에 탄환을 넣는 소리를 들었다. 이쪽과 저쪽 사람과의 사이는 15미터 내지 20미터밖에 안 되었다. 찰칵 소리만 나면 유리창이 부서지고 큰 사나이는 위해를 가할 힘을 잃게 될 것이다. 사나이는 그때 두 손을 뒤로 돌리고서 방 안을 이리저리 왔다갔다하고 있었는데, 여느 때보다도 키가 작고 더 뚱뚱해 보였다. 걸어다니던 발이 통닭에 걸렸다. 사나이는 넘어질 뻔하자 화가 치밀어 그것을 어둠 속으로 걷어찼다. 엠마는 그것이 굴러간 쪽을 바라보았다.

대체 두 사람 사이에서 무슨 말이 오가고 있는 것일까? 이 정감(情感)에 가득찬 대화의 '주된 악상(樂想)'은 대체 어떤 종류의 것일까? 그런데 사나이는 줄곧 같은 말을 되풀이하고 있는 것처럼 보였다. 그러나 그 되풀이하는 어조가 꽤 약해진 듯싶었다. 엠마는 이제 무릎을 꿇는 정도가 아니라 거의 엎드리다시피하여 애원하듯 한쪽 팔을 내밀었다. 사나이의 모습이 보이는가 싶자 다시 어둠 속으로 빨려 들어갔다. 이윽고 다시 모습을 나타내더니 엠마 앞에 딱 버티고 서서 애원하고 있는 그녀의 모습을 찬찬히 지켜보았다. 사나이는 다시 방 안을 왔다갔다하며 그녀에게서 다가갔다 멀어졌다 했는데, 이제 엠마는 이미 힘이 다했는지 기력을 잃었는지 그 쪽으로 팔을 내밀지도 않았고 애원하지도 않았다. 그대로 바닥에 쓰러진 채 축 늘어져 있었다. 포도주병이 그녀의 손에서 20센티미터도 떨어지지 않은 곳에 있었다. 정말 갑작스러운 일이었다. 사나이는 몸을 굽혔다. 굽혔다기보다 우람한 한쪽 손을 아래로 내려 엠마의 어깨를 잡더니 갑자기 세게 흔들며 그녀를 일으켜 세웠다. 그 행동이 참으로 거칠었으므로 손을 놓는 순간 엠마가 비틀거렸다. 그런데도 그녀의 금방 달라진 얼굴에는 희망에 찬 표정이 떠올라 있었다. 틀어올린 머리가 헝클어져 흘러내렸다. 흰 머릿수건은 방바닥에 나뒹굴고 있었다. 사나이는 또다시 방 안을 오락가락했다. 멍하니 어쩔 줄 모르고 서 있는 엠마의 옆을 두 번쯤 비켜서 지나갔다. 세 번째로 사나이는 느닷없이 엠마를 잡는가 했더니 힘껏 가슴에 끌어안고 얼굴을 뒤로 젖혔다. 그리고 걸신들린 것처럼 입술로 그녀의 입술을 틀어막았다. 이쪽에서는 이제 사나이의 등밖에 보이지 않았다. 사람의 것 같지 않은 등, 그 어깨 근처에 여자의 작은 손이 달라붙어 있었다. 거친 사나이지만, 입술을 그대로 댄 채 헝클어진 여자의 머리카락을 굵은 손가락으로 애무해 주고 싶어진 모양이었다. 애무하면서 마치 상대방의 몸을 소멸시켜 버

리려는 듯, 찌그러뜨리려는 듯, 아니 자기 몸 속에 넣어버리려는 듯
했다.

"대체 이 녀석이……"

르로아가 흥분한 목소리로 중얼거렸다. 메글레는 굉장히 마음이 동
요되어 그 반동으로 웃음이 터져나올 것 같았다.

엠마가 그곳에 온 지 벌써 15분쯤 되었을 것이다. 포옹은 이제 끝
났다. 촛불은 앞으로 5분이면 꺼질 것 같았다. 거의 눈에 보일 정도
로 그 자리 분위기가 누그러진 듯했다. 엠마가 웃고 있지 않은가?
아마 어디서 거울이라도 발견한 모양이다. 촛불에 온 몸을 비춰보며
흩어진 머리카락을 쓸어올려 핀을 꽂은 다음, 아까 방바닥에 떨어뜨
린 또 하나의 핀을 찾아서 그것을 입에 문 채 머릿수건을 다시 쓰고
있었다. 그 모습은 아름답다고 해도 지나친 말이 아니었다. 참으로
아름다웠다! 모든 것이, 그 가냘픈 몸매며 검은 스커트며 빨개진 눈
꺼풀까지도 사람의 마음을 뒤흔드는 느낌이었다. 사나이는 닭고기를
집어들었다. 그리고 눈은 여전히 엠마를 쳐다보면서 정신없이 물어뜯
었다. 우드득우드득 뼈째 씹어삼켰다. 그는 칼을 찾으려고 주머니 속
을 더듬었으나, 칼이 없자 술병목을 구두 뒤꿈치에 부딪쳐서 깨뜨렸
다. 그리고 벌컥벌컥 술을 마셨다. 그는 엠마에게도 마시게 하려고
했으나, 그녀는 웃으며 거절했다. 깨진 병 주둥이가 무서워서였는지
도 모른다. 그러나 사나이는 강제로 그녀의 입을 벌려 술을 살짝 흘
려넣었다. 엠마는 목이 메는지 숨을 헐떡거렸다. 그러자 사나이는 그
녀의 두 어깨를 잡고 또 키스를 했는데, 이번에는 입술이 아니었다.
볼과 눈과 이마와 레이스가 달린 머릿수건에까지 들뜬 모습으로 가볍
게 키스했다.

엠마는 옷매무시를 고쳤다. 사나이는 창문 쪽으로 다가서서 얼굴을

들이대었다. 이번에도 역시 빛이 새어나오고 있는 네모꼴의 공간을 거의 다 가려버렸다. 사나이가 저쪽으로 가더니 곧 촛불을 껐다. 르로아 형사는 제정신이 아닌 듯했다.

"둘이서 같이 나가려는 모양인데요?"

"그렇군."

"붙잡힐 텐데요?"

뜰에 있는 나무가 흔들렸다. 이윽고 그림자 하나가 담 위로 밀어올려졌다. 엠마는 골목길로 뛰어내려 사나이를 기다렸다.

"두 사람의 뒤를 쫓아가게. 충분한 거리를 두고, 무엇보다도 눈치채지 않게 해야 하네. 그리고 상태를 알려주게. 언제라도 좋으니까."

아까 부랑자가 엠마에게 해줬던 것처럼 메글레는 창문 있는 곳까지 슬레이트 지붕 위를 기어올라가는 르로아를 아래에서 밀어올려주었다. 그가 살짝 몸을 내밀어 골목 안을 살펴보니 두 사람의 모습은 머리가 보일 뿐이었다. 두 사람은 망설이며 무슨 말인지 속삭이고 있었다. 이윽고 엠마가 사나이를 끌어 창고처럼 보이는 건물로 데리고 가더니 그 안으로 모습을 감췄다. 입구에는 밖으로 달린 걸쇠가 걸려 있을 뿐이었다. 그것은 쇠붙이 종류를 넣어두는 창고였다. 그곳에서 바깥 가게로 이어져 있는데, 이 시간에는 가게에 아무도 없었다. 자물쇠를 한 개 비틀어 열기만 하면 그들은 해안 거리로 나갈 수 있는 것이다. 그러나 르로아가 그들보다 먼저 그곳에 가 있을 것이다.

다락방의 사다리를 내려서자 메글레는 곧 뭔가 심상치 않은 사건이 일어난 듯한 느낌을 받았다. 호텔 안이 떠들썩했다. 아래층에서는 악을 쓰는 소리에 섞여 계속 전화 벨이 울리고 있었다. 르로아의 목소리도 섞여 있었다. 아마 전화에 대고 지껄이는 모양이다. 꽤 목청을

돈구어 말하고 있었다. 메글레가 구르듯이 계단을 뛰어내려 아래층까지 오자 신문기자 한 사람과 마주쳤다.

"왜 그러지요?"

"또 살인 사건입니다! 약 15분 전에. 이번에는 시내에서였지요. 총을 맞은 사나이는 약국으로 실려 갔습니다."

메글레는 우선 해안 거리로 뛰어갔다. 내다보니 헌병 하나가 권총을 휘두르며 뛰어가고 있었다. 하늘이 이토록 캄캄한 것도 이상스러웠다. 메글레는 헌병을 뒤쫓아갔다.

"어떻게 된 건가, 대체?"

"남자와 여자가 둘이서 저 가게로 나왔습니다. 나는 마침 그 앞을 왔다갔다하며 경계하고 있었지요. 그 자는 독 안에 든 쥐였는데…… 이젠 쫓아가봐야 헛일입니다. 아주 멀리 도망쳐버렸을 테니까요."

"처음부터 말해 보게!"

"가게 안에서 무슨 소리가 나지 않겠습니까. 불빛도 보이지 않는데…… 그래서 권총을 겨누고 상태를 살피고 있었지요. 그러자 문이 열리고…… 웬 녀석이 튀어나왔습니다. 그러나 권총을 겨눌 틈도 없었습니다. 갑자기 휘두른 무서운 주먹이 내 얼굴에 날아와 나는 그냥 나동그라져버렸습니다. 그 순간 권총이 손에서 떨어져나갔지요. 나는 그것만이 걱정이었습니다. 그가 그것을 집지 않을까 하고요. 그런데 집지 않았습니다. 그는 문 앞에서 기다리고 있던 여자를 부르러 갔습니다. 여자는 오금이 붙어 뛰지 못했습니다. 그러자 사나이는 덥석 여자를 안고 뛰기 시작했습니다. 나는 그제야 겨우 일어설 수 있었지만 아무튼 그처럼 무서운 주먹을 맞았으니…… 좀 보십시오! 이렇게 피투성이입니다. 그 두 사람은 해안을 따라 도망쳤습니다. 보나마나 정박 구역 옆을 돌아갔을 겁니다. 그 일대는 작은 골목이 많고 들판으로 이어져 있으니까요."

헌병은 손수건으로 코를 틀어막고 있었다.

"꼼짝없이 맞아죽을 뻔했습니다. 그 자의 주먹은 그야말로 쇠망치 같더군요."

호텔에서는 여전히 와자지껄 떠드는 소리가 들리고, 창문마다 불이 켜져 있었다. 메글레가 헌병과 헤어져서 모퉁이를 돌자 약국이 보였다. 덧문은 닫혀 있었으나, 앞문이 열려 있어 불빛이 넘칠 듯 흘러나왔다. 20명 가량의 사람들이 그 문 앞에 웅성웅성 모여 있었다. 메글레는 그들을 팔꿈치로 밀어냈다. 조제실 바닥에 한 사나이가 천장을 보고 누워 규칙적인 신음 소리를 내고 있었다. 약국집 부인은 잠옷 바람으로 다른 여러 사람들이 떠드는 소리보다 더 시끄럽게 떠들어대고 있었다. 약국 주인은 잠옷 위에 양복 윗옷을 걸친 채, 허둥지둥 약병을 들었다놓았다하였고 큰 탈지면 봉지를 찢기도 했다.

"이 사람은 누구요?"

메글레가 물었다. 대답을 기다릴 필요도 없었다. 세관 직원의 제복이 눈에 띄었기 때문이다. 그 제복 바지 한자락이 찢겨나갔다. 그러고 보니 그 얼굴은 낯이 익은 듯했다. 그는 지난 주 금요일에 항구를 감시하다가 모스태강이 저격당하는 현장을 멀리서 목격한 세관 직원이었다. 의사가 허둥지둥 들어와서 부상자를 바라보더니 메글레를 보고 소리쳤다.

"무슨 일이 있었습니까, 또?"

피가 방바닥에 조금 흘러나왔다. 약국 주인은 세관 직원의 발을 옥시풀로 닦아놓았으므로 그것이 붉은 거품이 되어 있었다.

밖에서는 한 사나이가──아마 열 번째인 듯한데──여전히 숨찬 목소리로 이야기를 하고 있었다.

"나는 아내와 자고 있었는데, 갑자기 총소리가 나더니 뒤이어 외치는 소리가 들렸지요. 그리고 나서 한 5분쯤 지나서는 아무 소리도 들리지 않았습니다. 나는 그만 잠을 설치고 말았습니다. 아내가 자꾸 나가보라고 하여…… 그런데 그때 신음 소리가 들려왔습니다. 아무래도 우리 집 앞 한길에서 들려오는 것 같지 않겠습니까? 나는 문을 열어봤지요, 권총을 들고 말입니다. 뭔가 검은 그림자가 보이더군요. 잘 보니 저 제복이었습니다. 나는 크게 소리를 질러 이웃사람들을 깨우려고 했는데, 마침 과일가게 주인이 자전거를 가져왔으므로 다친 사람을 거기에 실어서 가까스로 이리로 데려온 겁니다……"

"몇 시쯤이었지요, 총소리가 난 것은?"

"약 30분 전이었습니다."

그렇다면 엠마와 발이 큰 사나이가 벌이던 정경이 최고조에 이르렀을 무렵이다.

"당신 집은 어디요?"

"나는 저기 돛을 만드는 집에서 삽니다. 당신은 우리 집 앞을 열 번도 더 지나다녔지요, 항구 오른쪽입니다. 생선시장 앞쪽 말입니다. 우리 집은 해안 거리와 작은 골목 바로 모퉁이에 있습니다. 그쪽에도 건물이 드문드문 있지만, 거의 다 별장입니다."

사나이 넷이서 부상자를 들어올려 구석방으로 옮긴 다음 긴의자에 눕혔다. 의사가 이것저것 지시를 내리고 있었다. 밖에서 시장의 목소리가 들려왔다.

"경감은 어디 있소?"

메글레는 두 손을 주머니 속에 넣은 채 시장을 맞아들였다.

"어떻소? 이렇게 된 이상 당신도 인정할 수밖에……"

그러나 메글레의 눈초리가 너무도 차가웠으므로 시장은 조금 당황하는 것 같았다.

"그 거인이 한 일이겠지요, 역시?"

"아닙니다!"

"확실하오?"

"확실합니다! 범행이 이루어졌을 때 마침 나는 이 눈으로 분명히 그 사나이를 보고 있었으니까요, 이렇게 시장님을 쳐다보고 있는 것처럼 말입니다."

"그러고도 체포하지 않았단 말이오!"

"그렇습니다!"

"헌병도 한 사람 당한 모양이던데?"

"그것도 사실입니다."

"이런 사건의 연속이 어떤 영향을 미치는지는 당신도 알고 있겠지요? 어쨌든 당신이 이곳에 온 뒤 일어난 일이니까 이런……"

메글레는 전화 수화기를 집어들었다,

"헌병대 부탁합니다. 네, 그렇습니다. 그럼, 부탁합니다…… 여보세요, 헌병대입니까? 아, 반장이군? 여보세요, 나는 메글레인데, 미슈 박사는 거기 그대로 있겠지? 틀림없이? 아니, 뭐라고? 그럼, 일단 확인해 보게. 뭐라고? 감시인을 한 사람 마당에 세워놓았다고! 그거 잘했군! 그럼, 끊지 않고 기다리고 있을 테니까……"

"역시 그렇게 믿고 있는 거요? 그러니까 박사가……"

"그런 일은 전혀 없습니다! 나는 무슨 일이고 믿지 않는 주의니까요, 시장님! 여보세요? 미슈 박사는 아무 일 없단 말이지? 아, 수고했네…… 뭐라고? 지금 자고 있다고? 됐네. 고마우이! 여보세요, 아니, 무슨 일이 있어서 그러는 건 아닐세……"

구석방에서 신음 소리가 들려오는가 했더니 곧 부르는 소리가 들렸다.

"경감님!"

의사의 목소리였다. 그는 아직도 비누가 묻어 있는 손을 수건에 닦는 중이었다.

"심문하셔도 되겠습니다. 총알이 장딴지를 스쳐갔을 뿐이니까요, 아픔보다 공포가 컸던 모양입니다. 그러나 출혈이 상당한 것 같습니다."

세관 직원의 눈에는 눈물이 괴어 있었다. 그는 의사가 계속해서 다음과 같이 말하자 얼굴을 붉혔다.

"이렇게 겁을 먹은 것은 다리를 잘라내는 줄 알았기 때문이겠지요, 한 일주일만 지나면 상처가 씻은 듯 나을 겁니다."

시장은 방문 앞에 서 있었다.

"어디, 그때의 상황을 이야기해 주지 않겠습니까?"

메글레는 긴의자 끝에 걸터앉으며 부드럽게 말했다.

"조금도 걱정할 필요 없습니다. 지금 의사 선생님께서 하신 말씀을 들었겠지요?"

"좀 확실치가 않습니다……"

"그래도 뭔가……?"

"오늘은 10시에 근무가 끝났으므로…… 우리 집은 총을 맞은 곳에서 좀더 가야 합니다."

"그러니까 곧장 집으로 간 게 아니었군요?"

"네, 제독 호텔의 까페에 아직도 불이 켜져 있는 것을 보았기 때문에…… 그 뒤로 어떻게 되었는지 좀 알고 싶어서 들렀습니다. 정말입니다. 거짓말이 아닙니다. 저, 그런데 다리가 굉장히 아픈데……… ?"

"아니 그럴 리가 없는데, 괜찮을 겁니다!"

의사는 잘라말했다.

"하지만 환자인 내가 아프다지 않습니까! 어쨌든 별 탈없이 낫는다면야 좋겠지요. 나는 까페에서 맥주를 한 잔 마셨습니다. 까페에는 신문기자들밖에 없었는데 나는 그 사람들에게 물어볼 용기가 없어서……"

"맥주는 누가 가져왔지요?"

"하녀인 것 같았습니다. 엠마의 모습은 보이지 않았지요."

"그래서요?"

"집으로 돌아가려고…… 도중에 출장소 앞길로 가서 동료의 파이프로 담뱃불을 붙였습니다. 그리고 해안 거리를 걸어서 오른쪽으로 구부러졌습니다. 주위에는 아무도 없었습니다. 바다가 굉장히 아름답더군요. 그런데 길모퉁이를 돌아가자마자 갑자기 다리에 통증을 느꼈습니다. 바로 총소리가 들리기 직전이었습니다. 마치 길에 깔린 돌로 얻어맞은 것 같았습니다. 나는 그대로 쓰러져버렸습니다. 그래서 일어나려고 했는데…… 누가 도망쳐 갔습니다. 손으로 아래를 더듬어보니 따뜻한 액체가 끈적하게 만져졌습니다. 순간 어디가 어떻게 된 건지 정신을 잃고 말았습니다. ……알고 있는 것은 그뿐입니다."

"총을 쏜 사람을 보지 못했소?"

"아무것도 보지 못했습니다. 그런 일은 전혀 생각할 수가 없었습니다. 깜짝 놀란 순간 쓰러져서…… 게다가 어쨌든 아래를 더듬은 손끝이 피투성이가 되었으니……"

"누군가 짐작가는 사람은 없소? 당신을 미워하는 사람이라든가 뭐 그런……?"

"없습니다. 나는 겨우 2년 전에 이곳에 왔으니까요. 나는 여기서 꽤 먼 곳에서 태어났습니다. 그래서 밀수꾼들도 볼 기회가 좀처럼 없었고……"

"집으로 돌아갈 때는 늘 그 길로 갑니까?"

"아니오, 그 길은 가장 먼 길입니다. 그러나 성냥이 없어서 담뱃불을 붙이기 위해 일부러 출장소에 들렀기 때문에…… 거기서 시내로 들어가지 않고 해안 거리 쪽으로 간 것입니다."

"시내 쪽으로 빠지는 길이 더 가깝단 말이지요?"

"네, 조금."

"그럼, 누군가 당신이 까페를 나와 해안 거리 쪽으로 가는 것을 본 사람이 있다면 앞질러서 기다릴 만한 여유가 있었던 셈이로군요?"

"그야 충분히 있지요. 그러나 무엇 때문에 그런 짓을 합니까? 나는 돈 같은 것을 지니고 다니지도 않습니다. 도둑에게 쫓겨본 일도 없고요."

"경감, 당신이 그 부랑자에게서 눈을 떼지 않았다는 것은 분명하오?"

시장의 목소리에는 어딘가 모르게 가시가 돋쳐 있었다. 르로아가 종이쪽지 한 장을 들고 들어왔다.

"전보입니다. 우체국에서 방금 호텔로 전화가 왔습니다. 빠리에서입니다."

경시청 수사과로부터 콩카르노의 메글레 경감에게.

수배 서류를 보내준 세르비에르, 즉 장 고와이야르가 월요일 오후 8시 빠리 시루피크 거리 에르뷰 호텔 15호실에 투숙 중인 것을 체포, 브레스트에서 6시 열차로 도착했음을 자백함. 무실(無實)을 주장. 변호사 입회 아래 문제의 사건에 대해 심문하기 바람. 지시를 기다림.

또 한 사람!

"어떻소, 경감? 아마 당신도 같은 의견이라고 생각하오만, 이쯤에서 진지하게 이야기해 봐야 되지 않겠소?"

시장의 말은 얼음처럼 차갑고 정중한 어조였다. 한편 르로아 형사는 아직 메글레 경감을 잘 몰랐으므로 그가 내뿜는 파이프 연기로 그 마음의 움직임을 읽을 만한 경지에 이르지는 못했다. 조금 벌린 메글레의 입에서는 실처럼 가는 회색 연기가 솔솔 올라가는가 하면 눈을 두세 번 깜박거렸다. 그런 뒤 메글레는 주머니 속에서 수첩을 꺼내들고 자기 주위에 몰려 있는 약국 주인이며 의사들을 둘러보았다.

"들어보시겠습니까, 시장님? 어서 사양 마시고……"

"어떻소? 괜찮다면 내 집으로 가서 차라도 마시면서……"

시장은 허둥지둥 덧붙였다.

"마침 밖에 차를 세워놓았소, ……나올 때까지 기다리고 있을 테니 필요한 수배를 마쳐주시오."

"무슨 수배지요?"

"뭐라니? 살인범 건과 그 부랑자 건과 여급 건……"

"아 ! 그럼, 헌병들은 달리 할 일도 없으니 근처 역이라도 감시시
켜 볼까요."

메글레는 아주 고분고분한 표정이었다.

"그리고 여보게, 르로아. 빠리에 전보를 쳐서 고와이야르를 이리로
호송해 달라고 부탁해 주게. 그 일이 끝나거든 돌아가서 쉬게나."

메글레는 검은 기성복 차림의 기사가 운전하는 시장의 차를 탔다.
사브르 블랑 못 미쳐서 벼랑 위에 세워진――그 때문에 봉건시대의
성(城)처럼 보였다――별장이 보였다. 창문에 불이 켜져 있었다. 도
중에 두 사람은 한두 마디 말을 나누었을 뿐이었다.

"먼저 실례하오, 발 밑이 좀 어두워서……"

시장은 외투를 집사의 손에 던졌다.

"집사람은 잠자리에 들었나?"

"부인께서는 서재에서 시장님이 돌아오시기를 기다리고 계십니
다."

과연 부인은 서재에 있었다. 40살쯤 된 것 같았으며, 65살의 주인
과 비교해 보니 상당히 젊어보였다. 그녀는 메글레에게 가볍게 고개
를 숙였다.

"어떻게 되었어요?"

사교계의 신사처럼 시장은 부인의 손에 키스하더니 그 손을 잡은
채로 말했다.

"마음놓구려. 세관 직원 한 사람이 조금 다쳤을 뿐이오. 이제부터
메글레 씨와 의논해볼 참인데, 그렇게 하면 이런 어이없는 악몽 같
은 사건도 곧 끝날 거요."

부인은 옷자락 끄는 소리를 내며 밖으로 나갔다. 입구의 푸른 비로
드 휘장이 내려졌다. 서재는 널찍했으며, 벽은 훌륭한 판벽으로 되고
천장은 영국의 명문 저택처럼 대들보가 드러나 있었다. 상당히 화려

한 장정의 책들이 보였으나, 가장 귀중한 책은 한쪽 벽 전부를 차지하고 있는 닫혀진 책장 속에 들어 있을 것이다. 전체적으로 굉장히 호화스러웠으며 취미면으로도 나무랄 데가 없어 최고의 쾌적함을 지니고 있었다. 난방 설비가 되어 있는데도 어마어마하게 큰 난로 안에서 장작이 활활 타오르고 있었다. 미슈 박사 집에서 보았던 모조품의 사치성과는 전혀 다른 화려함이었다. 시장은 몇 개나 되는 담배상자 속에서 잎담배를 하나 골라내어 메글레에게 내밀었다.

"고맙습니다만 괜찮으시다면 파이프 담배를 피우겠습니다."

"어쨌든 앉으시오, 위스키라도 마실까요?"

시장은 벨을 누르고 담배에 불을 붙였다. 집사가 위스키를 가지고 들어왔다. 메글레는 아마도 의식적이긴 했겠지만 귀족 저택에 불려온 평민과 같이 굳어진 모습으로 앉아 있었다. 얼굴의 윤곽이 더 둔해지고 눈빛도 멍해 보였다. 시장은 집사가 나가기를 기다렸다가 말했다.

"당신도 알고 있겠지만, 이런 연속된 범행을 더 이상 보고 있을 수가 없소. 오늘로써 당신이 이 고장에 온 지도 닷새가 되었는데, 그 닷새 동안에······"

메글레는 주머니에서 마치 세탁소 여자가 쓰는 것 같은 밀랍 입힌 헝겊 표지의 수첩을 꺼냈다.

"말씀 도중입니다만······"

그는 입을 열었다.

"시장님이 말씀하시는 연속 범행에 대해서 말하겠습니다. 잘 생각해 보니 피해자들은 모두 목숨이 붙어 있습니다, 단 한 사람을 빼놓고는······. 즉 사망자는 단 한 사람, 르 퐁므레 씨뿐입니다. 세관 직원도──시장님께서도 인정하시겠지만 만일 누군가가 정말로 그의 목숨을 노렸다면 다리를 쏘지는 않았을 겁니다. 권총이 발사된 곳은 시장님도 아시는 바와 같습니다. 범인은 모습을 들킬 염려

가 없었습니다. 천천히 겨냥할 시간도 충분히 있었습니다. 지금까
지 권총을 만져본 일이 없는 사람이라면 또 모르지만……"
시장은 놀란 듯이 메글레의 얼굴을 쳐다보며 위스키 잔을 들었다.
"그러니까 당신 말은……?"
"처음부터 다리를 노렸다는 것입니다. 적어도 반대되는 증거가 나
타나기 전에는……"
"모스태강 씨의 경우도 역시 다리를 노린 거요?"
비꼬고 있는 것이 틀림없었다. 노시장의 콧방울이 부르르 떨렸다.
그는 예의바르게 태연한 태도를 보이려고 했다. 여기는 자기 집이었
기 때문이다. 그러나 그의 말투에는 뭔가 귀에 거슬리는 가시 같은
것이 있었다. 메글레는 윗사람에게 보고하는 착실한 부하직원과 같은
태도로 이야기를 계속했다.
"괜찮으시다면 함께 이 메모를 하나씩 검토해 보실까요? 우선 11
월 7일 금요일이라고 적힌 곳을 읽어보겠습니다.

 '어떤 빈 집 우편함에서 한 발의 총알이 모스태강 씨를 향해 발
사되었다.'

 우선 여기서 알 수 있는 것은, 모스태강 씨가 어떤 일정한 시간
에 담배에 불을 붙이기 위해 어떤 집 현관 앞으로 바람을 피해 들
어갈 줄은 아무도, 피해자 자신까지도 예상 못했던 일이라는 사실
입니다. 바람이 조금만 약하게 불었어도 범행은 이루어지지 않았을
겁니다. 그런데 그 문 뒤에는 권총을 든 사람이 있었지요. 그것은
미친 사람이든가, 아니면 '누군가 그곳에 오기로 된 사람'을 기다리
고 있었다는 말이 됩니다. 여기서 좀 생각해 볼 문제는 시간입니
다. 밤 11시는 제독 호텔의 까페에 있는 그 그룹 말고는 모두 잠들

어 있는 시간입니다. 나는 결론은 내리지 않습니다. 어쨌든 가능한 범인을 생각해 봅시다. 르 퐁므레 씨와 장 세르비에르 씨는——엠마도 마찬가지지만——그 테두리 안에 들어가지 못합니다. 셋 다 까페 안에 있었으니까요. 남은 사람은 약 15분 전에 나갔다는 미슈 박사와 그 발이 큰 부랑자입니다. 그리고 또 한 사람 정체불명의 인물이 있는데, 그를 X라고 부르기로 하겠습니다. 여기까지는 이의가 없으시겠지요? 그리고 모스태강 씨가 죽지 않았다는 것과, 보름 뒤면 완쾌할 것이라는 사실을 덧붙여두겠습니다.

다음은 제2의 사건입니다.

'다음날 토요일, 나는 르로아 형사와 함께 까페에 있었다. 미슈 박사와 르 퐁므레 씨, 그리고 장 세르비에르 씨, 이 세 사람과 함께 우리가 아페리티프를 마시려고 했을 때 박사가 자기 컵을 들여다보고 의심을 품었다. 분석 결과 페르노 병에 독약을 섞어넣은 것이 증명되었다.'

이 경우 가능한 범인은 미슈 박사, 르 퐁므레 씨, 세르비에르 씨 세 사람과 여급 엠마, 그리고 그 부랑자——이 자도 낮에 몰래 들어왔다가 나갔는지 모르니까요. 끝으로 X라고 부르기로 한 정체불명의 인물입니다. 그 다음을 읽어보겠습니다.

'일요일 아침 장 세르비에르 씨가 실종되었다. 그의 자동차는 그의 집에서 그다지 멀지 않은 곳에 핏자국이 묻은 상태로 발견되었다. 그 차가 발견되기 전에 〈브레스트 등대 신문〉은 사건에 대해 콩카르노 시에 공황을 불러일으키게끔 교묘하게 씌어진 기사를 받았다. 그런데 처음에는 브레스트에서, 그리고 빠리에서 세르비에르 씨를 보았다는 사람이 있는 것으로 보아 아무래도 모습을 감추고 있는 것 같다. 완전히 그 자신의 의사에 따라 그곳에 간 모양이다.'

이 경우 가능한 범인은 단 한 사람——세르비에르 씨 자신입니다.

'그날 일요일 르 퐁므레 씨가 미슈 박사와 함께 아페리티프를 마시고 집에 돌아가 저녁 식사를 마친 뒤 얼마 있다 스트리키닌에 의한 독으로 사망했다.'

이 경우 가능한 범인은 만일 그가 까페에서 독을 마셨다면 그곳에 있던 미슈 박사와 엠마, 그리고 그 X입니다. 즉 이 경우 부랑자는 제외하고 생각해도 좋습니다. 까페 안은 한순간도 빈 일이 없으며, 더욱이 이번에 독이 들었던 것은 술병이 아니라 단 한 개의 컵이었으니까요. 만일 이 범행이 르 퐁므레 씨의 집에서 이루어진 것이라면 가능한 범인은 집주인인 부인과 부랑자, 그리고 X입니다.

조금만 더 참고 들어보십시오, 이제 끝나가니까요.

'오늘 밤 한 세관 직원이 인적없는 거리를 지나가다 다리에 한 발의 총알을 맞았다. 미슈 박사는 엄중히 감시당하고 있는 감방에서 한 발자국도 밖으로 나가지 않았다. 르 퐁므레 씨는 죽었다. 세르비에르 씨는 빠리에서 경시청 수사과의 손에 붙잡혔다. 엠마와 부랑자는 같은 시간에 내 눈 앞에서 서로 끌어안고 통닭을 먹고 있었다.'

따라서 가능한 유일한 범인은 X라고 할 수 있습니다. 그는 사건이 일어나는 동안에 우리가 만나지 못한 인물입니다. 범행 전부를 저질렀는지도 모르고 또한 이 마지막 범행만을 저질렀을지도 모르는 인물입니다. 이 인물이 누구인지 우리는 모릅니다. 인상착의도 모릅니다. 또 한 가지 단서라고 하면, 이 인물은 오늘 밤 사건을 일으키는 데 이해 관계를 가지고 있었다는 사실입니다. 그것도 아주 심각한 이해 관계입니다. 어쨌든 그 권총은 지나가던 도둑이 쏜 게 아니니까요.

그러나 그 인물을 체포하라고 하셔도 무리한 일입니다. 어쨌든 이것은 시장님도 인정하시겠지만, 이 시에 있는 사람은 누구나——특별히 이 사건에 관계있는 주요한 사람들을 알고 있거나 제독 호텔의 까페에서 진을 치고 있던 단골들은 모두 다 이 X가 될 수 있는 셈이니까요. 이를테면 시장님까지도 말입니다."

이 마지막 말을 가벼운 어조로 이야기하면서 메글레는 안락의자의 등받이에 몸을 기대고 장작을 쌓아둔 쪽으로 다리를 뻗었다. 시장은 조금 놀랐을 뿐이었다.

"그것은 뭐 얼마 전에 있었던 일에 대한 보복이겠지……."

메글레는 벌떡 일어나 난로 속에다 파이프의 재를 털더니 서재 안을 성큼성큼 걸어다니면서 입을 열었다.

"그렇지 않습니다! 결론을 말하라면 이렇습니다. 어디 한번 말해 볼까요? 저는 다만 이번과 같은 사건은 의자에 앉아 전화 한 통으로 지휘할 수 있는 그런 단순한 일이 아니라는 점을 시장님께서 이해해 주셨으면 하고 바랐을 뿐입니다. 그리고 또 한 가지 실례를 무릅쓰고 말한다면, 제가 수사의 책임을 지고 있는 경우에는 무엇보다도 쓸데없는 참견을 받고 싶지 않습니다!"

이것은 무의식중에 입 밖으로 튀어나온 말이었다. 벌써 며칠 전부터 마음 속에서 맴돌고 있던 말이다. 메글레는 마음을 가라앉히려는 듯 위스키를 한 모금 마시더니, 이제 할 말을 다 했으니 돌아갈 일만 남았다는 듯 문 쪽을 보았다. 시장은 한동안 말없이 앉아 자기 담배 끝에 매달린 흰 재를 물끄러미 보고 있었다. 이윽고 그 재를 재떨이에 털더니 천천히 자리에서 일어나 살피듯이 메글레의 시선을 쫓았다.

"들어보시오, 경감……"

시장은 조심스럽게 말을 고르고 있는 듯, 사이사이 침묵이 끼어들었다.

"지금까지…… 가끔 경감을 대할 때마다 좀 성급한 점을 보인 것은 …… 내가 잘못한 일인지도 모르오."

이렇게 나오다니 좀 뜻밖이었다. 그것도 이런 화려한 배경 속에서, 백발에 비단테를 두른 윗옷과 줄이 똑바로 선 회색 바지를 입고 있는 이 노인의 모습이 전에 없이 귀족적인 느낌을 주고 있느니만큼 더욱 뜻밖이었다.

"나는 이제야 당신의 참된 면을 안 것 같소. 겨우 5, 6분 동안에 단순히 사실을 요약해 보임으로써 당신은 이 사건의 바닥에 깔린 우려가 되는 핵심——그야말로 나 같은 사람으로서는 꿈에도 생각지 못했던 복잡한 수수께끼를 손에 잡힐 듯이 보여주었소. 솔직히 말하지만, 실은 그 부랑자에 대해 당신이 전혀 손을 쓰지 않았으므로 좋지 않은 감정을 가졌던 게 사실이오."

시장은 메글레 앞으로 다가가서 그의 어깨에 손을 얹었다.

"그렇게 너무 찡그린 얼굴을 보이지 마시오. 나 역시 책임이 상당히 무겁소."

굵은 손가락 끝으로 파이프에 담배를 담고 있던 메글레의 감정을 분명히 꿰뚫어볼 수는 없었을 것이다. 그 담배쌈지는 닳아서 떨어졌다. 그의 시선은 창문 밖으로 보이는 바다의 아득한 수평선 언저리를 더듬고 있었다. 그는 불쑥 물었다.

"뭡니까, 저 빛은?"

"등대지요."

"그게 아니라 저 작은 불빛 말입니다, 오른쪽에 보이는……"

"미슈 박사의 집 말이오?"

"그럼, 하녀가 돌아온 모양이지요?"

"아니, 그의 어머니 미슈 부인이 돌아온 거요, 오늘 오후에……"

"만나보셨습니까?"

메글레는 시장의 태도에서 좀 난처해 하는 듯한 기미를 느꼈다.

"미슈 부인은 아들이 없어서 깜짝 놀랐지요. 그래서 사정을 알려고 우리 집에 왔던 거요. 나는 체포되었다는 말을 하고, 그건 오히려 보호하기 위한 조치였다고 설명했습니다. 사실이 그렇지 않소? 그러자 감방에 면회하러 갈 수 있게 해달라고 하더군요. 그런데 호텔에선 당신이 어디로 갔는지 전혀 모른다길래 내가 책임지고 그 면회를 허락했소. 부인은 저녁식사를 하기 직전에 또 새로운 정보를 들으러 왔지요. 그때는 내 아내가 저녁 식사에 초대한 셈인데……"

"사이가 좋습니까, 부인과는?"

"글쎄, 그렇게 말해도 될까요? 좀더 정확히 말하자면 이웃끼리 다정하게 지내는 거지요. 겨울철에는 콩카르노에 사귈 만한 친구가 참으로 적으니까요."

메글레는 또 서재 안을 돌아다니기 시작했다.

"그러니까 세 분이 저녁 식사를 같이 하셨군요?"

"그렇지요. 별로 이상한 일이 아니오. 나는 되도록 부인을 안심시켜 주었소. 헌병대에 다녀와서 신경이 몹시 날카로워졌기 때문에……. 아들을 키우느라고 몹시 고생한 사람이지요. 그다지 건강한 아들이 아니었거든요."

"르 퐁므레 씨와 장 세르비에르 씨의 이야기는 나오지 않았습니까?"

"부인은 옛날부터 르 퐁므레 씨를 싫어했소. 그 사람에게 끌려다니면서 술을 마신다고 아들을 나무라곤 했었지요. 그러나 실은……"

"세르비에르 씨와는 어땠습니까?"

"그 사람과는 그다지 가까이 지내지 않은 것 같소. 세르비에르 씨는 어쨌든 같은 계층이 아니었으니까요. 별 볼일 없는 저널리스트로, 술자리에서만의 친구지요. 그냥 재미있는 사람이라고 할 수 있는 그런 인물이오. 그러나 이를테면 그의 부인을 손님으로 맞아들일 수 없거든요. 과거 경력이 결코 내세울 만한 사람은 아니기 때문이지요. 이것이 작은 고장에서의 생활이라는 겁니다. 그런 차별을 하는 것도 어쩔 수 없습니다. 그 점으로도 내가 초조해 하는 까닭을 조금은 알아주리라고 생각하오. 당신은 모르겠지만, 이런 조그만 항구 도시에서 시 행정을 업주측이나 어떤 시민 계급의 감정을 고려하면서 해나간다는 것은……"

"미슈 부인은 여기서 몇 시에 돌아갔습니까?"

"10시쯤이었소. 아내가 차로 바래다주었지요."

"저 불빛으로 보니 미슈 부인은 아직 안 자는 모양인데……"

"언제나 그렇지요. 나 역시 그렇습니다. 나이가 들수록 그다지 많이 자게 되지 않으니까요……. 밤늦게까지 나는 여기서 책을 읽거나 서류를 검토하곤 하지요."

"미슈 모자(母子)의 사업은 순조로운가요?"

시장은 또 난처한 눈치를 보였으나 거의 눈에 띄지 않을 정도였다.

"아직 순조롭다고 할 수는 없습니다. 사브르 블랑의 땅값이 올라야지요. 미슈 부인이 빠리에서 교제하는 것으로 보아 머지않아 그렇

게 될 것 같소. 분양지도 상당히 여러 곳이 팔리고 있고…… 봄이
되면 집도 짓기 시작하겠지요. 이번 여행 동안에 부인은 이름은 말
할 수 없지만 어떤 은행가를 설득하여 저 언덕 꼭대기에 멋진 별장
을 짓도록 대충 이야기를 정하고 온 모양이오."

"한 가지만 더 여쭤보겠습니다. 지금 분양하고 있는 저 땅이 전에
는 누구의 것이었습니까?"

시장이 한 마디로 대답했다.

"내 것이었소! 부모가 물려준 재산이었지요. 이 별장과 마찬가지
로 히스와 금작화 같은 것이 우거진 곳이었는데, 미슈 집안이 그
일에 착안을 하여……"

마침 멀리 보이던 그 불빛이 꺼졌다.

"위스키를 한 잔 더 하겠소? 물론 차로 바래다주겠소."

"그럴 필요는 없습니다. 저는 걷기를 좋아합니다. 생각할 일이 있
을 때는 더욱 그렇습니다."

"당신은 어떻게 생각하오, 그 황색 개를? 솔직히 말해서 나는 그
개 때문에 몹시 골치를 앓고 있소. 그 개와 독이 섞인 페르노……
아무튼 결국……"

그러나 메글레는 이제 모자와 외투를 찾으려는 듯 사방을 둘러보고
있었다. 시장은 벨을 누를 수밖에 없었다.

"데르팡, 경감님에게 옷을 갖다드리게."

주위는 너무도 조용하여 이 별장의 토대를 이루고 있는 바위에 부
딪치는 둔하고 규칙적인 파도소리를 뚜렷이 들을 수 있을 정도였다.

"정말 차가 필요하지 않소?"

"네, 괜찮습니다."

그 자리의 공기에는 전등 둘레에 맴돌고 있는 사그라든 담배 연기
와도 비슷한 것이 남아 있었다.

"대체 내일이 오면 시민의 정신 상태는 어떻게 될까? 만일 바다가 잔잔해지면 적어도 어부들은 시내에 없겠지. 모두들 잔잔한 바다를 이용하여 새우 어살을 치러 갈 테니까."

메글레는 집사의 손에서 외투를 받아들려고 큰 손을 내밀었다. 시장은 아직도 물어보고 싶은 일이 있는 모양이었으나 하인 앞이라 망설이고 있는 듯했다.

"앞으로 얼마쯤 시간이 걸릴 것 같소, 이 사건이?"

기둥시계가 오전 1시를 가리키고 있었다.

"오늘 밤에 완전히 결말이 나리라고 봅니다."

"그렇게 빨리? 아까 들은 것과 같은 상황인데도 말이오? 그러니까 당신은 세르비에르 씨에게 기대를 걸고 있는 모양이군요? 아니면"

이미 늦었다. 메글레는 벌써 계단을 내려가기 시작했다. 시장은 마지막으로 이야기하려고 말을 찾았다. 그러나 자신의 감정을 전달할 수 있는 말을 찾아낼 수가 없었다.

"정말 미안하오, 걸어서 돌아가게 하다니…… 이렇게 험한 길을……"

대문이 닫혔다. 메글레는 거리로 나갔다. 머리 위에는 아름다운 하늘이 있고, 묵직한 구름들이 달을 앞지르려고 달음질치고 있었다. 공기가 아주 맑았다. 바다 쪽에서 바람이 불어오고 있어 해초 냄새가 났다. 바닷가 모래밭 위에 군데군데 해초를 쌓아놓은 듯한 검은 무더기가 보였다. 메글레는 두 손을 주머니에 넣고 파이프 담배를 피우며 천천히 걸어갔다. 멀리서 시장의 별장을 돌아다보니 서재의 불이 꺼지고, 이어서 3층에 불이 켜지더니 곧 커튼이 가려졌다. 그는 시내로 빠지지 않고 그 세관 직원처럼 해안을 따라 걸어가 그가 총에 맞은 모퉁이에서 잠깐 멈춰섰다. 근처는 조용했다. 여기저기 가스등이 외롭게 서 있었다. 콩카르노는 잠들어갔다.

광장까지 와보니 제독 호텔의 까페 창문에 아직도 불이 켜져 있어 그 독기를 품은 흐릿한 빛이 원을 그리며 밤의 평화를 깨뜨리고 있었다. 메글레는 문을 밀어 열었다. 신문기자 하나가 전화로 원고를 보내고 있었다.

"⋯⋯이제 누구를 의심해야 좋을지도 모르게 되었다. 이곳에서는 모두들 불안한 얼굴로 서로 흘끔흘끔 쳐다보고 있다. 혹시 이 자가 살인범일까, 아니면 저 자일까 하고, 지금처럼 수수께끼와 공포에 싸인 공기가 사방을 내리눌렀던 일은 일찍이 없었다⋯⋯"

까페 주인은 풀죽은 모습으로 카운터에 앉아 있었다. 그는 메글레의 모습을 보자 무슨 말을 하려고 했다. 불평의 내용은 듣지 않아도 알 수 있었다. 까페 안은 정신이 없었다. 테이블마다 신문과 빈 컵이 널려 있고, 한 카메라맨은 라디에이터 위에서 부지런히 인화지를 말리고 있었다. 르로아 형사가 메글레 쪽으로 다가왔다. 그는 의자에 털썩 주저앉아 있는 통통한 여자를 가리키며 나직한 목소리로 말했다.

"고와이야르 부인입니다."

여자가 일어섰다, 눈 가장자리를 닦으면서.

"경감님! 정말이에요, 이제 누구를 믿어야 할지 모르게 되었어요. 장은 무사히 있나요? 하지만 그럴 리 없잖아요, 그 사람이 그런 연극을 하다니! 내게 그런 짓을 할 까닭이 없어요! 이렇게 걱정하게 만들다니, 까닭을 모르겠군요. 난 이제 미칠 것만 같아요. 대체 무엇하러 빠리에 갔을까요? 어떻게 된 걸까요? 더욱이 나를 놔두고⋯⋯"

그녀는 울고 있었다. 사정을 다 알고 있는 듯한 여자의 울음이었다. 솟아오르는 눈물이 볼을 타고 턱까지 흘러내리는데도 상관없이 계속 울면서, 한쪽 손으로 봉긋한 유방 근처를 누르고 있었다. 그런가 하면 그녀는 코를 훌쩍거렸다. 그리고 손수건을 찾았다. 이윽고 그녀는 또다시 지껄이기 시작했다.

"정말이지 그럴 리가 없어요! 그이가 조금 바람기 있는 것은 사실이지만, 그런 짓을 했을 리가 없어요. 언제나 돌아와서는 나에게 사과하곤 했는걸요. 그래요, 정말이에요. 그런데 저 사람들은……"

그녀는 신문기자들 쪽을 가리켜보았다.

"저 사람들은 장이 직접 차 안에 피를 묻혔다는 거예요. 그렇게 해서 범죄가 저질러진 것처럼 보이게 했다는 거죠. 하지만 그렇다면 그이는 돌아올 생각이 없었다고 볼 수밖에 없잖아요? 그런데 분명히 말씀드리지만, 나는 다 알고 있어요. 그이는 틀림없이 돌아왔을 거예요! 그이는 결코 바람피울 사람이 아니었어요. 다른 사람들이 끌어들이지 않는 한…… 르 퐁므레 씨며 미슈 박사며 시장까지…… 모두들 달려들어서 그런 식으로 만들어버린 거예요. 그러고도 나한테는 길에서 만나도 인사도 하지 않아요. 나 같은 것은 그 사람들 눈에 하찮은 여자로 보이는 거지요. 그이가 체포되었다지만, 난 그런 말은 믿지 않아요. 그이가 왜 나쁜 짓을 하겠어요? 지금의 생활쯤이야 충분히 해나갈 만한 수입이 있고…… 우리는 행복하게 살았어요. 가끔 그이가 바람을 피우긴 했지만……."

메글레는 그녀의 얼굴을 바라보고 한숨을 내쉬더니 테이블 위 컵을 들어 단숨에 마셔버린 다음 중얼거리듯 말했다.

"실례합니다, 부인, 이제 자야겠습니다."

"경감님도 역시 그이가 무슨 죄를 저질렀다고 믿고 계시나요?"

"나는 아무것도 믿지 않는 주의입니다. 부인도 나처럼 생각하십시오. 내일이라는 날도 있으니까요."

그리고 나서 메글레는 무거운 발걸음으로 계단을 올라갔다. 아까부터 줄곧 전화를 걸고 있던 기자는 메글레의 마지막 말은 곧 이용했다.

"가장 새로운 정보에 의하면 드디어 내일 메글레 경감은 이 신비에 싸인 수수께끼를 해명해 보일 예정이라고 한다."

기자는 목소리의 어조를 바꾸어 덧붙였다.

"이것이 다일세. 무엇보다도 편집장에게 잘 말해 주게. 내 원고를 한 줄도 바꾸지 않도록 말이야. 편집장은 알 수 없을 걸세, 현장에 와보지 않고는……."

기자는 수화기를 놓자 메모한 수첩을 주머니에 넣으며 주문했다.

"그로그를 부탁합니다, 영감님! 럼 술을 잔뜩 넣고 물은 조금만 넣어주시오."

한편 고와이야르 부인은 특파원 한 사람이 바래다주겠다고 하자 순순히 따라나섰다. 그녀는 걸으면서 또다시 마음 속의 말을 털어놓기 시작했다.

"달리 할 말은 없지만, 그러나 남편은 좀 바람기가 있는 편이어서……. 하지만, 그거야…… 남자들이란 모두 마찬가지 아니겠어요?"

조가비 세공 상자

　다음날 아침 메글레는 아주 기분이 좋았다. 따라서 르로아 형사도 함께 따라다니며 말을 걸기도 하고 질문까지 할 용기가 솟았다. 게다가 아무도 그 까닭을 설명할 수는 없었지만, 조금 긴장이 풀린 듯한 느낌이 모두에게 흐르고 있었다. 그것은 아마 갑자기 활짝 갠 날씨 때문이었는지도 모른다. 하늘은 마치 지금 막 씻어낸 것 같았다. 좀 흐리기는 해도 빛나는 하늘은 가벼운 구름조각이 그 푸르름 속에서 반짝이고 있었다. 그리고 수평선도 훤히 트여 있어 마치 둥근 지붕을 파헤쳐놓은 것 같았다. 바다는 잔잔하고 매끄럽게 햇빛을 받아 반짝이며, 군데군데 솟은 돛대의 그림자가 마치 참모본부의 지도 위에 세워놓은 작은 깃발처럼 보였다. 햇빛이 잠깐만 비쳐도 콩카르노 시의 모습은 완전히 달라지는 것이다. 비를 머금은 흐린 하늘 밑에서는 캄캄하고 침울한 느낌을 주는 옛 거리의 성벽이, 날씨가 개이면 밝고 눈부신 흰색으로 바뀌기 때문이다. 아래층에서는 사흘 동안 이리저리 왔다갔다하는 바람에 지쳐버린 신문기자들이 커피를 마시며 잡담을 나누고 있었다. 그중 한 사람은 맨발에 신발을 끌고 실내복 차림으로 내려와 있었다.

메글레는 엠마의 방에 들어가 보았다. 말이 방이지 실은 다락이었다. 골목 쪽으로 들창이 있고, 천장이 기울어져 있어서 일어설 수 있는 곳은 방 안의 절반밖에 안 되었다. 창문이 열려 있었다. 공기가 차가웠으나 어딘지 모르게 태양의 훈훈함을 느낄 수 있었다. 날씨가 개자 골목 맞은쪽 집 여자가 창문에 빨래를 널고 있었다. 어떤 학교의 운동장에서 쉬는 시간인지 아이들이 떠드는 소리가 들려왔다. 작은 철제 침대 끝에 걸터앉아 있던 르로아가 말을 꺼냈다.

"아직 경감님의 수사 방법을 납득할 수는 없지만, 아무래도 짐작이 가신 것같이 여겨지는군요."

메글레는 상냥한 눈으로 르로아 쪽을 보더니 양지 쪽으로 담배 연기를 푸우 내뿜었다.

"그건 운이 좋았던 걸세. 특히 이번 사건에서는 방법 같은 것에 구애받지 않겠다는 것이 나의 방법이었으니까. 한 가지 충고해 두고 싶은데, 만일 앞으로 승진을 원한다면 무엇보다도 나의 수사 방법을 본뜨거나 내가 하고 있는 일에서 이론을 끌어내려고 해선 안 되네."

"그렇지만 지금 경감님은 결국 물적 증거로 돌아가려고 하시는 것 같은데요? 이렇게 마지막에 와서……."

"맞았네. 마지막 고비에 와서야, 모든 일을 다 끝마친 뒤에야 말일세. 다시 말하면 나는 수사를 거꾸로 해온 걸세. 그렇다고 다음에는 정상적인 방향에서 한다고 장담할 수는 없지만……. 분위기도 관계가 있지, 상대하는 사람들의 얼굴 표정에도 관계가 있고, 이곳에 왔을 때 나는 문득 어떤 얼굴과 마주쳤는데 그 얼굴에 마음이 끌렸네. 그리하여 줄곧 그 얼굴에서 눈을 떼지 않으려고 해왔던 걸세."

그러나 메글레는 그것이 누구의 얼굴이라고는 말하지 않았다. 그는 옷을 거는 곳에 씌워 놓은 낡은 덮개를 걷어올렸다. 거기에는 엠마가 나들이용으로 간직해 둔 듯한 검은 비로드로 된 브레타뉴식 옷이 한 벌 걸려 있었다. 화장대 위에는 이가 다 빠진 빗이며 머리핀, 그리고 칙칙한 분홍빛 분통이 놓여 있었다. 화장대 서랍에서 찾아낸 상자가 메글레가 찾고 있던 물건인 듯했다. 번쩍이는 조가비를 박아 만든 상자로, 해안지방의 선물가게라면 어디서나 팔고 있는 물건이었다. 지금 메글레가 들고 있는 것은 적어도 10년 전의 것으로 보였으며, 어디를 어떻게 거쳐왔는지 '오스탠드 토산품'이라는 글씨가 씌어 있었다. 상자에서는 낡은 판지와 먼지와 향수와 그을린 종이 냄새가 났다. 르로아와 나란히 침대 끝에 앉아 있던 메글레는 굵은 손가락 끝으로 자잘한 물건을 점검해 보았다. 네모반듯하게 자른 파란 유리알을 가는 은줄에 꿴 묵주와, 첫 영성체를 했을 때 얻은 메달이 있었다. 빈 향수병도 있었는데, 병이 예뻐서 간직해 둔 듯싶었다. 아마도 이 호텔에서 묵고 간 어떤 손님의 방에서 가져온 것이겠지……. 무도회나 축제를 기념한 듯한 조화가 강렬한 붉은 빛을 띠고 있었다. 그 옆에 있는 작은 금빛 십자가가 그래도 조금이나마 값이 나가는 유일한 물건이었다. 그림엽서가 많이 있었다. 그중 한 장은 칸느에 있는 큰 호텔의 그림엽서였다. 뒷면에 여자 글씨로 이렇게 씌어 있었다.

언제나 비가 내리는 것 같은 곳에 있기보다는 이리로 오는 것이 좋을 거야. 게다가 벌이도 좋아. 밥은 먹고 싶은 대로 먹을 수 있단다. 그림, 잘 있어.

루이즈

메글레는 그 엽서를 르로아에게 건네주고 나서 한 장의 사진을 주의깊게 들여다보았다. 그것은 축제 사격놀이에서 총알이 과녁을 잘 맞히면 상품으로 찍어주는 사진이었다. 총을 어깨에 대고 있으므로 남자의 얼굴은 거의 보이지 않았으며 한쪽 눈을 감고 있었다. 어깨가 굉장히 넓고, 머리에 선원 모자를 쓰고 있었다. 엠마는 카메라 렌즈를 향해 보라는 듯이 웃으며 남자의 팔을 붙잡은 모습이었다. 사진 아래쪽에는 칸페르(콩카르노에서 북쪽으로 30킬로미터 지점에 있는 이 지방의 도청소재지)라고 씌어 있었다. 몇 번이나 되풀이해서 읽은 듯 꾸깃꾸깃 구겨진 편지가 한 통 있었다.

사랑하는 엠마

드디어 결정이 나서 계약도 마쳤어. 이제 내 배를 가질 수 있게 된 거야. 배 이름은 '아름다운 엠마'라고 붙일 예정이야. 칸페르의 신부님이 다음 주일에 명명식을 해주기로 되어 있어. 성수(聖水), 보리쌀, 소금, 여러 가지 물건을 준비해야 하는데 진짜 샴페인도 내놓을 생각이야. 어쨌든 한껏 화려하게 해서 이 고장 사람들이 두고두고 말할 수 있는 축제가 되게 하고 싶어.

처음에는 돈을 내는 일이 좀 괴롭겠지. 일년에 1만 프랑을 은행에 내야 해. 그러나 사방 6백자의 돛을 달고 10노트의 속력을 낼 수 있는 배야. 영국으로 양파를 실어나르면 벌이도 상당할 거야. 그러면 우리도 머지않아 결혼할 수 있겠지. 첫 항해의 짐은 이미 맡아놓았지만, 워낙 경험이 없기 때문에 자칫 잘못하다가는 속을 것만 같아.

명명식에는 가게 아주머니에게도 이틀쯤 휴가를 줄 생각이야. 아무튼 모두들 열심히 해주니까. 당신도 그날 안으로는 콩카르노에 돌아올 수 있도록 해. 지금까지 나는 벌써 여러 차례나 까페에서 한턱냈었어. 내 배가 이미 항구에 떠서, 만든 지 얼마 안 된 새 깃

발을 날리고 있으니까.

배 위에서 사진을 찍을 텐데, 사진이 나오는대로 곧 보내줄게. 당신이 귀여운 아내가 되는 날을 손꼽아 기다리며 진심으로 키스를 보내.

레옹

메글레는 골목 맞은쪽에 널어놓은 빨래를 꿈꾸는 듯한 표정으로 바라보면서 그 편지를 주머니 속에 넣었다. 조가비를 박아놓은 상자 속에는 이제 아무것도 없었다. 펜대가 하나 남아 있을 뿐이었다. 뼈로 아름답게 깎은 펜대로, 렌즈 같은 유리 속에 노뜨르담 사원의 지하 성당 그림이 보였다.

"미슈 박사가 늘 묵고 있던 방에 누가 든 것 같던가?"

메글레가 물었다.

"그렇지 않을 겁니다. 기자들은 3층 방에 있고……."

메글레는 또다시 그냥 마음을 달래기 위해 한 차례 뒤져 보았으나, 주의를 끌 만한 것은 아무것도 나타나지 않았다. 잠시 뒤 메글레는 2층으로 내려가 3호실 문을 들어서고 있었다. 발코니에서 항구와 바다가 한눈에 내려다보이는 방이었다. 침대는 깨끗이 정돈되었고, 바닥도 반짝반짝하게 닦아놓았다. 주전자 위에 새 수건이 놓여 있다. 르로아 형사는 약간 회의적인 기분이 섞인 호기심으로 메글레의 동작을 눈으로 쫓고 있었다. 메글레는 가볍게 휘파람을 불며 사방을 둘러보았는데, 문득 창문 앞에 놓여 있는 작은 떡갈나무 테이블을 바라보았다. 그 위에는 광고용 메모철과 재떨이가 놓여 있었다. 메모지철에는 위쪽에 호텔 이름을 인쇄한 흰 편지지와 역시 호텔 이름을 넣은 파란 봉투가 있었다. 그와 함께 큰 압지가 두 장 있는데, 한 장은 잉크가 묻어 거의 새카매졌으나 다른 한 장은 글씨 모양이 불완전한 철자 자국이 조금 묻어 있을 뿐이었다.

"거울을 좀 찾아다주게!"

"큰 것 말입니까?"

"아무거라도 좋네. 테이블 위에 놓을 수 있을 만한 것이면 돼."

이윽고 르로아가 돌아와보니 메글레는 발코니에 서서 조끼 진동 둘레에 손가락을 걸친 채 아주 만족한 모습으로 파이프 담배를 피우고 있었다.

"이거면 될까요?"

창문이 다시 닫혔다. 메글레는 거울을 테이블 위에 세워 놓고 촛대를 두 개 난로 위에서 가져오더니 거울 맞은쪽에 압지를 세워놓았다. 거울에 비친 글씨는 쉽사리 읽을 수 있는 게 아니었다. 글씨가 한 자 빠져 있거나, 한 마디가 고스란히 빠지기도 했다. 그렇지 않은 곳도 선이 흐릿하여 추측할 수 밖에 없었다.

"알았습니다!"

르로아가 의기양양한 얼굴로 소리쳤다.

"좋아. 그럼, 주인한테 가서 엠마의 매상 장부를 빌려오게. 매상 장부가 아니라도 엠마가 쓴 것이라면 아무거라도 되네."

메글레는 읽을 수 있는 낱말을 한 장의 종이에 연필로 옮겨썼다.

'……만나……11……빈집……꼭……'

르로아 형사가 돌아왔을 때 메글레는 빠져 있는 부분을 대충 짐작으로 메워서 다음과 같은 편지를 만들어냈다.

꼭 만나고 싶습니다. 내일 11시에 호텔 조금 못 미처 광장에 있는 빈집으로 와 주세요. 꼭 오실 것으로 알겠습니다. 대문을 두드리기만 하면 곧 열겠습니다.

"장부를 빌려왔습니다. 엠마가 매일 썼다고 합니다."

르로아가 말했다.

"이제 그런 것은 필요없네. 편지에 뚜렷이 서명해 놓았군. 여길 보게. 'ㅁ마', 이것은 즉 '엠마'가 아니겠나? 게다가 이 편지는 이 방에서 쓴 걸세!"

"그녀가 박사와 만나고 있을 때 말입니까?"

르로아가 기가 막히다는 듯이 말했다. 메글레는 이 가정을 받아들이지 않으려는 르로아의 기분을 잘 알 수 있었다. 어젯밤 둘이서 처마 밑에 쭈그리고 앉아 그런 광경을 보고 난 뒤였으니만큼 더욱더 그럴 것이다.

"그러면 그 여자 쪽에서……?"

"침착하게, 침착해! 성급하게 결론 내려선 안 돼! 특히 추론은 금물일세! 몇 시에 도착하나, 장 고와이야르가 호송되어 오는 기차는?"

"11시 32분입니다."

"그럼, 이제부터 해야 할 일이 있는데, 우선 호송 형사 두 사람에게 그를 헌병대로 데리고 와달라고 부탁해 주게. 정오쯤이면 헌병대에 도착하겠군. 그리고 시장에게 전화를 걸어서 역시 그 시간에 같은 장소로 와달라고 말해 주게. 아니, 또 있네, 미슈 부인에게도 그렇게 전하게. 집으로 전화를 걸면 될 걸세. 그리고 마지막으로 아마 곧 경찰이나 헌병이 엠마와 그 사나이를 데리고 오겠지만, 그들도 같은 시간에 헌병대로 보내주게. 이제 아무도 빠진 사람이 없겠지? 좋아. 그리고 한 가지 주의해 둘 일이 있네. 내가 없는 곳에서 엠마를 심문 하는 일이 없도록 해주게. 엠마가 스스로 말하는 일도 없도록 말일세."

"세관 직원은?"

"그 사람은 필요없네."

"모스태강 씨는?"

"글쎄…… 상관없겠지, 뭐. 그럼, 이제 다 됐네!"

까페로 내려가자 메글레는 이 고장의 싸구려 브랜디를 주문하여 옆에서 보기에도 즐거운 듯이 천천히 마시며 신문기자들에게 말을 걸었다.

"머지않아 대단원의 막이 내립니다, 여러분! 오늘 밤 여러분은 빠리로 돌아가게 될 것입니다."

옛 거리의 구불거리는 길을 천천히 걸어가면서 메글레는 점점 더 기분이 좋아졌다. 그리고 밝은 프랑스 국기가 나부끼는 헌병대의 문 앞에 닿았을 때도 태양의 반짝임과, 삼색기의 색깔과, 햇빛에 반짝이는 듯한 성벽의 마술과 같은 작용에 의해 주위의 공기가 마치 빠리의 축제처럼 들떠 있는 것을 알았다. 나이많은 헌병이 한 사람 문 저쪽에서 의자에 앉아 오락 신문을 읽고 있었다. 가득 깔린 작은 포석들 사이에 파란 이끼가 낀 줄이 가로세로 치닫고 있는 안뜰은 수도원의 안뜰같이 고요했다.

"반장은?"

"모두 나갔습니다, 대장도 반장도 헌병대에 있는 사람은 모두. 경감님도 알고 계시겠지만 그 부랑자를 수색하러 나갔습니다."

"미슈 박사는 한 발자국도 밖에 나가지 않았겠지?"

헌병은 오른쪽 감방의 쇠창살이 박힌 창문을 쳐다보며 싱긋 웃었다.

"그런 걱정은 하실 필요가 없습니다."

"문을 열어주게."

자물쇠가 열리자마자 메글레는 명랑하고 친근감이 담긴 목소리로 입을 열었다.

"안녕하시오, 박사! 잠은 잘 잤습니까?"

그러나 그의 눈에 비친 것은 야영 침대 위에서 회색 담요 밖으로 목을 내밀고 있는 수척해진 창백한 얼굴이었다. 쑥 들어간 눈이 뜨겁게 빛나고 있었다.

"아니, 몸이 좋지 않습니까?"

"굉장히 나쁩니다."

미슈는 잠자리에서 몸을 일으키고서 한숨을 쉬며 중얼거렸다.

"그 신장 때문이지요."

"필요하신 것은 다 요구해서 쓰셨겠지요?"

"네, 친절하게도……."

박사는 옷을 입은 채 자고 있었다. 그대로 담요에서 발을 내놓고 침대에 걸터앉더니 이마에 손을 대었다. 메글레도 의자에 앉아 멍하니 등받이에 팔꿈치를 올려놓았다. 그의 모습은 넘칠 듯한 건강과 활기로 빛나고 있었다.

"아니, 당신은 브르고뉴 포도주를 주문하신 모양이군요!"

"어머니가 어제 가지고 오신 겁니다. 되도록 어머니는 오시지 말았으면 했는데…… 보나마나 빠리에서 무슨 말을 들으셨을 겁니다. 그래서 돌아오신 거겠지요."

거무스름해진 눈 가장자리가 더 넓어져 볼까지 번졌으며 수염이 자란 볼이 아주 수척해 보였다. 게다가 넥타이도 없고 양복이 구겨졌으므로 더욱 초라해 보였다. 박사는 이야기 도중에 조급해 하며 힘없는 기침을 했다. 일부러 보라는 듯이 손수건에 가래를 뱉고, 결핵을 두려워하여 몸조심하고 있는 사람처럼 물끄러미 그것을 들여다보았다. 그는 걱정스러운 듯이 물었다.

"뭐, 새로운 일이라도 있었습니까?"

"헌병이 말해 주었겠지요, 어젯밤에 있었던 사건에 대해?"

"아니오, 무슨 일인데요? 대체 누가 또……?"

박사는 마치 누구에게 습격당할까봐 걱정하듯이 벽에 몸을 바싹 붙였다.

"대단한 일은 아닙니다. 지나가던 사람이 다리에 한 발 맞았을 뿐입니다."

"그래, 붙잡혔습니까, 그…… 그 범인은? 이제 더 이상 참을 수 없습니다, 경감님! 이렇게 되고 보면 누구나 미칠 겁니다. 또 제독 호텔의 카페 손님이었겠지요? 그렇지요? 보십시오, 우리를 노리고 있는 겁니다! 그러나 아무리 곰곰이 생각해 보아도 대체 무엇 때문인지 짐작이 안 가는군요. 정말이지 무엇 때문일까요? 모스태강, 르 퐁므레, 장 세르비에르 그리고 우리 전부를 노린 그 독약! 이런 형편이니 나도 언젠가는 당하게 될 겁니다. 아무리 이곳에 숨어 있다 해도 말입니다. 그러나 무엇 때문에 그런 꼴을 당해야 합니까?"

박사의 얼굴은 이제 창백하다기보다 아예 납빛이었다. 더욱이 그의 모습은 도저히 눈뜨고 볼 수 없을 정도로 공포에 사로잡힌 인간의 비참함과 애처로움을 아주 생생하게 드러내보이고 있었다.

"이런 상태로는 자려고 해야 잘 수가 없습니다. 이를테면 이 창문…… 하기야 쇠창살이 있긴 합니다. 하지만 쇠창살 사이로 총을 쏠수도 있으니까요. 그리고 밤입니다! 헌병들도 모두 잠이 들거나 다른 일에 정신을 빼앗길지도 모릅니다. 나는 태어나면서부터 이런 생활을 참아내지 못하는 사람입니다! 어젯밤에도 이 포도주를 한병 다 마셨지요, 잠이 들 수 있을까 하고요. 그런데 한숨도 잘 수없었습니다. 나는 완전히 환자였습니다. 그 부랑자만이라도 잡아줬으면 좋으련만…… 그 개와 함께……. 그 뒤로 그 개를 보았습니까? 여전히 까페 근처를 돌아다니고 있습니까? 나는 아무래도 모르겠습니다. 왜 단번에 쏘아죽이지 않는지 말입니다. 그 개는 물론 개주인인 부랑자도 함께!"

"그 부랑자는 어젯밤 콩카르노를 떠났습니다."

"아니, 그래요?"

미슈 박사는 쉽게 믿을 수 없다는 듯한 태도였다.

"그 직후였습니까, 이…… 이번 범행이 있고 나서?"

"그 전입니다."

"그렇다면…… 그럴 리가 없습니다! 그렇게 되면 즉……"

"그렇소! 나도 어젯밤에 그 점을 시장에게 말했지요. 여기서만 하는 말이지만 정말 재미있는 분이더군요, 그 시장이라는 사람은. 그분을 어떻게 생각합니까, 당신은?"

"나 말입니까? 글쎄요, 아무래도…… 나는……"

"어쨌든 당신에게 그 분양지를 판 사람이 아닙니까? 당신은 그 사람과 교제가 있던 게 아닙니까? 즉 세상에서 말하는 친구 사이라는 말입니다."

"그렇기는 하지만 주로 분양지 관계로 알게 된 사이이지요. 이웃끼리의 친분으로 사귀었을 뿐입니다. 이런 좁은 곳에서는……"

메글레는 박사의 목소리에 생기가 돌고, 꿈벅거리던 눈초리에 얼마쯤 초롱초롱한 기운이 떠오르는 것을 알았다.

"시장에게 무슨 이야기를 하셨습니까?"

"내가 시장에게 말한 것은 계속 일어나는 범행——다시 말하면 살인계획이라고 해도 좋습니다만——이 현재 우리가 알고 있는 인물의 짓이 아니라는 점이었습니다. 여기서 사건을 하나하나 더듬어보는 일은 그만두기로 하고, 요점만 말하겠습니다. 내가 설명한다면 전문가로서 객관적으로 이야기하는 게 되겠지요? 우선 분명한 일은 당신으로서는 도저히 어젯밤 세관 직원을 쏠 수 없었다는 것입니다. 그 사실로서는 당신을 문제에서 제외해도 좋은 셈입니다. 르 퐁므레 씨도 그를 쏠 수 없었을 겁니다. 내일 아침 그의 장례식이 거행될 테니까요. 고와이야르 씨도 마찬가지지요. 그는 마침 빠리에서 붙잡혔을 때였습니다. 게다가 이 두 사람은 다 지난 금요일 밤 그 빈 집의 우편함 뒤에서 있을 수도 없었습니다. 이 점은 엠마도 마찬가지입니다."

"그러나 누런 개를 데리고 있는 그 부랑자는?"

"그 자도 생각해 보았습니다. 그러나 르 퐁므레 씨를 독살한 것은 그가 아닐 뿐더러, 어젯밤 사건이 일어났을 때 그는 사건 현장에서 그리 멀지 않은 곳에 있었습니다. 그래서 나는 정체불명의 어떤 인물에 대한 이야기를 시장에게 한 겁니다. 즉 X라는 수수께끼의 인물, 그 자가 지금까지의 범행을 모두 저질렀는지도 모릅니다. 하지만……"

"하지만?"

"하지만 그것이 모두 연결성이 있는 범행이 아닐 경우에는 이야기가 달라집니다. 한쪽에서 한 공격이 아니라 두 그룹, 또는 두 명의 인간이 저지른 심각한 투쟁이라고 생각한다면……"

"하지만 그렇게 되면 대체 나는 어떻게 됩니까? 만일 정체불명의 적이 여러 사람이라면 나는…… 나는 그야말로……"

박사의 얼굴이 다시 흐려졌다. 그는 두 손으로 머리를 감싸안았다.

"보다시피 나는 환자로, 의사에게서 절대 안정이 필요하다는 지시를 받았습니다. 권총의 탄환도 독약도 필요하지 않습니다, 나를 죽이는 데는! 머지않아 이 신장이 그 일을 완전히 해줄 겁니다."

"당신은 어떻게 생각합니까, 시장이라는 사람을?"

"글쎄요, 그렇게 물으니 별로 할 말이 없습니다. 어쨌든 아주 부유

한 집안 출신으로…… 젊었을 때는 빠리에서 화려한 생활을 했었
지요, 경마의 마굿간도 가지고 있었고요, 그 뒤 행동거지를 바로잡
은 셈입니다. 재산의 일부나마 건질 수 있어 이 고장으로 자리를
옮겨온 것입니다. 지금 살고 있는 집은 예전의 콩카르노 시장이었
던 할아버지의 집입니다. 그래서 자기로서는 활용할 길이 없는 그
토지를 나에게 판 거지요, 아무래도 현의 평의원이 되고 싶어하는
것 같더군요, 그러다가 결국에는 상원의원을 노리는 거겠지요."

미슈 박사는 자리에서 일어나 있었는데, 누가 봐도 요 며칠 사이에
10킬로그램은 빠진 것처럼 생각되었다.

"뭐가 뭔지 모르겠군요, 첫째, 세르비에르 씨가 빠리에 있다는 것
이 아무래도…… 대체 빠리에서 무슨 할 일이 있었을까요? 무엇
때문에 그런 짓을 했을까요?"

"그것도 머지않아 알게 될 겁니다. 그는 곧 콩카르노로 올 테니까
요, 아니, 이미 왔을지도 모릅니다, 지금쯤은."

"체포했습니까?"

"두 형사와 함께 이곳으로 와달라고 부탁해 두었습니다. 체포와는
좀 다르지요."

"그래, 뭐라고 하던가요, 그 사람은?"

"아무 말도 하지 않았습니다! 아직 심문해 보지 않았으니까요!"

그러자 박사는 갑자기 메글레의 얼굴을 똑바로 들여다보았다. 순간
광대뼈 근처에 핏기가 감돌았다.

"그건 또 무슨 말입니까? 이러다가는 정말 미칠 것 같군! 당신은
나를 찾아와 시장이 어떠니 세르비에르 씨가 어떠니 하고 이야기합
니다만…… 나는 말입니다, 이번엔 당장 내가 살해 당할 것만 같습
니다. 이런 쇠창살 같은 것이 있어봐야 나를 지켜주지는 못합니다.
저런 얼빠진 헌병이 안뜰에서 지키고 있어봐야 아무 소용 없습니

다! 그러나 나는 죽고 싶지 않습니다! 죽다니? 그건 정말 싫습니다. 내 몸을 지킬 수 있도록 하다못해 권총이라도 갖게 해 주십시오. 아니면 나의 목숨을 노리고 있는 놈들을 모두 감옥 속에 처넣어주십시오. 르 퐁므레 씨를 죽인 녀석을, 그 술병에 독을 넣은 녀석을!"

박사는 머리에서 발 끝까지 온 몸을 뒤틀며 헐떡이고 있었다.

"나는 용감한 이야기의 주인공이 아닙니다! 이건 죽음을 우습게 보는 그런 일이 아닙니다! 나는 그냥 평범한 사람입니다. 환자입니다. 살기 위해 병과 싸우기도 힘겨울 정도입니다. 당신은 아까부터 쉴새없이 말하고 있습니다. 그러나 실제로 무엇을 했다는 말입니까?"

박사는 격분한 모습으로 벽을 이마로 들이받았다.

"마치 무슨 음모 같군요. 아니면 나를 미치게 만들 작정인가요? 그럴지도 모르겠군! 나를 정신병원에 처넣을 생각이지요? 그런 일이 없으리라고 장담할 수는 없지. 틀림없이 어머니가 나를 방해하고 있는 겁니다. 안 그렇습니까? 아버지의 유산 중 내 몫으로 정해진 것을 딱 틀어쥐고 있으니까……. 그러나 나는 가만히 앉아서 당하고 있을 수는 없습니다!"

메글레는 꼼짝도 하지 않았다. 의자 등받이에 팔꿈치를 세운 채 파이프를 입에 물고 한쪽 벽에 햇살이 비치는 흰 벽으로 둘러싸인 감방 한가운데 가만히 앉아 있었다. 미슈 박사는 그야말로 정신착란에 가까운 흥분에 사로잡혀서 방 안을 왔다갔다하고 있었다. 그런데 갑자기 마치 어린아이가 새 울음 소리를 흉내내는 것처럼, 좀 놀리는 듯한 명랑한 목소리가 방 안에 들려왔다.

"뻐꾹……"

에르네스트 미슈는 깜짝 놀라 감방 안을 두리번거리더니 물끄러미 메글레의 모습을 쳐다보았다. 메글레는 파이프를 입에서 떼고 그쪽으로 장난기어린 눈짓을 해보였다. 그러자 마치 제동기라도 걸린 것같이 미슈의 몸에서 힘이 쏙 빠졌다. 그대로 꼼짝도 못하고 선 채 그야말로 금방이라도 그 모습이 흐려져 공중에 떠도는 비현실적인 그림자로 바뀐 것 같은 모습이었다.

"당신입니까, 지금?"

그 목소리는 천장이나 사기꽃병 속에서 울려나온 복화술의 목소리처럼 어딘가 다른 곳에서 들려온 것 같았다. 메글레의 눈은 여전히 웃고 있었으나, 그는 벌떡 일어서서 그 얼굴 표정과는 아주 대조적인 위로하는 듯한 정중한 어조로 말했다.

"자, 침착하시오, 박사! 안뜰에서 발자국 소리가 들려온 것 같군요, 머지않아 살인범이 분명히 이 방으로 들어올 겁니다."

헌병이 맨 먼저 안내해 온 것은 시장이었다. 그러나 안뜰에서는 그 밖에도 발자국 소리가 들려왔다.

아름다운 엠마 호

"나보고 와달라고 한 모양인데……?"

메글레가 시장이 묻는 말에 대답할 겨를도 없이 두 형사가 장 고와 이야르를 에워싸듯하여 데리고 들어오는 것이 보였다. 한편 한길 쪽에서는 문 앞에 양쪽에 모여선 군중들이 술렁대는 소리가 들렸다. 고와 이야르는 호송 형사들 사이에 끼어 여느 때보다 더 키가 작고 뚱뚱해 보였다. 천모자의 차양을 깊숙이 눌러쓰고——아마 사진에 찍힐까 걱정되어서 그런 모양이었다——얼굴 아랫부분을 수건으로 가리고 있었다.

"이쪽이오."

메글레가 형사들에게 말했다.

"수고스럽지만 의자를 가져와야겠군. 부인 목소리가 들려오는 것을 보니."

그 날카로운 목소리는 이렇게 말하고 있었다.

"어디 있지요, 경감은? 당장 경감을 만나게 해주세요! 당신을 파면시키고 말 테니까요, 형사 나리! 아시겠어요? 내 꼭 파면시키게끔 할 거에요…… ."

미슈 부인이었다. 붉은 기가 도는 보랏빛 옷에 보석을 주렁주렁 달고, 분과 입술연지를 칠한 모습으로 그녀는 분개하여 숨을 헐떡이고 있었다.

"어머나, 마침 좋은 곳에서 뵙게 되었군요, 정말로…… ."

그녀는 시장과 마주치자 갑자기 애교를 부렸다.

"이런 엉터리 같은 이야기가 어디 있어요? 이 젊은이는 내가 아직 옷을 갈아 입기도 전에 그냥 밀어닥쳐——하녀에게는 휴가를 주었거든요——문 너머로 만날 수 없다고 말했는데도 그냥 끈질기게 꼭 만나야겠다면서 몸치장하는 동안 기다리고 있지 않겠어요? 나를 이리로 데리고 오라는 명령을 받았다면서. 정말이지, 말도 안 되는 일이에요! 나의 남편은 대의원까지 지내고 국무총리가 될 뻔했던 사람인데, 글쎄, 이런 건달한테……? 네, 그렇고말고요, 건달이고말고요!"

그녀는 너무도 분개한 나머지 아직도 사태를 몰랐던 것이다. 그러나 문득 정신을 차리고 보니 얼굴을 돌리고 있는 고와이야르와 침대가에 걸터앉은 채 두 손으로 머리를 감싸안고 있는 아들의 모습이 눈에 띄었다. 그리고 한 대의 자동차가 햇빛을 듬뿍 받고 있는 안뜰로 들어왔다. 헌병들의 제복이 번쩍거렸다. 군중들은 벌써 웅성대기 시작했다.

"대체 당신들은 무슨 짓을…… 무슨 짓을……"

안뜰로 밀고들어오는 군중을 막기 위해 앞문을 닫아야만 할 형편이었다. 자동차 안에서 맨 먼저 글자 그대로 끌려나온 것은 다름 아닌 그 부랑자였다. 그는 두 손에 수갑을 찼을 뿐만아니라 두 발목이 튼튼한 밧줄로 묶여 있었으므로 마치 짐짝처럼 걸머지고 와야만 했다. 부랑자에 이어 엠마가 몸의 자유를 속박당하지는 않았으나 마치 꿈이라도 꾸고 있는 듯한 멍청한 모습으로 내려왔다.

"발에 묶인 밧줄을 풀어주게."

헌병들은 아직도 부랑자를 잡은 흥분이 가라앉지 않은 듯 의기양양한 모습이었다. 그를 붙잡는 일이 쉽지 않았음은 헌병들의 엉망이 된 제복과, 특히 붙잡힌 자의 피투성이가 된 얼굴이며 찢어진 입술에서 아직 흘러내리는 피를 보아도 잘 알 수 있었다. 미슈 부인은 공포에 질린 소리를 지르더니 마치 끔찍한 것이라도 보는 듯 벽 쪽으로 뒷걸음질쳤다. 그러나 부랑자는 입을 꽉 다문 채 밧줄이 풀리기를 기다리며 천천히, 정말 천천히 둘레를 살펴보았다.

"얌전히 있어야 해, 레옹!"

메글레가 나무라듯 말했다. 부랑자는 깜짝 놀라 대체 누가 한 말인가 목소리의 주인을 찾았다.

"의자에 앉히고 손수건을 갖다주게."

정신을 차리고 보니 고와이야르는 감방 한구석으로 파고들어가 미슈 부인의 뒤에 숨어 있었고, 미슈 박사는 아무도 쳐다보지 않은 채 와들와들 떨고 있었다. 헌병대장은 이 색다른 모임에 당황하며, 자신이 어떤 역할을 해야 좋을지 몰라 쩔쩔매었다.

"문을 닫아주게. 자, 모두 앉으시오. 반장한테 속기를 좀 해달라고 할 수 있을까요, 대장? 아, 고맙소! 그럼, 이 작은 테이블 앞에 앉으시오. 시장님도 앉으십시오."

바깥의 군중들은 이제 좀 조용해진 듯했으나, 그래도 아직 그곳에 모여 있다는 것을 알 수 있었다. 한길 쪽으로부터 밀집된 숨소리와 흥분한 기대감을 느낄 수 있었다. 메글레는 방 안을 이리저리 왔다갔다하면서 파이프에 담배를 담더니 르로아 형사를 돌아보았다.

"맨 먼저 칸페르의 선원 총대표에게 전화를 걸어서 지금부터 4, 5년 전이나 어쩌면 한 6년 전 '아름다운 엠마' 호라는 배에서 무슨 일이 일어났나를 물어보게."

르로아가 문 쪽으로 가려고 하자 시장이 헛기침을 하고 무언가 할 말이 있는 듯 손짓해 보였다.

"그 일이라면 내가 말해 드릴 수 있소, 경감. 이 고장에서는 누구나 다 알고 있는 일이니까……."

"그럼, 그렇게 해주시겠습니까?"

부랑자는 구석 자리에서 금방이라도 덤벼들려는 개처럼 몸을 움직였다. 엠마는 그에게서 눈을 떼지 않고 뚫어지게 쳐다보며 의자 끝에 살짝 걸터앉아 있었다. 우연히도 그녀는 미슈 부인 옆자리에 앉아 있었는데, 그 부인의 향수 냄새가 주위의 공기 속에 퍼지기 시작하여 달콤한 제비꽃 향기를 풍기고 있었다.

"나는 그 배를 본 것은 아니지만"

시장이 스스로는 약간 진지하다고 생각하는 듯 소탈한 어조로 말을 꺼냈다.

"그것은 분명 르 글랑인지 르 글렉이라고 하는 사나이의 배였소. 그는 뱃사람으로서는 훌륭했지만 툭하면 벌컥 화를 잘 내는 성질이었던 것 같소. 이 근처에 있는 연안 항로선은 모두 다 그렇지만, 아름다운 엠마 호도 주로 청과물을 영국으로 실어날랐지요. 그런데 어느 날 좀더 먼 곳으로 갔다는 말이 떠돌더군요. 그런 뒤 두 달 동안은 아무 소식도 없었지요. 나중에 들려온 소문에 의하면 아름다운 엠마 호는 뉴욕 근처의 작은 항구에 도착했는데, 세관 검사에 걸려 승무원이 모두 감옥에 들어가고 배에 실었던 코카인은 압수되었다고 하더군요. 배도 물론 압수되고……. 그 무렵에는 대부분의 상선들이, 특히 뉴펀들랜드에 소금을 운반하던 배들은 한창 알코올 밀수를 했었지요."

"움직이지 않아도 돼, 레옹. 거기 앉은 채로 내가 묻는 말에 대답해 주게. 무엇보다도 정확하게 내가 묻는 말에만 대답해야 하네. 쓸데없는 말은 일체 하지 말고! 알겠나? 우선 오늘 어디서 잡혔나?"

부랑자는 턱에 묻어 있는 피를 닦더니 쉰 목소리로 대답했다.

"로스포르당(콩카르노와 칸페르 중간에 있는 기차를 갈아타는 역)입니다. 철도 창고 안에 숨어 있었지요. 그렇게 숨어 있다가 밤이 되면 아무 기차나 집어탈 생각이었습니다."

"돈은 얼마나 가지고 있었지, 그때?"

헌병대장이 대신 대답했다.

"11프랑과 잔돈이 몇 푼 있었습니다."

메글레는 흐르는 눈물로 볼을 적신 엠마를 물끄러미 바라본 다음, 다시 고개를 푹 숙이고 있는 부랑자 쪽을 바라보았다. 그는 미슈 박사가 꼼짝도 하지 않고 앉아 있지만 심한 흥분에 사로잡혀 있음을 알았으므로, 한 형사에게 눈짓하여 뜻하지 않은 사고를 미리 방지하기 위해 그 옆에 가 있도록 했다. 반장이 받아쓰고 있던 펜촉이 종이를 긁어 금속성 소리가 났다.

"어떤 사정으로 그 코카인을 싣게 되었는지 어디 정확하게 말해 주게, 르 글렉."

부랑자는 홱 눈을 처들었다. 박사 쪽으로 향한 눈이 거칠게 빛났다. 그는 금방이라도 물어뜯을 것 같은 기세로 큰 주먹을 휘두르며 신음하듯이 말했다.

"은행이 돈을 빌려줘서 배를 만들었습니다."

"그건 알고 있네! 그래서?"

"한 해, 운이 나쁜 해가 있었지요. 프랑이 올라갔기 때문에…… 영국이 전처럼 과일을 사들이지 않게 되었던 겁니다. 나는 어떻게 이자를 갚아야 할까 걱정이었습니다. 엠마와 결혼하기 위해 될 수 있으면 돈을 빨리 갚아버릴 생각이었지요. 마침 그때 곧잘 항구로 기삿거리를 구하러 오던 낯익은 신문기자가 나를 찾아왔습니다."

모두들 어이가 없는 모습이었다. 에르네스트 미슈는 갑자기 손을 내려 창백해지긴 했으나 생각했던 것보다 훨씬 침착한 얼굴을 보였다. 그는 주머니에서 수첩과 연필을 꺼내더니 뭐라고 적어넣었다.

"그러니까 장 세르비에르 씨가 코카인 이야기를 가져온 셈이군?"

"그때 바로 그렇게 말하지는 않았습니다! 다만 무언가 할 일이 있다는 거였지요. 그래서 브레스트에 있는 어떤 까페에서 만나기로 약속하여 가보았더니 그 사람 말고 두 사나이가 더 와 있었습니다."

"미슈 박사와 르 퐁므레 씨였군?"

"그렇습니다!"

미슈 박사는 또 뭔가를 수첩에 써넣었는데, 그 얼굴에는 남을 얕보는 듯한 표정이 떠올라 있었다. 뿐만 아니라 어떤 순간에는 비웃음까지 띠는 것이었다.

"세 사람 중 누가 그 이야기를 꺼냈었나?"

박사는 연필 끝을 세우고 기다렸다.

"아무도 그런 말은 하지 않았습니다, 세 사람 다……. 다만 그들은 한두 달만 지나면 큰 돈을 벌 수 있다고 말해 주었습니다. 한 시간쯤 있으니까 미국인이 한 사람 왔습니다. 그의 이름은 끝내 알아내지 못하고 말았지요. 꼭 두 번 만났을 뿐이니까요. 그러나 바다에 대해서 잘 알고 있는지 내 배의 특징에 대해 묻기도 하고, 승무원은 몇 명쯤 필요하며 보조 발동기를 달려면 시간이 얼마나 걸리는가 하는 것을 묻기도 했습니다. 나는 알코올 밀수인 줄만 알았습니다. 그 무렵에는 누구나 다 하는 일로, 우편선의 고급 선원까지도 끼어 있었으니까요. 그 다음 주일에 일꾼이 찾아와 아름다운 엠마

호에 소형 디젤 모터를 달았습니다."

부랑자는 시선을 고정시킨 채 이야기를 계속했다. 그 굵은 손가락이 경련을 일으킨 듯 천천히 떨리며 얼굴보다 웅변적으로 심정을 말해주는 모습은 뭔가 강하게 마음에 남겨주는 것이 있었다.

"나는 대서양의 풍향과 범선의 항로가 적혀 있는 영국판 해도(海圖)를 받았습니다. 어쨌든 아직 한 번도 가본 일이 없는 길이었으니까요. 나는 조심하여 함께 데리고 갈 승무원을 두 사람으로 결정했습니다. 일에 대해서는 아무에게도 말하지 않았습니다. 배가 떠나던 날 밤 제방에 와 있던 엠마에게만 말했습니다. 그 세 사람도 그곳에 와서 불을 끈 자동차 옆에 서 있었습니다. 짐을 싣는 일은 오후에 이미 끝났었습니다. 그때 문득 나는 덜컥 겁이 났습니다. 꼭 밀수 때문만은 아니었습니다. 나는 학교도 제대로 나오지 못한 사람이지만, 컴퍼스와 측량추를 사용하는 동안은 어떻게 잘 될 터이므로 무서운 사람이 아무도 없었습니다. 그러나 그런 망망대해로 배를 몰고 나갈 생각을 하니 두렵더군요. 어떤 나이든 선장이 배 위치를 측정하는 육분의(六分儀) 다루는 법을 가르쳐주려고 한 적이 있었습니다. 그래서 대수표(對數表)니 뭐니 필요한 것은 다 사 들였었습니다. 그러나 막상 계산을 하려면 머리가 혼돈된다는 것을 잘 알고 있었습니다. 그러나 만일 일만 제대로 잘되면 배의 빚을 다 갚고도 2만 프랑쯤 주머니에 남으리라는 계산이었습니다. 그날 밤은 바람이 세차게 불었습니다. 이윽고 자동차와 세 사람의 모습이 보이지 않게 되었습니다. 엠마의 모습만 제방 끝에 실루엣처럼 검게 뚜렷이 보였지만, 이윽고 시야에서 사라져버렸습니다. 그리고 바다 위에서 두 달……,"

미슈는 여전히 받아 적고 있었으며 되도록 이야기하고 있는 사나이 쪽을 보지 않으려고 했다.

"배를 댈 장소는 미리 일러주었으므로 알고 있었습니다. 이윽고 어디를 어떻게 왔는지, 어쨌든 일러준 작은 항구에 가까스로 도착했습니다. 그런데 아직 닻줄을 풀기도 전이었습니다. 총을 가진 해양 경찰의 증기선 세 척이 내 배를 에워싸더니 곧 총을 든 경찰관들이 갑판으로 건너와 총을 들이대며 뭐라고 영어로 지껄여댔습니다. 총개머리판으로 쿡쿡 찌르며 으름장을 놓았으므로 우리는 마침내 손을 들고 말았습니다. 그야말로 눈깜짝할 사이에 참으로 재빨리 처리되었습니다. 누가 내 배를 해안에다 갖다댔는지, 우리가 어떻게 트럭에 실렸는지 그것도 제대로 알 수 없었습니다. 한 시간 뒤 우리는 저마다 따로따로 신신 감옥의 쇠창살 속에 갇히게 되었습니다. 감옥 안에서는 그야말로 병이 날 것만 같았습니다. 프랑스어를 할 줄 아는 사람은 하나도 없고, 같은 감방에 있는 죄수들은 놀려대며 못살게 굴고……. 그쪽에서는 이런 일을 재빨리 처리해 버립니다. 다음날 우리는 법정 같은 곳으로 끌려나갔습니다. 변호사가 있어 우리를 변호하는 모양이었지만, 우리와 말 한마디 나눈 적이 없는 사람이었습니다! 그게 끝나자 그제야 변호사가 우리에게 말해 주었습니다. 나에게 징역 2년에 벌금 10만 달러의 형을 언도하고, 배는 몰수한다고 말입니다. 그밖에도 또 뭔가 조건이 있었습니다. 그러나 나는 전혀 납득이 안 갔습니다. 10만 달러라니! 돈이 없다고 말해도 안 된다는 것이었습니다. 벌금을 치르지 못할 경우에는 거기에 또 형기가 몇 년 연장된다는 거였지요. 나는 그대로 신신 감옥에 남게 되었습니다. 내가 데리고 온 선원들은 아마 다른 감옥에 있는 모양이었습니다. 그 뒤로는 한 번도 만나지 못했습니다. 나는 머리를 박박 깎였습니다. 길바닥으로 끌려나가 돌 쪼개는 일을 했습니다. 교도사목이 성서의 가르침으로 설득하려고 했습니다. 여러분들은 그런 실정을 모르겠지만, 죄수 가운데에도 돈많은 자가 있어 그들은 거의 매일 밤 시내로 산책을 나갑니다. 그리고 다른 자들은 그런 녀석들의 하인 노릇을 하지요! 그런 일은 아무래도 괜찮습니다. 가까스로 1년쯤 지났을 무렵, 나는 어느 날 브레스트에서 만났던 그 미국 사람을 만났습니다. 같은 감옥에 갇힌 사람을 면회왔던 겁니다. 나는 그라는 것을 곧 알았습니다. 그래서 소리를 질렀습니다. 그는 나를 알아보는 데 시간이 좀 걸리는 것 같더니 갑자기 웃음을 터뜨리며 나를 면회실로 데리고 갔습니다. 그는 아주 친한 척했습니다. 마치 옛 친구라도 되는 듯한 말투로 이야기를 했습니다. 그의 이야기에 의하면, 자기는 오래 전부터 금주법의 감독관이라고 했습니다. 주로 영국, 프랑스, 독일 같은 외국에서 근무하며, 출범하려는 밀수선이 있으면 그것을 본국 경찰에 통지했다는 것입니다. 그러나 한편 그는 자기를 위한 벌이를 하는 수도 있었던 모양입니다. 그 코카인도 그런 케이스였으며, 몇백만 달러의 벌이가 될 뻔한 일이었다고 하더군요. 어쨌든 1그램이 몇 프랑인지는 모르지만, 그것을 10톤이나 실었으니까요. 그래서 배와 자본의 일부를 제공해 줄 만한 사람에게 다리를 놓아주었던 것입니다. 그것이 즉 세 사람이었던 셈이지요. 물론 이익은 넷이서 나누기로 되어 있었습니다. 조금만 더 들어보십시오. 이제부터가 들을 만한 대목입니다. 마침 칸페르에서 짐을 싣던 날 미국인 앞으로 본국에서 통지가 왔습니다. 관계부처의 장관이 바뀐 것입니다. 덕분에 단속이 더 심해졌지요. 그래서 미국의 매수인들도 꽁무니를 뺐으며, 그렇게 되자 모처럼 실어온 것도 거래처를 잡을 수 없게 된 형편이었습니다. 그런데 이와 반대로 그때 새로 만들어진 법령에 따르면, 무슨 수를 써서라도 금제품을 압수하는 일에 협력한 자에게는 그 물건 값의 3분의 1에 해당하는 상금을 주기로 되어 있었습니다. 감옥 안에서 나는 처음으로 그 이야기를 들었습니다. 알고 보니 내가 불안한 마음으로 닻줄을 감으며 대서양을 무사히 건너갈 수 있을까 걱정하고 있을 때, 그 세 녀석은 항구에서 미국인과 흥정을 하고 있었던 것입니다. 성공하든 실패하든 한 번 해볼 것인가? 그러나 박사란 녀석이——나는 잘 알고 있습니다——밀고하는 편이 좋다고 계속 우겨댔습니다! 그렇게 하면 어쨌든 본전의 3분의 1을 되찾을 수 있고 골치아픈 일이 생길 염려도 없으니까요. 게다가 미국인이 친구인 관리에게 다리를 놓아주면 압수되는 코카인의 일부를 옆으로 빼돌릴 수도 있었던 것입니다. 참으로 생각할 수도 없는 나쁜 음모였습니다!

　아름다운 엠마 호가 항구의 캄캄한 물 위를 미끄러져 나갈 때 나는 다시 한 번 마지막으로 내가 결혼하기로 약속한 여자 쪽을 바라보았었습니다. 4, 5개월 뒤에는 꼭 돌아와서 같이 살 생각으로……. 그런데 녀석들은 배가 떠나는 것을 보고 있으면서 우리가 그곳에 도착하는 즉시 붙잡히리라는 것을 이미 알고 있었던 겁니다! 그뿐만이 아닙니다. 우리가 저항하여 경찰관과 맞서다보면 아마 살해될 것이라는 점까지 계산에 넣었을 겁니다. 어쨌든 그 무렵의 미국 영해에서는 그런 일이 날마다 일어나다시피 했으니까요. 그들은 내 배가 압수된다는 사실도, 배의 빚이 아직 남아 있다는 사실도, 내가 가진 것이라고는 그 배 하나밖에 아무것도 없다는 사실도 다 잘 알고 있었습니다. 내가 다만 엠마와 단둘이 함께 살 날만을 손꼽아 기다리고 있다는 사실도 다 알고 있었습니다. 그러면서도 우리가 떠나는 것을 태연히 바라보고 있었던 겁니다! 이것이 신신 감옥에서 그때 처음으로 들은 이야기였습니다. 그때 나는 이미 짐승 같은 녀석들 속에 끼어 나도 짐승 같은 사람이 된 뒤였습니다. 어떤 미국 죄수가 무릎을 두드리고 웃으며 이렇게 말하더군요. ——'굉장한 악당일세, 그 세 사람은!'"

갑자기 말소리가 끊어지자 방 안이 조용해졌다. 그 침묵 속에서 모두 기가 막힌 듯 입을 다물고 있는데, 미슈가 금방 넘긴 새 페이지에 연필을 놀리고 있는 소리가 들렸다. 메글레는 큰 사나이의 손에 새겨진 'S S'라는 머리글자를 그제야 알았다는 듯이 바라보았다. '신신'의 머리글자인 것이다.

"나는 적어도 10년은 거기에 있었다고 봅니다. 그 나라에서는 형기를 전혀 짐작할 수 없었지요. 규칙을 조금만 어겨도 곧 형기가 연장되고 곤봉 세례를 받으니까요. 나도 그 곤봉 세례를 몇백 대나 맞았는지 모릅니다. 그것도 같은 동료에게서 말입니다! 오히려 그 미국인이 나를 위해 수고를 해준 셈입니다. 아마 그는 '나의 친구'라고 부르던 그 세 사람의 비겁한 행동이 밉살스럽게 생각되었던 모양입니다. 나와 친한 친구라면 개가 한 마리 있었을 뿐입니다. 배 위에서 기르던 개였는데, 물에 빠져 죽을 뻔한 나를 구해 준 일도 있었지요. 감옥에서는 그처럼 규율이 엄한데도 이 개를 감방 안에 있게 해주었습니다. 어쨌든 그들은 그런 일에 있어서는 우리와 사고방식이 다릅니다. 그야말로 지옥이었습니다! 그러면서도 일요일이면 음악을 들려주었습니다. 그런가 하면 피가 나도록 두들겨 맞는 수도 있었습니다. 끝내는 내가 사람인지 아닌지 그것조차도 알 수 없게 되었습니다. 나는 혼자 울며 밤을 지새웠습니다. 그야말로 백 번도 천 번도 더…….

그리하여 드디어 어느 날 아침 출옥하게 되어 개머리판으로 허리를 한 대 쥐어질리며 인간 세계로 나왔을 때, 나는 꼴사납게도 한 길 위에서 기절해 버렸습니다. 나에게는 살아나갈 길이 없었습니다. 나에게는 이제 아무것도 없었습니다. 아니, 있었습니다! 꼭 한 가지 남은 것이 있었습니다."

찢어진 입술에서 피가 흐르고 있었다. 그는 그 피를 닦을 생각도 하지 않았다. 미슈 부인은 레이스 손수건으로 얼굴을 가리고 있었는데, 그 손수건에서 역겨운 향수 냄새가 풍겨나왔다. 메글레는 조용히 담배를 피우며 여전히 받아쓰고 있는 미슈 박사를 계속 쳐다보고 있었다.

"그것은 내 인생을 이렇게 엉망으로 만들어버린 그들에게 나와 똑같은 괴로움을 맛보게 해주자는 일념이었습니다. 그들을 죽이는 게 아닙니다! 그런 짓은 하지 않습니다. 죽는다는 것은 그야말로 아무 일도 아닙니다. 신신 감옥에서 스무 번도 더 죽으려고 했지만 성공하지 못했습니다. 밥을 먹지 않기도 해보았지만, 그렇게 하면 기계장치로 영양을 공급해 주었습니다. 그들에게도 감옥 생활을 맛보게 해줘야 한다! 그것도 되도록 미국의 감옥살이를 하게 해주고 싶었습니다. 그러나 가능하지 않은 일이었습니다. 나는 브루클린에서 날을 보내며 그야말로 무슨 일이건 가리지 않고 해서 마침내 돌아오는 뱃삯을 치를 만한 돈을 벌었습니다. 나는 개의 뱃삯까지 물었습니다. 엠마의 소식은 그 뒤로 통 알 수 없었습니다. 나는 칸페르에는 발을 들여놓지 않았습니다. 이렇게 비참한 모습으로 변했지만, 나를 알아보는 사람이 있을지도 몰랐기 때문입니다. 이곳 콩카르노에 와서 나는 엠마가 여급이 된 것을 알았습니다. 그리고 가끔 미슈의 정부 노릇을 한다는 것도……. 아마 그밖에도 또 상대하는 자가 있었을는지 모르지요, 여급이란 그런 것일 테니까. 그 세 악당놈을 감옥에 처넣는 일은 그리 쉬운 게 아니었습니다. 그러나 나는 어떻게든지 그렇게 해주고 싶었습니다. 나에게는 그 소망밖에 없었습니다. 나는 개와 함께 좌초된 작은 배 안에서 살았습니다. 그러다가 카베르 곶의 옛 초소로 자리를 옮겼습니다. 나는 미슈에게 내 모습을 드러내기 시작했습니다. 그저 모습만 보였을 뿐입니다. 나의 꼴사나운 얼굴과 짐승 같은 모습을 눈에 띄게 했을 뿐입니다. 아시겠습니까? 나는 그 자에게 공포감을 안겨주려고 했습니다. 공포에 못이겨 나를 권총으로 쏘게 하려고 했습니다! 그렇게 되면 나는 그 자리에서 끝장이 날지도 모릅니다. 그러나 그 다음에는 어떻게 되겠습니까? 이번에는 그가 감옥으로 끌려가게 되겠지요! 그리고 발길질을 당하고…… 개머리판으로 얻어맞곤 할 겁니다! 끔찍스러운 녀석들 속에 끼어 자기보다 강한 자들로부터 혹사당해야 합니다! 나는 그의 집 근처를 서성거렸습니다. 그가 지나가는 길가에 서 있었습니다. 사흘이 지나고 나흘이 지났습니다. 그는 나의 얼굴을 알아보았습니다. 그러자 전보다 바깥 출입이 뜸해졌습니다. 그래도 여기서의 그들 생활은 전혀 달라지지 않았습니다. 여전히 셋이 모여서 아페리티프를 마셨습니다! 이 고장 사람들은 그들에게 고개를 숙이고 있었습니다. 나는 먹을 것은 가게에서 훔쳐왔습니다. 나는 일을 빨리 진척시키려고 했습니다."

갑자기 무디고 가라앉은 듯한 목소리가 울려퍼졌다.
"잠깐 물어보겠는데요, 경감님, 예심판사가 입회하지 않은 심문도 법적으로 효력이 있습니까?"
그것은 미슈였다! 침대 시트처럼 핏기를 잃고 얼굴 근육을 경련시키며 콧방울이 오그라들고 입술이 하얗게 질린 미슈였다! 그러나 목소리만은 거의 위협하듯 단호한 어조를 띤 미슈였다! 메글레는 슬쩍 눈짓을 하여 경찰관 하나를 미슈 박사와 부랑자 사이에 서게 했다. 마침 기회가 좋았다!
레옹 르 글렉은 그 목소리에 이끌려 큰 산처럼 든든한 주먹을 불끈 쥐고 천천히 일어섰다.
"앉게, 앉으라니까, 레옹!"
레옹이 쉰 듯한 숨소리를 내며 그 명령에 따르자 메글레는 파이프의 재를 털어내며 입을 열었다.

"자, 이번에는 내가 이야기할 차례로군요!"

공포

메글레의 낮은 목소리와 열을 담아 이야기하는 태도는 조금 전까지 격정적으로 지껄이던 레옹과는 아주 대조적이었다. 레옹은 지금 경감을 곁눈질로 뚫어지게 쳐다보며 이야기를 듣고 있었다.

"우선 먼저 엠마에 대해서 잠깐……, 엠마는 결혼을 약속한 사나이가 체포되었다는 소식을 들었습니다. 그 뒤 그 사람의 소식은 딱 끊어져버렸지요. 그러다가 우연히 사소한 일로 직업을 잃고 제독 호텔 까페의 여급이 되었습니다. 본디부터 의지할 데 없는 가엾은 여자였습니다. 숱한 남자들이, 돈 잘 쓰는 손님들이 하녀들을 설득하는 식으로 그녀에게 접근해 왔습니다. 2년이 지나고 3년이 지났습니다. 엠마는 박사가 그토록 악질적인 일을 한 당사자인 줄은 몰랐습니다. 어느 날 밤 그녀는 마침내 그의 방에서 자고 말았지요. 그리고 그대로 세월이 흘러갔습니다. 박사에게는 그녀 말고도 정부가 있었습니다. 그는 이따금 마음내키면 호텔로 자러왔지요. 또 어머니가 집을 비우게 되면 엠마를 자기 집으로 불러들일 때도 있었습니다. 애정도 없는 쓸쓸한 정사였습니다. 따라서 엠마의 생활도 쓸쓸했습니다. 본디 여장부 같은 성질이 아니었으니까요. 엠마는 조가비를 박은 상자 속에 편지 한 통과 사진 한 장을 소중히 간직해 두었지만, 그것도 날로 흐려져가는 옛 꿈에 지나지 않았습니다. 엠마는 레옹이 돌아온 줄 모르고 있었습니다. 자기 둘레를 얼쩡거리고 있는 누런 개를 보고도 그의 개인 줄은 몰랐습니다. 어쨌든 그 개는 배가 떠날 무렵 겨우 태어난 지 4개월밖에 안 된 강아지였으니까요.

어느 날 밤 미슈는 누구에게 보낸다는 말은 하지 않고 엠마에게 자신이 부르는 대로 편지를 쓰게 했습니다. 그것은 밤 11시에 어느 빈 집에서 만나고 싶다고 누군가를 불러내는 내용이었습니다. 엠마는 쓰라는 대로 썼습니다. 여급의 슬픔이지요! 여기까지 말하면 여러분도 이미 알아차렸을지 모르지만 레옹 르 글렉의 생각은 바로 들어맞았습니다. 박사는 무서워졌던 겁니다. 자기 목숨이 위태롭다는 것을 직감했습니다. 그래서 자기 신변을 쫓아다니는 적을 해치우려고 마음먹었습니다. 그러나 그는 겁쟁이였습니다! 스스로 그 사실을 인정하지 않을 수 없었던 사람입니다. 그래서 그 편지를 개의 목에 끈으로 잡아매어 노리는 자에게 전달되도록 해놓고, 그 자신은 빈 집 현관문 뒤에 몸을 숨겼습니다. 레옹이 경계할까? 어쨌든 전에 결혼하기로 약속한 여자를 다시 한 번 만나고 싶어하지 않는 사람은 없을 것이다. 레옹이 그 문을 두드리는 순간에 우편함으로 총을 쏘고 골목 쪽으로 도망쳐버리면 된다고 생각했지요. 피해자의 신원이 누구인지 모르니만큼 범행은 밝혀지지 않은 채 수수께끼로 남게 될 것이라고 생각했던 겁니다. 그러나 레옹은 경계했습니다. 아마 광장 근처를 돌아다니고 있었는지도 모릅니다. 어쩌면 지정한 장소에 가보려고 결심하고 있었는지도 모릅니다. 그런데 우연히도 마침 그 때 모스태강 씨가 얼근하게 취한 상태로 까페에서 나와 담배에 불을 붙이려고 빈 집 현관 앞으로 피해 들어섰습니다. 그의 몸은 비틀거리고 있었습니다. 그래서 그 몸이 문에 부딪쳤습니다. 그것이 신호가 되었던 것입니다. 한 발의 탄환이 갑자기 그의 아랫배를 명중했습니다. 이것이 첫 번째 사건이었습니다. 박사는 완전히 실패한 거지요. 그는 그대로 자기 집으로 돌아갔습니다. 고와이야르 씨와 르 퐁므레 씨는 사정을 다 알고 있었고, 자기네들 셋을 노리고 있는 레옹이 죽어버리는 일에는 박사와 같은 이해 관계를 가지고 있었으므로 완전히 얼어 붙은 채였습니다. 엠마는 자신이 어떤 음모에 말려들었는가를 깨달았습니다. 어쩌면 레옹의 모습을 보았는지도 모릅니다. 아니면 머리가 잘 돌아가 누런 개의 정체를 알아냈는지도 모릅니다.

그 다음날 나는 현장에 와 있었습니다. 그리고 세 사나이를 만났습니다. 그들은 겁을 먹고 있는 눈치였습니다. 그리고 뭔가 사건이 일어날 것을 예기하고 있었습니다……. 그래서 나는 그들이 대체 어떤 방향에서 위해를 받게 될 것으로 생각하고 있는지 알고 싶었습니다. 내가 잘못 생각한 것이 아님을 확인해 두고 싶었던 셈이지요. 페르노 병에 아주 서투르게 독을 넣은 것은 나였습니다. 마시려고 하면 곧 말리려고 했었지요. 그러나 그렇지 않았습니다! 미슈 박사가 빈틈없이 신경을 쓰고 있었습니다. 그는 옆을 지나가는 사람은 물론 먹는 것 마시는 것까지도 모두 경계하고 있었습니다. 호텔에서 한 발자국도 나갈 용기가 없는 모양이었습니다. ”

엠마는 얼어붙은 듯이 꼼짝도 하지 않았지만 그 꿋꿋한 모습은, 아주 생생하고 넋이 나간 모습은 어디서나 볼 수 없으리라고 생각될 정도였다. 한편 미슈 박사는 언뜻 머리를 들고 메글레의 얼굴을 노려보았다. 그리고 나서 박사는 열에 들뜬 것처럼 다시 쓰기를 계속하기 시작했다.

"이것이 두 번째 사건이지요, 시장님! 그런데 그 세 사람은 여전히 살아서 겁을 잔뜩 먹고 있었습니다. 고와이야르 씨는 세 사람 가운데 가장 크게 동요되기 쉬운 성격이었으며, 또 가장 악당의 물이 들지 않은 사나이였습니다. 이 사건으로 그는 내가 진상을 알아차렸다는 것을 눈치챘습니다. 그래서 도망치려고 결심했지요. 흔적을 남기지 않고 감쪽같이 도망쳐야 한다, 도망쳤다는 혐의를 받지 않도록 도망쳐야 한다. 그리하여 그는 누구에게 습격당한 것처럼 보이게 하고, 살해당한 시체는 항구의 물 속으로 집어던져진 것처럼 믿도록 했습니다. 그러기 전에 호기심에 끌려 그는 박사의 집을 탐색하러 갔습니다. 어쩌면 레옹을 만나 화해하자고 말할 작정이었는지도 모릅니다. 가보니 레옹이 돌아다닌 발자국이 있었습니다. 그 발자국을 내가 곧 발견하리라는 것을 그는 알아차렸습니다. 어쨌든 그는 신문기자였으니까요. 따라서 대중이 어떤 일에 동요되기 쉽다는 것도 잘 알고 있었습니다. 그리고 레옹이 살아 있는 한, 자기가 어디에 있든 안전하지 못하다는 것을 알고 있었습니다. 그때 그는 그야말로 천재적인 계획을 생각해 냈습니다. 그것이 왼손으로 써서 〈브레스트 등대〉 신문사로 보낸 그 기사였습니다. 거기에는 누런 개와 부랑자에 대한 이야기가 씌어 있었습니다. 그 문장 하나하나가 다 콩카르노 시에 공포를 불러일으키게끔 잘 생각해서 씌어 있었습니다. 그 결과 만일 사람들이 발이 큰 사나이를 발견하는 일이 있으면 그 사나이의 가슴에 총을 쏠지도 모르는 것입니다. 하마터면 그렇게 될 뻔했습니다! 우선 개가 먼저 맞았습니다. 그리고 그 사나이도 아마 그런 꼴을 당하게 되었을 것입니다. 상식적인 감각을 벗어난 대중이란 무슨 일이든 저지를 수 있으니까요. 일요일이 되자 과연 공포가 온 시내에 가득찼습니다. 박사는 호텔에서 한 발자국도 나가지 않았습니다. 공포에 시달린 나머지 병이 날 것 같았습니다. 그러나 끝까지 결심을 바꾸지 않고 무슨 수단을 써서라도 싸움을 막아낼 작정이었습니다. 나는 그를 르 퐁므레 씨와 단둘이 있게 했습니다. 그때 두 사람 사이에서 무슨 일이 있었는지는 모릅니다. 고와이야르 씨는 도망쳐버렸습니다. 르 퐁므레 씨는 이 고장의 명문 출신이고 보니, 언제까지나 이런 악몽에 시달리며 살기보다는 차라리 모든 사실을 밝히고 경찰의 손을 빌고 싶었을 겁니다. 그렇게 한다고 해서 뭐 대단한 일이 있겠는가? 기껏해야 벌금을 물거나 감옥살이를 할 정도겠지. 그것도 그리 걱정할 필요는 없다. 이 범죄의 주요한 부분은 미국에서 이루어진 것이니까——라고 생각하기에 이른 것입니다. 이처럼 르 퐁므레 씨의 마음이 약해진 것을 눈치채자 미슈 박사는 모스태강 살해 미수 건도 있고 하여 무슨 일이 있어도 자기 힘으로 해결을 지으려고 생각했으므로 이제 르 퐁므레 씨를 독살하는 일도 주저하지 않았습니다. 엠마라는 여자가 있으니, 혐의를 받는 것은 그녀가 아니겠는가? ——이렇게 생각했던 것입니다. 나는 공포심에 대해서 좀 이야기하겠습니다. 즉 공포심이야말로 이 사건의 근본에 깔려 있는 것이기 때문입니다. 박사는 공포심에 위협을 받고 있었습니다. 그는 자기의 적 이상으로 스스로의 공포심을 이겨내고 싶었던 것입니다. 그는 레옹 르 글렉이 어떤 인간인지 알고 있었습니다. 저항하지 않고 쉽게 붙잡힐 사람이 아니라는 것을 알고 있었습니다. 그래서 헌병이나 겁먹은 시민이 쏜 총알이 모든 것을 해결해 주기를 기대했습니다. 레옹은 이 고장에서 움직이지 않았습니다. 나는 상처를 입고 죽어가는 개를 데리고 왔습니다. 그 부랑자가 개를 찾으러 올 것인지 살펴보려고 했던 것인데, 역시 그는 나타났습니다. 그 뒤 개를 본 사람이 없는데, 그것은 그 개가 죽었다는 증거입니다."

레옹에게서 한 마디 중얼거리는 목소리가 흘러나왔다.

"그렇습니다……."

"묻어주었나?"

"네, 카베르 곳에 묻어주었습니다. 왜전나무 가지로 만든 조그만 십자가도 세워주었습니다."

"경찰은 레옹 르 글렉을 발견했습니다. 그는 도망쳤습니다. 그의 유일한 바램은 박사가 그를 쏘아주는 일이었기 때문입니다. 아까 그는 자기 입으로도 말했듯이 그는 박사를 '감옥'에 집어넣고 싶었던 겁니다. 나의 임무는 새로운 사건을 방지하는 일이었으므로, 사건을 미리 막기 위해서 박사를 체포했습니다. 그러나 그 자신에게는 그를 안전하게 보호하기 위해서라고 말해 줌으로써 안심시켰습니다. 이것은 거짓말이 아니었습니다. 이렇게 함으로써 동시에 나는 박사가 더 이상 범행을 저지르지 못하도록 막은 셈이니까요. 그는 이미 절박한 상태였으므로 무슨 일이든지 저지를 수 있었습니다. 사방팔방에서 쫓기고 있는 기분이었을 겁니다. 그러나 그렇게 된 뒤에도 연극을 해보일 만한 기력이 남아 있어 자기 체질이 허약하다느니, 자기가 겁을 먹은 것은 신비스러운 일을 믿고 있기 때문이라느니, 옛날의 카드 점괘가 그렇게 나왔다느니 하면서 밑도 끝도 없는 말을 꾸며대기도 했습니다. 그에게 있어 필요했던 것은 그의 적을 쳐부수기 위하여 대중 전체가 결의를 굳혀주는 일이었습니다. 그는 이때까지 일어난 모든 일에 대하여 논리적으로는 자기도 혐의를 받을 수 있다는 것을 알고 있었습니다. 그리하여 이 감방 속에서 그는 혼자 생각하면서 계속 꾀를 짜냈습니다. 어떻게 하면 결정적으로 혐의를 다른 데로 돌릴 수 있을까……? 지금 이렇게 감방에 갇혀 있을 때, 즉 어떤 알리바이보다도 명백한 알리바이를 가지고 있을 때 또 새로운 범행이 이루어지게 한다면 어떨까? 이때 그의 어머니가 면회를 왔습니다. 그녀는 모든 것을 다 들었습니

다. 그래서 그녀는 절대로 혐의를 받는 일 없이, 또 붙잡히는 일
없이 해치울 수 있다고 생각했습니다. 어쨌든 아들을 구해야 했으
니까요. 그녀는 시장님 댁에서 저녁 식사를 했습니다. 자기 집까지
시장님 차를 타고 온 뒤, 밤늦게까지 집 안에 전등을 켜놓았습니
다. 그리고 걸어서 시내로 되돌아갔습니다. 이제 모두들 다 잠들었
을 것이다, 자지 않고 있는 곳은 오직 제독 호텔의 까페뿐이다, 그
러니까 누가 나오기를 어느 길 모퉁이에 숨어서 기다리고 있으면
된다——그녀는 이렇게 생각했습니다. 그런 다음 그 상대방이 쫓
아오지 못하도록 다리를 쐈습니다. 이 범행은 완전히 소용없는
일이었지만, 이것이야말로 이미 드러난 박사의 죄상 중에서도 가장
악질적인 것입니다. 오늘 아침 내가 이곳에 왔을 때 박사는 열에
들뜬 듯이 초조해 하고 있었습니다. 고와이야르 씨가 빠리에서 체
포되었다는 것도 모르고 있었습니다. 특히 그가 모르고 있었던 것
은 세관 직원이 총을 맞았을 때, 문제의 부랑자가 바로 나의 눈 앞
에 있었다는 사실이었습니다. 레옹은 경찰관과 헌병에 쫓겨 건물이
밀집된 한구석에 몸을 숨기고 있었습니다. 그는 빨리 매듭을 짓고
싶었던 것입니다. 그래서 박사에게서 멀리 떨어지려고 하지 않았습
니다. 그는 빈 집의 어떤 방에서 자고 있었습니다. 엠마가 자기 방
창문으로 그 모습을 보았습니다. 엠마는 곧 그 사나이에게로 달려
갔습니다. 그리고 자기는 그 악질적인 자들과 한패가 아니라는 것
을 말했습니다. 방바닥에 엎드려 사나이의 무릎에 매달렸습니다.
레옹은 이날 처음으로 엠마의 얼굴을 다시 보았고, 엠마의 목소리
를 들었습니다. 이미 다른 남자의 것이 된 여자, 다른 남자들의 것
이 된 여자입니다……. 그러나 그렇게 말하는 그 자신은 그토록 심
한 생활을 하느라 오지 못했노라고 감히 말할 수 있었겠습니까?
그의 마음은 점점 애정으로 누그러지기 시작했습니다. 마침내 그는

갑자기 으스러뜨릴 것같이 우악스러운 손으로 엠마를 끌어안더니 그야말로 으스러지도록 그녀의 입술에 키스를 했습니다. 그는 이제 혼자가 아니었습니다. 오로지 한 가지 일만 노리고 한 가지 생각에만 골몰해 있는 사나이가 아니었습니다. 엠마는 눈물을 흘리며 장래의 행복과 희망과 앞으로 시작될 새로운 생활에 대해 그에게 말했던 것입니다. 그리하여 두 사람은 돈 한 푼 없이 밤을 틈타서 함께 출발했습니다. 어디든 상관없이 도망쳐려고 말입니다. 두 사람은 이제 박사를 공포 속에 내버려둔 채 떠나기로 했습니다. 두 사람은 어디론가 가서 행복한 생활을 할 작정이었습니다……."

메글레는 천천히 파이프에 담배를 채워넣으며 그 자리에 있는 모두의 얼굴을 번갈아 바라보았다.

"시장님, 내가 수사 경과에 대해 일일이 보고하지 않은 것을 용서해 주시기 바랍니다. 어쨌든 이 고장에 도착했을 때, 나는 사건이 아직 시작된 지 얼마 안 되었다는 확신을 얻었습니다. 사건의 배후에서 움직이고 있는 것을 알아내려면, 되도록 재해를 막아가며 사건의 발전을 기다릴 필요가 있었던 겁니다. 르 퐁므레 씨는 공범자의 손에 목숨을 잃었습니다. 그러나 내가 본 바에 의하면, 그 사나이는 만일 체포당했다면 틀림없이 자살했을 겁니다. 세관 직원은 다리에 총알을 맞았습니다. 그러나 일주일만 지나면 상처도 없이 말끔히 나을 것입니다. 그 대신 나는 이로써 모스태강 씨에 대한 살해미수죄 및 신체 상해죄, 친구 르 퐁므레 씨에 대한 독살죄로 에르네스트 미슈 박사의 체포 영장을 신청할 수 있게 되었습니다. 그리고 또 한 가지, 야간 습격에 대한 미슈 부인의 영장이 있습니다. 통칭 세르비에르, 장 고와이야르 씨에 대해서는 거의 추궁할 만한 일이 없으나, 그런 연극을 했으니만큼 사법관 모욕죄가 성립

될 것으로 봅니다."

갑자기 그 자리에서 한 가지 희극적인 사건이 일어났다. 한숨 쉬는 소리가 들려온 것이다! 땅딸막한 신문기자 세르비에르가 내쉰 아주 기쁨에 찬 속시원한 한숨이었다. 게다가 그는 낯두껍게도 이렇게 말했다.

"그럼 나는 보석 방면이 될 것 같군. 5만 프랑쯤은 언제든지 곧 낼 수 있으니까."

"글쎄요, 검사국에서 어떻게 나오느냐에 달려 있겠지요, 고와이야르 씨."

미슈 부인은 의자 위에 쓰러지듯 힘없이 앉아 있었으나, 아들은 그녀보다 기운 있어 보였다. 메글레가 물었다.

"뭐, 할 말 없소?"

"미안합니다만 나는 변호사 입회하의 심문에서만 답변하겠습니다. 그때까지는 이 대질 심문의 법적 효력에 대해 모든 것을 유보해 두겠습니다."

그리고 나서 박사는 누르스름한 결후가 튀어나온 햇암탉같이 비쩍 마른 목을 쑥 뺐다. 그 코는 여느 때보다 더 삐뚤어진 것 같았다. 그는 아까부터 적고 있던 수첩을 아직도 그대로 들고 있었다. 시장이 자리에서 일어서서 중얼거렸다.

"이 두 사람은?"

"이 두 사람에 대해서는 추궁할 이유가 아무것도 없습니다. 레옹르 글렉은 그 자신이 고백했듯이 박사가 자기를 쏘게끔 하려는 것이 목적이었습니다. 그러기 위해서 그는 다만 자기 모습을 드러냈을 뿐입니다. 법률상 그것을 벌할 조문은 없습니다."

그러자 헌병대장이 말참견을 했다.

"부랑죄라면 있는데요!"

그러나 메글레가 코웃음치듯 어깨를 으쓱해 보이자 헌병대장은 그런 말을 한 것을 부끄럽게 여기는 듯 얼굴이 빨개졌다.

　점심시간이 훨씬 지났지만 아직도 밖에서 사람들이 웅성거리고 있었으므로, 시장이 커튼을 내리면 거의 완전히 차 안이 밀폐되는 자기 자동차를 빌려주겠다고 말했다. 엠마가 맨 먼저 타고 그 다음에 레옹르 글렉 그리고 메글레가 탔는데, 경감은 엠마와 나란히 뒷좌석에 앉고 레옹은 보조의자에 거북스럽게 앉았다. 차는 속력을 내어 군중 사이를 뚫고 지나갔다. 5, 6분 뒤 차가 칸페르 쪽을 향해 달리고 있을 때, 레옹이 고정되지 않은 눈길로 무뚝뚝하게 물었다.
　"왜 그런 말을 하셨습니까?"
　"무슨 말을?"
　"술병에 독을 넣은 것이 당신이라고 말입니다."
　엠마의 얼굴이 새파래졌다. 뒷좌석의 쿠션에 몸을 기댈 용기도 없는 모양이었다. 이처럼 훌륭한 승용차를 타고 달리는 일은 아마 그녀로서 처음이었을 것이다. 메글레는 파이프를 입에 문 채 입 속으로 중얼거리듯 말했다.
　"문득 생각이 나서……"
　그 말을 듣자 엠마는 괴로운 듯 큰 소리로 외쳤다.
　"정말이에요, 경감님, 난 내가 무슨 짓을 하고 있는지 전혀 몰랐어요. 박사가 시키는 대로 그런 편지를 쓰고……, 그제야 그 개가 누구의 개인지 알게 되었어요. 일요일 아침에는 레옹이 얼씬거리고 있는 것을 보았어요. 그래서 사정을 확실히 알게 되었던 거에요. 레옹에게 말을 해보려고 했으나 돌아보지도 않고 가버렸어요. 침을 탁 뱉고서……. 나는 레옹의 원수를 갚아주고 싶었어요. 난, 나는 …… 정말 뭐가 뭔지 알 수 없었어요! 마치 미친 여자 같았어요.

나는 그 사람들이 레옹을 죽이려 한다는 것을 알았어요. 나는 여전히 레옹을 사랑하고 있었어요. 나는 그날 하루 종일 여러 가지 일을 생각했어요. 마침 점심때가 되어 점심 식사를 하는 동안에 급히 박사의 집으로 달려가서 독약을 가지고 왔어요. 어느 것이 독약인지 알 수 없었어요. 그러나 전에 언젠가 그가 여러 가지 약병을 보이며 이것만 있으면 콩카르노에 사는 사람을 다 죽일 수 있다고 말한 일이 있었기 때문에……. 하지만 거짓말이 아니에요. 경감님이 마시려고 했으면 그냥 보고 있지만은 않았을 거에요. 어쨌든 적어도 그런 일을 하지 않았을 거에요……"

엠마는 목이 메어 울고 있었다. 레옹은 그 우악스러운 손길로 그녀의 무릎을 두드리며 마음을 진정시키려고 했다.

"정말이에요, 경감님. 어떻게 해야 이 은혜를 갚을 수 있을지 모르겠어요."

엠마는 흐느끼며 말했다.

"경감님이 베풀어주신 은혜는 정말이지……, 정말이지 뭐라고 해야 좋을지…… 굉장히 훌륭한 분이에요!"

메글레는 입술이 찢어지고 빡빡 깎은 머리에 짐승 같은 얼굴로 열심히 인간다워지려고 애쓰고 있는 사나이와 수족관 같은 제독 호텔의 까페 안에서 창백해진 가엾은 얼굴을 한 여자를 번갈아 바라보았다.

"이제부터 두 사람은 어떻게 할 작정이지?"

"아직 모릅니다……. 어쨌든 이 고장을 떠나 르아브르 근처로 가게 될 것 같습니다. 생활을 해나갈 방도쯤은 뉴욕의 부두에서 배워왔으니까요."

"가지고 있던 12프랑은 돌려받았나?"

레옹은 얼굴을 붉히며 대답하지 않았다.

"여기서 르아브르까지 차삯이 얼마지?"

"괜찮습니다! 그런 걱정은 마십시오, 경감님. 그런……"

메글레는 손가락 끝으로 자동차의 창문을 두드렸다. 마침 작은 역 앞을 지나치려고 했기 때문이다. 그는 주머니에서 백 프랑짜리 두 장을 꺼내며 말했다.

"이걸 가지고 가게. 이것도 출장 여비로 적어낼 테니까……"

그리고 메글레는 두 사람을 밀어내듯 차에서 내리게 하고는 그들이 어떻게 고맙다는 말을 해야 좋을지 몰라 쩔쩔매고 있을 때 차문을 닫아버렸다.

"콩카르노로 가주시오, 빨리!"

차 안에 혼자 남게 된 메글레는 자신에 대해 비웃고 있는 사람처럼 적어도 세 번은 어깨를 움츠렸다.

재판은 1년이나 계속되었다. 1년 동안 미슈 박사는 서류가 잔뜩 든 모로코식 가죽가방을 끌어안고 일주일에 다섯 번씩이나 예심판사 앞으로 출두했다. 그리고 심문할 때마다 새로운 주장을 들고 나왔다. 조서를 하나 꾸밀 때마다 여러 가지 다른 주장을 펴고, 증인심문과 반대심문이 계속되었다. 그는 계속 여위어갔고, 점점 노랗게 되어 병색이 짙은 보기 흉한 몰골로 바뀌어갔지만 그래도 싸움을 그만둘 생각은 하지 않았다.

"이제 3개월밖에 살 수 없는 사람에게 한 마디 하게 해주십시오!"

이것이 그가 입버릇처럼 하는 말이었다. 그는 노련한 임기응변의 술책과 의표를 찌르는 반박으로 세밀하게 자기 죄를 부인했다. 더구나 그는 자기보다 더 인내심이 강하고 잔인한 기질을 가진 변호사를 택하여 자기 뒤를 이어받게 했다. 피니스테르의 중죄 재판소에서 20년 징역을 선고받은 뒤에도 그는 사건이 공소심이 되기를 6개월 동안이나 계속 기다렸다. 그러나 바로 한 달 전 모든 신문에는 여전히 누렇게 여위고 코가 삐뚤어진 그가, 배낭에 죄수 모자를 쓰고 레 섬(프랑스 대서양 안의 중부에 있는 섬)에서 카예(남미의 프랑스령 기아나의 수도로 중죄범의 유형지)로 1백 80명의 죄수를 실어나르는 '라 마르치니에르' 호에 오르고 있는 사진이 실려있었다. 빠리에서는 3개월의 금고형을 마친 미슈 부인이 정계에서 은밀하게 활동하고 있었다. 그녀는 이미 두 신문을 자기 편으로 만들어놓았다.

레옹 르 글렉은 '라 플랑세트' 호를 타고 북해 방면에서 청어잡이를 하고 있으며, 그의 아내는 머지않아 태어날 아기를 기다리고 있다.

20세기 위대한 작가 조르즈 시므농

앙드레 지드는 조르즈 시므농(Georges Simenon)을 "현대 프랑스 문학에서 가장 위대한, 작가다운 작가"라고 격찬했다. 문예 평론가 끌로드 에르상은 "시므농은 이 반세기에 있어 참된 작가 중 한 사람이며 대작가 중 한 사람이다"라고 말하고 있다. 영국의 평론가 레이먼드 모티머도 "시므농은 현존하는 작가 중 가장 재능있는 작가의 한 사람이라고 생각한다"라고 썼다.

시므농은 프랑스 문학자로서의 공로에 의해 1952년에 본국 벨기에 아카데미 회원으로 선출되었고, 영국과 미국 두 나라에선 1904년부터 그의 진가가 인정되어, 지금은 가는 곳마다 절찬을 받고 있다. 프랑스의 독서계에서 가장 많이 읽히고 있는 것은 앙드레 모로아와 시므농의 작품이라고 하는데, 그의 작품이 탐독되기 시작한 것은 1948년의 《눈은 더럽혀졌다(La Neige était Sale)》에서부터였다. 이 작품은 미국과 영국에서 베스트 셀러가 되었고, 프랑스에선 영화화되고 빠리의 무대에서도 상연되었다. 그러나 1953년에 간행한 토마 나르시자크의 《시므농 평전(評傳)》에선 그 첫 페이지에서 시므농은 다작하는 작가라는 사실만으로 프랑스 문단에서 부당한 평가를 받고 있다고 한탄을 하고 있다. 다작하는 작가로 통속소설을 썼다는 과거 때문에 여러 해 동안 묵살되고, 부당하게 경시(輕視)당한 일에 항의를 하고 있는 것이다.

그는 80여 편의 미스터리소설을 썼으며, 그 외에도 130여 편의 심리소설을 썼다. 그의 모든 작품은 약 425편에 달하며 특히 20살에서 30살까지 16가지 필명을 사용하여 통속물을 많이 써냈다. 그는 한 권의 장편(장편이라고는 하나 그 길이는 영국이나 미국에서 말하는 장편의 반 정도 분량)을 10일 내지 13일 동안 완성했다. 그의 작품 중 2백 권은 저서명조차 확실치 않은 것이 대부분이다. 당시의 필명 중 가장 잘 알려진 것이 조르즈 시므였고, 그 밖에 크리스챤 브륄, 조르즈 마르땡, 조르즈, 장뒤 베리, 아라미스 등이 있었다. 작품은 통속 대중물이었기 때문에 절판이 되었지만, 근년에 《조르즈 시므농 연애소설선집》 12권을 편찬하여 페야르라는 출판사가 재간행을 하게 되었다. 현재의 명성이 버리고 돌보지 않았던 것까지 빛을 보게 한 셈이다.

시므농은 1903년 2월 13일 벨기에의 리에주에서 태어났다. 아버지는 벨기에로 이민간 브리튼 인이었고, 어머니는 벨기에 인이었다. 아버지는 보험 외무원이었는데 병으로 몸이 약해 수명을 보증할 수 없었으므로 시므농은 학교를 나오자마자 직업을 구해야만 했다. 소년 시절부터 문필 방면에 관심을 가졌던지, 군인이나 성직자가 되기를 원했다. 지름길을 발견했다. 그것은 신문 기자가 되는 일이었다. 16세 때 〈리에주 가제트〉지의 통신 기자가 되어 17세에 처녀작 《Au pont des Arches》를 〈리에주 가제트〉지에 발표했다. 20살 때 결혼하여 빠리로 옮겨 가 비네 바르메의 비서가 되었다. 그로부터 30살 무렵까지 약 2백 권의 통속소설을 쓴 것이다. 그 기간에 타이프라이터를 모터 보트나 배 안으로 가지고 들어가 프랑스의 강이며 운하를 따라 여러 나라를 여행하며 작품을 썼고, 자기 요트를 만들어 북부 유럽을 찾아가기도 했다. 이것이 그에게 전환의 계기를 만들어 주었다.

메글레 경감이 처음으로 등장하는 《죽은 겔레 씨》와 《생 폴리앙의 목을 맨 남자》 두 작품이 함부르크 바다 위에 떠 있던 요트 안에서 씌어졌다. 이 두 작품은 1931년 2월 간행되었다. 그가 28세 때의 일이다. 그가 16가지의 필명을 버리고 본명으로 돌아가 새 주인공을 창조한 그 해에도 오랜 세월을 다작하는 습관은 계속되고 있었다. 1931년부터 34년에 걸쳐 메글레 경감이 등장하는 미스터리소설을 계속 발표했다. 매일 세 시간씩 규칙적으로 타이프라이터를 두드리고, 한 달에 20일쯤 일하여 매달 한 권씩 장편소설을 만들어냈다는 믿기지 않는 일화가 남아 있다. 그 속에 앞서 말한 두 작품을 비롯해 《괴도 르똥》, 《심야의 십자로》, 《사나이의 목》, 《황색의 개》, 《게이 무랑의 무희》 등 10편이 있다. 다음 해에는 단편집을 포함하여 《싸구려 술집》, 《안개 낀 항구》 등 14권, 다음다음 해에는 《런던에서 온 사나이》 등 8권을 냈는데, 1932년 중반부터 메글레를 주인공으로 한 작품은 거의 모습을 감추었다.

다른 작품도 그러하듯 《사나이의 목》도 그 발단은 의표(意表)를 찌르고 있지만, 어느 정도 책을 많이 읽어 온 독자는 이 정도의 사태에는 놀라지 않는다. 탈옥수의 발자취를 더듬어 가다보면 차츰 그 남자의, 말할 수 없는 절망감과 읽는 이의 가슴까지 마구 죄어드는 듯한 괴로움이 남는다. 쫓는 자와 쫓기는 자의 심리적 긴박감을 이 정도로 치밀하게 묘사할 수 있는 작가는 드물 것이다. 보통 수수께끼를 풀어나가는 소설은 논리를 고집하고 있기 때문에 인간성을 등한시하기 쉬운데, 시므농은 과학 수사의 번거로움을 과단성있게 버린 대신 인간의 심정(心情)을 잡는 데 성공했다. 그는 누가 죽었느냐에 주안점을 두는 일반 미스터리소설에 대해 왜 죽였는가를 탐구하는 것이다.

《황색의 개》를 읽고 있으면 독자의 신변에서 심한 바람 소리가 들리고, 안개비에 덮인 거리의 모습이 눈 앞에 떠오르기도 한다. 그것이 메글레 경감의 침착한 태도와 좋은 대조를 이루어 범행 수사의 진척에 초조감을 더해 준다. 시므농의 소설을 '분위기 소설'이라고 부르는 평론가가 있는데, 작품의 기분을 여실히 표현하는 교묘한 자연 묘사에 근거를 둔 것이리라. 자연 묘사라 해도 풀이나 꽃 같은 것을 관찰하는 데 마음을 쏟기보다, 날씨면에 크게 치우치고 있는 경향이 있다. 이 날씨 묘사도 햇빛이 눈부시게 비치는 명랑한 세계가 아니다. 음울하다고까지는 말할 수 없어도 적막감이 감돌며, 자기 가슴속을 아무에게도 털어놓지 않은 채 묵묵히 직책을 이행해가는 메글레의 고독한 모습을 그대로 드러내보여주는 것 같다. 그는 철저하게 단순한 문체를 사용해서 극도로 절제하는 가운데 고도로 긴장된 분위기를 잘 살려냈다.

시므농의 무수한 작품 속에는 메글레가 등장하는 것이 가장 미스터리소설적이긴 하나, '누구냐'보다도 '왜냐'로 기우는 그의 작품은 미스터리소설의 고전적 형식에 애착을 품는 독자에게는 불만을 갖게 할지도 모른다. 그의 작품은 일부로부터 미스터리소설의 테두리를 벗어났다는 말을 들을 정도로, 복선을 깔고 추리를 존중하는 논리지상주의에 비하면 적어도 경계를 넘어선 것처럼 보인다.

그 때문에 시므농의 작품에는 그가 아니면 표현할 수 없는 독특한 인물 묘사가 이루어지고 있다. 특히 그 효과를 보다 높이기 위해 배경 설정에 미묘한 감각을 동원하고 있다. 《황색의 개》에서도 범인의 심리 분석이 놀라울 만큼 치밀하게 되어 있다.

그는 처음부터 퍼즐 소설에 성이 차지 않았다. 메글레를 통해 갖가지 인간의 비애를 들추어내어 거기에 무언의 따사로운 눈길을 보내는 것이다. 그 심리 분석적 수법은 범죄 사건을 대상으로 삼지 않게 되자 저절로 보통소설로 다가오게 된다. 1933년 무렵부터 메글레가 등장하지 않는 범죄심리소설, 이상(異常)심리소설을 지향하게 되었으나, 1944년부터 다시 모습을 보이게 되었고, 그 뒤는 연간 여섯 권을 써내면 두 권에 메글레가 나올 정도였다.

시므농과 메글레는 파이프 담배와 술을 즐겼다는 점에서 공통점이 있지만, 여자라고는 조강지처뿐이었던 메글레와는 달리 시므농은 여러 차례 결혼했다. '나는 위대한 소설가가 아니라 많은 작품을 쓴 소설가다' 시므농이 남긴 말에서 그의 집필관을 알 수 있다. 그러나 그의 겸손함과는 달리 그의 작품들의 위치는 세계문학사에서 견고하기만 하다.

시므농은 1945년 미국으로 이주하여 코네티컷 주에 살았는데 몇 년이 지나 다시 프랑스로 돌아갔다. 그리고 12일 만에 한 권을 써내고 1년에 너댓 권씩 출판하는 실력을 발휘했다.

1972년 끝무렵에 은퇴 성명을 발표했다.

그는 1989년 스위스 로잔에서 세상을 떠났다.